SV

Eduardo Mendoza
Mauricios Wahl

Roman

Aus dem Spanischen von
Peter Schwaar

Suhrkamp

Die Originalausgabe erschien 2006
unter dem Titel *Mauricio o las elecciones primarias*
bei Editorial Seix Barral, S. A., Barcelona

Druck: Ebner & Spiegel, Ulm
Printed in Germany
ISBN 978-3-518-41925-0
Erste Auflage 2007

1 2 3 4 5 6 – 12 11 10 09 08 07

Mauricios Wahl

Für Carmen Balcells,
Agentin, Regentin, Komplizin

Prolog

Laut den Theologen bleiben die Engel nicht in Ewigkeit. Nur Gott ist in Ewigkeit, und Er erschuf die Engel in einem Augenblick der Ewigkeit, noch bevor die Zeit existierte. Folglich gibt es, obwohl sie tatsächlich nicht sterben, außer dem Willen Gottes keine Garantie dafür, daß die Engel ewig leben müssen. Jeden Moment könnte Gott einen beseitigen, oder mehrere, oder alle, mit oder ohne Grund. Die Theologen sagen, so etwas sei unwahrscheinlich und noch nie vorgekommen. Nur eine wenig glaubwürdige, gewiß einem Übersetzungsfehler zuzuschreibende Legende berichtet von dem außergewöhnlichen Fall Rahabs. Rahab war Ägyptens Schutzengel, als das von Moses angeführte jüdische Volk den Auszug zum Gelobten Land unternahm. Obwohl sie wußte, daß Jehova auf der Seite Moses' und des auserwählten Volkes und sie also auf verlorenem Posten stand, weigerte sich Rahab, die ihrem Schutz Anvertrauten zu verlassen, und kam in der schrecklichen Episode des Roten Meeres in der Armee des Pharaos ums Leben.

Erstes Kapitel

Mauricio Greis arbeitete seit einem knappen Jahr als Zahnarzt in der Klinik Torralba von Dr. Robartes, als er auf einem Gang der Zahnklinik einem ehemaligen Schulkameraden begegnete, den er seit jenen Jahren nicht mehr gesehen hatte.

»Greis!«

»Fontán! Was für eine Überraschung!«

Sie umarmten sich herzlich und lösten sich dann lachend wieder.

»Sieh mal an«, sagte Fontán, »du bist also schließlich Zahnarzt geworden.«

»In der Tat, wie du siehst. Und du, was führt dich an einen so ungastlichen Ort?«

»Ich komme seit Jahren, aber ich wußte nicht, daß du hier arbeitest. Wie ist es dir ergangen? Bist du verheiratet? Hast du eine Freundin? Bist du schwul geworden wie alle?«

»Nichts von alledem.«

»Ich auch nicht.«

Ein wenig verdutzt verstummten sie – das Gespräch hatte einen so herzlichen Anfang genommen, und nun wußten sie nicht mehr weiter. Als sie sich zum letzten Mal gesehen hatten, waren sie noch zwei Jungen gewesen, und jetzt wirkten beide sehr seriös. Mauricio fühlte sich unbehaglich, wie er sich da in weißem Kittel an einem Ort, der nach mentholhaltigem Antiseptikum roch, mit einem alten Schulkameraden unterhielt. Eine Tür ging auf, und eine Zahnarzthelferin sagte:

»Sie werden am Telefon verlangt, Doktor. Señora Villamil.«

»Ja, sofort.«

»Na, du hast zu tun, und ich muß gehen«, sagte Fontán. »Ich freue mich sehr, dich gesehen zu haben.«

»Ich auch.«

»Ja, natürlich, aber ich meine es ernst.« In Fontáns Stimme schwang ein wenig Melancholie mit. Er fügte hinzu: »Wenn die Schule zu Ende ist, sind auch die Kontakte mit den Freunden zu Ende, von einem Tag auf den anderen, ganz plötzlich. Wir haben in der Nähe gewohnt, es gab keinen Grund, uns so radikal aus den Augen zu verlieren. Wir hätten uns weiterhin sehen können. Aber es hat nicht sein sollen. Ich habe oft daran gedacht, und es tat mir leid. Ich könnte nicht sagen, warum – es hat mir einfach leid getan.«

»Bei dir läßt eben die Wirkung des Novocain allmählich nach«, scherzte Mauricio.

»Nein, nein, ich meine es ganz ehrlich. Und um es dir zu beweisen, ruf ich dich nächste Woche an und lade dich zum Abendessen ein. Du und ich, unter vier Augen. Jetzt denkst du, ich werde dich nicht anrufen, aber ich werd es tun – wenn du also nicht mit mir essen gehen willst, kannst du dir jetzt schon eine gute Ausrede einfallen lassen.«

Fontán hielt Wort, und Mauricio nahm die Einladung an. Zwar hatte er keine Lust, eine Freundschaft, die es eigentlich so gar nie gegeben hatte, wiederaufzunehmen, aber er mochte auch nicht jemanden kränken, den er als Patienten weiterhin regelmäßig sehen würde. Unangenehm war ihm die Aussicht aber auch nicht – da er in der Schule mit Fontán nicht besonders eng befreundet gewesen war, fühlte er sich nicht verpflichtet, die Vergangenheit wiederaufleben zu lassen, was ihm nur recht war.

Nach dem Studium hatte Mauricio ein Jahr in Deutschland verbracht, danach zwei in Madrid, um sich auf Stomatologie zu spezialisieren. In dieser Zeit hatte er sich von Freunden und Kollegen abgekoppelt, und diejenigen, mit denen er wieder in Kontakt trat, interessierten ihn nicht mehr. Jetzt war er die Einsamkeit, in der er seit seiner Rückkehr nach Barcelona lebte, allmählich leid. Letzten Endes, dachte er, kann mir ein feuchtfröhlicher Abend nur guttun.

Fontán hatte ihn zu früher Stunde in ein Luxusrestaurant in der Calle Ganduxer bestellt.

Drinnen wurde Mauricio ehrerbietig vom Oberkellner empfangen und an einen Tisch geführt, wo Fontán bereits auf ihn wartete.

Er kam aus dem Staunen nicht heraus. Es beeindruckte ihn weniger die Prachtentfaltung, als daß in deren Mittelpunkt ein Mann stand, den er zum letzten Mal in kurzer Hose gesehen hatte, wie er einem Ball hinterherlief. Da kam ihm in den Sinn, daß sein ehemaliger Mitschüler immer schon im Ruf eines vornehmen Feingeists gestanden hatte, bereits in den Schuljahren, als er noch ein Kind war. Er war für sein Alter allzu adrett gekleidet gewesen und mit seinen Kameraden so nonchalant umgesprungen, daß einige es als Herablassung empfunden hatten. Fontáns Vater war ein vermögender Mann und pflegte ostentativ das, was man damals *la dolce vita* nannte. Man schrieb ihm exotische Reisen und Liebesaffären mit Frauen zu, deren Bild in den Illustrierten erschien. Einmal war in einer Abendzeitung ein Foto abgedruckt, das ihn auf einem der Plätze des Tennisclubs Barcelona mit Rod Laver zeigte, dem er kameradschaftlich den Arm um die Schulter legte. Beide hielten Schläger in der Hand, und die Bildlegende besagte, daß Don Tomás Fontán, herausragender Barceloneser Bürger und Amateursportler, mit der Nummer eins des Welttennis ein hitziges Freundschaftsmatch ausgetragen hatte. In der Schule hatte das Foto als glaubwürdiger Beweis für die Richtigkeit der Gerüchte über den illustren Mann und seine

Heldentaten in der Welt der Schönen die Runde gemacht. Seine Herkunft hatte dem Sohn eine lästige Verantwortung aufgebürdet. Jetzt fragte sich Mauricio bei diesen Erinnerungen, ob der Ruf des mythischen Señor Fontán wohl der Wirklichkeit entsprochen hatte oder ob in Wirklichkeit der mythische Señor Fontán nicht bloß ein Prahlhans in einer düsteren Epoche und einer elenden Provinzstadt gewesen war.

»Lebt dein Vater noch?« fragte er.

Fontán lächelte, als hätte er im Gesicht seines ehemaligen Mitschülers dieses berühmte Foto erblickt.

»Ja, natürlich. Aber Tennis spielt er nicht mehr.« Nach einer Pause fügte er hinzu: »Seit einigen Jahren kümmere ich mich um die Familiengeschäfte. Darum siehst du mich von soviel Schnickschnack umgeben.«

Fontán hatte an der Hochschule für Unternehmensführung Recht und Betriebswirtschaftslehre studiert, war danach in Bilbao an die Universität Deusto gegangen und hatte schließlich an einem amerikanischen College einen Master gemacht. Wieder in Barcelona, entdeckte er, daß ihm nichts von dem, was er sich an Wissen angeeignet hatte, dabei half, die wichtigsten Entscheidungen zu treffen, die sich wie immer aus der Intuition und dem Zufall ergaben. Im Grunde bewahrte ihn dieses Wissen nur davor, dieselben Fehler zu begehen, wie sie täglich andere, weniger gut ausgebildete Unternehmer machten, die naiv an untaugliche Methoden und Rezepte glaubten. Dank dieser einigermaßen skeptischen Einstellung waren die Geschäfte seit seinem Eintritt in die Firma ohne Hast, aber beharrlich gediehen. Und das Beste war, daß ihn diese Art des Reichwerdens kaum Zeit und Anstrengung kostete. Das ganze Geheimnis bestand darin, den Dingen ihren angemessenen Lauf zu lassen, ohne irgendeine Initiative zu ergreifen. Abgesehen davon wußte er nicht viel mehr zu erzählen. Er lebte allein und ohne Verpflichtung in einer großen Wohnung, war ordnungsliebend, hatte keine Laster und spielte nach alter Familientradition Tennis.

Diese kurze Schilderung, offen und geradlinig, ohne Anflug von Zynismus oder Großspurigkeit, gefiel Mauricio und verwirrte ihn zugleich. Trotz seines guten Gehalts hatte er seine Jugendgewohnheiten noch nicht aufgegeben: Er lebte unabhängig, gestattete sich aber keinen Luxus, nicht aus Geiz, sondern weil er nicht wußte, wie er das Geld verschwenden sollte. Wenn am Ende des Monats etwas übrigblieb, ließ er es auf der Bank und vergaß es. Die Freizeit widmete er der Weiterbildung und der Lektüre, er hatte keine Hobbys und kleidete sich schlicht. Jetzt fragte er sich in dieser steifen Umgebung, in der er sich als Eindringling vorkam, ob er hochstapelte oder einen Blick in die Welt tat, die ihm eigentlich entsprach und der er sich bis dahin fern geglaubt hatte auf Grund einer Täuschung, die ausschließlich seiner Ruhe gedient hatte. Er dachte auch daran, wer die Rechnung für diesen Festschmaus bezahlen würde. All diese sich kreuzenden Gedanken hinderten ihn daran, die Wonnen des guten Essens zu genießen.

Fontáns Scharfblick entging seine Zurückhaltung nicht.

»Was ist denn?«

»Nichts, ich bin solche Lokalitäten einfach nicht gewohnt.«

»Ach was, das Neue ist doch immer ein Ansporn oder sollte es sein. Aber vielleicht stört dich ja was anderes.«

»Nein, überhaupt nicht. Ich habe immer noch ein schlechtes Verhältnis zum Geld.«

»Wer hat das nicht? Das Geld, die Frauen, das Jenseits … Du wirst doch diese Dilemmas nicht lösen wollen. Sorglos schläft niemand, die Kinder am allerwenigsten. Als Kind habe ich nachts immer lange wachgelegen und mir den Kopf zerbrochen und mich regelrecht gemartert: Was geschähe, wenn ich auf einmal allein und mittellos dastünde, wenn ich alles vergäße, was ich weiß, wenn ich blind, taub und stumm würde, wo ich nach dem Tod hingerate und solche Dinge, du weißt schon. Dann dachte ich, die Erwachsenen hätten die Antwort auf die grundlegenden Fragen gefunden und könnten deshalb sorglos und tief schlafen, schnarchen und schnauben, als wollten sie auf plumpe Art ihre Gelassenheit kundtun. Später habe ich begriffen, daß sie ebenfalls nichts wissen, sondern daß einfach prosaischere, aber unmittelbarere Sorgen sie am Philosophieren hindern. Ich weiß nicht, ob das das Geheimnis des Lebens ist. Das einzige, was ich dir sagen kann, ist, daß es zu nichts führt, wenn man Probleme wälzt, für die es keine Lösung gibt. Und inzwischen vergeht die Zeit.«

»Carpe diem?«

»Ich weiß nicht, was das heißt, aber wenn es heißt, daß man das Essen nicht kalt werden lassen soll, bin ich einverstanden. Man sollte auch eine Flasche nicht leer werden lassen, ohne eine neue dastehen zu haben, um gleich nachschenken zu können.«

Er winkte den Kellner herbei und bestellte eine weitere Flasche Wein; die erste hatten sie noch vor Beginn des Essens zu den Appetithäppchen des Hauses fast ausgetrunken.

»Ich meine es nicht im übertragenen Sinn. Ich bin ein praktisch veranlagter Mensch, der in den Tag hineinlebt, um das Gute zu genießen, das mir das Schicksal beschert. Das ist nicht der Rat eines Philosophen, sondern eines Ökonomen. Das Leben ist vergänglich, flüchtig und unberechenbar, aber das ist nichts im Vergleich zum internationalen Währungssystem. Die meisten Menschen weigern sich, diese Offensichtlichkeit zu akzeptieren. Die einen aus Angst, weil sie nicht wissen, wie sie der Unsicherheit begegnen sollen. Andere aus ideologischen Gründen, weil sie nicht zugeben, daß das System, in das sie eingebunden sind und nach dem sie ihr Leben organisiert haben, nur ein Kartenhaus ist. Und das gilt ebenso für die Verteidiger wie für die Verleumder des Systems. Diejenigen, die die Vernichtung des Kapitalismus auf ihre Fahne geschrieben haben, beweisen damit, daß ihr Glaube etwas Besseres verdient hat – sie sehen den Teufel, wo bloß Trägheit, Improvisation und Inkompetenz herrschen. In der Schule hattest du einen gewissen Linksdrall, wenn ich mich richtig erinnere.«

»Ja, und später noch mehr. An der Uni bin ich mit den Kommunisten Arm in Arm gegangen, allerdings der Partei nie beigetreten.«

»Warum nicht?«

»Warum ich ihr nicht beigetreten bin? Ehrlich gesagt kann ich dir das nicht sagen. Es war nicht das Risiko, vor dem ich zurückgeschreckt bin. Damals habe ich es damit gerechtfertigt, daß ich mir sagte, ich ertrage die starre Hierarchie und Doktrin nicht. Heute denke ich, daß ich im Grunde nicht wirklich den Wunsch verspürt habe, die Gesellschaft zu zerschlagen, in der ich leben mußte. Die Welt war ungerecht, aber mir schien sie ganz in Ordnung. Die leninistische Utopie hingegen fand ich unheilvoll.«

»Und jetzt?«

»Jetzt gehöre ich immer noch keiner Partei an. Ich versuche, meine alten Prinzipien nicht zu verraten, das ist doch schon etwas. Mit den Jahren bin ich immer pragmatischer geworden: Ein wirklicher Fortschritt, und sei er noch so klein, ist mehr wert als jedes Versprechen oder jede Hoffnung. Letztlich hast du recht – das Leben ist kurz.«

»Besonders das der Sozis. Glaubst du, sie halten die ganze Legislatur durch?«

»Keine Ahnung. Die Politik interessiert mich nicht mehr. Können wir das Thema wechseln?«

»Wie du willst. Der politischen Polizei gehöre ich schon lange nicht mehr an.«

»Na, ich bitte dich ...«

Entspannt sprachen sie weiter, manchmal scherzhaft,

manchmal ernst, und sprangen von einem Thema zum anderen. Beim Nachtisch sagte Fontán, wenn Mauricio nichts dagegen habe, könnten sie den Abend nun beschließen, er sei kein Freund verbummelter Nächte und nehme an, auch für Mauricio sei es nicht ratsam, wenig zu schlafen, wenn er am nächsten Morgen einen klaren Kopf und eine ruhige Hand haben müsse. Er wolle nicht, daß er seinetwegen jemandem einen falschen Zahn ziehe. Mauricio pflichtete ihm bei, obwohl er bei sich ein wenig enttäuscht war: Auf Grund des ungezwungenen Charakters und des Hangs zur Verschwendung seines ehemaligen Mitschülers hatte er ihm ein ausschweifendes Verhalten unterstellt, dem sich anzuschließen er, argwöhnisch zwar, aber neugierig, für einmal bereit gewesen wäre, wenn sein Freund es ihm vorgeschlagen hätte.

Fontán hatte bereits die Rechnung verlangt und beharrte darauf, sie zu bezahlen, ohne auf Mauricios Proteste zu achten. Schließlich hatte er das Essen vorgeschlagen und das Restaurant ausgesucht. Dagegen würde er sich von Mauricio einladen lassen, wann und wo es diesem beliebte.

So wurde es vereinbart, und Fontán brachte ihn nach Hause.

Wieder allein, zog Mauricio aus der Begegnung Bilanz und mußte zugeben, daß er einen sehr angenehmen Abend verbracht hatte, obwohl es ihm leid tat, sich über einige Dinge bei jemandem ausgesprochen zu haben, den privat wiederzusehen er für unwahrscheinlich hielt. Die beiden gehörten verschiedenen Milieus an. Er kam zum Schluß, daß sein ehemaliger Mitschüler mit dem Instinkt eines Geschäftsmannes nur von der Zufallsbegegnung in der Zahnklinik Torralba hatte profitieren und sehen wollen, ob es da irgend etwas zu holen gab. Sicherlich wird er mir beim nächsten Essen ein Geschäft vorschlagen, dachte er. Er hat gesehen, daß ich gutsituiert bin, und Geld gerochen. Wir Zahnärzte stehen im Ruf, uns eine goldene Nase zu verdienen, und daran ist was Wahres, wenn auch nicht in meinem Fall.

In der Zahnklinik Torralba, wo er eingetreten war, um bei Dr. Robartes, einem Bekannten seines Vaters, zu arbeiten, bezog er ein anständiges Gehalt, so daß er ohne Geldprobleme leben konnte.

Später schämte er sich, schlecht von Fontán gedacht zu haben. Was auch seine Gründe gewesen sein mochten, fest stand einzig, daß er ihn eingeladen und in jedem Moment als echten Freund behandelt, daß er aufrichtiges Interesse an seinen persönlichen Umständen und seinen Meinungen gezeigt hatte. Anstatt einen unbegründeten Verdacht zu nähren, sollte er besser die Einladung so schnell wie möglich erwidern. Aber aus Trägheit ließ er die Tage verstreichen, ohne etwas zu unternehmen.

Schließlich war es Fontán, der ihn anrief. Da Mauricio in diesem Augenblick gerade nicht zu Hause war, hinterließ er ihm auf dem Anrufbeantworter die Nachricht, er werde noch einmal telefonieren, um ein weiteres Treffen zu vereinbaren.

Diesmal hatte Mauricio den Verdacht, soviel Eifer rühre daher, daß sich Fontán mit einer Vertrauensperson unterhalten müsse. Wahrscheinlich hatte ihm das Leben, das er sich ausgesucht oder das das Schicksal für ihn ausgesucht hatte, Macht und Reichtum um den Preis einer schrecklichen Einsamkeit verschafft. Darum suchte er nun in einem Bekannten und gleichzeitig seiner Welt in jeder Hinsicht so Fremden wie Mauricio einen Vertrauten.

Als er jedoch zurückrief, sagte Fontán, er habe am kommenden Donnerstag eine kleine Gruppe Freunde zu sich geladen, ein zwangloses Treffen ohne besonderen Anlaß, einfach um etwas zu trinken und ein Häppchen zu essen und miteinander zu lachen. Ohne große Begeisterung angesichts der Perspektive, mit Unbekannten zusammenzutreffen, aber außerstande, sich zu entschuldigen, da ihm seine wiederholten und danach stets widerrufenen Verdächtigungen Gewissensbisse bereiteten, versprach er zu kommen.

Fontán wohnte in einem neuen Haus in der Calle Anglí, ein wenig unterhalb des Paseo de la Bonanova, mit einer großen Eingangshalle und einem uniformierten Pförtner, der ihn nach seinem Namen fragte und dann zum Aufzug begleitete und auf den Knopf drückte.

Ein Kellner öffnete ihm, bot ihm ein Glas Champagner an und ließ ihn in der Diele stehen.

Mauricio wußte nicht, was er tun sollte. Er zog den Regenmantel aus und legte ihn in ein angrenzendes Zimmer, wo schon mehrere warme Kleidungsstücke auf einem Haufen lagen. Danach ging er in die Diele zurück.

Nach einer Weile erschien Fontán.

»Greis, ich freue mich sehr, daß du hast kommen können!«

Er führte ihn in einen sehr großen Salon mit hoher Dekke gleich nebenan, beige und lachsfarben gestrichen und mit etwas affektierter Nüchternheit möbliert. In sämtlichen Details erblickte man die Hand des Innenausstatters, den mehr der Eindruck auf den Fremden interessiert hatte als die Behaglichkeit des Auftraggebers.

Im Salon befanden sich ein Dutzend Männer und Frauen, alle sehr gut gekleidet. Mauricio war froh, nach langem Zögern seinen besten Anzug gewählt zu haben.

»Wie ich dir sagte, ein paar alte Freunde«, sagte Fontán. »Komm, ich stelle dich vor.«

Die Gäste begrüßten Mauricio freundschaftlich, aber flüchtig – sie waren alte Bekannte, die viel Gemeinsames verband, so daß sie mit einem Unbekannten kein Gesprächsthema fanden.

Das Gefühl, ein Eindringling zu sein, war Mauricio nicht unangenehm. Er tauschte sein leeres Glas gegen ein volles und begann die Bilder an den Wänden zu betrachten.

Im Gegensatz zu den Möbeln waren sie außergewöhnlich, nach persönlichen Gesichtspunkten ausgesucht.

Eine junge Frau, die ihm eben vorgestellt worden war, die er aber gleich wieder aus den Augen verloren hatte, gesellte sich zu ihm, da sie ganz offensichtlich gesehen hatte, daß er allein war, aus reiner Höflichkeit, vielleicht auf Ersuchen des Hausherrn.

»Gefallen sie dir?« Sie deutete auf die Bilder.

»Ich weiß es nicht. Sie sind eine echte Herausforderung für den Betrachter.«

»In welcher Hinsicht?«

»Nun, sie stammen von Künstlern, die nur gerade den Experten oder Sammlern bekannt sind, und darum läßt sich ihr wirtschaftlicher Wert unmöglich abschätzen. Wieviel mag zum Beispiel dieses Bild wert sein, oder das dort – es ist unmöglich, eine Summe auch nur zu erahnen.«

»Und das ist wichtig?«

»Natürlich. Der wirtschaftliche Wert ist Teil des Gesamtwerts eines Kunstwerks. Das ist immer so, aber bei der zeitgenössischen Kunst ist es entscheidend. Das meine ich weder scherzhaft noch abwertend. Heutzutage ist der technische Aspekt der Kunst kaum noch von Bedeutung. Früher mußte man eine Landschaft, ein Porträt oder die Ekstase des heiligen Franziskus gut malen können. Die Kunst wurde nach handwerklichen Kriterien taxiert. Heute ist das sekundär, um nicht zu sagen überflüssig. Wenn stumpfsinnige Banausen sagen, auch ein Kind oder ein Affe könne ein ungegenständliches Bild malen, sagen sie die Wahrheit. Aber es ist eine irrelevante Wahrheit. Das Entscheidende ist die Bedeutung des Werks, nicht für den Künstler, sondern für die Gesellschaft. Ein vollkommen weißes Bild oder eine zerrissene Leinwand hätten keine Bedeutung, wenn sie von mir stammten. Kommen sie aber aus dem Atelier eines anerkannten Künstlers, dann haben sie sie. Und zwar nicht, weil die Leute einfältig wären, sondern weil die Bilder in diesem Fall die Haltung des Künstlers gegenüber der Kunst darstellen. Es ist wie das Schweigen eines Philosophen angesichts eines transzendentalen Themas – sein Wert entspricht dem Wert, den die Gesellschaft seinen Worten zugewiesen hat.«

Sie blieb eine Weile stumm und schaute Mauricio unverwandt an; man sah, wie sie nachdachte, aber nicht über die soeben vernommenen Meinungen, sondern über den Menschen, der sie dargelegt hatte. Schließlich sagte sie:

»Bist du Arzt?«

Mauricio war verwirrt und lachte dann auf.

»Ich dachte, ich hätte dich täuschen können. Ja, ich bin Arzt und verstehe nichts von Kunst.«

»Ich meine es nicht deswegen. Vielleicht ist gar nicht so falsch, was du grade gesagt hast. Ich habe wegen deiner Art zu sprechen gefragt, ob du Arzt bist.«

»Aha, gibt es da eine spezifische Art?«

»Ja. Im allgemeinen seid ihr Ärzte arrogant.«

Jetzt war es an Mauricio, nicht zu wissen, ob sie es ernst meinte oder ihn auf den Arm nahm.

»Ich, arrogant? Um Gottes willen – ich bin ein schüchterner, unsicherer, kleinmütiger Mensch, eine regelrechte Schnecke.«

Sie zuckte die Schultern.

»Das eine schließt das andere nicht aus. Ob absichtlich oder nicht, ihr Ärzte tendiert ganz natürlich zur Arroganz, denn früher oder später landen wir alle weinend in euren Armen.«

»Nicht in meinen, ich bin Zahnarzt.«

Es waren noch mehr Leute eingetroffen.

Fontán trat zu ihnen und verkündete, im Speisezimmer sei das Essen aufgetragen.

»Ein Büfett. Jeder nimmt sich, was die anderen übriglassen. Wenn ihr euch nicht sputet, geht ihr leer aus.«

Sie entfernte sich wortlos.

»Hast du ihr gesagt, daß ich Arzt bin?« fragte Mauricio seinen ehemaligen Mitschüler.

»Nein.«

»Wie hat sie es dann erraten?«

»Oh, Clotilde ist sehr klug. An der Uni hatte sie immer die besten Noten – sehr gut, summa cum laude, grauenhaft. Und zudem war sie sehr politisiert. Aber da sie hübsch war, machten wir ihr trotzdem Avancen.«

Um den Tisch herum herrschte ein ausgelassen-gesittetes Durcheinander. Mauricio bediente sich, aß und trank und kehrte in den Salon zurück in der Hoffnung, das Gespräch mit Clotilde fortsetzen zu können, aber er erblickte sie nirgends.

Fontán kam mit zwei Männern seines Alters auf ihn zu. Beide waren ähnlich gekleidet, mit eleganter, nicht unkoketter Schlichtheit. Einer der beiden hatte einen kurzen, gepflegten Bart.

»Ich möchte dir zwei Freunde vorstellen, Víctor Alemany und Andreu Fitó, zwei gefährliche Bolschewiken, die frisch aus der Reinigung kommen, ich meine, von den Urnen reingewaschen sind. Als gute Politiker sind sie sehr spät eingetroffen, damit wir glauben, sie widmen dem Gemeinwohl viele Stunden. Das ist Mauricio Greis, wir sind zusammen zur Schule gegangen.«

Mauricio war sich sicher, diese Gesichter schon früher gesehen zu haben, im Fernsehen und in der Zeitung, aber da ihm die Lokalpolitik gleichgültig war, hatte er weder auf ihren Namen noch ihr Amt geachtet. Nicht einmal in ihrer Gegenwart konnte er sich jetzt erinnern, welcher von beiden Alemany und welcher Fitó war.

»Ich lasse euch allein, damit ihr euch aussprechen könnt«, sagte Fontán. »Sei vorsichtig – den Politikern ist überhaupt nicht über den Weg zu trauen.«

Die beiden lächelten bloß und schüttelten resigniert den Kopf wie Gäste, die bereit sind, alle Scherze des Gastgebers willig hinzunehmen. Mauricio hatte festgestellt, daß die beiden, als sie als Politiker vorgestellt worden waren, obwohl es leichthin geschehen war, eine reservierte, fast schüchterne Miene aufgesetzt hatten. Sie waren erst vor kurzer Zeit an die Macht gelangt und traten noch nicht mit der Autorität auf, mit der sie ausgestattet worden waren. Trotzdem vergaßen sie ihren Rang nicht: Zwar sprachen sie geradeheraus und manchmal auch leidenschaftlich, aber ihr Gebaren offenbarte doch schon eine gewisse Arroganz. Aber dieses Verhalten, dachte Mauricio, das sich aus der Bedeutung ihrer Ämter ergab, war immer noch besser als Gleichgültigkeit und Skeptizismus.

»Fontán hat uns gesagt, daß du in den letzten Franco-Jahren sehr engagiert warst. Und auch, daß du später von der Politik desillusioniert warst.«

»Fontán redet einfach so daher. Weder habe ich damals eine wichtige Rolle gespielt, noch habe ich aus Desillusionierung damit aufgehört. Ich bin einfach zum Studium nach Madrid gegangen und habe mich von allem ferngehalten.«

»Warum nach Madrid? Nicht, daß das schlecht wäre, aber wo du doch von hier bist...«

»Ich bin Zahnarzt, und damals konnte man in Stomatologie nur in Madrid abschließen.«

»Und jetzt?«

»Jetzt kann man's auch in Barcelona.«

»Ich habe dich gemeint.«

»Ach so. Jetzt arbeite ich hier. In der Zahnklinik Torralba von Dr. Robartes.«

»Und sonst? Politik und so?«

»Damit ist Schluß. Ich lebe und lasse leben. Die Zeiten haben sich geändert.«

»Aber wir können uns nicht den Luxus leisten, uns zu ändern«, antwortete der andere, der so lebhaft gesprochen hatte, als wollte er es auf einen Streit ankommen lassen.

Am anderen Ende des Salons machte Mauricio in einem Kreis von Männern die Frau mit den Bildern aus. Er glaubte, zu sehen, daß sie ihm mit einem Lächeln zublinzelte. Einen Augenblick lang verlor er den Gesprächsfaden und nutzte das, um der Unterhaltung eine weniger ernsthafte Wendung zu geben.

»Mir schwant, ihr wollt mich zu euch rüberziehen.«

Die beiden Politiker wechselten einen Blick und lächelten.

»Ja, im Grunde sind wir nur da, um herauszufinden, wie weit dein Engagement geht, und um dir einen Vorschlag zu machen, falls es deinerseits eine gewisse Verfügbarkeit gibt.«

Eine Frau mit scharfgeschnittenen Gesichtszügen und schulterlangem Kraushaar gesellte sich zu der Gruppe.

»Könnt ihr denn keine Minute sein, ohne zu arbeiten?«

»In einer Minute fiel Konstantinopel«, sagte Fitó.

»Nachdem es elf Jahrhunderte lang Dummheiten gemacht hatte«, sagte sie. Und zu Mauricio gewandt: »Ich bin Fitós Frau.«

Sie gab ihm die Hand. Sie trug mehrere Armreife und Anhänger.

»Mauricio Greis.«

»Ein Freund von Fontán?«

»Ja, aus der Schulzeit.«

»Wir wollten ihm eben einen Vorschlag machen«, sagte Fitó.

»Dann laß ich euch.«

»Du kannst ihn auch hören, wenn du willst.«

»Nein. Ihr seid so was von mühsam. Ich gehe.«

Mauricio fand sie sehr sympathisch.

Alemany und Fitó erklärten ihm, das Land mache eine schwierige Zeit durch. Die Bürger hätten, als nach den turbulenten Wendejahren nach Francos Tod die Demokratie mit der klaren Aussicht auf Dauerhaftigkeit begründet gewesen sei, geglaubt, nun sei der Moment gekommen, sich auf ihre persönlichen Angelegenheiten zurückzubesinnen. Die einen aus Ermüdung, andere aus Ernüchterung, aber letztlich alle aus Egoismus, überließen sie das Regieren lieber einigen Berufspolitikern, denen sie jedoch weder Glauben noch Vertrauen schenkten.

»Wir stehen vor einer ganz besonderen Herausforderung«, sagte Fitó. »In kurzer Zeit hat die spanische Linke eine politische Klasse aus dem Boden stampfen müssen. Die von der anderen Partei haben aus früheren Zeiten eine gewisse Erfahrung, und trotzdem haben sie ihre liebe Mühe. Darum ist unser Fall um so dramatischer. Wozu sollen wir uns was vormachen? Wir sind an die Macht gekommen und sind bloß noch einige wenige. Zwar haben wir hervorragende Führer, aber die Führer sind nur die Spitze des Eisbergs. Es müssen Tausende von Positionen mit Leuten besetzt werden, die unseren Überzeugungen mehr oder weniger nahestehen oder uns zumindest nicht feindlich gesinnt sind, die unsere Arbeit nicht absichtlich torpedieren. Und es müssen effiziente Leute sein – die Stimmbürger wählen entsprechend ihren Neigungen, aber danach fordern sie logischerweise, daß es auch klappt. Der Erfolg dieser oder jener Partei ist nichts wert, wenn nach der Machtergreifung die ärztliche Versorgung oder das Erziehungssystem, die Sicherheit der Bürger oder das Verkehrswesen nicht funktioniert.«

»Vom Verschleiß gar nicht zu reden«, sagte Alemany. »Es ist kein Geheimnis, daß uns das Referendum zum Nato-Beitritt viele Sympathien gekostet hat, ganz besonders in Katalonien.«

»Ich habe dafür gestimmt«, sagte Mauricio.

»Und zu allem Überfluß«, schloß Fitó leiser, »bewegen wir uns immer noch auf Treibsand: die Armee, die Kirche, die Multis oder die kleinen außerparlamentarischen Organisationen. Die Terroristen jeglicher Couleur.«

Unvermutet brachen beide gleichzeitig in Gelächter aus.

»Jetzt haben wir es bestimmt geschafft, dich in Angst und Schrecken zu versetzen?«

»Ein wenig, aber ich fürchte, das Schlimmste kommt erst. Was wollt ihr mir denn vorschlagen?«

Die beiden Politiker schwiegen eine Weile, bevor sie antworteten.

»Also denn. Die Frage ist folgende: Wärst du bereit, dich bei den nächsten Regionalwahlen auf die Liste der Sozialistischen Partei Kataloniens setzen zu lassen? Du brauchst nicht gleich zu antworten. Je eher du uns eine Antwort gibst, desto besser, aber denk in aller Ruhe drüber nach. Und denk auch an den Posten, den du bekleiden möchtest. Wenn er hoch ist, bekommst du möglicherweise ein öffentliches Amt; ist er niedrig, wird deine Anwesenheit die eines reinen Zeugen sein, aber ebenfalls wichtig. Wie deine Antwort auch ausfällt, wir werden das Ganze streng vertraulich behandeln. Du sollst auch wissen, daß wir dich auf eigene Initiative kontaktiert haben, daß sie aber im Interesse von sehr viel höhergestellten Leuten gutgeheißen wird.«

Mauricio schaute in den überfüllten Salon hinein. Mit dem Essen und Trinken waren alle Gäste mitteilsamer geworden, und das Geschrei wurde immer lauter. Er sah sich nach der Frau mit den Bildern um, doch sie war schon wieder verschwunden. Dann wandte er sich wieder den Politikern zu. Ihr Vorschlag hatte ihn so überrascht, daß er nicht einmal darüber nachgedacht hatte.

»Ich danke euch sehr für euer Interesse, aber ich habe nichts mit Politik zu schaffen. Außerdem weiß ich nicht, wie ich sie mit meinem Beruf in Einklang bringen könnte.«

»Du interessierst uns aber unter anderem gerade wegen deines Berufs. Wir können nicht mit einer Liste kommen, auf der nur Anwälte für Arbeitsrecht und Ökonomen mit London-School-Abschluß figurieren. Es muß die ganze Zivilgesellschaft vertreten sein. Nicht sämtliche Berufe, nicht einmal alle Sektoren, aber doch ein breites Spektrum. Wenn du dich entscheidest, werden wir uns um die praktische Seite der Frage kümmern. Da hast du unsere Telefonnummern.«

Sie gaben ihm zwei Karten und überließen ihn seiner Verwirrung. Er wußte nicht, ob er nach Hause gehen oder einen Whisky trinken und denken sollte, das eben Vorgefallene sei nicht von Bedeutung. Von den beiden Optionen erschien ihm die erste die vernünftigere, aber er mochte die Gesellschaft nicht verlassen, ohne noch einmal mit der Frau mit den Bildern gesprochen zu haben. Er winkte einen Kellner herbei und bat ihn um einen Whisky mit Eis und Wasser. Fontán trat zu ihm.

»Ich schwöre dir, daß ich nichts zu tun habe mit diesem Anschlag auf dich. Hätte ich gewußt, was diese beiden Haie vorhaben …«

»Glaubst du, sie haben es ernst gemeint?«

»Daran besteht kein Zweifel.«

»Aber sie wissen ja gar nichts von mir. Nur was du ihnen allenfalls erzählt hast.«

»Anscheinend vertrauen sie mir. So ist das halt, die Demokratie steckt noch in den Kinderschuhen, und man muß improvisieren – jetzt oder nie.«

Mauricio wußte nicht, ob er seinem ehemaligen Mitschüler böse sein sollte. Aber daß man ihn für die Reihen der Regierungspartei hatte gewinnen wollen, war letztlich schmeichelhaft, und wenn Fontán dabei die Finger im Spiel gehabt hatte, dann zweifellos, weil er ihn schätzte.

In diesem Moment ging eine Tür auf, die zu den Schlafzimmern führte, und die Frau mit den Bildern trat heraus. Als sie die beiden erblickte, kam sie direkt zu ihnen.

»Wo hast du gesteckt?« fragte Fontán. »Während du weg warst, wäre unser Freund Greis um ein Haar Innenminister geworden.«

»Erzähl keinen Unsinn«, protestierte Mauricio.

»Du heißt Greis?«

»Ja, Mauricio Greis. Die Familie meines Vaters kommt von nördlich der Pyrenäen und ist anscheinend jüdischen Ursprungs. Aber sie haben sich vor mehreren Generationen in Katalonien niedergelassen und jede Verbindung mit ihrer Herkunft und Gemeinschaft abgebrochen. Erst nach dem Zweiten Weltkrieg ist ein entfernter Cousin meines Vaters aufgetaucht, der in Israel lebt.«

»Das ist ja interessant.«

Mauricio fürchtete, sie mit dieser albernen Geschichte zu langweilen.

Fontán nahm die Frau mit in eine Ecke, wo sie sich kurz, aber heftig unterhielten. Einen Moment schien sie böse zu werden. Dann beruhigte sie sich wieder. Mauricio wandte sich ab, um nicht den Eindruck zu erwecken, er spioniere sie aus. Nach kurzer Zeit kam sie wieder zu ihm.

»Auf Wiedersehen«, sagte sie ein wenig überstürzt, »ich muß gehen.«

»Wie bitte, du gehst? Aber ich dachte …«

»… ich wohne hier?«

Mauricio errötete und wußte keine Antwort.

Auch sie zögerte. Schließlich gab sie ihm die Hand.

»Nun, wir werden uns schon wiedersehen, nehme ich an«, murmelte sie.

»Natürlich. Hoffentlich bin ich dir nicht auf die Nerven gegangen mit dem, was ich vorhin über die Bilder gesagt habe. Normalerweise bin ich nicht so. Ich habe einfach niemanden gekannt, und statt daß mich dieser Umstand einschüchtert, enthemmt er mich. Dann rede ich dummes Zeug, bloß um etwas zu sagen.«

»Bist du wirklich Zahnarzt?«

»Ja.«

»Und woher kennst du Fontán?«

»Wir sind zusammen zur Schule gegangen. Danach haben wir uns nicht mehr gesehen bis vor einigen Tagen, in der Zahnklinik, wo ich arbeite. Seither scheint er daran interessiert, die so lange unterbrochene Beziehung wiederaufzunehmen, ich weiß ehrlich gesagt nicht, warum.«

»Wahrscheinlich gefällst du ihm.«

»Ich? In welchem Sinn?«

»In irgendeinem Sinn, spielt's eine Rolle? Es kann einem ein Mensch abgesehen von seinem materiellen Wert gefallen, im Gegensatz zur zeitgenössischen Kunst.«

»Aha, darauf wolltest du also hinaus.«

»Nein. Ich wollte etwas mehr sagen, wenn auch nicht sehr viel. Und jetzt gehe ich wirklich.«

Sie gab ihm zum zweiten Mal die Hand. In ihrer Eile lag etwas Rätselhaftes, wie in einem Kindermärchen. Mauricio wartete ein paar Sekunden, weil er dachte, sie werde ihm eine Erklärung geben, die ihre Hast rechtfertige, aber als er sah, daß sie tatsächlich aufbrechen wollte, faßte er einen plötzlichen Entschluß.

»Ich gehe auch«, sagte er und fügte gleich hinzu: »Ich muß morgen arbeiten und mag nicht spät zu Bett gehen. Wenn du eine Sekunde wartest, verabschiede ich mich, und wir gehen gemeinsam.«

Ohne ihr Zeit für eine Antwort zu lassen, suchte er Fontán, bedankte sich für die Einladung, bat ihn, den anderen Gästen in seinem Namen auf Wiedersehen zu sagen, und versprach, demnächst anzurufen.

Fontán schien nicht zu bemerken, daß sich die Frau mit den Bildern und Mauricio gemeinsam aufmachten.

Als sie auf die Straße hinaustraten, fragte Mauricio sie, ob sie mit dem Auto gekommen sei.

»Ich habe kein Auto. Ich bin mit dem Taxi gekommen. Normalerweise fahre ich überall mit dem Bus hin, aber heute abend mochte ich das nicht tun, damit ich mit meinem fantastischen Kleid nicht unangenehm auffalle.«

Erst als er ihren Ton bemerkte, sah Mauricio, daß sie ein ganz einfaches Kleid trug. Vorher hatte er nicht darauf geachtet. Jetzt sah sie im schwachen, unregelmäßigen Licht der Straßenbeleuchtung ganz anders aus, als er sie in der raffinierten Umgebung des Salons wahrzunehmen geglaubt hatte. Sie war jünger als zuvor vermutet, hatte ausdrucksvolle, ungekünstelte Züge, kurze, etwas borstige Haare und durchdringende Augen.

»Ich bin auch nicht mit dem Auto gekommen«, sagte er. »Meinst du, wir finden ein Taxi?«

»Wenn wir ein wenig gehen, schon.«

Sie gingen eine Weile in verlegenem Schweigen. Obwohl die Nacht kalt war und die Feuchtigkeit die Laternen mit einer Aureole umgab und den Asphalt zum Glänzen brachte, schien sie es gar nicht mehr eilig zu haben. Ein lautes Motorrad donnerte vorbei.

»Ich weiß nur, daß du Clotilde heißt«, sagte Mauricio.

»Viel mehr gibt es nicht zu wissen. Ich habe in Barcelona Jura studiert, und jetzt arbeite ich als Anwältin. Spezialität Computerdelikte.«

»Gibt es davon denn so viele?«

Sie lächelte und machte eine resignierte Handbewegung.

»Im Moment noch nicht. Aber sie nehmen zu, und ich baue ganz auf den innovativen Schwung unserer kühnen Delinquenten. Derzeit arbeite ich wenig, verdiene noch weniger und wohne weiterhin bei den Eltern. Und du?«

»Mir geht's ein wenig besser. Zum Glück bin ich nicht von der Privatinitiative abhängig – um Karies zu bekommen, braucht man fast nichts zu tun. Und ich wohne allein, in einer Mietwohnung.«

Als sie in den Paseo de la Bonanova einbogen, sahen sie an der Ecke ein Taxi mit dem grünen Lämpchen stehen. Angesichts des unmittelbar bevorstehenden Abschieds verlangsamte Mauricio den Schritt ein wenig. Er wollte etwas sagen und wußte nicht, was. Hartnäckig schaute er geradeaus, aber er spürte ihre Augen unverwandt auf sich gerichtet.

»Die Wohnung, in der du lebst«, sagte Clotilde, »die ist eine Bruchbude?«

»Mehr oder weniger.«

»Und willst du sie mir zeigen?«

»Natürlich.«

Sie stiegen ins Taxi, und Mauricio nannte die Adresse seines Hauses.

Unterwegs sprachen sie wenig.

»Wenn du früh aufstehen mußt und entsprechend den Wecker stellen willst, macht es mir nichts aus«, sagte Clotilde, als sie die Wohnung betraten.

Am nächsten Morgen erwachte Mauricio mit dem Gefühl, in seinem Leben habe eine irreversible Veränderung stattgefunden, obwohl er nicht genau sagen konnte, ob sie tief war oder von Dauer sein würde. Zuvor hatte er flüchtige Liebesbeziehungen gehabt, eine in seiner Studentenzeit in Barcelona und drei, vier in Madrid, wo in jenen Jahren eine verrückte Atmosphäre herrschte und er eine absolute Freiheit genoß. Keine war ihm sehr nahegegangen. Im Gegenteil: Sowie sie sich festigten, fühlte er sich bedrängt, vor allem, wenn er auf der anderen Seite intensivere Gefühle als die seinen wahrzunehmen glaubte. Dann suchte er nach Mitteln und Wegen, um sich schmerzlos und würdig von der betreffenden Bindung zu befreien.

Wieder in Barcelona, hatte er kurze Abenteuer mit Frauen gehabt, die er auch zu sich nach Hause mitgenommen hatte, ohne diesem Umstand eine besondere Bedeutung beizumessen. Für ihn war seine Wohnung ein Ort wie jeder andere. Er hatte sie durch eine Anzeige in der *Vanguardia* gefunden, kurz nachdem er zu arbeiten begonnen hatte, und sie aus praktischen Gründen gemietet, ohne sich je um ihre Verschönerung bemüht zu haben.

Im Schlafzimmer standen einzig ein breites Bett ohne

Kopfende und ein Stuhl für die Kleider. Das Wohnzimmer war mit einem etwas aus den Fugen geratenen Sofa, einem viereckigen Tisch mit vier Stühlen und einer Stehlampe ausgestattet. In einem Regal aus dunklem Holz reihten sich in peinlich genauer Ordnung die Bücher aneinander, eine Bibliothek von rund 600 Bänden, die zum Teil aus zahnärztlichen Untersuchungen bestanden, der Rest waren fast ausnahmslos Romane.

Clotilde schaute sie sich genau an. Die Titelauswahl fand sie merkwürdig.

»Ich bin nicht auf dem laufenden über die Neuheiten und auch nicht sehr methodisch«, sagte Mauricio. »Ich mag die Klassiker.«

»Die Klassiker, na schön, aber Goethe? Du hast ja seine gesammelten Werke, und auch noch auf deutsch!«

»Ich habe als Kind Deutsch gelernt, meine Mutter legte Wert darauf. Sie sagte, das sei die Sprache der Zukunft. Später habe ich ein Jahr in Deutschland gelebt und Gelegenheitsarbeiten gemacht. Goethe ist mein Lieblingsautor. Macht mich das zu einem Ungeheuer?«

»Zu einem Freak. Ich kenne niemand, der Goethe liest.«

»Jetzt kennst du einen.«

Es war halb neun. Clotilde trödelte in der Wohnung herum, als wartete sie auf einen Vorschlag. Mauricio verfolgte sie mit dösigem Blick. Als er sie so sah, spürte er, daß ihre Anwesenheit die bittere Erinnerung an frühere Enttäuschungen und Brüche tilgte. Er sagte:

»Ich würde dir ja gern etwas anbieten, wenigstens einen Kaffee oder einen Saft, aber ich habe nichts.«

Er frühstückte jeden Morgen in einem nahegelegenen Lokal namens Bar Claret. Da seine Gewohnheiten sehr regelmäßig waren, setzte er sich immer um dieselbe Zeit an denselben Tisch, bestellte dasselbe und vertiefte sich in die Zeitungslektüre.

Er lud Clotilde zum Frühstück ein, und sie nahm an.

Der Wind hatte die Wolken verjagt, die Luft war trocken und kalt und der Himmel rein und zu dieser frühen Stunde noch blaßblau.

Im Claret fiel Clotilde mit ihrem Kleid vom Vorabend um diese Zeit auf. Mauricio glaubte im Blick von Señor Claret hinter der Theke ein verschmitztes Funkeln zu sehen. Aber da er alle Hände voll zu tun hatte, war es Señor Claret völlig egal, ob Mauricio allein oder in Begleitung kam.

Nach dem Frühstück sagte er:

»Sehen wir uns wieder?«

»Fragst du mich das?«

»Nein. Ich rechne damit. Ich werde dich anrufen.«

»Ja. Aber warte zwei, drei Tage, ja?«

Mauricio hörte heraus, daß sie sich nicht unter Druck setzen lassen mochte. In der Nacht hatte er viel geredet und sie sehr wenig, und jetzt fürchtete er, einen schlechten Eindruck bei ihr hinterlassen zu haben.

Nach zwei Tagen rief er an. Es war ein Samstag. Er lud sie für diesen Abend zum Ausgehen ein, und Clotilde sagte, sie habe schon eine Verpflichtung.

»Und morgen?«

»Kann ich auch nicht. Tut mir leid.«

»Macht nichts. Dann werde ich eben Goethe wiederlesen.«

»Verflixt, da muß ich ja ein schlechtes Gewissen haben.«

Nach einer halben Woche rief er abermals an. Die Frau, die sich meldete, sagte, sie sei Clotildes Mutter und ihre Tochter sei nicht zu Hause und werde auch nicht zum Abendessen kommen.

»Sagen Sie ihr bitte, Mauricio Greis habe angerufen. Ich gebe Ihnen meine Telefonnummer für den Fall, daß sie zurückrufen möchte.«

»Sind Sie der Zahnarzt?«

»Ja.«

»Aha.« Clotildes Mutter wartete einen Augenblick. Mauricio befürchtete schon, sie werde ihn um einen Rat angehen, aber als sie wieder sprach, sagte sie: »Clotilde hat Ihre Nummern bereits, die private und die von der Praxis.«

In diesem höflichen, aber standhaften Verhalten vermutete er eine Strategie, so daß er beschloß, nicht wieder anzurufen. Wenn sie mich sehen will, soll *sie* mich anrufen, dachte er, und wenn nicht, dann ist es besser, gleich jetzt einen Schnitt zu machen. Er mochte nicht aufdringlich sein und auch nicht wie ein geschlagener Hund wirken.

Er befolgte seinen Entschluß, und es vergingen mehrere Tage, ohne daß er etwas von Clotilde hörte.

Mauricio ärgerte dieses Schweigen mehr, als daß es ihn verbitterte. Obwohl sie ihm nichts versprochen hatte, auch nicht andeutungsweise oder stillschweigend, fühlte er sich betrogen. Das nahm ihm die Ruhe. Selbst sein Beruf, der ihn zuvor völlig in Anspruch genommen hatte, erschien ihm jetzt als reine Routine. Zwar arbeitete er interessiert und sorgfältig und bemühte sich, täglich etwas dazuzulernen, und während er in die Arbeit vertieft war, dachte er an nichts anderes. Aber später, nach Feierabend, machte ihm nichts mehr Spaß, zu Hause fiel ihm die Decke auf den Kopf, die Zeit wollte nicht vergehen, und das Leben ganz allgemein kam ihm fade und zwecklos vor.

In dieser ganzen Zeit war Mauricio das Gespräch bei Fontán mit den beiden Mitgliedern der Sozialistischen Partei nicht aus dem Kopf gegangen. Er hatte ihre Visitenkarten behalten, und eines Tages kam er auf die Idee, sich mit ihnen in Kontakt zu setzen, um ihre Absichten herauszufinden. Wenn sie ihm, wie sie selbst angedeutet hatten, vorschlagen wollten, sich an einer politischen Aktivität zu beteiligen, bei der er seinen Beruf nicht aufgeben müßte, wäre er um eine Antwort verlegen. Der Gedanke war seit damals in seinem Kopf präsent gewesen, aber er hatte keinerlei Anstrengung unternommen, um den Ereignissen vorzugreifen oder auch nur das Für und Wider abzuwägen; er behielt sie einfach im Auge in der vagen Absicht, sich an sie zu gewöhnen.

Schließlich rief er eine der beiden Nummern an. Die Telefonistin sagte, das sei tatsächlich der Sitz der Sozialistischen Partei Kataloniens, aber im Moment seien weder Señor Alemany noch Señor Fitó da. Wenn er so freundlich sei, seinen Namen und die Telefonnummer zu hinterlassen, werde sie sie sobald wie möglich von seinem Anruf unterrichten.

»Sagen Sie ihnen, Dr. Greis hat angerufen.«

Am nächsten Morgen bekam er in der Zahnklinik einen Anruf von Alemany. Wenn es ihm recht sei, könnten sie irgendwann zusammen zu Mittag essen und sich ein wenig unterhalten, ganz unverbindlich. Mauricio nahm an, und sie verabredeten sich für den nächsten Tag in einem einfachen, etwas lauten Restaurant im Zentrum, wo man günstig und gut aß. Diese Wahl sagte ihm zu. Er dachte, wenn man ihn in ein Luxusrestaurant eingeladen hätte, hätte er nur ungern etwas abgeschlagen.

Als er das Lokal betrat, nannte er Alemanys Namen, und ein mürrischer Kellner führte ihn zu einem reservierten, aber noch leeren Tisch.

»Es ist noch niemand gekommen. Möchten Sie was trinken?«

»Nein, danke.«

Das Warten wurde ihm lang. Schließlich sah er Fitós Frau eintreten, die er zunächst an den schulterlangen Haaren und der Kleidung und erst dann an ihren Zügen erkannte. Sie war in Begleitung eines Unbekannten. Die beiden kamen geradewegs auf den Tisch zu, und sie reichte ihm die mit Armreifen behängte Hand.

»Ich bin Fitós Frau. Ich weiß nicht, ob du dich noch an mich erinnerst. Wir haben uns neulich bei Fontán kennengelernt.«

»Doch, ich erinnere mich genau an dich. Kommt dein Mann nicht?«

»Mein Mann läßt sich entschuldigen. Er hat es nicht rechtzeitig geschafft. Er hatte eine Sitzung mit einigen Gewerkschaftlern. Eigentlich hätte er ihnen den Marsch blasen sollen, aber offenbar blasen sie ihn ihm – er hat angerufen und gesagt, das Ganze werde dauern. Und Alemany ist in Madrid. Damit das Treffen nicht ins Wasser fällt, haben sie Raurell geschickt und mich als seine Begleiterin, um euch einander vorzustellen. Ich kümmere mich nicht um politische Fragen, aber mit einem Politiker verheiratet zu sein bringt eben diese Nachteile mit sich. Und andere.«

Sie sprach ganz im Ernst. Mauricio konnte nicht feststellen, ob sie ihre Rolle schicksalsergeben spielte oder es genoß, sich gelegentlich in der öffentlichen Figur ihres Mannes zu sonnen. Höchstwahrscheinlich wechselten diese beiden Seelenzustände ab oder fanden sogar gleichzeitig statt, dachte er.

Der Begleiter sagte:

»Ich heiße Raurell, Quique Raurell. Ich bedaure die Verwirrung und die Verspätung. Man hat mich eben erst benachrichtigt. Das heißt aber nicht, daß man dich nicht ernst nimmt. So läuft es eben, mit der Zeit wirst du es schon merken. Und was du gerade denkst, stimmt ebenfalls.«

»Was denke ich denn?«

»Daß sich, wenn du für sie von Interesse bist, die Parteispitze auf dich stürzt und dir das Blaue vom Himmel verspricht, und wenn du zusagst, schicken sie dir einen Statisten. In diesem Fall bin ich der Statist. Bist du tatsächlich Zahnarzt?«

»Ja. Alle fragen mich das ganz ungläubig, als fänden sie es seltsam, daß jemand einen so ungeheuerlichen Beruf ergreift.«

»Es erscheint mir tatsächlich seltsam, aber nicht aus diesem Grund. Ich bin mein Leben lang zum Zahnarzt gegangen, aber außerhalb der Praxis habe ich nie mit einem verkehrt. Weißt du, was? Immer wenn ich mit aufgesperrtem Mund auf dem Stuhl sitze, kommt mir derselbe Gedanke, nämlich: Und was, wenn ihm jetzt der Bohrer abbricht und ich ihn verschlucke? Das ist albern, ich weiß, aber ich kann nicht anders.«

Der Kellner reichte ihnen in Plastik gehüllte Speisekarten und fragte, ob sie Wein, Mineralwasser oder Bier trinken würden. Mauricio sagte, bis zum Feierabend trinke er keinen Alkohol.

Raurell bestellte Wasser und erkundigte sich nach der Spezialität des Hauses.

»Kabeljau«, sagte der Kellner, »aber ausgerechnet heute haben wir keinen.«

»Na so was.«

Sie gingen die Karte durch. Mauricio bestellte Schmorfleisch mit Kichererbsen als einziges Gericht und Raurell Seehecht à la romana. Fitós Frau sagte:

»Wenn ihr mir gestattet, mich lächerlich zu machen, nehme ich Chicoréesalat.«

»Kommen wir zur Sache«, sagte Mauricio, nachdem der Kellner gegangen war.

»Okay«, sagte Raurell. »Laß mich vor allem eine Bilanz aus der Situation ziehen. Ich werde dir nichts Neues verraten – was ich dir zu sagen habe, ist Allgemeingut, aber manchmal ist es nicht schlecht, die Dinge zu wiederholen, und sei es nur, um sozusagen Affinitätspunkte zu bestimmen.«

»Ich mag das Wort Affinität«, sagte Mauricio, »das ist ein guter Ausgangspunkt.«

»Ja, es ist nicht schlecht.« Nach einer Pause fügte Raurell hinzu: »Zunächst mal ist das Land, um es ganz klar zu sagen, so, wie es ist, eine Sandburg. Die macht sich aus der Ferne nicht schlecht, aber wenn auch nur ein paar Tropfen fallen, stürzt sie ein. Lassen wir die Gemeinplätze und Haltungen, wie sie derzeit im Schwange sind – weder Enttäuschung noch Zweckoptimismus bringen uns weiter. Aber das ist die Wirklichkeit. Man muß die Verdienste der vorhergehenden Regierung anerkennen – oft ohne Kriterien, aber doch immer sehr mutig, hat sie es geschafft, die öffentlichen Organe des Landes in Rekordzeit zu reformieren, als niemand für die Zukunft Spaniens einen Pfifferling gegeben hätte. Aber auf wirtschaftlichem Gebiet hat sie nur Mist gebaut. Sie hatte es nicht leicht, und eine Reform des Systems war von ihr auch gar nicht beabsichtigt. Nachdem sie die Wahlen 82 gewonnen hatte, sah sich die Sozialistische Partei vor der Herausforderung, eine veraltete Wirtschafts- und Gesellschaftsmaschinerie der inneren und vor allem der äußeren Wirklichkeit anzupassen. Wir konnten nicht weiter in einer Luftblase leben. Die internationale Konjunktur ist gut. Die Sozialisten regieren im gesamten Mittelmeerbereich: in Portugal, Spanien, Frankreich, Italien und Griechenland. Das wird unserem Beitritt zur Europäischen Gemeinschaft Vorschub leisten, wenn wir die Hausaufgaben machen. Jetzt muß noch die Empfindlichkeit der USA beseitigt werden, wir müssen Uncle Sam davon überzeugen, daß der Sozialismus nicht des Teufels ist, sondern ganz im Gegenteil die beste Garantie gegen den Kommunismus. Daher der Nato-Beitritt, eine Notwendigkeit, der wir nachgekommen sind, was sich jetzt aber rächt. Auch innenpolitisch sieht es nicht schlecht aus. Zwei ziemlich üble Putschversuche haben ein mehr oder weniger lächerliches Ende genommen, ja sogar einige Positionen geklärt, insbesondere die des Königs. Im Moment haben solch obsolete Aufstände offensichtlich keine Chance – die Bürger sind mit einem blauen Auge davongekommen und immun gegen das Virus der Sehnsucht, es gibt kein Zurück mehr. Und am anderen Ende des Spektrums dasselbe in grün: Die revolutionären Abenteuer und das romantische Liebäugeln mit linkem Gedankengut sind in Verruf gekommen. Bei der Kommunistischen Partei ist die Luft raus, und sie sind die ersten, die es wissen. Aber es bleibt noch eine Menge zu tun. Und es ist heikel. Ziemlich unspektakulär und oft schmerzhaft. Was ich meine? Nun, die tägliche Erweiterungsarbeit. Das bereits Erreichte zu konsolidieren und standhaft, aber behutsam weiterzugehen und dabei den maximalistischen Versuchungen aus dem Weg zu gehen – und vor allem ohne das erlangte Maß an Wohlstand zu schmälern. Der Feind trägt nicht mehr Uniform. Heute ist es die Inflation, die Arbeitslosigkeit, die Unsicherheit der Bürger, die Unzufriedenheit. Ich meine die Unzufriedenheit in unseren eigenen Reihen. Wir alle haben von der Revolution geträumt. Schlußendlich sind wir alle Kinder des Mai 68.«

»Ich nicht«, sagte Mauricio.

»Ich meine es ganz allgemein. Wir sind mit auf Träumen fußenden Theorien und 45er-Schallplatten groß geworden. Ein Cousin von mir war in Woodstock und ist mit einem gewaltigen Tripper zurückgekommen.«

»Wunderbar«. Mauricio warf einen raschen Blick auf die Uhr. »Aber ich habe nicht allzuviel Zeit.«

»Du hast recht. Ich komme zum Schluß. Um die Reform zu Ende zu führen, sind wir auf die Unterstützung der Bevölkerung angewiesen. Aber der Mann von der Straße ist nicht informiert. Wir befinden uns immer noch im Anfangsstadium der Demokratie und wissen nicht genau, worin sie besteht. Die meisten von uns Spaniern haben kein anderes Regime als die Diktatur gekannt. Wir haben nie wirklich geglaubt, sie könnte einmal zu Ende sein. Jetzt sind wir von der Freiheit überrumpelt worden. Viele meinen, die Demokratie bestehe darin, ungestraft gegen sämtliche Regeln verstoßen und den Nachbarn umlegen zu können. Andere dachten, in der Demokratie würden sie pausenlos vögeln, und da es nicht so ist, fühlen sie sich verraten. Manche sind aus reiner Leichtfertigkeit bereit, uns einen Denkzettel zu verpassen, ohne an die Konsequenzen zu denken. Darum ist eine unserer dringendsten Aufgaben die Erziehung der Bürger. Und für diese Arbeit benötigen wir Leute, viele Leute, mehr, als wir uns vorgestellt haben. Also ... Darauf zielt unser Vorschlag ab: Wärst du bereit, für die nächsten Regionalwahlen auf die Liste der Partei gesetzt zu werden?«

»Als Kandidat?«

»Natürlich. Aber du darfst das nicht allzu wörtlich nehmen. Wir halten es für ausgemacht, daß du nicht das geringste Interesse hast, den Zahnarztberuf an den Nagel zu hängen, um dich einzig und allein der Politik zu widmen. Wir dachten einfach, wir könnten deinen Namen zuunterst auf die Liste setzen. Die Wahrscheinlichkeit, daß du gewählt wirst, ist gleich Null, und wenn alle Stricke reißen, könntest du immer noch verzichten. Auf der Liste zu stehen ist ein Akt der Solidarität. Du wirst auf allen Listen bekannte Namen gesehen haben: Intellektuelle, Künstler. So bringen sie ihre Unterstützung für eine politische Gruppierung zum Ausdruck.«

»Ich weiß schon. Aber ich bin ein Unbekannter.«

»Spielt keine Rolle. Was wir im Grunde möchten, ist, daß du dich an der Wahlkampagne beteiligst. Warum? Weil du ein kompetenter Fachmann und jung bist, eine gute Figur machst, intelligent und ehrlich bist, kurzum, jemand, der dem Erscheinungsbild dessen entspricht, was wir sind oder uns zu sein bemühen. Natürlich würde es nicht darum gehen, auf Massenversammlungen aufzutreten, sondern kleinere Veranstaltungen zu besuchen: Bürgervereine und so. Mit den Leuten zu sprechen, dir ihre Meinung anzuhören, frei von der Leber weg zu sagen, was du denkst. Das ist eine hochwichtige Aufgabe – in diesen Festungen befindet sich die eigentliche Wählerschaft, der wahre Adressat unserer Politik. Diejenigen, die auf den Versammlungen herumbrüllen, sind Überzeugte, und sie organisieren solche Veranstaltungen bloß, um ins Fernsehen zu kommen, um den Eindruck von Überfülle zu erzeugen. Aber dort, wo du hingehen würdest, geht das Volk hin, Leute, die zuhören und denken, bevor sie sich für einen Wahlzettel entscheiden.«

Er schwieg einen Augenblick und sagte dann nach einer Pause etwas bedächtiger:

»Denk drüber nach. Es würde deiner Arbeit nicht in die Quere kommen, und es wäre nicht nur ein Dienst am Lande, sondern auch eine fantastische menschliche Erfahrung. Wenn du irgendeine Frage hast oder einen bestimmten Aspekt der Angelegenheit besprechen möchtest, dann ruf uns an. Wir haben Verständnis für alle Vorbehalte und Ambivalenzen und respektieren natürlich jede Entscheidung. Ich möchte bloß wiederholen, daß eine große Arbeit auf uns zukommt, eine ungeheure Wiederaufbauarbeit nach einer langen Zeit der Erosion.«

Nachdem er ausgeredet hatte, gab er dem Kellner ein Zeichen, bezahlte die Rechnung und stand auf.

»Wir haben alle zu tun«, sagte er. »Also jeder an seine Arbeit, und wir sehen uns wieder, wenn es soweit ist.«

Auf der Straße hielt Fitós Frau, bevor sie sich verabschiedeten, Mauricio am Arm fest und flüsterte ihm sehr ernst zu:

»Alle Generationen vor uns haben Spanien auf den Weg der Zwietracht geführt. Unsere ist die erste, die nur die Versöhnung sucht.«

An diesem Abend analysierte Mauricio bei sich zu Hause das Gespräch und fragte sich, ob die politische Betätigung zu seinem Temperament paßte oder ob ihn nur ein unbekanntes Pflichtgefühl antrieb. Im Grunde hielt er sich für ein verwöhntes Bürgersöhnchen und hatte ein schlechtes Gewissen.

Mitten in dieser Verwirrung kam er plötzlich auf die Idee, Clotilde um Rat zu fragen. Ihre Meinung erschien ihm ausschlaggebend. Diese Überzeugung brachte ihn dazu, das selbstauferlegte Schweigen zu brechen. Ich werde sie anrufen, dachte er, und wenn sie nicht da ist oder mich unter irgendeinem Vorwand nicht sehen will, wird das das endgültige Aus sein.

Sie meldete sich persönlich.

»Nanu, ich dachte schon, du würdest mich nie mehr anrufen.«

Mauricio war etwas verlegen.

»Ich war in letzter Zeit ziemlich gestreßt«, würgte er heraus. Dann fand er seine Ruhe wieder und fügte hinzu: »Außerdem bin ich ein nachdenklicher Mensch, ich überstürze nie etwas.«

»Dafür hast du dir aber ganz schön was eingebrockt.«

»Wie meinst du das?«

»Es heißt, du kandidierst für die Wahlen.«

»Das heißt es?«

»So wird gemunkelt. Stimmt es nicht?«

»Weder stimmt es, noch ist es gelogen. Ich habe mich noch nicht entschieden. Darum wollte ich mit dir sprechen. Nun ja, nicht nur darum … Aber ich wollte deine Meinung hören.«

»Meine Meinung? Wie soll ich dir meine Meinung sagen, wo ich dich gar nicht kenne?«

»Wir haben miteinander geschlafen.«

»Nur einmal.«

»Dem kann leicht abgeholfen werden. Wann kann ich dich wiedersehen?«

»Ich dachte, du seist sehr beschäftigt mit der Politik.«

»Noch nicht. Sehen wir uns um acht?«

»Ja. Obwohl ich als Beraterin nichts tauge.«

Clotilde wohnte bei ihren Eltern, und das demütigte sie, doch ihr Einkommen erlaubte es ihr nicht, auszuziehen. In ihrem Alter hatte sie noch keine feste Stelle und kein richtiges Gehalt. Ein angesehener Anwalt hatte sie in seiner

Kanzlei als Praktikantin zugelassen, um ihrem Onkel einen Gefallen zu erweisen, und zahlte ihr monatlich ein symbolisches Entgelt. Es war eine Arbeitsbeziehung, die niemand gewollt hatte. Clotilde war ihrem Onkel nicht sympathisch. Er hatte sie nur weiterempfohlen, um seiner Schwester entgegenzukommen, in der Überzeugung, seine Vermittlung wäre hilfreich. Der Anwalt hatte sie widerwillig aufgenommen; er brauchte niemanden in seiner Kanzlei, und schon gar nicht auf Empfehlung, und er haßte es, mit der Ausbildung einer unerfahrenen Person Zeit zu verlieren. Auch Clotilde wollte diese Arbeit nicht. Ein Jahr zuvor hatte sie ihr Studium abgeschlossen, und sie hätte lieber im Ausland diese Studien vertieft, bevor sie zu arbeiten anfing.

Sie hatte das Abitur in einer weltlichen Schule gemacht, die in etwas zopfiger Nostalgie dem Fortschrittsgedanken frönte, und hatte dann an eine Universität gewechselt, deren einzige Daseinsberechtigung in diesen bewegten, von den wundersamen Veränderungen nach dem Tod des Diktators geprägten Jahren keine andere zu sein schien als die Umwandlung einer ungerechten, verknöcherten, heuchlerischen Gesellschaft. Diese Universität verließ sie erfüllt von dem Gedanken, das einzige Ergebnis ihres Studiums müsse sein, sich unverrückbare ethische Grundsätze, ein bedingungsloses Engagement und ein wissensbegieriges, solidarisches, versöhnliches Wesen anzueignen.

Diesen Glauben teilten alle: Studenten, Professoren und sogar die Behörden, die die Studenten gelegentlich äußerst gewalttätig und hart bestraften. Die einen wie die anderen waren der Überzeugung, daß eine radikale Veränderung bevorstand, auf Grund deren die traditionellen Formen der Erkenntnis revidiert und der neuen Wirklichkeit angepaßt werden müßten. Nur wer sich eine flexible, nicht von Wissen oder Erfahrung verseuchte Denkweise bewahrt habe, könne diesen Wandel, für den es keine vorgezeichnete Lösung und Bahn gab, zu einem glücklichen Abschluß bringen. All das stimmte bis zu einem gewissen Grad, aber schließlich war eine Generation von Dilettanten entstanden, die für kaum etwas zu gebrauchen waren und zu denen auch Clotilde gehörte.

Ein mehrmonatiger Aufenthalt in England, größtenteils in eine stürmische, erschöpfende Beziehung mit einem französischen Wirrkopf investiert, brachte sie am Ende ganz durcheinander. Zum ersten Mal genoß sie die Freiheit, aber zum ersten Mal mußte sie auch die Verlassenheit, die Beschwerlichkeiten des Bohemelebens und die Schrekken einer unerfreulichen Beziehung ertragen. Ihr Vater bestritt zwar die Kosten, aber wegen seiner wirtschaftlichen Situation konnte er es nur in bescheidenem Rahmen und unter großen Opfern tun. Aus all diesen Gründen war es Clotildes eigene Entscheidung, vorzeitig heimzufahren.

Mit der Rückkehr nach Hause kehrte sie in ein System der Abhängigkeit zurück, fand sich aber auch wieder in einer Umgebung, die ihre sämtlichen Bedürfnisse zufriedenstellte und in der sie sich immer wieder einmal etwas gönnen konnte. Die Nachsichtigkeit ihrer Eltern, das Gefühl, über die eigene Person und ihre Zeit nach Belieben verfügen zu können, sowie die Überzeugung, in einer vorübergehenden Etappe zu leben, machten ihre Lage erträglich und manchmal sogar angenehm.

Unter diesen Umständen hätte die Vorstellung, durch Vitamin B in die Kanzlei eines Anwalts einzutreten, dem regelwidrige Verhandlungen und anrüchige Verbindungen nachgesagt wurden, ihren Absichten nicht ferner liegen können. Aber sie ging zu dem Vorstellungsgespräch, um ihre Mutter nicht zu verstimmen, indem sie ihren Onkel kränkte, der sich nur widerwillig für sie verwendet hatte.

Dann verschworen sich die Dinge, und nichts kam so heraus, wie alle Beteiligten es beabsichtigt hatten.

Als ihm Clotildes Besuch gemeldet wurde, hatte Macabrós schon den ganzen Vormittag umsonst versucht, sich mit der trostlosen Welt der Informatik vertraut zu machen. Es gelang ihm nicht, auch nur die elementarsten Operationen durchzuführen, und er geriet in Harnisch vor einem Bildschirm, auf dem sich andauernd und unleugbar bei jedem Tastendruck seine Fehler offenbarten, obwohl er überzeugt war, die auf einem Zettel notierten Anweisungen Punkt für Punkt zu befolgen. Und auch wenn ihm klar war, daß es unnütz und lächerlich war, wegen etwas aus der Haut zu fahren, was allein der eigenen Unfähigkeit zuzuschreiben war, rebellierte sein Charakter angesichts dieser jeglichem Zugeständnis abholden, rudimentären Form von Intelligenz. Eine Strähne fiel ihm in die Stirn, und seine Augen waren gerötet, als hätte er die Nacht durchgemacht.

Er begrüßte die Unterbrechung und schob die Tastatur von sich, zog die alte, bordeauxrote Lederunterlage wieder in die Mitte des Schreibtischs und die Manschetten glatt, breitete die Hände auf der Lederunterlage aus, straffte den Rücken und sagte:

»Lassen Sie sie eintreten.«

Er hatte das Vorstellungsgespräch vergessen. Jetzt erinnerte er sich daran, daß ihn ein Bekannter gebeten hatte, seine Nichte zu empfangen und ihr mit Rat und Orientierung zur Seite zu stehen. Das war eine Gefälligkeit, die Macabrós periodisch erwies und mit einem ermutigenden, aber mehrdeutigen Sermon rasch hinter sich brachte, welchen er sich sorgfältig zurechtgelegt hatte, um keinerlei Erwartungen aufkommen zu lassen.

Clotilde hatte für dieses Gespräch die konventionellste Kleidung gewählt: Baumwollpullover, Wildlederjackett, Kordhose und Mokassins. Dazu hatte sie eine schwarze Ledermappe mit einem knappen Lebenslauf und den wenigen akademischen Papieren bei sich, die die Richtigkeit des ersteren beglaubigten.

»Setz dich.«

Sie setzte sich, legte die Mappe auf die Knie und nahm eine bescheidene Haltung an. Im Büro war nur das lästige Summen des Rechners zu hören.

»Ich möchte mich für die Störung entschuldigen und Ihnen danken, daß Sie so liebenswürdig waren, mich zu empfangen.«

»Da gibt es nichts zu danken. Dein Onkel ist jemand, den ich respektiere und schätze und dem ich keinen Gefallen abschlagen kann. Aber ich kann dir sehr wenig sagen, was du nicht selbst weißt. Jeder muß sich nach seinen Fähigkeiten und Umständen durchschlagen, alle Erfahrung ist unübertragbar, und letzten Endes ist Glück wichtiger als Wissen. Wie alt bist du?«

»Zweiundzwanzig.«

»Und du hast eben dein Examen gemacht?«

»Im Vorjahr. Nachher war ich eine Zeitlang in England, um mein Englisch zu vervollkommnen.«

»Zu vervollkommnen ...«

Clotilde errötete und heftete den Blick auf die Mappe. Dann schaute sie wieder auf und lächelte entschuldigend. Das versetzte Macabrós in eine ungewohnte Melancholie. Hätte ich eine Tochter gehabt, wäre sie heute gewiß so: hübsch und zart wie ihre Mutter, aber betrügerisch und verdrießlich wie ich.

Macabrós hatte keine Kinder. Er hatte mit fünfunddreißig geheiratet, und nach drei Jahren Ehe war seine Gattin an einer langen, schweren Krankheit gestorben. Danach hatte er sich keine Frau mehr genommen, weniger um die Erinnerung an die Verstorbene hochzuhalten, mit der er eine herzliche und befriedigende, wenn auch nicht leidenschaftliche Beziehung geführt hatte, als weil er sich ungewohnt wohl fühlte, nachdem er eine Einsamkeit wiedererlangt hatte, auf die er seinerzeit nur argwöhnisch verzichtet hatte. Als wieder heiratsfähiger Mann mit allen Eigenschaften, die die Barceloneser Gesellschaft dieser Zeit am meisten schätzte, fehlte es ihm nicht an Gelegenheiten zu einer Wiederverehelichung, aber er zog es vor, an seinem eigensinnigen, altertümlichen Junggesellendasein festzuhalten. Eine Zugehfrau mittleren Alters, tüchtig, loyal und eine durchschnittliche Köchin, kümmerte sich um seine materiellen Bedürfnisse. Seine Zeit füllte er mit der Arbeit, der er viele Stunden widmete, ab und zu mit bescheidenen gesellschaftlichen Kontakten und wenig mehr aus. Weit entfernt von den Ausschweifungen, die ihm in den dumpfen Zirkeln, in denen er verkehrte, böswillig prophezeit worden waren, nutzte er seine Freiheit für ein angenehmes, genügsames Leben ohne familiäre Zwänge, ganz dem Studium und der Lektüre hingegeben.

Methodische Leseratten lesen meistens Dinge, die keinen unmittelbaren Nutzen haben. Macabrós besaß eine große, auserlesene Büchersammlung über das Spätmittelalter und hielt sich für einen Kenner der Materie. Nach dem Grund für dieses Hobby gefragt, pflegte er zu antworten, diese dunkle, wirre, gewalttätige und gottlose Epoche empfinde er als ganz besonders einladend, ein Refugium in der diskreten, wohlerzogenen, perversen Atmosphäre, in der er berufshalber lebte.

»Was ich dir sagen werde, bringt dir letztlich nicht viel. Das einzige, was zählt, ist das Alter. In deinem Alter kann man alles versuchen und alles lernen. In meinem dagegen … Du siehst ja, ich weiß nicht, wie viele Stunden ich schon vergeblich mit diesem ungeschlachten, ungehobelten Gerät da kämpfe, das mich in allen Partien geschlagen hat. Und du darfst nicht etwa glauben, ich lasse mich von Schwierigkeiten einschüchtern. Als Kind hatte ich eine Gouvernante namens Jewgenija Spriziskaja, und ich kann ihren Namen noch immer hersagen. Sie stammte aus einer berühmten weißrussischen Familie, die verarmt im Exil lebte. Sie hat mich Französisch gelehrt. Französisch ist eine schöne Sprache. Nutzlos, aber schön. Englisch dagegen ist eine kindliche Sprache. Darum hat es sich durchgesetzt. Unerläßlich für die Informatik.«

»Wozu wollen Sie es? Dieses Gerät, meine ich. Wozu wollen Sie den Computer? Sie werden ihn nie brauchen.«

»*Peut-être*. Kannst du ein solches Ding zum Laufen bringen?«

»Ein wenig. Zu Hause habe ich einen Amstrad.«

Macabrós machte eine lange Pause.

»Ich brauche jemanden, der sich mit Computern auskennt. Keine Maschinenschreiberin. *Tout à fait une autre chose*.«

»Ich verstehe nichts von Informatik.«

»Laß mich ausreden. In den letzten Monaten sind die Computer zu einem allgegenwärtigen Gesprächsthema geworden. Zwei Männer setzen sich zusammen, und statt über die üblichen Themen zu reden, reden sie nur davon – jeder steuert seine Erfahrungen und seinen Senf bei. Viele Leute, an deren Vernunft zu zweifeln es bisher keinen Grund gab, kaufen sich einen Computer und geben ihm sogleich einen Namen und stellen ihn den Besuchern vor wie ein Baby oder ein Schoßhündchen. Es ist deprimierend, aber mich läßt es kalt. Ich bin weder Psychologe noch Soziologe oder Moralist, ganz im Gegenteil. Ich bin Jurist und will Geld verdienen, und die Zunahme menschlicher Dummheit bedeutet zwangsläufig eine proportionale Zunahme meiner Einkünfte. Das muß aber, unnötig es zu sagen, unter uns bleiben.«

Er lächelte, und Clotilde antwortete ebenfalls mit einem Lächeln.

»Seien Sie unbesorgt.«

»Vor kurzem hat in einem Barceloneser Bankhaus ein Mann mittels Computer eine Buchung gemacht, durch die er zu einem unrechtmäßigen Vermögenszuwachs kam. Das Geschäft war Gegenstand einer Strafanzeige, aber man konnte ihm nicht nachweisen, daß er eine entsprechende

Schädigung verursacht hatte, so daß man nicht Vermögensschaden geltend machen konnte, und ohne den gibt es kein Delikt, da das Strafgesetzbuch fordert, daß der Betrug ›zu Lasten Dritter‹ stattfinde. Anscheinend gibt es in der Informatik, obwohl sich diese Idee meinem Verständnis entzieht, keinen körperlichen Gegenstand, alles ist immateriell. Folglich gibt es, dem Gesetz entsprechend, bei Informatikoperationen keine ›fremden, beweglichen oder unbeweglichen Sachen‹, eine Vorstellung, die auf das *quae tangi possunt* des römischen Rechts zurückgeht, also auf Dinge, die mit dem Tastsinn wahrgenommen werden können. Kannst du mir folgen?«

»Ja.«

»In der Welt, in der wir uns bewegen, ist eine derartige Buchung natürlich eine Bagatelle, reine Anekdote. Was uns hingegen nicht gleichgültig sein kann, ist, daß sich solche Fälle innerhalb kurzer Zeit vervielfachen werden. Die Informatik ist der Fortschritt, und den hält nichts auf, vor allem nicht den Fortschritt der Spekulation, der Arglist und der Gaunerei. Noch wissen wir nicht, wie sich dieses Potential umsetzen wird, aber wehe dem, der es nicht vorhergesehen hat und nicht darauf gefaßt ist, daß sich diese harmlosen Geschichten zu kolossalen Betrügereien auswachsen.« Er deutete auf den Computer und fuhr fort: »Aus diesem Grund hast du mich dabei ertappt, wie ich umsonst mit diesem *colifichet* kämpfte. Ich wollte seine Persönlichkeit verstehen lernen. Soll er auf die Länge ein Kunde werden, so ist das entscheidend. Ich bin nicht sehr viel weitergekommen, ich fürchte, wir sind nicht kompatibel. Aber in deinem Fall ist es anders – in deinem Alter lernt man alles. Tatsächlich beherrschst du ja schon die Grundbegriffe, das ist das schwierigste. Die Grundbegriffe. Zudem kannst du Englisch. Ich weiß nicht, wie gut, aber doch genügend. Und Französisch?«

»Auch.«

Ohne Vorwarnung stand er auf, streckte Clotilde die Hand hin und sagte knapp:

»Drei Monate auf Probe, ohne Gehalt, dann werden wir weitersehen. Ich erwarte dich morgen um Punkt neun. Als erstes wirst du diese Kiste da mitnehmen. Meine Sekretärin wird dir einen Tisch, einen Stuhl und eine Steckdose einrichten.«

So hatte Clotilde in Macabrós' Kanzlei zu arbeiten angefangen.

Es war eine Kanzlei im alten Stil, die aus dem Anwalt, zwei Angestellten und zwei Sekretärinnen bestand.

Clotilde kam jeden Morgen pünktlich um neun und benutzte den Tag, um Auszüge der Rechtswissenschaft und Rechtsprechung und Kommentare zu den Artikeln des Strafgesetzbuches zu lesen, die sich mit Täuschung, Betrug und Fälschung befaßten. Die Kanzlei befand sich in einer großen alten Wohnung in der Gran Vía, wenige Meter vom Hotel Ritz entfernt, aber das Clotilde zugewiesene Büro war ein kleines Zimmer ohne weiteres Licht als die kalte Helligkeit, die aus dem Kücheninnenhof hereindrang. Von allem, was sie las, erstellte sie Karteikarten und Zusammenfassungen. Es war eine langweilige, undankbare Arbeit, die nirgends hinzuführen schien. Die Stunden kamen ihr ewig vor, und obwohl niemand sie kontrollierte oder irgendeine Produktivität von ihr verlangte und sie ihre Zeit nach Belieben verwenden konnte, war sie am Feierabend todmüde und mutlos. Da sie kein Gehalt bekam, hatte sie auch keinen Ausgleich. Sie langweilte sich tödlich. Es war Herbst und wurde früh dunkel. Am tiefen Himmel reflektierte sich die Straßenbeleuchtung in einem ungesunden, tristen Abklatsch von Dämmerung. Während sie auf den Bus wartete, hatte sie das Gefühl, in diesem Warten die besten Jahre ihres Lebens zu vertun. Im Bus waren Fahrgäste wie sie, die ihre Seele irgendwo verlegt zu haben schienen. Clotilde sah in ihren Gesichtern den Tod vorweggenommen.

Ihre Bürokollegen kümmerten sich nicht um sie. Den Kanzleiangestellten war zugemunkelt worden, Clotilde sei auf Empfehlung eingestellt worden, und obwohl sich keiner von ihnen damit brüsten konnte, die Stelle durch eigenes Verdienst bekommen zu haben, hatten die Dienstjahre sie diesen Umstand vergessen lassen, und jetzt sahen sie in dem Neuling eine potentielle Gefahr für ihre Stelle. Einer der Kanzleiangestellten war ebenfalls Anwalt und der andere ein Handelsschulabsolvent kurz vor dem Abschluß des Jurastudiums. Keiner der beiden war sehr viel älter als Clotilde, aber beide schienen einer anderen Generation anzugehören: Sie waren affektiert und erzkonservativ in ihrem Denken und Verhalten, und nichts vermochte ihr Interesse zu wecken außer dem Verfahren, mit dem sie sich gerade beschäftigten.

Bei den Sekretärinnen stieß sie auf mehr Sympathie, doch ihr Aussehen und Auftreten spiegelte einen ihnen fremden Charakter und gesellschaftlichen Rang.

Die Angestellten und Sekretärinnen waren sehr zufrieden und stolz, in einer bedeutenden Kanzlei fest angestellt zu sein, und empfanden Clotildes Unzufriedenheit als unvernünftig und überheblich. Clotilde bemerkte es, verstand es und fühlte sich doppelt unglücklich.

Jeden Tag beschloß sie zu kündigen, und jeden Tag hinderte die eigene Niedergeschlagenheit sie daran, es zu tun.

Allem Anschein nach hatte Macabrós ihre Anwesenheit und den Grund, warum er sie eingestellt hatte, vergessen. Nur einmal, zwei Monate nach ihrem ersten Gespräch, trat er plötzlich in ihr kleines Zimmer und fragte sie, wie es denn so laufe.

»Gut, aber auf dem Gebiet der Theorie kann ich nicht sehr viel mehr tun. Wenn sich nicht bald ein Fall anbietet...«

»Sie werden sich schon anbieten, keine Sorge. *Surtout, pas de zèle.*«

Clotilde nahm Romane zur Arbeit mit und las sie heimlich. Aber obwohl die Lektüre ihren Widerwillen milderte und die Stunden erträglicher machte, stimmte die Handlung dieser Romane sie grenzenlos traurig, wie geartet sie auch immer sein mochte, selbst die komischste.

Auch daß es Frühling wurde, hob ihre Stimmung nicht, sondern deprimierte sie nur noch mehr.

Eines Nachmittags Ende März kam Macabrós' Sekretärin in Clotildes Kämmerchen und sagte:

»Señor Macabrós will dich sehen.«

»Wozu?«

»Das weiß ich doch nicht.«

Clotilde fühlte sich so niedergeschlagen, daß sie dachte, wenn man sie zitiere, könne es nur sein, um ihr irgend etwas vorzuwerfen.

In Macabrós' Büro befand sich ein Besucher. Es war ein Mann unbestimmten Alters, so klein und bucklig, daß er einen Sprung und eine Pirouette vollführen mußte, um vom Sessel herunterzukommen, als er Clotilde eintreten sah. Diese konnte ihren Schrecken nur mit Mühe verbergen.

»Ich stelle dir Don Anselmo Cervello vor«, sagte der Anwalt, »einen engen Mitarbeiter und alten Freund. Das ist das junge Mädchen, von der ich dir erzählt habe«, fügte er hinzu und deutete auf Clotilde.

Der Bucklige hatte das Gleichgewicht wiedergewonnen und reichte ihr eine winzige, sehnige Hand. Seine gelbliche Gesichtshaut runzelte sich zu einem Lächeln.

»Cervello«, fuhr Macabrós fort, »glaubt nicht an die Zukunft der künstlichen Intelligenz. Ich habe ihm gesagt, du würdest ihn überzeugen. Das wird nicht einfach sein für dich – Cervello traut keiner Art von Intelligenz. Keiner außer seiner.«

»Nicht einmal der«, antwortete der Bucklige mit einer boshaften Grimasse. Er war wieder auf den Sessel geklettert und lachte rauh, unterbrochen vom Keuchen. »Aber so setzen Sie sich doch, Señorita, setzen Sie sich. Der Herr Anwalt hat mich gar nicht darauf vorbereitet, daß Sie so hübsch sind. Ich freue mich, daß es so ist. Entgegen der allgemeinen Meinung, Señorita, sind hübsche Frauen die intelligentesten. Aus einem bestimmten Grund? Nicht, soviel ich weiß. Die Natur ist willkürlich, denke ich. Den einen beschert sie Gaben im Übermaß, und anderen verweigert sie alle. Was mich betrifft, so vertragen sich die Natur und ich nicht, wie Sie sehen, Señorita. Ich bin mißgebildet und kein großes Kirchenlicht. Aber zum Glück bin ich abgrundtief schlecht, und so halte ich mich einigermaßen über Wasser. Der erlauchte Herr Anwalt wird mich nicht Lügen strafen.«

Macabrós hörte sich diesen Sermon ernst an. Nur mit Mühe konnte Clotilde den Widerwillen verbergen, den ihr der Bucklige einflößte. Mochte seine bedauernswerte Konstitution es auch rechtfertigen, so empfand sie sein Benehmen doch als sehr unangenehm, und es stimmte sie mißtrauisch.

Sie setzte sich und legte ihre Informatikkenntnisse dar. Beim Sprechen war ihr bewußt, daß Cervello unverhohlen ihren Körperbau studierte. Die Darlegung schien ihn nicht zu interessieren.

Aber nach einer Weile unterbrach er sie.

»Dann wäre es also, wenn ich Sie richtig verstanden habe, möglich, daß einer, der über den richtigen Code verfügte, an die im Computernetz einer Firma gespeicherten Informationen kommt.«

»Ja, diese Möglichkeit besteht. Tatsächlich ...«

»Zum Beispiel von Iberia? Die Ticketreservierungen, die Passagierlisten?«

»Ja.«

»Und von einer Hotelkette ebenso.«

»Ebenso.«

»Und von einem Bankhaus.«

»Von jedem vernetzten System.«

»Wenn man das Paßwort kennt, natürlich. Und wenn man es nicht kennt?«

»Auch da gibt es Möglichkeiten. Wenn Sie mir gestatten, es zu schildern …«

»Ich bitte darum, Señorita, entschuldigen Sie die Unterbrechung. Das ist meine leidenschaftliche Natur, wenn mich etwas reizt, im guten Sinn des Wortes. Ich bin ein Hetzhund. Der Herr Anwalt wird mich nicht Lügen strafen.«

Clotilde berichtete kurz von einigen Fällen, die sich in den Vereinigten Staaten ereignet hätten. Seltsamerweise sei das Eindringen ins Informatiknetz im allgemeinen das Werk junger Studenten und nichts anderes als ein Spiel gewesen. Sie hätten sich sogar Zugang zu den Geheimarchiven von FBI und Pentagon verschafft. Für sie sei das jugendlicher Übermut oder, in einigen Fällen, eine Herausforderung ans System gewesen. Jetzt bedeute der Schutz gegen sogenannte Hacker außerordentliche Zusatzausgaben für die Unternehmen und Organisationen, die von der Informatik abhingen. Und trotzdem überwänden die Hacker weiterhin sämtliche Hindernisse.

»Verzeihen Sie, wenn ich allzu ausführlich war.«

»Um Gottes willen, Señorita, was Sie uns dargelegt haben, war sehr lehrreich, und Sie haben es sehr gut erklärt. Wenn man Ihnen so zuhört, scheint die Zeit stillzustehen, der Herr Anwalt wird mich korrigieren, wenn ich lüge. Aber was Sie uns da erzählt haben, ergibt, wenigstens für meinen armseligen Verstand, nicht viel Sinn. Vielleicht habe ich keine Vorstellung von der Zukunft.«

Clotilde wußte nicht, ob die Worte des Buckligen Lob oder Spott enthielten. Da schaltete sich Macabrós ein.

»Danke. Du kannst dich zurückziehen.«

Clotilde fühlte sich sehr erniedrigt und ging mit dem Gefühl, vorgeführt worden zu sein.

Am nächsten Tag rief Macabrós sie wieder zu sich. Diesmal war er allein im Büro.

»Ich werde dich nicht fragen, was für einen Eindruck Anselmo Cervello auf dich gemacht hat, das tut nichts zur Sache. Du jedenfalls hast auf ihn einen sehr guten gemacht. Er hat sich in Lobeshymnen auf deine Intelligenz ergangen, nicht zu sprechen von anderem Lob, das ich dir ersparen werde.« Er machte eine Pause und fuhr dann leiser, in fast vertraulichem Ton fort: »Cervello ist der Teufel, und als solcher hat er ein gutes Auge, um Menschen zu beurteilen. In seinem Zustand braucht er das auch. Ein aufgeweckter, listiger, unkultivierter Mensch von sehr bescheidener Herkunft. Alles hat sich gegen ihn verschworen, seit der Geburt, alles. Und doch steht er heute da, wo er steht.«

»Ist er Anwalt?«

»Nein, nein. Ein wenig Respekt für den Beruf. Hast du nicht auf seine Kleidung, seine Manieren und sein *vocabulaire* geachtet? Cervello ist Privatdetektiv, ob du es glaubst oder nicht. Er hat von der Pike auf angefangen und im Müll herumgewühlt, im doppelten Sinn des Wortes, übertragen und wörtlich, und jetzt gehört ihm eine Detektei mit über zehn Angestellten. Ich beauftrage ihn oft mit einer Recherche. Auf ihn ist immer Verlaß, aber trauen darf man ihm nicht. Er ist böse, und ich würde für seine Diskretion nicht die Hand ins Feuer legen. Erpressung? Soweit würde ich nicht gehen. Aber ich erzähle dir das alles, weil er sich seit gestern zu deinem Gönner aufgeworfen hat. Nachdem du gegangen bist, hat er zweierlei betont. Erstens deinen persönlichen Wert – er sagte, ich verschleudere dein Talent. Und dann die Sinnlosigkeit der Arbeit, die du hier machst.«

»Da schien er ja wirklich sehr interessiert zu sein.«

»Das war er. Aber er ist der Ansicht, die Informatik sei ein Schurkenhandwerk und dafür brächtest du nicht die nötigen Voraussetzungen mit.«

»Werden Sie mich entlassen?«

»Nein, im Gegenteil. Ich werde dir die eine oder andere Gerichtssache übergeben und dir ein Gehalt zahlen. Ich höre immer auf Cervello. Was das Gehalt betrifft, so mach dir keine Illusionen. Viele würden etwas dafür bezahlen, an deiner Stelle zu sein.«

Zwei Wochen lang geschah nichts. Dann legte auf einmal Macabrós' Sekretärin einen Stoß Akten auf ihren Tisch, die mit Büroklammern zusammengeheftet waren.

»Señor Macabrós sagt, du sollst das studieren.«

Señor Macabrós' Sekretärin hieß Feli.

»Und wenn ich es studiert habe?«

»Weiß ich auch nicht.«

Es war ein Pachtvertrag. Clotilde las ihn mehrmals durch, ohne etwas Regelwidriges zu entdecken. Nach zwei Stunden holte ihn Feli wieder ab, ohne ihr irgendeine Erklärung zu geben.

Dann und wann legte Feli oder ein anderes Kanzleimitglied ein Schriftstück auf Clotildes Schreibtisch mit dem Auftrag, es aufmerksam durchzulesen und zu prüfen, ob alles in Ordnung sei und keine Fragen offenblieben. Diese Schriftstücke betrafen mühsame Etappen in langen, verwickelten Verfahren. Solch wirre Texte zu lesen, ohne den Faden der Argumentation zu verlieren, erforderte eine große Anstrengung. Nach einer Weile schienen die Buchstaben im Licht der Architektenlampe auf dem Papier einen ungesunden Glanz abzugeben.

Clotilde glaubte nicht, mit der Veränderung viel gewonnen zu haben.

Später begann man sie zu kleinen Anwaltssitzungen einzuladen, wo die Schriftstücke auf langwierige Art und Weise analysiert und diskutiert wurden. Zu diesen Arbeitssitzungen kam nie Macabrós, sondern einer der Kanzleiangestellten. Da diese mit unbeschränkter Vollmacht auftraten, wuchsen sie über sich selbst hinaus und hielten vor ihren Kollegen lange Reden, als befänden sie sich auf einer Agora. Dieses Geschwätz war lächerlich, aber die Zuhörer nahmen es hin, da sie, wenn sie an die Reihe kamen, es genauso bombastisch taten. Solches Wortgeklimper machte einen Prozeß noch länger und mühsamer.

Manchmal wurden diese Sitzungen in der Kanzlei der Gegenpartei, den Räumen eines Notariats oder der Rechtsabteilung einer Bank abgehalten. Letztere befanden sich in großen, hell erleuchteten Räumen mit modernen Möbeln. An den Wänden hingen riesige Bilder zeitgenössischer Künstler, auf denen nicht selten Schnüre, Ziegelsteine, Lumpen und Schuhsohlen eingelegt waren. Dort schienen die Leute aufgeräumter und zwangloser, die Anwälte waren modisch gekleidet und nahmen die Verfahren lockerer.

Bei einer dieser Arbeitssitzungen traf Clotilde Fontán, den sie seit dem Studium nicht mehr gesehen hatte. Er war einige Jahre älter als sie, hatte an der Universität Deusto und in Yale studiert, und der Aufenthalt an diesen Hochschulen hatte ihm eine Weltgewandtheit verliehen, die normalerweise bei Männern und Frauen seines Alters und Standes nicht anzutreffen war. Clotilde hielt ihn nicht für besonders intelligent, hatte aber ein ausgesprochenes Faible für ihn. Bei anderen, begabteren Männern schätzte sie die Stärken, bei Fontán amüsierten sie die Schwächen.

Clotilde erschien pünktlich zum Rendezvous mit Mauricio. Der wartete bereits auf sie.

»Ich dachte, bei Zahnärzten muß man immer warten.«

»Als Patient.«

»Aus Sadismus?«

»Na klar. Du glaubst ja wohl nicht, wir arbeiten für Geld.«

Sie hatten sich um acht Uhr in einem Lokal in der Calle Aribau verabredet. Um diese Zeit waren sie die einzigen

Gäste. Der Ober, in Hemdsärmeln, las mit hochgezogenen Brauen und die Lippen bewegend *El Mundo Deportivo*. Rasch brachte er ihnen zwei Bier und kehrte dann wieder zu seiner Sportzeitung zurück.

Mauricio erzählte Clotilde von dem Vorschlag, den ihm die Sozialistische Partei gemacht hatte.

»Ich weiß nicht, was ich tun soll.«

»Aber was du tun willst, das weißt du, und weil du es unsinnig findest, soll ich es absegnen.«

»So durchsichtig bin ich?«

»Ja.«

»Dann glaubst du also, ich soll mich auf dieses Abenteuer einlassen?«

»Das habe ich nicht gesagt.«

»Soll ich nicht?«

»Weder das eine noch das andere. Alles hängt davon ab, ob es dich interessiert.«

»Ein schöner Rat.«

»Du wirst ja wohl nicht verlangen, daß ich für dich entscheide. Wenn du zweifelst, dann, weil du bereit bist, ja zu sagen. Sei doch ehrlich.«

»Na ja, wenn ich es probiere, verliere ich ja nichts.«

»Du gewinnst aber auch nichts. Die Politik ist dir doch völlig gleichgültig. Diskutieren und räsonieren, das ja, aber die Praxis erschreckt dich. Um Politiker zu sein, muß man eine seltsame Berufung haben, und du hast bereits eine seltsame Berufung. Du brauchst nicht noch eine weitere.«

Dem wußte Mauricio nichts entgegenzusetzen, aber da Clotilde nicht aggressiv oder anmaßend gesprochen hatte, mußte er sich auch nicht unwirsch behandelt fühlen. Sie machte eine Pause, und als sie sah, daß er nichts sagte, fügte sie hinzu:

»Ich kann nicht für dich entscheiden. Aber einen Rat will ich dir jetzt doch geben. Du wirst ihn zwar nicht befolgen, aber ich geb ihn dir trotzdem. Wenn du dich aus schlechtem Gewissen verpflichtet fühlst, deine Freizeit der Politik zu opfern, dann mach nicht bei den Sozialisten Kampagne.«

»Warum denn nicht? Das sind die unseren.«

»Eben. Die Sozialistische Partei ist die Partei von uns gescheiterten Existenzen und Windbeuteln. Zuerst wollten wir die Revolution machen, und schließlich haben wir uns mit dem Wohlfahrtsstaat zufriedengegeben. Ich wähle natürlich sozialistisch, die anderen sind noch schlimmer. Möglicherweise gewinnt die PSOE* sogar wieder. Aber da sie mit den Stimmen der Taugenichtse gewinnt, wird sie es schrecklich machen und sich nicht lange halten.« Sie trank einen Schluck Bier und fuhr fort: »Die Sozialistische Partei fußt auf einem Mangel an Idealen. Weder die heilige Tradition noch die dauernde Revolution, bloß Management und Verteilung. Wenig stimulierend, außer wenn es etwas Neues ist wie in Spanien. Wir finden alles gut im Vergleich zu dem, was wir gehabt haben. Aber wenn wir uns einmal daran gewöhnt haben, werden wir sehen, daß hinter der täglichen Praxis nichts steckt. Noch schlimmer: Wir werden die Eingeweide der Partei sehen, und sie werden uns nicht gefallen. Eine Regierung ohne Ideologie muß ein sehr hohes Niveau an Effizienz und Geradlinigkeit bewahren, und das kriegt nicht jeder hin. Wenn einmal das Haus in Ordnung gebracht ist und die Leute sehen, daß sich wenig oder gar nichts ändert, wird wieder das alte Wortgeklingel kommen und sie verdrängen. Sich auf sie einzulassen heißt sich kopfüber ins Fiasko stürzen. Das betrifft die Sozialisten ganz allgemein. Bei uns sieht das Panorama noch schlimmer aus – Katalonien ist unregierbar. Jahrhundertelang haben wir so funktioniert, wie es uns gepaßt hat, ohne politische Kaste, und wir sind nicht darauf vorbereitet, uns

* Anmerkungen siehe Seite 381

in eine Machtstruktur einzufügen. Wir sind es gewohnt, an der Peripherie eines inkompetenten Staates zu leben und auf Grund von Geheimpakten, stillschweigenden Übereinkommen und heimlichen Kungeleien zu überleben, unter dem Schleier eines sentimentalen, selbstmitleidigen, selbstgefälligen Nationalismus. In Katalonien ist die Politik ein Flohzirkus für ein von Fußball und hurrapatriotischen Hymnen abgestumpftes Publikum. Jordi Pujol versteht die Situation, und darum gewinnt er und wird er wieder gewinnen. Seine Partei ist keine eigentliche Partei, sondern eine Vereinigung von Geschäftsleuten, die das Land als das leiten, was es ist: als Geschäft.«

Sie verstummte unversehens und schaute sich um. Niemand war eingetreten, und der Ober war noch immer in die Auslegung des *Mundo Deportivo* vertieft.

»Donnerwetter«, sagte Mauricio.

»Die Frauen versuchen immer das zu sagen, was die Männer hören wollen. Ich tue das nicht.«

»Ja, das habe ich schon bemerkt.«

»Jedenfalls hat das nichts zu bedeuten. Ich bin keine Sibylle. Meine Meinung ist nur ein zu berücksichtigender Faktor. Es gibt viele andere – persönliche Probleme, ungelöste Konflikte, Neugier, den Drang, das Unbekannte oder sich selbst auf die Probe zu stellen. Legitime Gründe. Legitimere als die, die viele antreiben. Und wenn sie sich einstellen, darf man sie nicht ungestraft ignorieren. Oft bereut man, etwas aus reiner Vorsicht nicht getan zu haben. Du bist noch jung und anscheinend nicht dumm. Tu, worauf du Lust hast, und wenn es schiefgeht, wirst du schon wissen, wie du ohne allzu viele Quetschungen wieder rauskommst.«

»Dann ist es also nicht schlecht, wenn ich Raurells Vorschlag annehme?«

»Nein, wenn du ihn vernünftig findest. Und um das Thema abzuschließen, möchte ich zweierlei klarstellen. Erstens, daß ich dir, was du auch immer tust, in keiner Weise helfen werde. Und zweitens, daß du dich, wenn etwas mißlingt oder du auf die Nase fällst, nicht bei mir ausweinen darfst. Ich bin nicht sympathisch, nicht einmal ein guter Mensch, und ich glaube, wir räumen Mißverständnisse am besten gleich aus. Zuerst hört man sich Vertraulichkeiten an und zeigt Verständnis, geht mit einem Typen ins Bett – und plötzlich steckt man in einer Beziehung.«

Mauricio lächelte.

»Wie ich sehe, hast du große Erfahrung.«

Clotilde bemerkte den Spott und errötete.

»Du mußt denken, ich bin ein dummes Ding. Ich habe die schlechte Angewohnheit zu verallgemeinern.«

»Ein wenig. Aber du bist weder dumm, noch ist es eine schlechte Angewohnheit. Du gehörst allerdings zu den Geisteswissenschaftlern und ich zu den Naturwissenschaftlern. Im naturwissenschaftlichen Denken ist Verallgemeinerung ein Sakrileg – jeder Fall ist ein Fall für sich und gehorcht Parametern, die sich nicht extrapolieren lassen. Es gibt nur wenige naturwissenschaftliche Gesetze, und die wenigen erweisen sich schließlich immer als falsch. Das humanistische Denken dagegen neigt dazu, den Einzelfall zum universellen Phänomen zu machen.«

»Vanitas vanitatum?«

»Nein. Jeder arbeitet auf einem anderen Gebiet. Die beiden ergänzen einander, keines ist besser. Je nachdem. Darum habe ich dich um Rat gebeten, du denkst breiter, offener, ich bin nur ein Zahnarzt.«

In Mauricios Worten lag kein Vorwurf, aber Clotilde fühlte sich zurechtgewiesen.

»Vielleicht bin ich etwas heftig gewesen.«

»Das ist deine Art. Aber ich habe dich um deine Meinung gebeten, du hast mir gesagt, was du mir sagen zu müssen geglaubt hast, und ich danke dir dafür. Im Ernst, es war sehr nützlich für mich. Außerdem ist das kein Verdienstewettbewerb. Wir sind befreundet, da kann jeder von uns sagen, was er will, und wer meinte, wir veranstalten ein Kräftemessen, wäre wirklich dumm. Als ich das wegen dem naturwissenschaftlichen Denken sagte, wollte ich mich auch nicht selbst herabsetzen. Ich bin Zahnarzt, und mir gefällt mein Beruf, aber das hindert mich nicht daran, mit der Literatur, der Kunst, dem Denken und sogar, wie du siehst, mit der aktiven Politik in Kontakt zu bleiben. Du hingegen verstehst nichts von Naturwissenschaften, und wenn ich dir eine Odontologieabhandlung zeigte, würdest du vor Schreck in Ohnmacht fallen.«

»Jawohl, Herr Doktor«, sagte sie, aber Mauricio fügte ernst hinzu:

»Ich sage das nicht, um mir selbst Komplimente zu machen. Ich lese Goethe nicht, um anzugeben oder zu wetteifern, sondern weil es mir Spaß macht und weil ich denke, wenn ich mein Leben lang nur den Leuten in den schadhaften Mund schaute, würde ich allmählich ein Esel. Teilweise auch aus diesem Grund habe ich gedacht, es wäre keine schlechte Idee, in den Ring zu treten. Und was das von vorhin betrifft, ja, du warst ein wenig heftig. Ist egal. Mit mir mußt du nicht viel Federlesens machen.«

Er warf einen Blick auf die Uhr und sagte:

»Es ist etwas spät geworden. Tut mir leid – wenn ich anfange, große Reden zu schwingen, höre ich nicht mehr auf. Kann ich dich nach Hause bringen?«

Clotilde hatte angenommen, Mauricio würde sie zum Abendessen einladen. Zweifellos war er ebenfalls mit dieser Absicht zum Rendezvous gekommen. Aber dann hatte er angesichts ihres Verhaltens seine Pläne spontan geändert. Das interpretierte Clotilde als Vorwurf, und sie nahm eine distanzierte Haltung ein.

»Mach dir keine Umstände. Ich habe gleich hier einen Bus, der mich sehr günstig absetzt.«

Sie verabschiedeten sich rasch und frostig.

Am nächsten Tag beschloß Mauricio, Raurells Vorschlag anzunehmen und Clotilde nicht mehr zu treffen, wenn nicht sie sich meldete.

Er rief beim Sitz der Sozialistischen Partei Kataloniens an und teilte Raurell seine Entscheidung mit. Raurell bedankte sich und sagte, sie würden sich in Kürze mit ihm in Verbindung setzen.

So vergingen zehn oder zwölf Tage. Als nur noch wenig fehlte bis zum Beginn der Wahlkampagne, ging Mauricio, da er nichts von Raurell oder sonst jemandem von der Partei hörte, persönlich in die Calle Nicaragua und sagte der Empfangssekretärin, er komme Anweisungen einholen. Zunächst hielt sie ihn für einen Exzentriker.

In den Räumen herrschte ein riesiges Durcheinander. Die Telefone klingelten ununterbrochen und wurden nicht abgenommen, alle liefen von hier nach dort, ohne sich irgendwo aufzuhalten, und beklagten sich unablässig über die Inkompetenz der anderen. Auf den Stühlen stapelten sich gebündelt die Flugblätter. Mauricio wurde klar, daß ihnen die Zeit davonlief, die Wahlkampagne war noch nicht organisiert, und niemand fühlte sich für den Mangel an Voraussicht verantwortlich.

Nachdem er eine Weile durch sämtliche Räume spaziert war, ohne daß jemand von ihm Notiz nahm, sah er Fitó in Hemdsärmeln vorbeigehen und sprach ihn an. Fitó sagte, er könne jetzt keine Zeit mit Bagatellen verlieren, und empfahl ihm, einen gewissen Brihuegas zu suchen und sich ihm zur Verfügung zu stellen.

»Wer ist Brihuegas?«

»Einer der ersten Stunde. Ein alter Kämpe. Und eine Nervensäge. Er wird dir sagen, was du zu tun hast.«

»Hör mal, wenn ich hier überflüssig bin, dann sag es mir gleich, und ich kehre in meine Praxis zurück.«

»Nein, nein, deine Hilfe wird uns sehr zupaß kommen«, sagte Fitó und fügte dann zur Rechtfertigung für seine Ungezogenheit hinzu: »Wenn wir in diesem Tempo weitermachen, krieg ich noch einen Schlaganfall.«

»Das glaube ich nicht«, diagnostizierte Mauricio, »aber wenn es dir schon jetzt so geht, wie wird es dir erst am Schluß der Kampagne gehen?«

Er fragte hier und da und traf schließlich auf Brihuegas, einen kleinen massigen, großköpfigen, roh aussehenden, schmutzigen, verschleimten Mann. Der hörte Mauricio sehr aufmerksam an und sagte dann, er solle sich am nächsten Samstagabend um halb sieben im Bürgerhaus der Zone Nord einstellen.

»Wo ist denn das?«

»In Ciudad Meridiana – wirst du hinfinden?«

»Nein.«

Mit gutturalen Geräuschen dachte Brihuegas nach und sagte:

»Der Einundfünfziger bringt dich vor die Tür. Wiedersehen.«

»Werde ich reden müssen?«

»Oder tanzen. Ganz wie du willst«, sagte der alte Kämpe.

Mauricio fürchtete, einen großen Fehler gemacht zu haben, als er sich bei Leuten verpflichtete, die jetzt offensichtlich nicht wußten, wie sie ihn wieder loswerden sollten.

Im Verlauf der Woche wich seine Nervosität allmählich einem Gefühl düsteren Verhängnisses. Er bedauerte, niemanden zu haben, dem er seine Unruhe anvertrauen konnte. Alle hätten diesen plötzlichen Einfall in die Politik für unvernünftig gehalten, und Mauricio selbst hätte ihnen recht gegeben. Einen Moment lang war er drauf und dran, Fontán anzurufen, aber er sah gleich wieder davon ab.

Am Samstag stieg er etwas vor der vereinbarten Zeit dort aus dem Bus aus, wo Brihuegas es ihm angegeben hatte. Die Fahrt war ihm ewig vorgekommen, und jetzt erwartete ihn niemand. Er fürchtete, sich in Ort, Tag oder Zeit geirrt zu haben. Um ihn herum erschien ihm alles unheilvoll, wie in einem Alptraum.

Das Viertel lag an der Stadtgrenze, franste in Planierungen und ummauerte leere Grundstücke aus und erstarb dann weiter oben in einer Straße, auf der Lastwagen vorbeirasten. Auf der anderen Seite zeigte eine Reihe großer Normwohnblocks ein durchgehendes, undurchsichtiges Profil. Es wurde dunkel, und der Himmel färbte sich melancholisch rosa. Wäre in diesem Augenblick ein Taxi oder ein Bus in der Gegenrichtung vorbeigefahren, Mauricio wäre ohne zu zögern eingestiegen. Aber da hier niemand vorbeikam, beschloß er, zu der überbauten Zone zu gehen.

Er hatte erst zwanzig Meter hinter sich gebracht, als er einen Mann herbeilaufen sah. Da er nicht gefährlich wirkte, blieb Mauricio stehen, um auf ihn zu warten und zu sehen, was er wollte. Als er in der Nähe war, erkannte er Brihuegas. Er winkte ihm, und Brihuegas blieb seinerseits stehen und wartete, bis Mauricio bei ihm war. Er schwitzte und keuchte, als hätte er im Laufschritt eine lange Strecke zurückgelegt. Er sagte:

»Los, wir kommen zu spät.«

Zügig und wortlos erreichten sie die ersten Häuser und gingen dann weiter bis zu einem etwas niedrigeren, dunklen Betonbau mit vergitterten Fenstern. In einem von Leuchtröhren erhellten Vorraum erwartete sie ein junger Mann in grauem Trainingsanzug. An den Wänden hingen handgeschriebene Bekanntmachungen, Zeitungsausschnitte und ein großes Poster der chilenischen Gruppe Quilapayún. Mauricio kam nicht dazu, mehr zu sehen, denn der junge Mann führte sie gleich durch einen Gang zu einem Veranstaltungsraum voller Menschen. Auf dem Podium stand ein mit grünem Filz bezogener Tisch mit einem Mikrophon in der Mitte und drei leeren Stühlen darum herum. An der Wand hinter den Stühlen hing ein Plakat mit dem von Hand gemalten Emblem der Sozialistischen Partei und dem Wahlkampfslogan:

Auf Katalonien wird man wieder hören

WÄHLE PSC

Aus den Lautsprechern erklangen spanische Modesongs, die Mauricio im Supermarkt gehört zu haben glaubte.

Brihuegas fragte:

»Wer fehlt noch?«

»Pfarrer Serapio«, antwortete der junge Mann, der sie begleitet hatte.

Brihuegas verzog verdrießlich das Gesicht und rief leise aus:

»Oh, mir hat niemand was gesagt.«

Weniger aus Neugier als um sich in die kleine Gruppe zu integrieren, fragte Mauricio:

»Ist was?«

»Nein, nein, überhaupt nicht. Pfarrer Serapio wird dir sehr gefallen. Arbeiterpfarrer, du weißt schon, ein kerngesunder Typ. Kerngesund.«

In diesem Augenblick erschien der Genannte und sagte zu Mauricio:

»Hallo, ich bin Pfarrer Serapio.«

Er drückte Mauricio ungewöhnlich kräftig die Hand. Mauricio vermutete, Brihuegas habe den Begriff kerngesund im übertragenen Sinn gebraucht, denn Pfarrer Serapio war hochgewachsen, schmächtig, mit grünlichem, abgezehrtem Gesicht, tiefliegenden Augen, Adlernase und großen, durchsichtigen Ohren. Insgesamt sah er aus wie ein Schwerkranker und verkommen dazu. Mauricio dachte, er könnte Syphilitiker sein.

Brihuegas und der Arbeiterpfarrer stritten sich über die Reihenfolge der Vorträge.

Pfarrer Serapio sagte:

»Mir ist es egal, aber normalerweise fängt der Neue an.«

»Nein, Mensch, siehst du denn nicht, daß er nervöser ist als ein Wackelpudding?« sagte Brihuegas. »Ich mache den Anfang, dann kommt er und am Schluß du.«

»Okay.«

Ganz offensichtlich bestand zwischen den beiden eine alte, dumpfe Abneigung. Die drei stiegen aufs Podest, ohne daß das Publikum sie beachtete oder zu schwatzen und zu lärmen aufhörte. Nachdem sie sich gesetzt hatten, stieg auch der junge Mann im Trainingsanzug herauf und klopfte ans Mikrophon und blies hinein, um zu sehen, ob es richtig funktionierte. Da es überhaupt nicht funktionierte, verschwand er eilig und tauchte nicht wieder auf. Ab und zu blies Brihuegas erfolglos ins Mikro. Nach einigen Minuten war im ganzen Saal ein langes, unangenehmes Pfeifen zu vernehmen, das das Mikrophon wieder zum Funktionieren und nebenbei die Anwesenden zum Verstummen brachte. Brihuegas nutzte die Gelegenheit und hob sogleich an, schwungvoll zu sprechen. Mauricio hörte ihm mit größter Aufmerksamkeit zu, um hinter die Tricks der allgemeinverständlichen Redekunst zu kommen. Ganz offensichtlich besaß Brihuegas eine lange Erfahrung auf diesem Gebiet, aber seine Rede bestand in einer Abfolge von Klischees und Gemeinplätzen. Manchmal verlor er mitten im Satz den Faden. Dann wurde er lauter, zeigte mit beschwörender Handbewegung auf die Zuhörer und rief: »Genossen, ich sage es euch in aller Deutlichkeit, damit ihr mich versteht!« Und sogleich setzte er zu einem neuen Thema an, über das er ebensowenig Spezifisches sagte. Das Publikum hörte mit respektvoller Apathie zu und grinste verschwörerisch, wenn er sarkastisch auf die gegnerischen Parteien anspielte oder über bekannte Persönlichkeiten stichelte, ohne Namen zu nennen. Die Zuhörerschaft bestand größtenteils aus hageren, aschgrauen Männern gesetzteren Alters. Die sehr viel spärlicheren

Frauen, mit friedlicher Miene und Fettpolstern, schienen in Begleitung ihrer Partner und nicht aus eigenem Antrieb hergekommen zu sein. Männer und Frauen hatten sich sonntäglich herausgeputzt, vielleicht in der Voraussicht, daß es dem Fernsehen einfallen könnte, ebenfalls vorbeizuschauen. In Erwartung dieses Ereignisses dösten viele unverhohlen vor sich hin.

Mauricio ließ den Blick über diese Menschen schweifen, um ihre Arbeit, ihre Herkunft, ihr intellektuelles Niveau oder sonst etwas Aufschlußreiches zu erraten, doch alle erwiesen sich als undurchdringlich für seine Analyse. Weder auf Grund ihrer Erscheinung noch ihres Verhaltens konnte er den Schluß ziehen, ob sie Arbeiter oder einfach Arbeitslose waren, die stundenweise angeheuert worden waren, damit die Versammlung nicht vor leerem Saal stattfand. Vielleicht gingen dieselben Leute für eine bescheidene Summe oder auch nur einen Imbiß zu sämtlichen Einladungen, ohne sich um die politische Einstellung des Redners zu kümmern. Dieses Gefühl, daß da irgend etwas falsch war, dämpfte seine Nervosität, aber zugleich fragte er sich, warum er eigentlich hier war. Vor dieser unzugänglichen Masse fühlte sich Mauricio in seiner teuren Freizeitkleidung fehl am Platz.

Auf einmal beendete Brihuegas seine Ansprache ebenso brüsk, wie er sie begonnen hatte. Im Saal war es einen Moment still, dann hörte man einigen lauen Beifall. Der Redner stoppte die Huldigung mit einer Handbewegung, deutete auf Mauricio und sagte:

»In Ordnung, danke schön. Und jetzt hört euch an, was der Genosse da zu sagen hat.«

Mauricio zog einige zusammengefaltete Blätter aus der Tasche und legte sie auf den Tisch, räusperte sich und begann mit zittriger Stimme abzulesen. Es war nicht sein erstes öffentliches Auftreten, aber die vorigen Male hatte er über das Gebiet, über das er sprechen mußte, Bescheid gewußt und auch sein Publikum gekannt. Zum Glück zeigten ihm die überdeutlichen Zeichen von Gleichgültigkeit seiner Zuhörer, daß nichts von ihm erwartet wurde. Gut, dachte er, besser für uns alle. Je weiter er kam, desto sicherer fühlte er sich. Am Schluß erhielt er den entsprechenden Beifall und von Brihuegas einen Klaps auf die Schulter.

»Du bist sehr gut gewesen, Donnerwetter.«

»Hat man verstanden, was ich sagen wollte?«

Der alte Kämpe zuckte die Schultern und antwortete:

»Ich weiß es nicht, vermutlich schon. Ich war mit dem Kopf woanders, wie du verstehen wirst. Und der Pfarrer? Warum legt er nicht endlich los? Ah, verstehe, dieses Schlitzohr hat seinen Singevogel mitgebracht.«

Tatsächlich war, noch bevor der Arbeiterpfarrer das Wort ergreifen konnte, eine athletisch gewachsene junge Frau in kurzem Rock, hautengem schwarzem Pullover und mit einer Gitarre in der Hand aufs Podium gestiegen. Sie hängte sich das Instrument um den Hals und begann ohne weitere Vorrede eine Ranchera zu singen.

Ich laß mich nicht einschüchtern
ich laß mich niiicht
einschüüüchtern!

Zögernd verfolgte das Publikum den Auftritt. Nach zwei Rancheras, einem Bolero und einem Protestsong sprang sie ebenso schnell, wie sie hinaufgestiegen war, wieder vom Podium und verschwand, die Gitarre noch um den Hals, im dunklen Gang.

Diesen Moment allgemeinen Staunens nutzte der Arbeiterpfarrer, um zu seiner Ansprache anzuheben. Er war konzis, sprach in umgangssprachlichem Ton und wurde mit einer starken Ovation bedacht. Erstaunt stellte Mauricio fest, daß weder Pfarrer Serapio noch Brihuegas in ihren Vorträgen das Parteiprogramm, in dessen Namen sie sprachen, erwähnt oder auch nur die Zuhörer um ihre Stimme gebeten hatten.

Als er Brihuegas leise nach dem Grund für dieses Versäumnis fragte, antwortete dieser:

»Das ist überhaupt nicht nötig. Diese Dummköpfe kommen nur, um die Zeit totzuschlagen – wenn es dann ums Wählen geht, tun sie, was ihnen grade in den Kram paßt. Warum zum Teufel kommen wir denn, wirst du mich fragen. Ich kann's dir in zwei Worten erklären: Wir kommen, weil die anderen Parteien kommen, und wenn wir nicht kommen, sind sie sauer, und dann wählt uns tatsächlich kein Schwein. So ist die Politik, mein Lieber, ein Schwachsinn.«

Pfarrer Serapio unterbrach dieses Zwiegespräch:

»Kommt, ihr seid zu einem Bierchen eingeladen. Schließlich befindet ihr euch auf meinem Territorium.« Und zu Mauricio gewandt, fügte er hinzu: »Na, Bammel gehabt?«

Beim Hinausgehen gab der Arbeiterpfarrer den Nachzüglern die Hand. Einigen Frauen griff er liebevoll ans Kinn. Alle kannten ihn, und das zerstreute Mauricios Zweifel an der Echtheit des Publikums.

Brihuegas war sehr ärgerlich, weil ihn niemand grüßte.

Draußen war es dunkle Nacht. Die sehr hohen und von einem Feuchtigkeitsschimmer umgebenen Quecksilberlampen gaben dem Gesicht das Arbeiterpfarrers ein leichenhaftes Aussehen. Er sagte:

»Gleich hier nebenan.«

Die Gehsteige waren voller Motorräder, und überall standen Grüppchen ausgefallen gekleideter junger Leute herum, die die Vorübergehenden großspurig anschauten. In Begleitung der beiden anderen fühlte sich Mauricio sicher. Nachdem er den heiklen Augenblick des Vortrags hinter sich hatte, begann er an diesem wunderlichen Abenteuer Gefallen zu finden. Er betrachtete alles sehr neugierig und verwirrt. Die anonyme Wohngegend, der Verkehrslärm, das Aussehen der Menschen und die schreienden Leuchtreklamen trugen ihn an weit entfernte Orte. Sie hätten sich ebensogut in Barcelona wie in Asien oder irgendeiner südamerikanischen Stadt befinden können.

Sie traten in ein großes, sehr gut besuchtes Lokal und gingen direkt zur Theke, wo die Frau auf sie wartete, die auf der Versammlung gesungen hatte. Brihuegas, der sie schon seit langem kannte, stellte sie Mauricio vor. Sie gab ihm auf beide Wangen einen Kuß, schaute ihn mit zusammengekniffenen Augen an und rief bewundernd:

»Mann, eine Superjacke!«

Mauricio lächelte mit entschuldigender Miene.

»Sie ist von Gonzalo Comella«, sagte er, als wäre das eine Strafe.

Die Luft war dick, und es stank nach Zigarettenrauch und Fritiertem.

Die Frau hieß Adela, aber alle nannten sie die Porritos, die Kifferin. Das sei der Deckname gewesen, den sie in der Vergangenheit benutzt habe, erklärte sie ihm, in den Zeiten des Untergrunds. Mauricio sagte:

»Du hast sehr schön gesungen. Und hast eine wundervolle Stimme.«

Trotz ihrer ironischen Miene errötete sie.

»Einmal«, vertraute sie ihm an, als die anderen gerade nicht hinhörten, »bin ich in einem Konzert von Raimon als erste aufgetreten. Wir waren mehrere, so ist das nicht. Aber das kann mir keiner mehr aus dem Currinculum streichen. Nach dem Konzert haben die Nationalen angegriffen. Zum Glück war Raimon schon zu einer anderen Tür raus, sonst hätten sie ihn am Ende noch umgelegt.«

Die Frau hinter der Theke stellte vier Krüge frischgezapftes Bier und einen Teller Rauchfleisch vor sie hin. Der Arbeiterpfarrer sagte:

»Na, da hätten wir also einen weiteren Kampftag hinter uns. Sehr zum Wohl.«

In seiner Stimme glaubte Mauricio einen Anflug von Nostalgie wahrzunehmen.

Als hätte er seine Gedanken gelesen, sagte Brihuegas:

»Früher sind wir dann wenigstens auf dem Revier gelandet. Aber jetzt schläft uns das Publikum ein, während wir uns die Lunge aus dem Hals schreien, und am Ende applaudieren sie auch noch.«

Pfarrer Serapio sagte:

»Eines schönen Tages geben sie uns einen Ehrenpreis wie beim Stierkampf.«

»Hört doch mit dem Blödsinn auf«, sagte die Porritos, »Gott sei Dank sind diese Zeiten vorbei.«

»Na ja, vorher hat man uns zusammengeschlagen, aber wir haben mehr angebändelt«, sagte Brihuegas. »Stimmt doch, oder, ehrwürdiger Vater ... Was für ein Schwerenöter! Ob ihr's glaubt oder nicht, ein so artiger Mensch, und so ein Schwerenöter!«

Der Arbeiterpfarrer lachte still vor sich hin und zeigte seine unregelmäßigen schwarzen Zähne. Mauricio wurde klar, daß es trotz ihrer unvereinbaren Ideen und ihrer persönlichen Rivalität zwischen diesen beiden Griesgramen eine in langen Jahren des Kampfes und der Verfolgung gewachsene Kameradschaft gab. Bei diesem Gedanken fühlte er sich noch deplazierter. Offensichtlich betrachteten sie ihn als Fremdling und Parasiten und nahmen seine Gesellschaft nur in Erfüllung von kürzlich in Kraft getretenen Spielregeln hin, deren einziges Ziel es war, die alten Aktivisten durch Leute wie Mauricio zu ersetzen, jünger, besser ausgebildet, mit intakter Energie – noch unbeschriebene Blätter.

Während er diesen Gedanken nachhing, hatten sich die beiden Männer in ein Gespräch voller Eigennamen und rätselhafter Anspielungen verwickelt. Als sie ihn so nachdenklich sah, schüttelte ihn die Porritos am Arm und sagte:

»Na, Mensch, sei doch nicht so niedergeschlagen – dafür,

daß es dein erster Tag war, bist du Spitze gewesen. Diese beiden darfst du gar nicht erst beachten, das sind schließlich alte Hasen.«

Mauricio wurde von einer plötzlichen Zärtlichkeit für diese schlichte, großherzige Frau befallen, die sich bemühte, die kleinen Erfolgserlebnisse einer anachronistischen Figur wie Pfarrer Serapio zu bekräftigen.

Als sie das Lokal verließen, kam ihm die schlechte Luft auf der Straße wie eine Alpenbrise vor. Die ganzen Kleider stanken schrecklich nach Rauch und Fritiertem. Brihuegas sagte:

»Ich bin mit dem Auto da, ich nehm euch mit.«

Der Arbeiterpfarrer und die Porritos lehnten das Angebot ab. Sie hatte noch im Viertel zu tun, und er war mit dem Motorrad gekommen. Brihuegas und Mauricio gingen zu dem roten Ford Fiesta des ersteren, auf dessen verbeulter Karosserie die Farbe teilweise verschwunden war.

Im Auto, noch bevor Mauricio etwas fragte, sagte Brihuegas, dem die Neugier des anderen bewußt war:

»Pfarrer Serapio ist kein schlechter Mensch, bloß, in seinem Zustand …«

»Ja, ich habe bemerkt, daß er gesundheitlich nicht gut dran ist.«

»Ach wo, ich meine seinen Glaubenszustand. Jemand, der Armut, Keuschheit und Gehorsam gelobt hat, wie willst du dem trauen können? Und dann weiß man ja, die Pfarrer – Keuschheit und Armut, als gäbe es das gar nicht, aber der Gehorsam, verdammt, von dem weichen sie nicht um Haaresbreite ab. Sobald ihnen der Bischof irgend was sagt, und sei es, sie sollen den eigenen Vater vögeln, tun sie es, ohne zu mucksen, verstehst du, ohne zu mucksen. Und wenn es der Dreckskerl von Papst sagt, ganz zu schweigen. Außerdem hat die Polizei die nie angerührt. So ist es natürlich nicht schwer, meine ich. Aber menschlich«, fügte er nach einer Pause hinzu, »ist nichts gegen ihn einzuwenden: ein loyaler Typ, und ein richtiger Idealist. In diesen Vierteln hat er gute Arbeit geleistet, das kann man nicht bestreiten.«

»Und die Porritos?«

»Die? Ein Engel des Himmels. Als junges Mädchen hatte sie mit Drogen zu tun. Er hat ihr geholfen, da rauszukommen, und jetzt folgt sie ihm überallhin mit der Gitarre und ihren beschissenen Rancheras. Aber ich verzeihe ihr alles wegen ihrem guten Herzen. Und diesen beiden Paradiesäpfeln ... Hast du gesehen, was für ein Profil? Tja, wenn's nicht wegen dem Pullover und dem drunter wär, würde nicht mal der liebe Gott das Gequieke aushalten, das sie von sich gibt.«

Wieder zu Hause, konnte Mauricio ein tiefes Gefühl von Müdigkeit und Niedergeschlagenheit nicht abschütteln. Er hatte den Eindruck, viele Stunden und große Anstrengungen in eine belanglose Angelegenheit investiert zu haben. Er schlief schlecht und war am nächsten Tag sehr mutlos. Da es Sonntag war, blieb er zu Hause, las, schaute fern und machte ab und zu ein Nickerchen. Am Abend rief Fitó an.

»Ich bin's, Fitó. Ich ruf dich an, um mich bei dir zu bedanken. Brihuegas hat mir erzählt, du hättest es sehr gut gemacht.«

»Nein, ich war ganz einfach schlecht. Aber es macht mir nichts aus, es war ja das erstemal. Ich hoffe, es war nicht kontraproduktiv.«

»Keine Spur. Ganz im Gegenteil. Entscheidend ist das Einhämmern – unermüdlich einhämmern und keine Gelegenheit verschenken. Immer dort sein, wo man sein muß, und nie etwas verloren geben. Nur so erreicht man etwas. Bist du bereit, es erneut zu tun?«

»Am selben Ort?«

»Nein, woanders, mit einem anderen Publikum. Du

wirst mit Brihuegas gehen, ihr seid ein gutes Gespann. Am Dienstag.«

»Am Dienstag arbeite ich.«

»Danach. Brihuegas wird dich in der Klinik abholen. Sollte etwas dazwischenkommen, mach dir keine Gedanken, er wird auf dich warten. Und das Publikum ebenfalls. Schließlich ist die Vorstellung umsonst. Paßt dir sieben Uhr?«

»Halb acht.«

Der Ort, wo ihn Brihuegas hinbrachte, war ein Bürgerhaus ähnlich wie das erste, in einem armen Viertel mit niedrigen Häusern, deren schmutzig-weißer Verputz abgebrökkelt war. Das Viertel zog sich über einen Hügel hin, dessen Überbauung keinen weiteren Gesetzen gehorchte, als sich den Geländeunebenheiten anzupassen. Die Straßen waren gewunden und sehr steil und endeten manchmal abrupt in der Tiefe oder vor einem Felsen. Trotzdem hatte sich diese unsinnige Agglomeration einen gewissen dörflichen Charakter bewahrt. Es gab wenig Autoverkehr, und überall hörte man Kinder schreien und Hunde bellen.

Als sie das Bürgerhaus betraten, kam eine beleibte Frau mit dicken Brillengläsern und gebleichtem Haar auf sie zu und flüsterte Brihuegas etwas ins Ohr. Der runzelte die Stirn.

Mauricio fragte:

»Was ist?«

»Mist. Eine Bombendrohung.«

Der alte Kämpe wirkte verstimmt, aber nicht eingeschüchtert.

»Und was tun wir?«

»Nichts. Nun ja, wenn du willst, kannst du gehen, aber ich gedenke mit dem Programm fortzufahren.«

»Und wenn sie explodiert?«

»Was soll schon explodieren? Neunundneunzigkommaneun Prozent aller Bombendrohungen sind falscher Alarm. Es gibt nicht genügend Geld auf der Bank von Spanien, um soviel Dynamit zu kaufen, wie angedroht wird. Das sind ein paar Witzbolde – oder irgendwelche Schweinehunde, die demokratisches Wirken lahmlegen wollen. Mit einem Anruf von dreißig Sekunden machen sie einem eine Versammlung kaputt, deren Organisation eine Stange Geld gekostet hat. Nein, nein, dieses Spiel darf man nicht mitmachen.«

»Sollte man nicht die Teilnehmer informieren?«

»Nein, bewahre. Die würden abhauen. Außerdem darf man nicht paternalistisch sein.«

Nach diesen Worten trat Brihuegas in den Saal, wo sich schon ein ansehnliches Publikum befand. Mauricio folgte ihm, ohne zu wissen, ob er etwas Heldenhaftes oder etwas Idiotisches tat. Er fühlte sich sehr erregt. Er dachte, jetzt gehe es um Tod oder Leben. Als er an die Reihe kam, sprach er mit so ansteckender Glut und Beredtheit, daß ihm am Ende herzlich applaudiert wurde.

Auf dem Rückweg sagte Brihuegas:

»Jetzt brauchst du mich nicht mehr.«

In seiner Stimme war der Stolz des Lehrers auf die Fortschritte eines begabten Schülers zu hören.

Auf der Fahrt erzählte ihm der alte Kämpe, trotz seiner fünfzig Jahre habe er nie geheiratet. Für ihn seien die Frauen ein vorübergehender Luxus gewesen, ein kurzer Zwischenhalt auf der bewegten Reise durch ein dem Kampf gewidmetes Leben. Jetzt hingegen habe er seit einer gewissen Zeit eine feste Freundin, eine Frau von etwas über dreißig Jahren ohne allzu viele körperliche Reize, wie er selbst zugeben müsse, an die er sich aber stark gebunden fühle, obwohl er im Moment noch nicht vorhabe, sie um ihre Hand zu bitten. Seit sie zusammenseien, seien sie noch nie miteinander ins Bett gegangen. Küßchen und ab und zu ein wenig knutschen, aber den Schwengel reinhauen, das komme überhaupt nicht in Frage, prahlte er. Sie sähen sich täglich, entweder am Feierabend oder morgens früh, vor

Arbeitsbeginn. Sie wohne bei der Mutter, mit einer Tochter aus früherer Ehe mit einem schamlosen Kerl, der eines Tages einfach abgehauen sei und nie wieder etwas von sich habe hören lassen. Inzwischen sei dieses Mädchen, eben vierzehn geworden, wie eine eigene Tochter für Brihuegas. Er habe sie sehr liebgewonnen und sie ihn auch, wie er glaube. Er sei entschlossen, sie mit seiner Hilfe an der Uni studieren zu lassen, jetzt, da sich die Dinge in Spanien endlich änderten. Damit die Kleine nicht ein so schwieriges Leben habe, wie es ihre Mutter und vor dieser ihre Großmutter hatten.

Mauricio hörte sich diese Vertraulichkeiten neugierig an, ohne zu beurteilen, was ihm der andere erzählte, und ohne die geringste Bemerkung zu machen, zufrieden, das Vertrauen dieses ungeschlachten Mannes gewonnen zu haben, mit dem ihn nichts verband.

Als er nach Hause kam, rief er, noch immer erregt von der Bombendrohung, Clotilde an und lud sie zum Abendessen ein.

»Aber es ist elf Uhr! Wir haben schon vor einer ganzen Weile gegessen.«

»Aber ich habe seit dem Mittag nichts gegessen. Komm schon, ich hole dich ab, und du leistest mir Gesellschaft, und sei es nur, um mich einen Teller Spaghetti verschlingen zu sehen.«

Clotilde lachte.

»Was für eine Idee!«

Mauricio holte sie vor dem Haus ihrer Eltern ab, und sie fuhren ins *Giardinetto*. Er bestellte einen Salat und Spaghetti bolognese und sie ein Eis.

Während des Essens sprach Mauricio ununterbrochen, erwähnte aber die Bombenepisode nicht. Er fürchtete, Clotilde finde sein Verhalten kindisch. Dafür referierte er, was ihm Brihuegas erzählt hatte.

Daraufhin sagte sie:

»Ehrlich gesagt, was du mir da von diesem Mann erzählst, kommt mir wie ein Riesenunsinn vor.«

»Das würde ich nicht sagen. Jeder richtet sich sein Leben so ein, wie es ihm am besten paßt.«

»Ach hör doch auf.«

»Gut, lassen wir das. Schließlich hast du mehr Erfahrung. Durch deine Arbeit, meine ich. Du hörst bestimmt einen Haufen ausgefallene Geschichten. Meine Patienten dagegen verbringen die Zeit bei mir mit offenem Mund, aber ohne was zu sagen. Sie schreien nur, beklagen sich und versuchen, mir eine runterzuhauen, sobald ich in Reichweite komme.«

»Mach dich nicht lustig über mich. Ich tue den ganzen Tag nichts anderes, als Unsinn zu lesen. Ich weiß nicht, warum ich noch nicht vor Langeweile gestorben bin. Ich habe dir davon abgeraten, in die Politik zu gehen, und jetzt beneide ich dich um deinen Entschluß.«

Als sie das Restaurant verließen, hakte sich Clotilde bei Mauricio unter und lehnte den Kopf an seine Schulter. Es war kühler geworden, und ein feuchter Wind wehte. Der Asphalt glänzte, als wäre er naß.

»Ich bin ein bißchen angesäuselt«, sagte sie. Sie hatten beide je zwei Margaritas getrunken.

»In fünf Minuten bist du zu Hause und in weniger als zehn im Bettchen.«

»Wo zu Hause und in welchem Bettchen?«

»Das wirst du schon sehen.«

Nach einigen Stunden schrak Mauricio aus dem Schlaf auf, als hätte ein Wecker geklingelt. Clotilde lag nicht neben ihm. Im Halbdunkel des Zimmers war das zerwühlte Laken zu sehen. Der Wecker zeigte drei Uhr dreiunddreißig. Er stand auf und verließ das Schlafzimmer in Morgenmantel und Pantoffeln. Clotilde stand am Wohnzimmerfenster und schaute hinaus. Sie hatte das Hemd angezogen, das Mauricio beim Zubettgehen über einen Stuhl gehängt hatte.

»Geht's dir nicht gut?«

»Doch. Ich konnte nicht schlafen, aber es geht mir gut.«

»Du bist nachdenklich.«

»Das stimmt.«

Mauricio trat neben sie und betrachtete sie argwöhnisch. Er fürchtete, sie weine, und stille Frauentränen waren eine unerträgliche Nötigung für ihn, als klage ihn das ganze Geschlecht an.

Clotilde weinte nicht. Sie sah nicht einmal traurig oder besorgt aus, nur konzentriert und distanziert. Mauricio nahm ihr Handgelenk und gab vor, ihr den Puls zu fühlen. Dann sagte er in berufsmäßigem Ton, von dem er wußte, daß er beruhigend wirkte:

»Alles ganz normal. Woran hast du gedacht?«

»Ach, was Albernes.«

»Du kannst es mir trotzdem erzählen. Wenn du willst. Sonst eben nicht.«

»Ich kann es dir ruhig erzählen, obwohl du mich für dumm halten wirst. Ich dachte, wie sich wohl die Präsidentin fühlte, als sie Don Álvaro Mesía in die Arme sank.«

»Kein schlechtes Dissertationsthema, solange du es nicht extrapolieren willst. Wir sind nicht mehr im 19. Jahrhundert, und Barcelona ist nicht Vetusta, und du bist nicht mit Don Fermín de Pas verheiratet.«

»Dummkopf, Don Fermín de Pas ist nicht der Mann der Präsidentin.«

Sie fuhr ihm zärtlich übers Haar. Nach den Aufregungen des Tages war Mauricio todmüde, aber er mochte Clotilde nicht allein lassen, wie sie so vor dem Fenster in Gedanken versunken war. Auf der anderen Straßenseite waren sämtliche Fenster geschlossen.

Mauricio sah, daß es regnete.

»Gehen wir wieder ins Bett. Du wirst dich erkälten und ich auch.«

Clotilde gab keine Antwort und rührte sich nicht. Beide

schwiegen eine Weile und schauten dem Regen zu. Mauricio wußte nicht, was er tun sollte. Mit großer Mühe verbarg er sein Gähnen.

Der Wind schlug um, und die Regentropfen klatschten an die Scheibe. Clotilde schauderte.

Mauricio sagte:

»Wenn ich dir sage, daß ich dich liebe, wird es dann besser oder schlechter?«

»Schlechter.«

»Dann sag ich's nicht. Aber dafür mußt du auf der Stelle wieder ins Bett. Ich bringe dir ein Glas Wasser.«

Als er aus der Küche zurückkam, lag sie im Bett und schlummerte friedlich.

Er konnte nicht wieder einschlafen. Er hörte Clotildes ruhigem Atmen zu und schaute zur Decke hinauf. Er dachte an nichts Bestimmtes, langweilte sich aber auch nicht. Was gesagt ist, ist gesagt, dachte er. Er befürchtete, eine Unvorsichtigkeit begangen zu haben. Er war sich seiner wirklichen Gefühle nicht einmal sicher und noch weniger, ob er wollte, daß sie seine Lebensweise änderten. Wir werden ja sehen, dachte er, jetzt ist es an ihr, den nächsten Zug zu tun. Aus dem Wohnzimmer drang die matte Helligkeit einer regnerischen Morgendämmerung herein. Das schroffe Klingeln des Weckers riß ihn aus dem tiefen Schlaf, in den er unmerklich gesunken war. Als er geduscht, rasiert und angezogen ins Schlafzimmer zurückkam, schlief Clotilde noch. Er beugte sich zu ihr nieder und sagte ihr ins Ohr:

»Ich muß zur Arbeit. Du nicht?«

»Später.«

»Dann schlaf weiter. Wenn du gehst, zieh einfach die Tür hinter dir zu. Ich werde dich anrufen.«

Er ging, ohne eine Antwort bekommen zu haben. Der Tag war regnerisch und öd. Beim Frühstück ließ er die Ereignisse des Vortages Revue passieren und fand sie gar nicht so außergewöhnlich. Das Wetter und der Schlafmangel zeigten ihm alles durch eine prosaische Brille. Was am Abend gesprochen worden war, hatte bei Tageslicht keine Bedeutung mehr. Wenn sie das Thema nicht wieder zur Sprache bringt, dachte er, werde ich es auch nicht tun.

Gegen zehn Uhr rief er zwischen zwei Patienten bei sich zu Hause an und nannte nach der Ansage des Anrufbeantworters seinen Namen, falls Clotilde noch dort war und ans Telefon gehen wollte, aber er bekam keine Antwort. Sicherlich war sie schon weg. Soll *sie* anrufen, dachte er.

Weder an diesem noch am nächsten Tag geschah etwas. Am dritten Tag fand Mauricio in seinem Briefkasten einen frankierten Umschlag. Drin war eine Postkarte mit einem Foto von Schneeflöckchen, und auf der Rückseite stand mit dicken Filzschreiberzügen: »Danke, daß du ein Schatz bist. Küßchen. Clotilde.« Mauricio fand diese Botschaft eine einfache Art, sich aus der Affäre zu ziehen. Er beschloß, ihr keine weitere Bedeutung beizumessen, doch die Erinnerung an jeden einzelnen mit ihr verbrachten Augenblick verfolgte ihn rund um die Uhr.

Die Tage vergingen ohne Nachricht von Clotilde, aber nicht ohne häufige Anrufe aus dem Wahlbüro der Sozialistischen Partei Kataloniens. Der Wahlkampf ging in wahnsinnigem Tempo weiter, die Aktivitäten vervielfachten sich, und proportional dazu wuchsen das Chaos und die Nervosität. Mauricio wäre am liebsten aus diesem Tohuwabohu ausgestiegen, wo niemand mehr irgendein Gewicht, aber alle vermeintlich das Sagen hatten und wo Hektik und Übellaunigkeit an die Stelle von Gedanken und Grundsätzen getreten zu sein schienen, doch mit gutem Gewissen konnte er das nicht tun.

Also beteiligte er sich weiterhin an immer groteskeren Versammlungen.

Aus Eile und Personalmangel und weil man fand, die paar Erfahrungen an Brihuegas' Seite bestätigten seine Kompetenz, schickte man ihn überall allein hin, setzte ihn von nichts in Kenntnis und überließ den Inhalt seiner Rede ganz seinem Gutdünken. Er konnte tun und sagen, was er wollte, wenn er nur zur vereinbarten Zeit am vereinbarten Ort erschien. Mauricio nutzte dieses Alleingelassenwerden und verzichtete auf den unmittelbaren Zweck des Auftretens, um von Dingen zu sprechen, die ihn interessierten, oder einfach von dem, was ihm spontan einfiel. Er legte seine Gedanken über das Zusammenleben und den Fortschritt auf die Art und Weise dar, die ihm am unmittelbarsten und verständlichsten erschien, und berief sich, wenn ihm mitten in seiner Rede ein passendes Zitat in den Sinn kam, bedenkenlos auf Trotzki oder Bakunin, die er in seiner Jugend mit mehr Begeisterung als Nutzen gelesen hatte.

Diese anarchistischen Töne empörten die lokalen Organisatoren, im allgemeinen sehr auf die Form bedachte, kleinmütige Leute, die sogleich aus der Fassung gerieten, wenn irgendein Detail nicht streng dem Prozedere entsprach. Mauricio beachtete ihre Verweise nicht, er wußte, daß sie es nicht wagen würden, ihn zu verraten, und weil es ihm im Grund egal war, wenn sie es täten. Er blieb er selber.

Natürlich konnte er sich solche Freiheiten nur herausnehmen, weil er immer in sehr unbedeutenden Wahlbezirken aufzutreten hatte, vor einem Publikum mit vielen gebrechlichen, zahnlosen Alten und geistig Unterbelichteten. Er hatte immer ein passives Auditorium, zwar respektvoll und wenig anspruchsvoll, leicht apathisch, aber auch nicht abgeneigt, einem Redner zuzuhören, der entschlossen war, die Wahlpropaganda zu vergessen und unter irgendeinem Blickwinkel über irgendein Thema zu debattieren. So ergaben sich oft lebhafte Gespräche, die weit länger dauerten als vorgesehen und an denen sich fast alle Anwesenden intensiv beteiligten, die einen mündlich, andere applaudierend, stampfend, fluchend und fuchtelnd. In solchen Momenten stellte Mauricio überrascht fest, wieviel dieses scheinbar einfache, uninformierte Publikum von sämtlichen Parteien wußte, die im Rennen waren, den Inhalt ihres Wahlprogramms und das Profil eines guten Teils ihrer Führer kannte, so reserviert sie sich auch gaben, wenn sie sich dann zu ihren politischen Neigungen bekennen sollten. Diese Kenntnisse waren, so schloß er, der mühseligen, hartnäkkigen, großzügigen Arbeit von Leuten wie Brihuegas oder Pfarrer Serapio zu verdanken und nicht den Intellektuellen oder den Führern der verschiedenen Gruppierungen. Jene hatten den Boden gedüngt, auf dem diese jetzt munter herumweideten.

Mauricio stellte fest, daß er akzeptiert wurde, weil er so extravagant aussah, wie ein leicht verirrter Bonvivant, der jetzt nichts mehr tat, um sich zu verstellen, und der in den Augen dieser Leute ein Kirmesphänomen schien. Entgegen der Erwartung behandelten sie ihn trotz dieser Wahrnehmung nicht weniger ehrerbietig oder dialogbereit.

»Sagen Sie Ihrem Kandidaten, wann man uns denn endlich die U-Bahn verlängert – seit Jahren wird davon geredet, aber passieren tut nichts.«

»Ja, sagen werd ich's schon, aber macht euch nicht allzu viele Illusionen über das Ergebnis«, antwortete Mauricio.

Die Organisatoren der Veranstaltung entrüsteten sich scheinheilig.

Andere Male führten praktische Fragen zu abstrakten, gehaltvolleren Themen – nie fehlte es an einem alten Aktivisten, der es nicht verdauen konnte, daß die Sozialisten den Marxismus ausdrücklich aufgegeben hatten.

»Ich habe an der Schlacht am Ebro teilgenommen, dann war ich sechs Jahre in der Strafanstalt, und jetzt kommt man und verspricht uns einen Kindergarten und zwei Bushaltestellen. Und ich frage mich, wo zum Teufel ist die Revolution geblieben?«

Dann antwortete irgend jemand aus dem Publikum:

»Du hast den Krieg mitgemacht und warst im Gefängnis – hast du denn immer noch nicht genug? Ist es nicht an der Zeit, die Vergangenheit zu vergessen? Was wir heute brauchen, ist eine gerechte Sozialpolitik und mehr Arbeitsplätze. Das ist es, was wir brauchen. Arbeit für die Jungen, Medikamente für alle, jawohl.«

»Ja, und ohne Revolution kannst du das alles in den Kamin schreiben. Und sonst werden wir ja sehen.«

»Haltet endlich den Mund«, mischte sich ein dritter ein, »der Genosse soll reden, dazu ist er da.«

Wenn er auf diese Art gefordert wurde, blieb Mauricio nie eine Antwort schuldig.

»Wollt ihr wissen, was ich denke? Also gut, ich werde es euch sagen. Ich denke, dieser Streit ist eine Ansichtssache – im Grunde habt ihr beide recht. Der Genosse da will die Vergangenheit nicht vergessen, und er tut gut daran, denn wenn es um wichtige Dinge geht, ist das Vergessen entweder ein Versagen des Hirns oder reine Bequemlichkeit, und auf einer falschen Grundlage können wir keine Zukunft aufbauen. Es geht darum, sich zu erinnern, aber ohne Groll und ohne aus den Augen zu verlieren, daß wir miteinander in Frieden und alle in Freiheit leben müssen. Das heißt aber auch nicht, daß wir auf unsere Träume verzichten sollen. Die Revolution steht noch aus. Aber die Revolution ist kein Schauspiel, kein Geschrei, kein Wettlauf, kein Brand. Das sind die Sanfermines in Pamplona und die Fallas in Valencia. Revolution bedeutet, die Ordnung der Dinge zu verändern und für Gerechtigkeit zu sorgen, wo es vorher keine gab, und dafür zu sorgen, daß kein Kind ohne Schule, kein Kranker ohne Krankenhaus, kein Arbeiter ohne Arbeit und niemand obdach- und brotlos bleibt. Und diese Revolution macht man nicht mit Gezeter und von heute auf morgen, sondern nach und nach, mit dem Bemühen von allen und der Aufopferung von vielen. Das wär's. Gehen wir zum Abendessen.«

Er geriet leicht in Begeisterung, aber wenn er sah, wie elektrisierend seine Worte auf die Anwesenden wirkten, hatte er das Gefühl zu indoktrinieren, ließ Redefluß Redefluß sein und landete brüsk in der Wirklichkeit, was sein Publikum ein wenig durcheinanderbrachte.

Da ihn die Organisatoren bei der Vorstellung immer mit Doktor ansprachen, sei es aus Prestigegründen, sei es, um sein Aussehen als feiner Pinkel zu rechtfertigen, kamen am Ende nicht selten Leute zu ihm, um ihm von ihren Problemen zu erzählen.

»Doktor, meine Kleine will nicht essen.«

»Doktor, ich habe eine Migräne, die ich mit nichts wegkriege.«

»Doktor, immer wenn ich uriniere, juckt mich der Schwanz.«

Andere, Besonnenere, warfen Probleme allgemeinen Interesses auf.

»Doktor, sagen Sie denen, in den Ambulanzen müssen mehr Ärzte her.«

»Doktor, sagen Sie den Regierenden, sie sollen so schnell wie möglich die Abtreibung legalisieren.«

Bei all diesen Anliegen zog er sich aus der Affäre, so gut er eben konnte.

Als er an einem regnerischen Abend die Vorwahlveranstaltung in einem kleinen Gemeindesaal verließ, näherte sich Mauricio ein Mann, dessen Züge im Schatten eines riesigen Schirms verborgen waren, und sagte:

»Erinnerst du dich an mich?«

»Ach ja«, rief Mauricio nach einem Augenblick des Zögerns, »Pfarrer Serapio. Entschuldigen Sie, zuerst, mit diesem Schirm … Waren Sie bei der Veranstaltung?«

»Nein, ich wäre gern gekommen, aber andere Beschäftigungen haben mich daran gehindert. Zudem sind das nicht meine Fischgründe. Darf ich dich zu einem Glas einladen?«

»Natürlich«, antwortete Mauricio widerwillig. Er traute diesem Mann mit dem leichenblassen Aussehen, dem ausweichenden Blick und dem schakalhaften Grinsen nicht.

»Hast du keinen Schirm?«

»Nein. Aber ich habe Glück gehabt und in der Nähe einen Parkplatz gefunden. Als ich kam, hat es nicht geregnet.«

»Schon, aber ich bin vorsichtig«, sagte der Arbeiterpfarrer. »Dort seh ich ein Lokal. Komm, unter meinem Schirm haben wir beide Platz, wenn dich die Tuchfühlung nicht stört.«

Arm in Arm gingen sie langsam und schweigend zu der schmierigen und bei dem schlechten Wetter leeren Kneipe. In einem Schwarzweißfernseher lief ein Interview ohne Ton. Sie stellten sich an die Theke, und Mauricio bestellte ein Bier vom Faß.

Pfarrer Serapio sagte:

»Nein, ich habe gesagt, ich lade dich ein, dann wähle *ich*. Zwei Glas Rum Negrita, junger Mann.«

Ein schläfriger Bursche füllte die nicht sehr sauberen dickwandigen Schwenker randvoll. Pfarrer Serapio sagte:

»Sehr zum Wohl.«

»Zum Wohl.« Nach einer Pause fügte Mauricio, um etwas zu sagen, hinzu: »Wie läuft's denn so?«

»Gut.«

»Und dieses sympathische junge Mädchen, das Rancheras gesungen hat?«

»Die Porritos? Ich weiß nicht, ich habe seit Tagen nichts von ihr gehört. Sie ist sehr unabhängig. Und du? Man hat mir gesagt, du steckst voll in der Kampagne drin und weckst überall Begeisterung.«

»Glauben Sie nicht alles, was man Ihnen sagt. Man benutzt mich nur als Lückenbüßer. Wenn das zu etwas gut ist, soll's mir recht sein. Was haben Sie denn sonst noch gehört?«

Der Arbeiterpfarrer leerte das Glas Rum in einem Zug und klopfte auf die Theke, damit der Kellner es ihm nachfüllte.

»Siez mich nicht«, sagte er, nachdem das geschehen war.

»Das läßt sich nicht vermeiden – ich bin jahrelang auf eine religiöse Schule gegangen.«

Pfarrer Serapio schaute ihn unverwandt an, ohne seine Feindseligkeit zu verbergen.

»Das hier ist keine Schule«, antwortete er. »Das ist eine Spelunke. Hier herrscht ein anderes Protokoll.«

»Schon möglich, aber mich begleitet das Mißtrauen überallhin. Tut mir leid.«

Pfarrer Serapio nahm einen Schluck Rum und grinste mit geduldiger Grausamkeit, als sähe er, daß das Wortgeplänkel in die entscheidende Phase getreten war.

»Jeder ist vor Gott, vor der Geschichte, vor dem Gesetz oder vor was immer verantwortlich, aber nur für seine eigenen Taten. Ich trage keine Verantwortung für das, was dir die Jesuiten angetan haben mögen oder die Piaristen, oder das Schwulenpack, zu dem dich deine Eltern geschickt haben. Wirf du mich nicht in einen Topf, in den ich nicht gehöre, und ich werfe dich nicht in den der Herrensöhnchen, die mit dem Tennisschläger herumfuchteln, als wär's Hammer und Sichel.«

»Hören Sie, warum sagen Sie mir nicht endlich, was los ist, und wir beenden diesen Streit? Ich dachte, wir sitzen alle im selben Boot.«

»Tun wir auch. Die Frage ist nur, wer am Ruder ist und wer die Richtung bestimmt.«

»Mich brauchen Sie gar nicht anzuschauen – ich wasche nur das Deck«, sagte Mauricio. Nach einer Pause fügte er versöhnlicher hinzu: »Hören Sie, Pfarrer, ich habe keinerlei politische Ambitionen. Ich versuche nur zu helfen. Sobald ich sehe, daß ich nicht mehr gebraucht werde, verziehe ich mich. Ich versuche nicht, Ihr Gebiet zu betreten, und schon gar nicht, Ihnen die Gemeinde wegzunehmen oder die Herde oder wie Sie es nennen wollen. Nichts liegt meinen Absichten ferner. Warum legen Sie sich also mit mir an?«

Der Arbeiterpfarrer schaute traurig und verwirrt auf den Grund seines leeren Glases. Dann zuckte er die Schultern, und ein übelriechender Seufzer entfuhr ihm.

»Mit wem soll ich mich denn sonst anlegen? Glaubst du etwa, Felipe González oder Fraga oder der großartige Carrillo kommen hierher, um mich nach meiner Meinung zu fragen? Und wenn ich zu ihnen gehe, werden sie mich empfangen? Na?«

»Haben Sie es denn versucht?«

»Natürlich nicht, wo denkst du hin. Ich bin doch nicht so blöd. Man würde die Hunde auf mich hetzen oder, noch schlimmer, mich als Jahrmarktsaffen benutzen. Und das nun sicher nicht, ja? Das kommt nicht in Frage, nach allem, was wir durchgemacht haben. Da sollen andere gehen, verdammt noch mal – andere sollen sich auf die Schulter klopfen lassen und auf dem Foto erscheinen. Hallo, Pfarrer, ein kleines Foto für *El País*, schauen Sie hierher, Pfarrer, bitte lächeln, Pfarrer, und knöpfen Sie den Hosenstall zu, um Himmels willen, was sollen auch die Damen über diesen Aufzug denken?« Er lachte lange und schallend über die eigene Darbietung. Dann rief er dem Kellner zu: »Und du, verdammt, hast du keine Augen im Kopf? Komm her und schenk uns noch zwei Rum ein, siehst du nicht, daß wir auf dem Trockenen sitzen?«

Der Kellner schrak aus seinen Gedanken auf und füllte,

an die Ausfälligkeit der Kundschaft gewöhnt, das Glas des Arbeiterpfarrers gelassen wieder auf. Solange sie nicht weiter gehen, schien er ausdrücken zu wollen, läßt mich das kalt. Mauricio stoppte ihn mit einer Handbewegung, als er auch ihm nachschenken wollte. Der Arbeiterpfarrer sah es, sagte aber nichts – er zielte offensichtlich nicht darauf ab, daß sich der andere betrank. Er nahm einen Schluck und sagte mit dumpfer Stimme:

»Mich werden sie nicht zum Wohltätigkeitsfest der Sozialdemokratie bringen.« Nach einem weiteren Schluck sagte er wie zu sich selbst: »Ich befinde mich schon jenseits.«

Mauricio konnte seinen Worten nicht entnehmen, ob er seinen Gesundheits-, den Seelen- oder Trunkenheitszustand meinte. Sein Blick war undurchsichtig. Mauricio sagte:

»Also lassen wir die Dinge, wie sie sind, finden Sie nicht auch?«

»O nein. Wenn ich an diesem Regenabend in dieses Viertel gekommen bin, dann nicht, um … Außerdem verzichte ich auf nichts. Mein politisches Engagement bleibt bestehen. Es müßte noch sehr viel geschehen, bevor ich auf … auf irgend was verzichte, Teufel noch mal. Andererseits vergiß nicht, mein Sohn, daß ich Priester bin. Und als Priester habe ich die nachdrückliche – und unerläßliche, verstehst du? –, die unerläßliche Verpflichtung, um deine Erlösung besorgt zu sein, in dieser und in der anderen Welt. In beiden.«

»Um das Diesseits brauchen Sie sich nicht zu sorgen, ich enthebe Sie sehr gern Ihrer Verpflichtung. Und nennen Sie mich nicht Sohn, ich bin kein Sohn von Ihnen.«

Der Arbeiterpfarrer erstickte ein Auflachen, als er diese Worte hörte.

»O doch, mein Sohn. O doch. Oder glaubst du, nur weil du an die Uni gegangen bist, kannst du dich von dieser Schmach befreien? Mein Sohn, mein Sohn, sei demütig und höre auf diese Ermahnung.« Er streckte einen knochigen, schmutzigen Finger aus und deutete zuerst auf Mauricio, dann an die Decke und schließlich auf den Boden: »Hüte dich vor den Ränken des Bösen.«

Mauricio wußte nicht, ob er es ernst meinte oder fantasierte, und zuckte die Schultern. Diese Predigt ging ihn überhaupt nichts an. Das war Pfarrer Serapio egal, und er fuhr fort:

»Ich weiß, daß du diese Ermahnung in der Schule wohl über tausendmal gehört hast. Aber das ist nicht dasselbe. Nur die Worte sind dieselben. In der Schule wird das ja ohne Überzeugung gesagt, bloß weil es die Lehre so verlangt. Was wissen die schon? Sie haben keine direkte Erfahrung. Wenn man eine direkte Erfahrung hat, mein Sohn, sieht man alles anders. Auch die Lehre. Leeres Geschwätz. Ich weiß, jetzt wirst du mir sagen: Der Kerl ist ja besoffen. Na und? Aber ich bin es gar nicht. Nun ja, vielleicht ein wenig. Aber nicht so sehr, um dir keinen guten Rat geben zu können.«

»Sie haben mir schon einen gegeben.«

»Spielt keine Rolle – heute bin ich gut drauf.«

»Also her mit diesem Rat, und dann ist Schluß.«

»Habe ich dir schon gesagt, du sollst dich vor dem Bösen hüten?«

»Ja.«

»Gut, egal, dann geb ich dir einen anderen Rat. Nämlich: Hüte dich vor dem Bösen, aber wenn du dich nicht vor dem Bösen hüten magst, dann mißtraue wenigstens den Leuten um dich herum. *Seditiones ipsas ornant.* Das heißt, daß man deine Leichtgläubigkeit ausnutzt. Deine Leichtgläubigkeit und auch deine Eitelkeit. Die Leichtgläubigkeit und die Eitelkeit sind die zwei Seiten derselben Medaille.«

»Ich werde daran denken, Pater. Danke für die Einladung.«

Da er sah, daß Mauricio sich zu gehen anschickte, hielt

ihn Pfarrer Serapio am Ärmel fest. Bevor der andere reagieren konnte, näherte er sein Gesicht dem Mauricios und flüsterte:

»Diese Leute, die von der Versammlung, was erzählst du denen? Du predigst die Resignation, genauso wie Karlistenpfaffen. Und sie gehen zufrieden und begeistert nach Hause, und das hält so lange an, bis sie unversehens wieder mit der beschissenen Wirklichkeit konfrontiert sind. Und du genauso.«

Mauricio hatte sich vorgenommen, Pfarrer Serapios sauertöpfischer Predigt keine Bedeutung beizumessen. Am Samstagvormittag traf er in der Parteizentrale auf Brihuegas und vermied es, ihn von der Begegnung zu unterrichten. Zudem beschäftigte ihn in diesem Moment gerade etwas anderes.

Am Freitag hatte ihn gegen Abend Fontán in der Klinik angerufen und gefragt, ob er schon Pläne für den Abend habe und ob er andernfalls mit ihm zu Abend essen wolle. Da an diesem Tag keine Wahlveranstaltung auf seinem Programm stand und er auch sonst nichts vorhatte, nahm er an.

»Wir können uns direkt im *Arenzata* treffen, um halb zehn. Das ist ein neues Restaurant, angenehm, und man ißt nicht schlecht. Die werden sicher bald wieder dichtmachen. Es liegt in der Calle Laforja, zwischen Muntaner und der nächsten«, sagte Fontán. Und sogleich fügte er hastig hinzu: »Übrigens, ich habe auch Clotilde eingeladen. Du hast sicher nichts dagegen, nehme ich an.«

Mauricio hatte das Gefühl, in eine Falle getappt zu sein, wußte aber nicht, wie er sich daraus befreien sollte.

Als er das Restaurant betrat, saß Fontán schon am Tisch und wartete auf ihn. Clotilde war noch nicht da. Mauricio wußte nicht, wie er das interpretieren sollte – für ihn hatten sämtliche Einzelheiten dieses Abendessens eine genaue Bedeutung, die er aber vergeblich zu ergründen versuchte.

»Während des Wartens habe ich uns zwei Dry Martinis bestellt«, sagte Fontán. »Und der Wirt ist eigens gekommen, um zu sagen, daß es heute Fischbäckchen gibt.«

»Ich bin es nicht gewohnt, vor dem Essen zu trinken. Es wird mir in den Kopf steigen.«

»Macht nichts, du mußt dich für dein Tun noch nicht vor der Wählerschaft verantworten. Ich habe gehört, du bist ein gewandter Redner geworden.«

»Mach dich nicht über mich lustig, schließlich hast du mich in diese Geschichte reingezogen.«

Fontán wurde unversehens ernst.

»O nein. Da lehne ich jede Verantwortung ab. Ein paar Gäste haben mich gebeten, dich ihnen vorzustellen, ich war Gastgeber und konnte es ihnen nicht abschlagen. Der Rest ist deine Angelegenheit, du hast dir den Strick um den Hals legen lassen. Du bist ja schon ein großer Junge.«

»Ich mache dir doch überhaupt keinen Vorwurf. Ich hab es im Spaß gesagt.«

»Nun ja, für alle Fälle. Und damit eines ganz klar ist: Ich mische mich nicht in die Politik ein. Ich mag sie nicht und die Politiker noch weniger. Ich mißtraue allen, aber ganz besonders den Sozialisten. Sie werden das Land ins Unglück stürzen.«

»Da bin ich nicht einverstanden.«

Der Kellner brachte ihre Getränke und ein Tellerchen mit Oliven.

»Das ist keine Frage von Einverstandensein oder nicht. Die Dinge sind, wie sie sind. Das Land befindet sich in einer Rezession, die Arbeitslosenrate ist die höchste von ganz Europa, jetzt gilt es, die Wirtschaft anzukurbeln, und das tun die Sozialisten nicht, und sie werden es auch nicht tun. Sie wollen nicht Reichtum schaffen, sondern das bereits Vorhandene umverteilen oder, anders gesagt, ein System zugrunde richten, das vorläufig funktioniert. Schlecht, aber es funktioniert.«

Der Wirt unterbrach sie brüsk.

»Wißt ihr schon, was ihr wollt?«

»Nein. Und es fehlt noch jemand.«

»Es gibt Fischbäckchen.«

»Das wissen wir schon.«

Der Wirt zog sich zurück, und Mauricio sagte:

»Dieses Argument habe ich schon mehrmals gehört: Die Sozialisten wollen das Geld verwalten, das andere verdienen. Das hat Margaret Thatcher gesagt oder jemand ihres Schlages. Der Satz ist wirkungsvoll; die Idee ist falsch. Sie wäre es nicht, wenn es Chancengleichheit gäbe, aber in Spanien sind wir noch Lichtjahre von dem entfernt, was ein nicht nur gerechter, sondern annehmbarer Ausgangspunkt wäre. Als du oder ich begonnen haben, uns unseren Lebensunterhalt zu verdienen, hatten wir einen riesigen Vorteil gegenüber den meisten unserer Landsleute – durch die Familie, durch die Ausbildung, durch die gesellschaftlichen Beziehungen, durch unendlich viele Chancen und Privilegien. Die Gesellschaft hatte uns einen grenzen- und bedingungslosen Kredit gegeben. Es ist nur angemessen, daß wir ihn jetzt allmählich zurückzahlen, nicht unter Zwang, aber auch ohne Ausflüchte.«

»Das klingt alles sehr gut, aber wie stellt man das in der Praxis an? Der Steuerdruck führt zu Kleinmut, und die Arbeitslosenunterstützung fördert den Müßiggang. Und das nennt man dann das Land modernisieren und Gerechtigkeit schaffen.«

»Kennst du ein besseres System?«

»Zunächst einmal, daß man nicht Sand ins Getriebe streut. Was wird geschehen, wenn man den Kapitalertrag weiterhin unter Strafe stellt? Ist doch klar – wer Geld hat, wird, statt es arbeiten zu lassen, es verstecken oder aus dem Land schaffen, wie es ja schon geschieht.«

»Aber wenn sie dabei erwischt werden, landen sie im Gefängnis, und die anderen werden aus fremdem Schaden klug.«

»Das bezweifle ich. Das Gefängnis ist für die kleinen Würstchen. Die Reichen wandern nicht ins Gefängnis. Wozu auch? Wenn sie frei herumlaufen, sind sie ungefährlich, und in Gefangenschaft produzieren sie nicht. Du kannst Clotilde fragen, sie ist Anwältin und wird es dir erklären. Um zu erreichen, was du vorschlägst, muß man die Guillotine wieder hervorholen, sonst geschieht nichts. Und das werden die Sozialisten nicht tun. Im Gegenteil: Sie werden weiter von Gleichheit reden, aber den Reichen um den Bart gehen, und sie werden als erste von der Krise profitieren, zu der sie selbst das Ihre beigesteuert haben.«

Das Gespräch war lauter geworden, und sie schenkten Clotildes Kommen kaum Beachtung.

»Habt ihr euch gestritten?«

»Ein wenig.«

»Hoffentlich nicht meinetwegen.«

»Wir haben von Politik gesprochen.«

»Oh, wenn ich das gewußt hätte, hätte ich mir nicht die Haare gewaschen.«

Ihre Anwesenheit beendete die Diskussion nicht, ließ die beiden Streithähne aber ihre Haltung ändern. Fontán nahm einen skeptischeren, rücksichtsloseren Ton an, was selten war bei ihm. Mauricio dagegen wurde aufrichtig, sein Ton fast flehend – er fand es von größter Wichtigkeit, daß Clotilde die Gründe für sein Benehmen verstand und billigte.

Ihn ärgerte das Gebaren seines Freundes, den er für einen intelligenten Menschen hielt und der sich jetzt zu tendenziösen Gemeinplätzen hinreißen ließ, die absichtlich verbreitet wurden, um die Bürger zu entmutigen und zu schikanieren.

Wenn er ehrlich sein wollte, so hatte Mauricio bisher sehr wenige Berufspolitiker gekannt, und die, die er kannte, hatten unbedeutende Positionen inne, waren kleine Teile des lokalen Getriebes der Sozialistischen Partei. Im allgemeinen Leute seines Alters und seiner gesellschaftlichen Herkunft, durchschnittlich intelligent, wohlinformiert und beschlagen auf dem Gebiet, für das sie zuständig waren, freilich noch unerfahren und oft ohne Sinn fürs Praktische. Als Katalanen kultivierten sie zudem, aus Höflichkeit oder Unsicherheit, diskrete Manieren, fast bescheiden und ungeschickt, was sie sympathisch machte. Die Kommunisten, mit denen Mauricio ebenfalls sporadisch Kontakt hatte, waren offen und von oberflächlicher Kameraderie, die beim geringsten Anlaß zu Steifheit und Sprödigkeit wurde. Sie argumentierten schonungslos, und wenn man sie hörte, konnte man nicht umhin, ihnen recht zu geben und die Zügel der Gesellschaft in ihre Hände zu legen. Dann aber, in der Stunde der Wahrheit, löste sich alles in fade Analysen, verwickelte taktische Fragestellungen und interne Intrigen auf. Die Kommunistische Partei, berühmt für ihre eiserne Disziplin, teilte und unterteilte sich ständig weiter, und ihre Mitglieder scheuten sich nicht, sowohl an der spanischen Mutterpartei als auch an den kommunistischen Parteien des restlichen Europas beißende Kritik zu üben, ihre Führer, selbst Lenin, streng zu attackieren und über die Revolution, die zentralisierte Wirtschaft und selbst ihre nächsten Genossen Witze zu reißen. Bei diesem Rundschlag kam nur Fidel Castro einigermaßen ungeschoren davon.

Fontán hatte eine ganz andere Sicht. Als Mitglied des Unternehmervereins hatte er mit Politikern auf seinem ureigensten Terrain Umgang gehabt, ohne Zeugen und immer in Angelegenheiten, bei denen es um die Umlagerung bedeutender Summen ging, und er hatte keinen gesehen, der sich nicht in größerem oder geringerem Maß, je nach Persönlichkeit eher plump oder eher subtil, hätte bestechen lassen. Nach seinem Dafürhalten waren die Sozialisten bäurisch und inkompetent, die Nationalisten ungehobelt und mißtrauisch, die Kommunisten verschlagen und scheinheilig. Von der Rechten sprach man besser gar nicht – verdrießlich, ressentimentbeladen und habgierig. Nur die Anarchisten fand er sympathisch, wenn auch verantwortungslos. Die einen wie die anderen betrachteten ihre politischen Widersacher als Schwindler und Kriminelle, erklärten sich aber bereit, ihnen um der Eintracht willen zu verzeihen. Mit ihrem einfältigen Entgegenkommen schienen alle sagen zu wollen: Eigentlich habt ihr es verdient, daß wir euch den Schädel einschlagen, aber wir werden es nicht tun, um dazu beizutragen, daß Spanien regierbar bleibt. Was die Anführer der verschiedenen Gruppierungen betraf, so waren alle unbedeutende Haudegen, überzeugt, Danton oder Marc Aurel oder weiß Gott was zu sein, nur nicht das, was sie wirklich waren. Bei der Wahl ihrer Mitarbeiter suchten sie unter ihren Freunden und Spießgesellen diejenigen aus, die ihnen am meisten und schönsten schmeichelten, und immer mittelmäßige Leute, um von ihnen nicht in den Schatten gestellt zu werden.

»Señorita, haben Ihnen diese Herren schon gesagt, daß wir heute Fischbäckchen haben?«

»Diese Herren sind voll und ganz in ein Gefecht verwikkelt und haben nicht einmal wahrgenommen, daß ich hier bin.«

Der Wirt überlegte eine Weile. Er war ein großer, kräftiger, schlechtrasierter Mann.

»Ich glaube, sie haben es schon wahrgenommen, Señorita. Darum streiten sie sich ja.«

»Zum Teufel mit dem *Nouvelle-cuisine*-Psychologen«, sagte Fontán.

Mauricio fragte sich, ob der Wirt nicht recht hatte. In diesem Augenblick empfand er gegen seinen ehemaligen Kameraden eine Abneigung, die politisch nur schwer zu rechtfertigen war, hatte dieser doch aus seinen Überzeugungen und Vorlieben nie ein Hehl gemacht. Aber wenn in seinem Fall Clotildes Gegenwart der Grund für seine Aggressivität sein mochte, was motivierte dann Fontáns Ausfälligkeiten? Er sagte:

»Der Herr mit den Fischbäckchen hat recht, wechseln wir das Thema. Sich über Politik zu streiten ist so unnütz wie über Fußball. Letzten Endes hängt alles von einem Ergebnis ab, auf das wir keinen Einfluß haben. Wir reden und reden, aber am betreffenden Tag entscheiden die Wähler frei an der Urne.«

»Und sie werden sich irren.«

»Gerade darin besteht ja die Freiheit.«

Clotilde fragte:

»Darin, sich zu irren?«

»Genau. Zu Treffern geprügelt zu werden ist nicht Freiheit, und zudem ist das Ergebnis noch schlimmer. Wir haben vierzig Jahre Zwangstreffer hinter uns, und anscheinend haben wir sie schon wieder vergessen.«

»Bezahlt oder umsonst?«

»Ich verstehe dich nicht.«

»Ich meine das mit dem Sich-Irren. Wenn ich mich irre, wer bezahlt die Folgen meines Irrtums? Ich allein? Oder werden sie aufgeteilt? Anders gesagt, wie vertragen sich die Freiheit, sich zu irren, und die Verantwortung?«

Mauricio hatte keine Lust weiterzustreiten, aber er wußte nicht, wie er das Gespräch auf ein heitereres Gebiet bringen sollte. Allein Clotildes Nähe war für ihn ein Anlaß zu Gelassenheit und Freude, und jetzt brachte es ihn zur Verzweiflung, zu sehen, wie der Abend fortschritt, ohne daß sie aus dieser mühsamen Patsche herausfanden.

»Und wenn wir das Essen bestellten und von was anderem sprächen?«

So geschah es, aber das Treffen hatte schief begonnen und war unmöglich wieder geradezubiegen. Da jeder Angst hatte, die Empfindlichkeit der beiden anderen zu verletzen, erstickte jedes neue Gesprächsthema schon im Keim. Mauricio begriff nichts. Er dachte, Fontán habe das Abendessen organisiert, um seine Gesellschaft zu genießen, aber jetzt schien er am ärgerlichsten von allen. Vielleicht hatte ihn Clotilde mit irgendeiner Absicht dazu angetrieben, diesen Dreiergipfel einzuberufen, vielleicht um ihnen etwas Interessantes mitzuteilen. Aber da sie sie bei ihrem Kommen übellaunig und in Schmähreden verwickelt fand, wußte sie nicht, was sie tun und wie sie die Situation wieder auf ihr Vorhaben hin ausrichten sollte.

Mauricio, der nur widerstrebend und ohne bestimmte Absicht zu dem Essen gekommen war, schwamm in einem Meer von Vermutungen.

Nach dem Essen trat der Wirt wieder an ihren Tisch.

»Habt ihr gut gespeist?«

»Ja, war alles sehr lecker.«

»Ich lade euch zu einem Gläschen Patxaran ein.«

»Für mich nicht, danke«, sagte Clotilde.

»Wenn Sie was anderes möchten …«

»Nein. Ich muß sowieso gehen.« Und als sie die Überraschung im Gesicht ihrer beiden Begleiter sah, rief sie ungeduldig: »Was schaut ihr so? Ich habe euch ja gesagt, daß ich eine Verpflichtung habe.«

Ganz offensichtlich war Fontán davon nicht unterrichtet, und Mauricio hatte nicht einmal mit ihr gesprochen, aber als Kavaliere verzichteten sie beide darauf, diese Flunkerei in Abrede zu stellen. Mauricio fragte sich, ob sie den Entschluß zu gehen während des Essens gefaßt hatte, angesichts des häßlichen Verlaufs der Begegnung, oder ob dieser Knalleffekt das einzige Ziel der Einladung war. In ihrem Verhalten lag etwas Theatralisches. Zweifellos folgte es einem vorbedachten Plan, der klaren Absicht, beide gleicherweise an der Nase herumzuführen.

Jetzt fühlte sich Mauricio erniedrigt und betrübt und Fontán von dumpfer Empörung gepackt.

»Na, wie ist dieser Patxaran?« fragte der Wirt nach Clotildes überstürztem Abgang, als die beiden Freunde sich wieder gesetzt hatten. »Ist doch verdammt gut, oder? Na, noch ein Gläschen. Kurzum, nachdem das Mädel euch hat sitzenlassen, bleibt euch ja nichts anderes übrig.«

»Schenken Sie ein und lassen Sie die Flasche hier«, sagte Fontán. Und sowie der Wirt diesem Ansinnen nachgekommen war, rief er aus: »Zum Teufel mit den Frauen!«

»Gut gebrüllt, Löwe.«

Von diesem Moment an wurde ihre Beziehung herzlicher. Aber das Band der Solidarität, das Clotildes Abfuhr zwischen ihnen geknüpft hatte, war nicht stark genug, damit einer der beiden sich beim anderen entschuldigte. Mauricio hätte alles darum gegeben, wenn er in diesem Augenblick Fontáns Gedanken hätte lesen können, und vermutete beim anderen eine vergleichbare Neugier, aber er wußte, daß keiner das Thema auch nur entfernt anschneiden würde.

Da sie ihr Auto im selben Parkhaus stehen hatten, gingen sie nach dem Verlassen des Restaurants diesen Weg gemeinsam. Der Abend war lau, und es wehte eine feuchte, regenschwangere Brise.

»Wir haben einen ganz merkwürdigen Frühling«, sagte Fontán.

»Ja, stimmt.«

»Soll ich dir was sagen? Ich habe ein bißchen einen sitzen.«

»Ich auch. Wäre es nicht klüger, ein Taxi zu nehmen?«

»Nein. Wer garantiert dir, daß der Fahrer nicht noch mehr hinüber ist als du? Und außerdem müßten wir morgen das Auto holen kommen und eine Stange Geld bezahlen. Wenn wir hübsch langsam fahren, wird nichts passieren.«

Mauricio hatte einen dreitürigen Citroën, den er als Gebrauchtwagen gekauft hatte und an dem er sehr hing. Jetzt aber erschien er ihm im Vergleich zu Fontáns BMW eine alte Kiste. Unter gleichen Bedingungen – welchen von beiden zöge ein normales junges Mädchen wohl vor? In diesem Moment war er froh, daß Clotilde nicht dabei war und keine so ungerechte Wahl zu treffen hatte.

Auf dem Weg nach Hause schmiedete Mauricio Pläne, wie er sein Einkommen entscheidend verbessern könnte.

Am Samstag ging Mauricio mit einem ordentlichen Kater vom Vorabend zum Parteisitz. Beim Eintreten begegnete er Brihuegas, der das Gebäude gerade verließ. Er grüßte seinen ehemaligen Kampfgenossen und sagte:

»Ich komme Anweisungen einholen.«

»Es gibt keine Anweisungen«, antwortete der alte Kämpe. »Komm, ich lade dich zu ein paar Gläsern Wein ein.«

Auf dem Weg zu einem Lokal in der Nähe erzählte ihm Brihuegas, auf der Zielgeraden der Kampagne greife die Partei auf die Schwergewichte zurück und verzichte folglich auf das Fußvolk. Jetzt setze man alles auf die Organisation von Großveranstaltungen, für die eigens Politiker wie Alfonso Guerra oder Felipe höchstpersönlich aus Madrid anreisten. In dieser Erklärung glaubte Mauricio einen bitteren Unterton herauszuhören.

»Wichtig ist allein, daß man ins Fernsehen kommt«, sagte Brihuegas.

»Wahrscheinlich stimmt das.«

»Ach was. Wichtig ist die Basis. Das war immer so und wird immer so sein. Ein politisches Programm verkauft sich nicht wie ein Waschmittel. Außer man beabsichtigte, die Bürger zu einer urteils- und willenlosen Masse zu machen. Aber wenn man das fertigbrächte, wer würde dann die Früchte ernten? Das Kapital!«

Da Mauricio fürs Wochenende nichts Bestimmtes vorhatte und sich nicht sehr wohl fühlte, verbrachte er den Rest des Samstags zu Hause auf dem Sofa, um sich mit der

Lektüre alter Odontologiezeitschriften auf dem laufenden zu halten, fernzusehen und zwischendurch ein wenig zu dösen. Ab und zu versuchte er sich eine weniger langweilige Betätigung vorzustellen, aber keine erschien ihm besonders verlockend.

Am Sonntagnachmittag rief er Fontán an und schlug ihm einen Kinobesuch vor. Fontán sagte so rasch zu, daß es Mauricio überraschte. Er dachte noch immer, ein Mann wie Fontán müsse ein sehr bewegtes Leben führen, und stellte ihn sich ständig auf Reisen oder bei der Ausübung irgendeines Minderheitensports vor.

Sie verabredeten sich für die letzte Vorstellung. Mauricio wollte einen spanischen Film sehen, über den er lobende Kritiken gelesen hatte, aber Fontán weigerte sich rundweg.

»Sei doch nicht so antiquiert«, sagte Mauricio. »Der spanische Film hat sehr zugelegt. Und man muß ihm endlich eine Chance geben.«

»Kommt nicht in Frage. Spanien kann viele Opfer von mir verlangen, aber nicht dieses. Beim spanischen Film hat nur der Optimismus der Kritiker zugelegt. Oder ihre Dummheit. Alles andere ist sich gleich geblieben. Schau, Mauricio, der Film ist eine Mischung von Industrie und Talent; fürs erste ist hierzulande kein Geld vorhanden, und was das zweite betrifft, so leiden wir an anhaltender Dürre. Entweder ein amerikanischer Film, oder du mußt auf mich verzichten.«

Der Streifen war enttäuschend, aber nach der Vorstellung gingen sie in ein Lokal, um ein Bier zu trinken, und lachten ausgiebig. Obwohl seit der Zeit ihrer Schulkameradschaft viel Zeit vergangen war und sie sich in allem unterschieden, gab es zwischen ihnen eine Beziehung alter, aufrichtiger Vertrautheit. Das Gespräch glitt mühelos von einem Thema zum anderen, und bei allen hatten sie entgegengesetzte Ansichten, was ihnen erlaubte, angeregt zu diskutieren. Schließlich trennten sie sich später als vorgesehen, und am nächsten Tag fühlte sich Mauricio schläfrig und dumpf, aber recht zufrieden.

Am Dienstagabend rief Clotilde an.

»Ich wußte nicht, ob ich dich antreffe«, sagte sie. »Wie ich im Fernsehen sehe, ist die Kampagne jetzt auf dem Höhepunkt angelangt. Ich habe dich in der Stierkampfarena vermutet, wie du dir die Seele aus dem Leib schreist und mit einem Wimpel und einem Horn auf und ab hüpfst.«

»Das tun nur ernsthafte Menschen. Wie geht es dir?«

»Gut, und dir?«

»Ebenfalls.«

»Gut.« Mauricio dachte, nach diesem lakonischen Austausch werde sie aufhängen. Er suchte nach einem Satz, um das Gespräch am Leben zu erhalten, aber es fiel ihm keiner ein. Nach einer Weile hörte er wieder Clotildes Stimme am anderen Ende der Leitung. »Eigentlich hab ich dich angerufen, um mich für den Abend von neulich zu entschuldigen. Im Restaurant, meine ich. Ich habe mich sehr unflätig benommen.«

»Du brauchst dich nicht zu entschuldigen. Außerdem sind schon vier Tage vergangen, das Delikt ist abgelaufen.«

»Man sagt verjährt.«

»Wie auch immer.«

»Nein, ehrlich, was vorgefallen ist, tut mir leid. Aber manchmal …, nun ja, ich will dir nicht auf den Wecker fallen mit meinen Albernheiten. Ich lasse dich in Ruhe. Ich habe bloß angerufen, um dir das zu sagen und auch, daß du mir sehr gefällst. Gute Nacht.«

»Hey, nicht aufhängen!«

Sie hatte schon aufgehängt, und Mauricio war perplex. Den ganzen Abend versuchte er, hinter die Bedeutung und die Absicht dieses Anrufs zu kommen. Er mochte Clotildes Worte nicht buchstäblich nehmen und schon gar nicht seine Hoffnungen darauf gründen. Er ließ zwei Tage verstreichen, und dann rief er an.

»Was machst du am Samstag?«

»Diesen Samstag?«

»Ja, natürlich, welchen denn sonst?«

Es trat eine kurze Pause ein.

»Diesen Samstag mache ich nichts.«

»Wir könnten uns sehen.«

»Zu Abend essen?«

»Zum Beispiel.«

»Nur wir zwei beide?«

»Wenn es dir recht ist.«

»Ja, es ist mir recht. Aber ich habe eine noch bessere Idee. Laß uns das ganze Wochenende wegfahren. In ein angenehmes Hotel auf dem Land. Meer oder Berge, das ist mir egal. Ich habe Lust, spazierenzugehen und Sonne zu tanken. Ich habe die Stadt über und brauche eine Veränderung.« Sie machte wieder eine Pause und fügte dann hinzu: »Du darfst nicht denken, ich will dich bloß als Fahrer.«

»Als was denn dann?«

»Mauricio, ich habe dir schon mehr gesagt, als ein anständiges Mädchen sagen darf. Wenn dir der Plan nicht zusagt, kannst du dir eine glaubwürdige Ausrede ausdenken.«

»Was erzählst du da, er sagt mir sehr zu.« Mauricio versuchte, nicht allzu feierlich zu klingen. »Bloß ... Wenn wir sonntags weg sind, wie sollen wir dann wählen gehen?«

»Och, wir werden nicht wählen«, sagte Clotilde ganz lokker. »Ich bin gegen alle, und du hast für die deinen schon genug getan. Die können uns mal.«

Mauricio hatte das Glück auf seiner Seite: Am nächsten Tag kam ein Patient in die Praxis, der sich einer langen Behandlung unterzog und mit dem Mauricio einen freundlichen Umgang hatte. Früher hatte ihm dieser Patient einmal erzählt, er habe ein Haus in der Cerdaña, so daß ihn Mauricio fragte, ob er in dieser Gegend ein ruhiges, gemütliches

Hotel kenne. Der Patient empfahl ihm mehrere, und noch am selben Abend reservierte Mauricio ein Doppelzimmer auf den Namen Señor und Señora Greis.

Der Samstagmorgen war makellos und sonnig.

Auf der Fahrt war Clotilde vergnügt und redselig. Mauricio dachte, irgendwann einmal müßten sie von ihrem vermeintlichen Kameradschaftsverhältnis wegkommen und ihrer Beziehung eine andere Richtung geben, aber er fürchtete sich, überstürzt oder ungeschickt zu handeln und alles Gewonnene wieder zu verlieren. Aber zugleich fürchtete er auch, durch allzu große Vorsicht den richtigen Augenblick zu verpassen, so daß sich eine solide, aber oberflächliche Beziehung festschriebe, die nicht mit seinen wahren Gefühlen übereinstimmte. Von der ersten Begegnung an hatte immer sie die Initiative ergriffen, den jetzigen unverhofften Ausflug eingeschlossen. Aber dieser Mechanismus durfte sich nicht unendlich fortsetzen – jetzt lag es an ihm, die Dinge klarzustellen. Doch je länger die Fahrt dauerte und je weiter sie sich von ihrem Alltagsleben entfernten, um, miteinander allein, gemeinsames Terrain zu betreten, desto mehr verwischte sich ihm diese Perspektive. Er war sehr erregt, aber auch sehr besorgt und fragte sich, ob sich Clotilde trotz ihrer scheinbaren Ungezwungenheit nicht in derselben Lage befand und in großer Verwirrung unablässig das Für und Wider jedes Worts und jeder Bewegung abwog.

Um in die Cerdaña zu gelangen, mußte man einen mehrere Kilometer langen Tunnel hinter sich bringen. Diese Durchquerung dauerte wenige Minuten, aber das Gefühl des Eingeschlossenseins ließ sie länger erscheinen. Danach, wieder im Freien, war die Landschaft eine andere.

»Das ist wie ein Traum, nicht wahr?« sagte Mauricio, der noch nie durch einen so langen Tunnel gefahren war.

»Nein. Träume sind immer düster, dunstig, wie schlecht ausgeleuchtet. Sogar die heitersten machen einem angst.

Aber hier ist das Licht hell und die Luft sauber. Das mag ich.«

Das letzte Stück bis zum Hotel bestand in einer gewundenen Straße zwischen Wäldern und sattgrünen Wiesen. Ab und zu sah man Milchkühe und eine von einem schwarzen, zerzausten, ingrimmigen Hund bewachte Schafherde.

Im Hotel bemühte sich Mauricio, vor dem Empfangschef nicht steif zu erscheinen, doch der schien Gästen, deren persönliche Umstände ihn kalt ließen, keine besondere Beachtung zu schenken. Aber die Zeit der Denunziationen lag noch nicht so lange zurück, als daß diese einfachen Formalitäten nicht durch die Erinnerung an die beklemmende Überwachung, das Risiko der Bestrafung und die Schande zu trüben gewesen wären. Die Dinge hatten sich jedoch radikal geändert: Clotilde, die scheinbar zerstreut in der Hotelhalle auf und ab ging, während Mauricio das Anmeldeformular ausfüllte, mußte nicht einmal ihre Papiere vorweisen. Den Empfangschef schienen eher die praktischen Aspekte der internen Verwaltung zu bekümmern als die moralische Geradlinigkeit seiner Gäste.

»Falls die Herrschaften im Hotel zu Mittag essen möchten, sollten Sie sogleich ins Restaurant gehen, die Küche schließt in zwanzig Minuten.«

Mauricio war dankbar für diesen Umstand, der den peinlichen Moment des Zimmerbezugs hinausschob.

Sie ließen die Koffer unausgepackt stehen, wuschen sich die Hände und gingen ins Restaurant hinunter.

Nach dem Mittagessen kehrten sie ins Zimmer zurück. Mauricio lief ziellos herum, knipste die Lampen an und aus und untersuchte den Inhalt der Schubladen.

»Bist du nervös?«

»Ein wenig.«

»Ich auch. Aber es ist unsinnig – wir haben das doch schon zweimal erlebt.«

»Diesmal ist es anders«, sagte Mauricio.

»Dann müssen wir dafür sorgen, daß es gleich ist«, sagte sie. »Schau, wie schön das Land ist.«

Als sie zum Spaziergang aufbrachen, war der Nachmittag schon weit fortgeschritten. Sie stiegen steil hügelan, bis der Weg in sanften Kurven wieder auf eine Wiese hinabführte, die von einem Flüßchen durchzogen wurde. Das Wasser war so klar, daß man die Kiesel auf dem Grund sehen konnte. Sie hielten die Hand hinein – es war eiskalt. Später begegneten sie zwei Männern mit Angelgerät. Mauricio fragte sich, ob es in diesem spärlich rinnenden Fluß wohl Fische gab, doch dann sah er, daß sich das Wasser zu einem mittelgroßen See staute. Dessen Anblick im goldenen Abendlicht mit den im leisen Wind schaukelnden Binsen verstärkte seine Melancholie. Die Dämmerung machte ihn immer traurig, das Land deprimierte ihn, und wenn beides zusammenkam, fiel er in eine unüberwindliche Niedergeschlagenheit. Aber jetzt machte es ihm keine Mühe, sich darüber hinwegsetzen, als er sah, wie sich Clotilde verwandelte. Ihre Wangen waren rosig, die Züge entspannt, und die Augen leuchteten, als belebte sie eine innere Erregung. Sie entfernte sich wortlos, erkletterte eine nahe Anhöhe und blieb bei einer Gruppe tiefgrüner junger Bäume mit schlanken, hellen Stämmen stehen, gedankenversunken und wie in Erwartung. Es wurde schnell dunkel und immer kühler.

»Kehren wir ins Hotel zurück, wenn wir uns nicht eine Angina oder etwas Schlimmeres holen wollen«, sagte Mauricio.

Da Clotilde nicht antwortete, ging er auf sie zu, so gut es die Unebenheiten des Geländes erlaubten, und legte ihr sanft die Hand auf den Arm. Sie gab ihm die Hand, und sie gingen zum Bach zurück. Dort ließ Mauricio ihre Hand los und legte ihr zärtlich und beschützend den Arm um die Schulter. Sie sagte nichts – ihr übliches Verhalten, gierig und defensiv, war anders, ruhiger geworden, beinahe passiv.

So spazierten sie ganz langsam zum Hotel zurück, und als sie dort ankamen, war es schon dunkle Nacht.

»Du zitterst ja. Ich laß dir auf der Stelle ein Bad einlaufen«, sagte Mauricio.

Beim Abendessen bat sie ihn, ihr zu erzählen, woher die Berufung zum Zahnarzt gekommen sei.

»Eine solche Berufung gab es nicht. Es war nur eine nüchtern getroffene Wahl. Nach dem Grundstudium wollte ich eigentlich Pädiatrie machen. Zum Glück habe ich während meines Deutschlandaufenthalts, wo ich mehr als genug Zeit zum Nachdenken hatte, meinen Irrtum sogleich bemerkt. Ich mag Kinder nicht. Versteh mich nicht falsch: Ich finde Kinder wunderbar. Ich bin kein Menschenfresser. Ich meine, daß ich kranke Kinder nicht mag oder Kinderkrankheiten, wie du es nennen willst. Dann habe ich nachzufragen begonnen, mit Leuten gesprochen und mich schließlich für die Stomatologie entschlossen. Das war eine richtige Entscheidung. Es ist kein romantisches Fachgebiet, wenigstens von außen gesehen, aber mir macht es Freude. Außerdem befindet es sich in einer sehr anregenden Phase. Sämtliche Zweige der Medizin tun das, aber die Stomatologie am allermeisten. Es sind keine spektakulären Fortschritte, aber alles hat sich abgrundtief verändert, und das erlaubt uns, den Patienten im Vergleich zu vor wenigen Jahren eine sehr viel höhere Lebensqualität zu bieten …« Er hielt plötzlich inne und lächelte. »Entschuldige, ich lasse mich hinreißen, ohne es zu merken.«

»Nein, ist schon gut.«

»Es ist eine langweilige Geschichte, ich weiß.«

»Aber es ist deine Geschichte, und mich interessiert sie, weil ich mit dir zusammen bin.«

»Gut«, sagte Mauricio nach einer Pause, »aber du mußt mir versprechen, daß du nachher von dir sprichst.«

»Ich bin sehr langweilig.«

»Nicht immer.«

»Okay, ich werde dir alles erzählen. Aber nicht heute abend.«

Am Sonntag standen sie spät auf und fuhren dann mit dem Auto ins Dorf. Sie mußten im Straßengraben parken, weit von den ersten Häusern entfernt – alle schienen dieselbe Idee gehabt zu haben. Die Ortsbewohner begrüßten sich mit Geschrei und Getue; die einen gingen zum Wahllokal, um ihre Stimme abzugeben, die anderen kamen von dort. Auf dem Platz hingen Plakate der sich bekämpfenden Parteien an den Bäumen, aber im allgemeinen dominierten die von Convergència i Unió:

WIR HANDELN
UND WIR WERDEN WEITERHIN HANDELN!

»So eine Frechheit!« sagte Mauricio.

»Sei still, man wird dich hören.«

Die Städter, die gekommen waren, um das Wochenende hier zu verbringen, waren zurückhaltender, trugen auffälligere Kleidung und besetzten die Tische der Dorfkneipe auf dem Gehsteig.

Die Kirchenuhr schlug zwölf, und die Glocken läuteten, aber es kam vom Tonband – die Türen waren verriegelt, die Messe längst aus, der Pfarrer zum Wählen und dann zum Essen gegangen. Die Windstöße trugen den Geruch nach verbranntem Holz herbei.

Mauricio spürte, wie seine Aversion gegen das Land verflog.

»Ich mag diesen Ort sehr. Wenn ich eines Tages Geld habe, werde ich ein Haus kaufen und an den Wochenenden herkommen, um auszuruhen.«

»Du wirst dich langweilen«, sagte Clotilde.

»Nicht mit dir.«

»Ach, ich bin im Kauf inbegriffen?«

»Verflixt, ihr Feministinnen seid unerträglich.«

Sie aßen im Gasthaus, wo ein ohrenbetäubendes Geschrei herrschte, und danach stanken ihre Kleider nach Grill. Als sie wieder im Hotel waren, wurde es Abend. Mauricio hatte das Gefühl, die Zeit zerrinne ihm zwischen den Fingern und mit ihr ein Vorbote von Glück, nicht frei von Ungewißheit.

»Und wenn wir noch eine Nacht blieben?«

»Ich muß morgen arbeiten.«

»Ich auch, aber wir können anrufen und eine Ausrede vorbringen. Zudem ist die Straße um diese Zeit überfüllt. Das ist fahrlässig.«

»Fahrlässig bist du.«

Bei dieser Unterhaltung packte sie ihre Siebensachen in die Reisetasche. Mauricio mochte nicht insistieren.

Die Rückfahrt ging ein wenig langsam vonstatten, aber nicht so langsam, wie er vorhergesagt hatte. Den größten Teil des Weges legten sie schweigend zurück. Kurz vor Barcelona lehnte Clotilde den Kopf an seine Schulter.

»Wenn du müde bist, kannst du eine Weile schlafen. Ich fühle mich gut.«

»Ich bin nicht müde.« Nach einer Weile fügte sie hinzu: »Ich freue mich über das, was du mir gestern abend erzählt hast.«

»Gestern abend?«

»Beim Essen. Ich meine deine Begeisterung für den Zahnarztberuf. Ich hatte schon Angst, du würdest die Medizin an den Nagel hängen und dich voll und ganz der Politik widmen.«

»Möchtest du das nicht?«

»Ich sage es deinetwegen.«

»Sei unbesorgt, ich hatte nie die geringste Absicht. Wenn ich mich an diesem ganzen Rummel beteiligt habe, dann, weil ich zu denen gehöre, die noch ans Engagement glauben. Das stammt aus den Zeiten von Antonio Machín, ich weiß, aber ich kann's nicht ändern. Und mittlerweile müßten schon die ersten Wahlresultate eintreffen. Schade, daß ich kein Radio im Auto habe. Ich werde dich zu Hause absetzen und zur Partei fahren. Dort wird man mir sagen, wie es gelaufen ist, und es wird eine Bombenstimmung herrschen, vor allem wenn wir gewonnen haben. Hättest du mich gewählt?«

»Dich schon. Deine Kumpane, da bin ich mir nicht so sicher. Das ist aber kein Grund, mich zu Hause abzusetzen. Es ist noch früh, und wenn ich dich nicht störe, begleite ich dich.«

Beim Eingang der Parteizentrale gab es einen Auflauf von Leuten, die ein und aus gingen. Mauricio fragte jemanden, den er vom Sehen kannte, wie es stehe, und der andere schaute ihn erstaunt an. Schon seit einer geraumen Weile kannte man die endgültigen Ergebnisse: Jordi Pujol hatte wieder gewonnen und Raimon Obiols seine Niederlage anerkannt und sich für die Bemühungen aller bedankt. Im Innern sahen sie nur lange Gesichter. Einige Sympathisanten versuchten die Stimmung hochzuhalten und sprachen davon, eine schonungslose Opposition zu machen und weiterzukämpfen, aber die Profis tröstete nichts über das persönliche Scheitern und die zerstörten Hoffnungen hinweg. Es würden keine Köpfe rollen, wurde gemurmelt. Das war ein kläglicher Trost.

Ein Mann, der aussah wie ein Universitätsprofessor, sagte:

»Kein Grund zur Aufregung. Ein demokratisches Land ist per definitionem konservativ. Die Leute ziehen die Effizienz den Ideen vor und eine Verwaltung, die so tut, als funktioniere sie, ohne sich allzusehr in die Privatangelegenheiten einzumischen. Theoretisch genügen einige wenige Gesetze, die die Grundfreiheiten sowie eine angemessene Verteilung des Reichtums durch die Steuern garantieren. Alles andere erscheint ihnen als Abenteuer oder Notmaßnahme für Krisenzeiten. Eine einfache Sprache und einfache Hausmittel, das soll genügen. Dann gibt es noch die Ausgegrenzten, klar, aber die zählen per definitionem nicht.«

Unter den Anwesenden erblickte Mauricio Brihuegas, grüßte ihn und stellte ihn Clotilde vor.

»Mauricio hat mir viel von dir erzählt«, sagte sie.

»Schlechtes, nehme ich an.«

»Pah.«

»Aber was er mir erst von dir erzählt hat«, sagte der alte Kämpe. Dann fügte er ohne Übergang in ernstem Ton hinzu: »Es ist gekommen, wie es kommen mußte. Das sind feine Pinkel und außerdem Schißhasen.«

»Was meinst du?« fragte Mauricio.

»Daß man das Kind beim Namen nennen soll – alles andere heißt Rebhühner im Flachland jagen, ist doch klar.«

Mauricio sah Fitó und ging ihn begrüßen. Clotilde blieb bei Brihuegas. Fitó war sehr niedergeschlagen.

»Da siehst du, soviel Mühe für diese Scheiße. Jetzt fühle ich mich schuldig, dich da hineingezogen zu haben.«

»Sag doch das nicht, du konntest ja nicht wissen, ob wir gewinnen oder verlieren würden. Zudem habe ich keine Ambitionen gehabt und bin zufrieden, bei der Kampagne mitgemacht zu haben. Ich hab was gelernt dabei, ehrlich.«

»Mir egal, ich fühle mich schuldig. Erinnerst du dich noch an das Essen mit Raurell, als wir dich baten mitzumachen? Alemany und ich hätten kommen sollen, aber wir sind nicht gekommen, weil wir beschäftigt waren, weißt du noch? Nun, das stimmte nicht. Wir hätten kommen können, aber seit einigen Monaten machen wir keinen Schritt ohne Leibwache, und wir dachten, das würde einen schlechten Eindruck auf dich machen, dich verängstigen. Darum haben wir dich angelogen. Jetzt gestehe ich es dir, weil ich den ganzen Champagner ausgetrunken habe, den wir für einen Sieg bereitgestellt hatten, und sturzbesoffen bin.«

Ohne Mauricio Zeit zu einer Antwort zu lassen, entfernte sich Fitó mit ebenso entschlossenen wie unsicheren

Schritten und wurde stoßweise von den Leuten verschluckt, die immer noch hin und her gingen und nicht wußten, wohin oder warum. Unversehens hakte sich Clotilde bei ihm unter.

»Da bringe ich sie dir heil zurück«, sagte Brihuegas. Und ohne die Stimme zu senken, fügte er hinzu: »Deine Verlobte ist ein Engel. Was hast du für ein Schwein, du Mistkerl.«

Mauricio dachte, die anachronistische Bezeichnung Verlobte bekomme Gewicht im Mund des alten Kämpen.

»Na dann, ich gehe«, sagte Brihuegas. »Hier gibt es nichts mehr zu tun. Wir sehen uns.«

Er gab ihnen die Hand und ging.

»Dein Freund ist super«, sagte Clotilde. »Er redet wie Sancho Pansa.«

»Ja, er ist ein guter Kerl, auch wenn er nicht wie ein solcher redet. Sicherlich hat er das nur getan, um Eindruck zu schinden. Aber das heißt nicht, daß er nicht recht hat – hier gibt es nichts mehr zu tun.«

Es war schwierig hinauszugelangen, da immer noch verstimmte Leute hereinkamen, die ein trauriges Gesicht machten wegen des Wahlausgangs.

Nach dem gemeinsamen Wochenende in der Cerdaña glaubte Mauricio, endlich Clotildes Gefühle zu kennen. Zugleich verstand er ihre Befürchtungen und Widersprüche. Letztlich unterschied sich ihr Standpunkt wenig von seinem. Woran er nicht im geringsten zweifelte, war die Aufrichtigkeit und Intensität seiner eigenen Verliebtheit. Er war mit den Gedanken ständig bei Clotilde, und alles, was er unternahm, von der belanglosesten Tätigkeit bis zum heikelsten chirurgischen Eingriff, besprach er im Geist mit ihr, als gäbe es zwischen ihnen jetzt eine telepathische Leitung. Wenn sie sich dann sahen oder miteinander telefonierten, erzählte er ihr alles noch einmal haarklein. Aber er wußte nicht, ob sie diesen Rausch teilte, und wagte auch nicht, danach zu fragen, um sich nicht lächerlich zu machen.

In der Überzeugung, daß alles gut enden würde, hatte er sich vorgenommen, Clotilde die Ungewißheiten und Konflikte nach ihrem Gutdünken lösen zu lassen, ohne Druck und Zwang von seiner Seite.

Sie sahen sich zwar nicht täglich, aber regelmäßig, und telefonierten miteinander, wenn etwas den Anruf rechtfertigte, nicht aus Routine. Mauricio mochte ihr nicht zur Last fallen.

Jetzt hatte er, frei von emotionalen Sorgen und nach der kurzen Zeit seiner politischen Betätigung, Zeit im Überfluß, um sich seinem Beruf zu widmen: Er arbeitete, bildete sich fort und nahm an Konferenzen und Begegnungen teil, die in Barcelona und auch in Madrid und anderen spanischen Städten durchgeführt wurden, wenn sich diese Eskapaden mit seiner täglichen Arbeit in Einklang bringen ließen.

Auf einer dieser Reisen traf er im Flugzeug einen Kollegen namens Manolo Villares, mit Spitznamen Rabus, der zwei Jahre älter war als er und den er kennengelernt hatte, als sie beide in Madrid ihr Fachgebiet studierten. Villares' Familie hatte verwickelte Wurzeln: Sein Vater stammte von den Kanaren, die Mutter aus Aragonien, die Großmutter mütterlicherseits aus Kuba. Aus all diesen genetischen Einflüssen hatte Villares nur eine elegante Trägheit herausdestilliert. Im Studentenwohnheim galt er als regelmäßiger Bordellgänger. Seine Eltern schickten ihm allmonatlich eine beträchtliche Summe Geldes. Damals frequentierte Rabus die besten Etablissements von Madrid. Später verringerten sich seine Einkünfte und damit auch die Kategorie der Bordelle, bis er mit den schmuddeligsten Höhlen und unattraktivsten Frauen vorliebnehmen mußte. Nicht alle gefielen ihm gleichermaßen, aber immer paßte er sich den Umständen an und war es zufrieden. Vielleicht war übertrieben, was man ihm nachsagte, aber etwas Wahres mußte schon dran sein, denn als Mauricio dort war, zog sich Rabus einen vielbesprochenen Tripper zu.

Im Flugzeug erinnerten sie sich an ihre Studentenzeit und erzählten sich, wie es ihnen ergangen war. Mauricio hatte nicht gewußt, daß sich Rabus einige Jahre zuvor in Barcelona niedergelassen und in Mataró eine Praxis eröffnet hatte. Dort widme er sich, wie er sagte, ausschließlich der Kinderzahnheilkunde, und das Geschäft laufe glänzend. Jetzt suche er einen weiteren Zahnarzt, um gemeinsam mit ihm eine größere Kundschaft bedienen zu können.

»Warum machst du nicht mit? Es wären höchstens zwei Nachmittage pro Woche, oder zwei Vormittage, ganz nach Belieben. Wenn du es geschickt anstellst, könntest du die ganze Arbeit vielleicht auch an einem einzigen Tag erledigen. Und du würdest eine hübsche Stange Geld verdienen. Den schwierigsten Teil, und das ist immer der Anfang, habe ich bereits erledigt. Du könntest dich ins gemachte Nest setzen.«

Bei der Landung waren sie sich bereits einig geworden, obwohl sich Mauricio nicht endgültig festlegen wollte, ohne zuvor mit Clotilde gesprochen zu haben.

Am selben Abend führte er sie zum Essen aus und sezte ihr den Plan auseinander. Sie zeigte wenig Interesse.

»Mach, was du willst.«

»Na hör mal, ich habe dich nicht um Erlaubnis gebeten – ich wollte nur deine Meinung erfahren.«

»Wie soll ich sie dir geben? Ich verstehe nichts von Zahnheilkunde.«

Mauricio wurde klar, daß Clotilde sich nicht in etwas einmischen wollte, was nach gemeinsamem Projekt aussah.

»Natürlich müßte ich, um oft zwischen Barcelona und Mataró hin- und herzufahren«, sagte er beim Verlassen des Restaurants, »ein anderes Auto haben.«

»Siehst du, wie du dir schon alles überlegt und entschieden hast?«

»Na ja, ich hätte mich aber umentschieden, wenn du es mir gesagt hättest.«

»Belaste mich nicht mit einer Verantwortung, die ich nicht auf mich nehmen kann. Ich weiß nicht, was gut für dich ist. Wenn du irgendeinen Vertrag unterschreiben mußt, zeig ihn mir vorher, und wenn du Geld reinstecken mußt, sei vorsichtig. Alles weitere ist deine Angelegenheit. Tu, was am besten für dich ist oder dir am meisten Spaß macht. Was ich dir gesagt habe, als du mich wegen der Politik fragtest, gilt genauso für diesen Fall. Was kann schon passieren? Wenn du einen Fehler machst, hast du immer noch Zeit, ihn zu korrigieren. Du bist jung und ungebunden. Was du jetzt nicht tust, wirst du nie tun.«

Mauricio wäre eine weniger unverbindliche Meinung lieber gewesen, aber ihren vagen Äußerungen entnahm er, daß sie sich seinem Projekt nicht ausdrücklich widersetzte. Hätte sie Vorbehalte gehabt, so hätte sie sie ihm dargelegt.

Noch in derselben Woche fuhr er nach Mataró zu Manolo Villares, und der zeigte ihm die Praxis. Sie befand sich in einem alten Haus in der Rambla, pompös, aber sehr vernachlässigt. Die ausgewaschene Steinverkleidung der Fassade war verrußt, und von den jugendstilartigen Ornamenten hatten sich beträchtliche Teile gelöst.

»Dieses Haus ist abbruchreif, Rabus.«

»Ja, aber der Besitzer weigert sich, es zu renovieren, solange er mit den Mieten nicht rauf darf. Es gibt Bewohner, die sind seit vor dem Krieg im Haus und zahlen zehn Peseten im Monat. Aber das soll uns kein Kopfzerbrechen machen. Das Haus ist zentral gelegen und stellt etwas vor, und die Wohnungen sind groß, du wirst schon sehen.«

Die Praxis belegte eine ganze Wohnung in der fünften Etage. Durch eines der rückwärtigen Fenster konnte man die Eisenbahnlinie, einige Schuppen und ein Stück Meer sehen. In der Wohnung hatte jahrelang eine Familie gelebt, und sie hatte noch ein Badezimmer und ein WC in sehr schlechtem Zustand sowie eine schmierige Küche, in der ein schwarz gewordener Herd und eine unbrauchbare, verrostete Waschmaschine standen. In einem Einbauschrank fand Mauricio eine mottenzerfressene Decke, ein paar verschimmelte Schuhe und einige kaputte, verschossene Plastikspielzeuge.

»Das ist eine Schweinerei.«

»Pah, sei doch kein Erbsenzähler. Dieser Teil der Wohnung wird nicht benutzt – vergiß ihn. Das Entscheidende ist das Wartezimmer, die Praxis und das Besteck.«

Das Wartezimmer war dunkel tapeziert und mit einem wackligen Sofa, einem Tisch aus Glas und Metall und einer Stehlampe ausgestattet. Auf dem Tisch stapelten sich alte Illustrierte und einige aus dem Einband gegangene Hefte von *Clever und Smart*. Die Praxis war das Beste: Die Wände waren aufs Geratewohl verputzt und geweißt, doch das Arbeitsbesteck war modern, sauber und gepflegt.

»Okay«, sagte Mauricio.

»Ich hab's dir ja gesagt.«

»Den Rest der Wohnung müßte man aber so oder so etwas herrichten.«

»Meinst du? Wir benutzen ihn nicht, und die Patienten kriegen ihn nicht zu sehen, wozu sollen wir also Geld ausgeben?«

»Aus Würde, Rabus. Unter solchen Bedingungen kann ich nicht arbeiten.«

Villares überlegte eine Weile und gab dann nach, eher aus Willenlosigkeit denn aus Überzeugung.

»Geht in Ordnung. Du richtest dich auf deine Kosten ein, und beim Rest machen wir halbe-halbe. Hast du Geld?«

»Nein. Ich habe daran gedacht, einen Kredit aufzunehmen. Ich glaube nicht, daß man ihn mir verweigert.«

Am nächsten Tag nutzte er eine Lücke in der Arbeit und ging zur Bankfiliale, wo er sein Konto hatte, und sprach mit dem Leiter. Nachdem er seine Pläne dargelegt hatte, rieb sich der Filialleiter die Hände, als witterte er bei diesem Geschäft schon einen außerordentlichen Gewinn, sagte aber nichts.

»Was meinen Sie, Señor Barnabás?«

»Sehr gut, Doktor, sehr gut. Die Bank fördert die Initiative junger Fachleute. Das ist eine Priorität der Bank.«

»Dann kann ich also mit dem Geld rechnen?«

Wieder rieb sich der Filialleiter die Hände.

»Das müßten Sie mit der Kreditabteilung besprechen, Dr. Greis, aber ich fürchte, es ist nicht sehr wahrscheinlich, daß man ihn Ihnen gewährt.«

Mauricio war etwas verwirrt.

»Das verstehe ich nicht, Señor Barnabás.«

»Nennen Sie mich Miquel.«

»Das ist nicht der Moment, um Freundschaft zu schließen, Señor Barnabás. Sagen Sie mir, aus welchem Grund Sie mir den erbetenen Kredit verweigern.«

»Nicht ich, Dr. Greis, nicht ich. Die Bank. Wenn es in meiner Hand läge, glauben Sie mir … Aber wir leben in einer sehr unsicheren Zeit. Vertrauen in Sie, uneingeschränkt, aber Garantie, wer kann uns die geben? Es kann irgend etwas geschehen. Nicht Ihretwegen – aber auch, bewahre Gott –, sondern wegen der Konjunktur. Jetzt sind die Sozialisten am Ruder, rette sich, wer kann, Sie verstehen mich schon. Und dann muß die Bank natürlich über ihr Geld wachen, über das Geld ihrer Sparer, meine ich. Keine Risiken eingehen, das heißt, nicht ohne Garantien investieren. Dingliche Sicherheiten, meine ich. Nennen Sie mich Miquel. Hypothekarische Sicherheiten. Und selbst so, da müßte man dann sehen. Von Mobilienpfändern nicht zu reden. Und überhaupt, wozu brauchen Sie soviel Geld, Doktor?«

»Ich habe es Ihnen doch gesagt: um eine anständige Praxis zu eröffnen. Man muß die Installationen auswechseln, muß streichen, Maschinen kaufen, Chirurgenbesteck … Ich möchte auch eine Klimaanlage einbauen … und ein neues Auto kaufen. Aber wenn Sie mir das Geld eh nicht geben, was kümmert es Sie dann?«

»Ich habe es nur getan, um Ihnen zu helfen, Doktor.«

Das Gespräch mit Señor Barnabás deprimierte Mauricio. Einige Jahre zuvor, zu Beginn seiner beruflichen Laufbahn, hatten ihm die Banken Kredite zu sehr vorteilhaften Bedingungen angeboten und ohne weitere Garantie als das Vertrauen, das ihnen seine Zukunft einflößte. Da man das Fachgebiet Stomatologie nur in Madrid studieren konnte, schlossen jedes Jahr sehr wenige Zahnärzte ab, die sich dann auf ganz Spanien verteilten. Aber damals hatte Mauricio nicht an die Zukunft gedacht und auch keine Komplikationen gewollt. Angewidert hatte er die Bankangebote abgelehnt und in der Zahnklinik Torralba unter Dr. Robartes zu arbeiten begonnen. Er verdiente genug und brauchte sich um nichts zu sorgen.

Jetzt wurde ihm klar, daß er eine einmalige Gelegenheit verpaßt hatte.

Nun, dann mache ich eben so weiter, dachte er. Ich werde zwar nicht reich werden, aber dafür mehr Freizeit haben. Doch diese Überlegung beseitigte seine Frustration nicht. Er spürte, daß in seinem Leben der Moment gekommen war, einen Schritt weiterzugehen, und es nicht zu tun, sei es auch aus Gründen, auf die er keinen Einfluß hatte, erschien ihm feige.

An diesem Wochenende rief ihn nach einer langen Zeit des Schweigens Fontán an.

»Du bist ein undankbarer Mensch, immer muß ich es sein, der sich meldet.«

»Ich war beschäftigt.«

»Das glaub ich dir nicht – deine politische Karriere ist gescheitert, und du faulenzt herum. Das weiß ich aus sicherer Quelle. Ich weiß auch, daß du mit Clotilde gehst.«

»Hat sie dir das erzählt?«

»Das sage ich dir nicht. Aber ich schlage dir vor, daß wir zu viert dinieren gehen. Ich habe mir ebenfalls eine Partnerin zugelegt und möchte sie euch gern vorstellen.«

»Was mich betrifft, sehr gern«, sagte Mauricio ohne allzu große Begeisterung. Er fand, seine Beziehung mit Clotilde gesellschaftlich zu formalisieren mache sie in gewisser Weise trivial.

Er rief Clotilde an und erzählte es ihr. Sie reagierte unerwartet verdrossen.

»Wie mühsam – ein Abendessen mit Partnern.«

»Tut mir leid, ich hätte dich vor dem Zusagen fragen sollen. Wenn du willst, entschuldige ich uns bei ihm, und wir lassen das Essen sein.«

»Nein, nein. Wenn du schon zugesagt hast, dann kann man jetzt nicht grundlos einen Rückzieher machen.«

Das Ganze ließ sich nicht gut an, aber als es soweit war, wurde es noch schlimmer. Fontáns Freundin hieß Michelle und war eine Frau von eindrucksvoller Schönheit, etwas kühl, mit blassem Teint und blondiertem Haar. Sie hatte große schöne Augen, aber einen stumpfen, manchmal harten Blick. Sie gab wenig auf das Gespräch acht, und wenn sie sich beteiligte, tat sie es auf gut Glück und sprach von Leuten und Ereignissen, die nur Fontán und sie kannten, und stets in unverschämtem Ton. Von Anfang an behandelte sie Mauricio mit verächtlicher Herablassung und bemühte sich, Clotildes Anwesenheit gänzlich zu ignorieren. Sie aß wenig und widerwillig.

Als es um den Nachtisch ging, brachte ein Kellner eine *omelette norvégienne* an den Tisch.

»Mein Gott, was ist denn das?« rief Fontáns Freundin.

»Eine *omelette norvégienne*.«

»Wie schrecklich! Und warum bringen Sie uns die?«

»Ich habe sie vor dem Essen bestellt«, erklärte Fontán.

»So eine Schnapsidee! Das ist typisch für dich! Wie kommst du nur darauf?«

»Vor einiger Zeit hast du mir gesagt, daß du *omelette norvégienne* über alles liebst.«

»Ich? Ich soll gesagt haben, daß ich *omelette norvégienne* mag? Bist du nicht richtig im Kopf? Wie soll ich sagen, daß ich *omelette norvégienne* mag? Da wird mir ganz schlecht. Eine *omelette norvégienne*? Davon habe ich in meinem ganzen Leben noch nie gegessen. Ich bin doch kein Schwein!«

»Ist ja gut«, sagte Fontán, »nehmen Sie sie wieder mit.«

»Nein«, sagte Clotilde, »warum denn? Wenn du sie bestellt hast, dann ist es nur folgerichtig, daß wir sie auch essen. Außerdem liebe ich *omelette norvégienne.*«

Mauricio mochte sich an diesem Wortgeplänkel nicht beteiligen, aber ebensowenig konnte er Fontán in einer so ungemütlichen Lage allein lassen.

»Jetzt kommt's eh nicht mehr drauf an«, sagte er. »Ich bin dafür, daß die *omelette norvégienne* hier bleibt. Heute verputzen wir sie, und morgen ist auch wieder ein Tag.«

Clotilde warf ihm einen strafenden Blick zu.

»Was soll ich also tun?« fragte der Kellner. »Sie hier lassen oder mitnehmen?«

»Lassen Sie sie hier, verdammt, lassen Sie sie hier«, sagte Fontán.

»Wenn Sie wünschen, kann ich sie auch flambieren«, sagte der Kellner.

»O je, das hat grade noch gefehlt!« rief Fontáns Freundin.

Der Kellner plazierte die *omelette norvégienne* auf dem Tisch und teilte sie mit einem langen Messer in vier Portionen.

»Wir erregen Aufsehen«, sagte Michelle.

Da sie köstlich war, hatte Mauricio seinen Teil der *omelette norvégienne* im Nu verzehrt. Fontán und Clotilde aßen zurückhaltend, und Michelle versuchte sie nur mit angeekeltem Ausdruck. Nach einer Weile verkündete sie, etwas sei ihr schlecht bekommen, und ging zur Toilette.

»Hoffentlich war es nicht die *omelette norvégienne*«, sagte Fontán besorgt.

»Ich geh mal nachschauen«, sagte Clotilde, die Fontáns Worte als Bitte aufgefaßt hatte.

Als die beiden Freunde allein waren, sagte Fontán:

»Greif mir unter die Arme, alter Junge. Das ist ja eine Beerdigung, und ich muß den Toten mitsamt dem Sarg schleppen.«

Das sagte er in eher amüsiertem Ton. Mauricio bewunderte die Standhaftigkeit Fontáns, auf den die Situation keinen Eindruck zu machen schien und der weder Niedergeschlagenheit noch Verärgerung spüren ließ.

»Tut mir leid, was Clotilde hat, weiß ich nicht, aber ich habe den Moralischen.«

»Warum denn?«

»Nichts, eine Albernheit.«

»Erzähl.«

»Ich weiß nicht, ob wir Zeit haben.«

»Doch, doch, du wirst schon sehen.«

Also schilderte ihm Mauricio seine Geldprobleme.

»Aber du bist dumm, Greis. Warum hast du nicht mit mir gesprochen, bevor du den ersten Schritt getan hast?«

»Und was hättest du mir geraten?«

»Ich hätte dir gar nichts geraten. Ich hätte dir das Geld beschafft. Und ich kann es dir noch immer beschaffen, wenn dich das Projekt weiterhin interessiert.«

»Ehrlich?«

»Na klar. Das ist ja mein Business, und zudem bin ich dein Freund. Ruf mich morgen an, du kannst mit dem Kredit rechnen. Ich stelle nur eine Bedingung: daß du mir heute abend hilfst, Leben in die Bude zu bringen.«

»Abgemacht.«

In diesem Moment kamen Michelle und Clotilde zurück. Beide waren sehr fröhlich und hatten sich den Arm um die Taille gelegt.

»Wie fühlst du dich?« fragte Fontán sehr zuvorkommend.

»Besser«, sagte Michelle schwach und gleichzeitig grimmig, als hätte sie eben mitten in einer Entscheidungsschlacht eine tödliche Verletzung erlitten. »Mir ist etwas übel. Bring mich bitte nach Hause.«

»Wie du meinst.« Und zu Mauricio und Clotilde gewandt fügte er hinzu: »Ihr braucht deswegen das Feld nicht zu räumen. Bleibt doch noch eine Weile. Wir rufen uns an. Hoffentlich haben wir nächstes Mal mehr Glück.«

Als sie allein waren, verfiel Clotilde in ein verstocktes Schweigen. Mauricio hatte Lust auf einen Kaffee und einen Kognak, aber als er sah, daß seine ganzen Bemühungen, ein Gespräch in Gang zu bringen, gegen eine Mauer prallten, verlangte er die Rechnung. Der Oberkellner ging nachfragen und teilte ihnen dann mit, Señor Fontán habe das Essen für alle vier bezahlt. War ja zu erwarten, dachte Mauricio. Clotilde dagegen war beleidigt.

»Den will ich nicht mehr sehen. Weder ihn noch diesen dämlichen Blumentopf.«

»Es sah aber aus, als würdet ihr euch ganz gut vertragen.«

»Vergiß es. Zwischen Männern gibt es spontane Kameradschaft und zwischen Frauen Solidarität. Das hindert uns nicht daran, uns danach die Haut in Fetzen vom Leib zu reißen.«

Sie verstummte, als wollte sie den ganzen Abend nichts mehr sagen, aber unversehens fügte sie hinzu:

»Ich komme aus dem Staunen nicht heraus. Ich dachte, solche Frauen gibt es nicht mehr.«

»Was für welche nämlich?«

»Solche eben. Frauen, die das Schlechteste von sich selbst und das Schlechteste der Männer ausbeuten, um im Leben Erfolg zu haben. Das ist unmoralisch und außerdem kontraproduktiv.«

»Gut. So wird er sie nur um so eher verlassen.«

»Mach dir keine Illusionen. Wenn sie es sich vornimmt, heiraten die noch vor einem Jahr. Sicherlich, weil sie müssen. Das Elend kommt später, aber das, was diese Frau interessiert, wird sie bis dahin schon arrangiert haben.«

Mauricio gab keine Antwort. Er fand Michelle gar nicht so übel. Er war empfänglich für Schönheit und verstand nicht nur, daß sich Fontán von dieser lebenden Skulptur angezogen fühlte, sondern auch, daß ihn ihr herber Charakter herausforderte. Und im übrigen war das letztlich vielleicht der Typ Frau, der zu Fontán paßte – wegen seiner Art, seiner Mentalität und dem Milieu, in dem sich sein Leben normalerweise abspielte. Fontán konnte keine Entscheidungen für sich allein treffen. Das stand seiner Gruppe zu, und so, wie er die Gesellschaft von Leuten akzeptieren mußte, die ihm gewiß nicht zusagten, konnte er auch seine familiäre Zukunft nicht einfach unbewußt und der Leidenschaft gehorchend planen. Dieses Gesetz schien ungerecht und anachronistisch, aber es war immer noch allgemeingültig. Im Grunde sind wir die Ausnahme, und Michelle ist mit allem, was sie vorstellt, die Regel, das, was zu sein hat, dachte Mauricio. Aber er hütete sich wohl, Clotilde diese Erklärung anzubieten.

»Kommst du zu mir, oder soll ich dich nach Hause bringen?«

»Ist das eine Frage oder ein Vorschlag?«

»Ich will dich nicht zwingen. Wenn du morgen früh aufstehen mußt …«

»Muß ich nicht, aber wenn es für dich gehupft wie gesprungen ist, dann geh ich vielleicht besser nach Hause. Und ich kann ein Taxi nehmen, du brauchst dir nicht die Mühe zu machen und mich zu begleiten.«

»Du weißt ganz genau, was mir lieber ist. Und sprich nicht in diesem Ton mit mir. Ich habe keine Schuld an der *omelette norvégienne*.«

Auf der ganzen Fahrt sprachen sie kein Wort mehr und auch nicht, als sie bei Mauricio eintrafen. In dieser Nacht war Clotilde zum erstennmal abweisend und wies seine Annäherungsversuche zurück. Sie verbrachten beide eine schlechte Nacht, lagen immer wieder wach und waren am nächsten Morgen müde, deprimiert und übellaunig. In gegenseitigem Einverständnis trennten sie sich bald, als hätten sie beide schon früh unumgängliche Verpflichtungen.

Angesichts dessen, was er mit Clotilde erlebt hatte, beschloß Mauricio, Fontán nicht anzurufen, wie dieser ihm nahegelegt hatte. Sein Angebot hatte ihm zwar die Vorfreude zurückgegeben, aber er war überzeugt, daß Clotilde das Geschäft mißbilligen würde. Sie war nie dafür gewesen, eine Parallelpraxis zu eröffnen, und ganz offensichtlich hatte Fontáns Einmischung alles noch verschärft. Aber an diesem Abend rief Fontán ihn an: Alles sei in die Wege geleitet und er könne über den Kredit verfügen, sobald die vorgeschriebenen Formalitäten erledigt seien.

»Du hast mir übrigens gar nicht gesagt, wieviel.«

»Ich hatte etwa drei Millionen veranschlagt.«

»Drei Millionen? Mein Lieber, da erstaunt es mich nicht, daß dich die Banken abblitzen lassen. Drei Millionen – das ist lächerlich!«

»Mehr brauche ich nicht.«

»Unwichtig. Man kann immer das Doppelte ausgeben. Oder das Dreifache. Schätz das nicht zu niedrig ein. Richte dir eine Praxis ein mit allem, was dazugehört, und wenn was übrigbleibt, fährst du mit Clotilde in die Karibik. Bereite ihr eine Überraschung.«

Sie verabredeten, daß Mauricio mit der Bank telefonieren und Tag und Stunde festsetzen würde, um den Vertrag zu schließen.

Nach dem Aufhängen dachte er eine Weile nach und beschloß dann, Clotilde anzurufen und ihr alles zu erzählen, aber sie war mit einigen Freunden zu Abend essen gegangen. Ärgerlich rief er Manolo Villares an und teilte ihm mit, er habe das Geld bekommen und der Plan nehme Formen an.

»Toll«, sagte Rabus.

Eines Abends, als Clotilde von der Arbeit nach Hause kam, sagte ihre Mutter zu ihr:

»Mach dich fertig, wir müssen zu Onkel Manuel.«

»Warum denn das?«

»Heute ist sein Geburtstag.«

»Dann gratuliere ich ihm telefonisch. Ich bin müde und habe dort nichts verloren.«

Mit betrübter Miene mischte sich ihr Vater ein:

»Na komm, Kind, laß dich nicht bitten. Jedes Jahr dasselbe Theater, und am Ende gehst du dann doch mit. Außerdem hast du diesmal noch mehr Grund.«

Clotilde gab dem Bitten ihres Vaters nach. Er haßte Onkel Manuel genauso wie sie, und wenn sie sich ihm widersetzt hätte, wäre nur noch deutlicher geworden, wie erniedrigend dieser Akt des Entgegenkommens war, dem er sich widerstandslos gebeugt hatte. Onkel Manuel war ein einflußreicher Mann, und dadurch, daß er gelegentlich für irgendeinen Angehörigen ein gutes Wort eingelegt hatte, war in der ganzen Familie eine Dankesschuld entstanden, die niemandem bewußter zu sein schien als ihm selbst.

»Na gut, aber ich zieh mich nicht um.«

Übelgelaunt gingen sie alle drei hin.

Onkel Manuel bewohnte im oberen Teil der Calle Muntaner eine moderne, große, häßliche Luxuswohnung mit geräumigen Salons, die auf einen öffentlichen Park hinausgingen. Kaum waren sie dort, beklagte er sich, wie heruntergekommen dieser Park sei, da träfen sich jetzt am helllichten Tag in aller Offenheit die Drogensüchtigen.

»Sie hinterlassen alles ganz vergammelt – und dann dieses Schauspiel. Sie pissen an die Mauern, und manchmal nicht einmal da hin. Vorher haben die Kinder des Viertels im Park gespielt, jetzt ist kein einziges mehr zu sehen.«

Mehrmals hatte er die Polizei gerufen, aber die war nicht bereit einzuschreiten.

»Ganz logisch. Wenn sie diesem Pack auf den Leib rükken, können sie im Gefängnis landen oder zumindest suspendiert werden und ihr Einkommen verlieren. Schuld an alledem habt ihr Anwälte.«

»Ich nicht«, sagte Clotildes Vater.

Er war ebenfalls Anwalt, arbeitete aber als Immobilienverwalter. Er dachte, Onkel Manuel verachte ihn, weil er sich auf dieses so wenig kreative Spezialgebiet verlegt hatte, doch die Arbeit seines Schwagers war Onkel Manuel völlig egal. Er warf ihm nur seine geringen Einkünfte vor.

»Nein, ich hab's wegen der Kleinen gesagt«, sagte Onkel Manuel. »Komm her, mein Früchtchen, und erzähl mal, wie es dir bei Macabrós geht, diesem alten Gauner.«

»Gut.«

»Bloß gut?«

»Sie ist noch nicht lange dort«, sagte Clotildes Vater, »aber es gefällt ihr sehr gut.«

»Versäume diese Chance nicht«, sagte Onkel Manuel wieder in ernstem Ton. »Macabrós ist ein bedeutender Anwalt und ein bedeutender Mensch. Jeder würde viel darum geben, wenn er bei ihm arbeiten könnte. Jeder würde das für ein großes Privileg halten.«

»Es ist mir bewußt, Onkel Manuel, und auch, daß ich dank deiner Empfehlung da reingekommen bin.«

»Red keinen Unsinn – Macabrós stellt niemand ein, wenn er ihn nicht selbst gut findet. Ein Teufelskerl, dieser Macabrós! Sicher ist er äußerst zufrieden mit dir. Läßt er dich in diesem Aufzug arbeiten?«

»In welchem Aufzug?«

»So als Hippie.«

»Mein Gott, Onkel, ich bin doch ganz diskret angezogen.«

»Was du tun solltest, das ist heiraten.«

Am liebsten wäre sie gegangen. Glücklicherweise beanspruchten andere Leute Onkel Manuels Aufmerksamkeit. Ihr Vater sagte leise zu ihr:

»Achte nicht auf ihn, du weißt ja, wie er ist. Aber er hat dich sehr lieb.«

Das bezweifelte Clotilde. Onkel Manuel hatte eine Tochter namens Verónica in ihrem Alter, mit der sie sich nicht gut vertrug. Onkel Manuels Tochter war in einer hohlen Luxusumgebung aufgewachsen. Es fehlte ihr nicht an natürlicher Intelligenz, aber sie war verhätschelt und labil. In letzter Zeit hatte sie, vielleicht aus Unsicherheit, eine offene Feindseligkeit gegenüber Clotilde an den Tag gelegt, deren akademische Erfolge sie dauernd rühmen hörte. Auf Grund dieses Verhaltens mied Clotilde den Umgang mit ihr, und Onkel Manuel, der sich verpflichtet glaubte, in jedem Streit, der ihn nichts anging, Partei zu ergreifen, hatte es logischerweise für seine Tochter getan. Clotildes Rebellentum an der Universität und die Probleme, die ihr das eingetragen hatte, bestärkten ihn in seiner Diagnose: In Wirklichkeit war Clotilde die Verzogene, und es war nichts Gutes von ihr zu erwarten, wenn ihr nicht jemand die Zügel anlegte.

Clotilde war froh, daß Verónica bei dem Treffen nicht zugegen war, aber sie heuchelte Interesse und erkundigte sich nach ihr. Verónicas Mutter sagte, sie sei nach Kalifornien gegangen, um einen höchst interessanten Ergänzungskurs zu machen.

»Aber frag mich nicht, in was. Irgend so was Modernes. Und dann hat sie einen Job als weiß Gott was in New York gefunden.«

Diese vage Antwort machte Clotilde traurig, die ohnehin schon zur Niedergeschlagenheit neigte. Im Grunde ist es allen piepegal, was man macht, dachte sie. In diesem Moment verspürte sie Mitleid mit ihrer Kusine, aber gleich danach tat es ihr leid, dieser Schwäche nachgegeben zu haben. Ganz sicher führte Verónica in Kalifornien oder New York ein schönes Leben, ohne einen Finger zu rühren oder jemandem für ihr Tun und Lassen Rechenschaft ablegen zu müssen. Bis sie von irgendeinem vermögenden Trottel geheiratet wurde, würde sie eine beneidenswerte subventionierte Unabhängigkeit genießen, während Clotilde ihre Tage in der Langeweile eines kleinen, schlecht beleuchteten und noch schlechter gelüfteten Büros aufzehrte, allein mit einem Computer und einem Stapel Akten und unter aller Augen.

Ihr Vater unterhielt sich noch immer mit Onkel Manuel. Clotilde ging hinzu, um sich zu verabschieden, und bevor die beiden ihre Anwesenheit bemerkten, schnappte sie ein Bruchstück des Gesprächs auf.

»Du weißt ja, daß sie nie was erzählt, aber anscheinend geht sie jetzt mit einem jungen Mann, der Zahnarzt ist.«

»Aha, das ist ein guter Beruf.«

»Ja, mich würde es sehr beruhigen, zu wissen, daß …«

Clotilde stieg alles Blut ins Gesicht, und in diesem Augenblick empfand sie eine unüberwindliche Abneigung gegen Mauricio.

Wieder zu Hause, rief sie ihn an und sagte:

»Paß auf, Mauricio, ich glaube, es ist besser, wir lassen es.«

Mauricio verstand, was sie ihm sagen wollte, aber er gab sich naiv, um sich von diesem Überraschungsangriff zu erholen.

»Was sollen wir lassen, Clotilde?«

»Was wohl? Unsere Beziehung.«

»Was ist unsere Beziehung?«

»Unsere Bindung.«

»Ich verstehe dich nicht. Zwischen uns hat es nie eine

Bindung gegeben. Du hast sie nicht gewollt, und ich habe dich nicht unter Druck gesetzt.«

»Ist doch egal. Das ist eine kleine Stadt, und wir bewegen uns in einem noch kleineren Kreis, wo alle Welt durchs Schlüsselloch guckt. Gesellschaftspornographie. Scheißstadt, Scheißalles! Wenn ich könnte, würde ich auf der Stelle woandershin ziehen und nie wieder einen Fuß auf Barceloneser Boden setzen, ich schwör's dir.«

Mauricio hörte Clotilde weinen. Hätte er begriffen, daß sie vor Wut weinte, wäre er vorsichtiger gewesen, aber er schrieb die Tränen der Betrübnis zu, fühlte sich von großer Zärtlichkeit ergriffen und schoß einen Bock.

»Wenn du wirklich gehen willst, laß uns zusammen gehen. Ich kann überall arbeiten.«

»Du bist nichts anderes als ein Scheißerpresser und ein erbärmlicher Kerl. Ich will dich nicht mehr sehen. Und wenn du vögeln willst, dann vögle deine Patientinnen.«

Mauricio antwortete nicht. Er verstand, daß Clotilde von einem Zorn besessen war, den er zwar nicht ausgelöst hatte, dessen Zielscheibe er jetzt aber war. Dieser Zorn hatte einen tiefen Groll gegen ihn geweckt.

Am nächsten Tag rief sie erneut an, um sich für ihren Ton zu entschuldigen.

»Ich war ungerecht. Du hast die Beschimpfung nicht verdient. Du bist ein netter Kerl, intelligent, angenehm … Und als Liebhaber zärtlich und rücksichtsvoll – für die heutige Zeit. Aber wenn du anfängst, Pläne zu schmieden, bist du sehr lästig. Du willst alles so organisieren, wie es für dich zweckmäßig ist, so, wie die Dinge deiner Meinung nach zu sein haben.«

Diese Unterhaltung brachte Mauricios Niedergeschlagenheit nicht zum Verschwinden. Ganz offensichtlich liebte ihn Clotilde nicht.

»Okay, wir werden uns unterhalten. Jetzt muß ich aufhören.«

Clotilde bemerkte Mauricios Verbitterung und verspürte einen Stich von Traurigkeit, aber sie beschloß, standhaft zu bleiben und nicht dem Mitleid in die Falle zu tappen. Sich eine Zeitlang nicht zu sehen schien ihr eine weise Maßnahme, um zu vermeiden, daß die Trägheit die Dinge unabhängig von ihren Gefühlen und ihrem beiderseitigen Willen zementierte. Mauricios Gegenwart in ihrem Leben war für sie eine Last, nicht nur gefühlsmäßig, sondern auch bei der Arbeit. Er bot eine finanzielle Sicherheit, die ihr den Ansporn der Notwendigkeit nahm und es rechtfertigte, daß sie nicht weiterkam und sich darein schickte, eine subalterne Stellung ohne Aufstiegsperspektiven einzunehmen.

Am selben Nachmittag nutzte sie eine günstige Gelegenheit, um mit Macabrós zu sprechen.

»Ich möchte etwas Verantwortungsvolleres.«

Macabrós lächelte und nickte mit väterlicher Miene, während er dachte: Ich könnte ihre Anmaßung zum Anlaß nehmen, sie auf die Straße zu stellen. Hier nützt sie mir nichts, ihrem Onkel gegenüber habe ich Wort gehalten, und ich könnte mir ein Gehalt sparen. In seinem Innern zweifelte er die berufliche Kompetenz der Frauen an: Es fehlte ihnen an analytischen Fähigkeiten, Ausgeglichenheit und Kaltblütigkeit, sie waren immer gleich beleidigt, und man konnte sie leicht durcheinanderbringen und in Widersprüche verwickeln. Clotilde war zwar intelligent und fleißig, aber seiner Meinung nach ein ziemlich verrücktes Huhn.

Aber er schaute sie an und konnte nicht umhin, sich die Tochter vorzustellen, die er gern gehabt hätte. Gefühle sind ein Tribut, gegen den Ausflüchte nichts taugen. Nun, es wäre noch schlimmer, mit acht Katzen zu leben wie diese alten Jungfern … oder sich für eine gute Sache einzusetzen, dachte er.

»Ich verstehe deine Gründe«, sagte er, »und lobe dein Verbesserungsbedürfnis. Aber wie du siehst, kommen wenige Verfahren zu uns, die ich dir anvertrauen könnte. Die wichtigen muß ich persönlich übernehmen, dann gibt es die anderen Mitarbeiter, und am Schluß kommst du. Nicht, weil du nichts taugtest, sondern weil du keine Erfahrung hast.«

»Die werde ich nie haben, wenn Sie mir keine Chance geben. Bitte.«

»Laß mich darüber nachdenken.«

Clotilde zog sich mit dem Gefühl einer Niederlage zurück. Von Macabrós durfte sie nichts erwarten. Sie gab sich eine Frist von einem Monat und schwor sich zu gehen, wenn bis dahin keine entscheidende Veränderung in ihrer beruflichen Situation einträte. Inzwischen las sie täglich in der *Vanguardia* die Stellenausschreibungen und sprach mit sämtlichen Bekannten, um zu sehen, ob sich ganz zufällig etwas ergäbe.

Mauricio seinerseits hatte mit den von Fontán angegebenen Leuten gesprochen und den Kredit zu Bedingungen erhalten, die ihm unverschämt erschienen, die er aber diskussionslos akzeptierte.

Da ihn Clotilde verlassen hatte, war ihm alles egal.

Sobald er das Geld hatte, begann er mit der Einrichtung der Praxis, und nach einem Monat arbeitete er schon zwei Nachmittage pro Woche dort.

Manolo Villares war hochbegeistert.

»Wir müßten eine Einweihungsparty machen«, sagte er.

»Welcher Art denn?«

»Ich weiß auch nicht – ein Glas Wein, die Freunde einladen …«

»Und sie wo empfangen? Im Wartezimmer? Kein Mensch wird kommen wollen, schon gar nicht von Barcelona.«

»Stimmt.«

Mauricio war klar, daß es verfehlt war, Clotilde unter irgendeinem Vorwand anzurufen, aber das Leben ohne sie kam ihm sinnlos vor, und erstmals wurde er von der Einsamkeit gebeutelt.

Eines Tages fragte er seinen Partner, ob er noch immer Bordelle aufsuche.

»Ja, natürlich, regelmäßig. Das ist das beste.«

»Und gehst du immer ins selbe?«

»Nein, ich wechsle dauernd, damit ich mich nicht in eins dieser Mädchen verliebe. Manch einer hat sich plötzlich in eine Nutte verknallt, und dann ist der Teufel los. Der arme Kerl holt sie da raus, richtet ihr eine Wohnung ein, gibt ihr monatlich Geld und ist schließlich ruiniert, materiell und auch moralisch, denn sie machen nicht mit und landen über kurz oder lang wieder in der Gosse. Falls nicht ein Zuhälter eingreift und ihn erpreßt oder noch was Schlimmeres. Einen, den ich in Madrid kennenlernte, haben sie mit Dolchstichen durchbohrt. Wie durch ein Wunder ist er nicht abgekratzt, ja der arme Teufel hat sogar weitergemacht mit ihr, so hörig war er ihr. Ich glaube, am Schluß wohnte er mit dieser Mieze und dem Zuhälter zusammen, der ihn aufgeschlitzt hatte. Da kannst du sehen.«

Diese wenig verlockenden Aussichten brachten Mauricio davon ab, in den Armen einer Dirne Trost für seine Verlassenheit zu suchen. Im Grunde glaubte er ihn gar nicht zu brauchen. Seine Tage waren mit der Arbeit und dem Hin und Her zwischen Barcelona und Mataró ausgefüllt. Nur die Nächte waren ein Problem: Von Müdigkeit übermannt, schlief er sogleich ein, aber nach zwei Stunden erwachte er wieder und tat bis zum Morgengrauen kein Auge mehr zu. In diesen schlaflosen Stunden bestürmten ihn sämtliche Ängste und ganz besonders die, seine Schulden nicht bezahlen zu können. Er glaubte, überstürzt gehandelt, ein Darlehen zu unmöglich zu erfüllenden Bedingungen akzeptiert zu haben, betrogen worden zu sein. Er versuchte, alles noch einmal durchzurechnen, aber sogleich sah er sich in unlösbare Operationen verstrickt, die gar keine solchen waren, sondern Ausgeburten seiner unkontrollierten Fantasie.

Am nächsten Tag hörte sich Manolo Villares die Litanei an und beruhigte ihn dann.

»Du wirst schon sehen, alles wird bestens werden.«

Entgegen jeder Vorhersage bestellte Macabrós noch vor Ablauf der Frist, die sie sich gesetzt hatte, um seine Kanzlei zu verlassen, Clotilde zu sich ins Büro und sagte:

»Am ersten Tag hast du gesagt, du sprichst Französisch.«

»Ja.«

»Flüssig und fehlerfrei oder nur brockenweise?«

»Bis vor kurzem habe ich es gut gesprochen, aber in letzter Zeit brauche ich es nicht.«

»Ist es indiskret, zu fragen, wo und wie du es gelernt hast?«

»Weder im Gefängnis noch *dans une maison close*. Ich habe es in der Schule gelernt und dann mehrere Sommer in Frankreich verbracht. Ich hatte auch mal einen von drüben zum Freund.«

In den sechziger Jahren hatte Onkel Manuel ein Haus in Pau gekauft, einem Grenzort in den aragonesischen Pyrenäen, und einige Jahre lang verbrachte Clotilde dort jeden Sommer drei Wochen. Das Haus war klein und hatte einen feuchten, düsteren Garten, der es von einer von riesigen Platanen gesäumten Nebenstraße trennte. Bei diesen Aufenthalten teilte Clotilde mit ihrer Kusine Verónica ein Doppelbett in der Mansarde. Durchs Fenster sah man die obersten Äste einer alten Ulme und einen Ausschnitt weißlichen Himmels. Das Haus befand sich in den Ausläufern des Dorfes, und Clotilde fuhr allmorgendlich mit dem Fahrrad zur Boulangerie, um Brot und Croissants fürs Frühstück zu kaufen, während die Kusine sich noch im Bett rekelte. Von diesen Sommern bewahrte sie eine angenehme, leicht nostalgische Erinnerung, die sie gern heraufbeschwor, von der sie jedoch mit niemandem sprach. Der Ort war nicht besonders schön, strahlte aber eine melancholische Sinnlichkeit aus, der sich die beiden Teenager vorbehaltlos hingaben. Nachts tauschten sie intime Geheimnisse aus, reine Fantasien und berauschende Pläne. Damals waren die beiden jungen Mädchen Busenfreundinnen. Oft regnete es in Strömen, der Garten wurde überschwemmt, und die Straße war stundenlang unpassierbar. Dann mußten sie im Zimmer bleiben, denn im Wohnzimmer befand sich ihr Onkel, den ihre bloße Anwesenheit gestört hätte. Nach dem Regen war die Straße laubbedeckt.

Macabrós fuhr fort:

»Ich muß jemanden nach Genf schicken. Es ist eine schlichte, scheinbar unkomplizierte Arbeit. Das heißt aber noch nicht leicht – man kann alles verkehrt machen, man kann alles durch eine Unvorsichtigkeit oder durch Zerstreutheit vermasseln. Eine leichte Arbeit gibt es nicht. Ich dachte daran, dich zu schicken. Nun, es handelt sich darum, eine Unterschrift einzuholen. Jemand hat einige Dokumente, und jemand muß sie unterfertigen. Der Unterzeichner wohnt im *Le Richelieu*. Natürlich wirst du nicht dort absteigen. Nicht einmal ich steige im *Le Richelieu* ab, wenn ich nach Genf fahre. Aber die Unterschrift wird im *Le Richelieu* stattfinden, so daß du den Umständen entsprechende Kleidung wirst mitnehmen müssen. Du kannst so gehen, wie du bist, um es auf der Reise bequemer zu haben, aber im entscheidenden Moment ist eine andere Garderobe unerläßlich. Du wirst eine Nacht in Genf verbringen und am nächsten Tag zurückkommen, mit dem Nachmittagsflugzeug und den Dokumenten. Du darfst dich keinen Augenblick von diesen Dokumenten trennen, das ist fundamental. Nie und nirgends, nicht einmal im *Le Richelieu*, nicht einmal, um zur Toilette zu gehen oder zu telefonieren, und du darfst sie niemandem geben oder zeigen. Niemand, das heißt niemand: direkte oder indirekte Familie, Arbeitskollegen,

Freunde oder intimere Beziehungen. Niemand. Du darfst auch nicht herumerzählen, du hättest bei einem Geschäft mitgewirkt, über dessen Inhalt du nicht sprechen darfst. Das Motto lautet: Mund halten. Natürlich geht es nicht um eine ordnungswidrige Aktion, aber wenn man legale Angelegenheiten ausplaudert, werden alle denken, wir tun etwas Illegales, sobald wir bei anderer Gelegenheit Schweigen bewahren. Um jegliche Komplikation zu vermeiden, ist es am besten, alles aus dem Gedächtnis zu streichen, was mit der Arbeit zu tun hat, immer und ausnahmslos. So wirst du weder mit der Außen- noch mit der Innenwelt Probleme haben.«

Am Reisetag war es regnerisch, und als Clotilde in Genf landete, fiel noch immer leichter Regen. Da sich ihr Hotel in der Nähe des Bahnhofs befand, nahm sie vom Flughafen den Bus nach Cornavin. Die Fahrt durch die Vororte im Regen empfand sie als wenig ermutigend. Das letzte Stück legte sie zu Fuß zurück, durch eine enge Straße, an deren Ende man den dunklen, in dichten Nebel gehüllten See erblickte. Im Hotel packte sie den Koffer aus, dann ging sie wieder hinaus. Auf der Brücke brachte sie ein Windstoß zum Straucheln und hätte ihr beinahe den Schirm aus der Hand gerissen. Im schwarzen Wasser unter der Brücke schwammen Schwäne und Enten im Schmutz, gleichgültig gegenüber der Kälte und dem schlechten Wetter. Das Geschäftsviertel war noch voller Leben. Clotilde sah sich die Schaufenster an und trat in ein Warenhaus, kaufte jedoch nichts. Der geheime Charakter der Reise rechtfertigte es, keine Geschenke mitzubringen, dachte sie erleichtert. Sie war keine Freundin des Shoppings, aber jetzt fühlte sie sich mitten in diesem geordneten Andrang angenehm beschützt.

Nach Ladenschluß ging sie durch enge, steile Straßen zu der Kathedrale und der Place du Bourg-de-Four hinauf. In diesem Viertel war alles alt, aber tadellos erhalten; selbst die Pflastersteine schienen von den Jahrhunderten oder von Menschenhand poliert. Aber es war kalt und windig, niemand war unterwegs, und die kleinen Restaurants, wo sie hatte zu Abend essen wollen, waren leer. Schließlich aß sie allein in einem Bistrot unter dem puritanischen Blick einer mürrischen Kellnerin.

Als sie das Restaurant verließ, regnete es noch immer. Obwohl es zum Schlafengehen zu früh war, machte sie sich auf den Rückweg zum Hotel. Unterwegs kam sie an einem Kino vorbei und merkte sich die Spielzeiten.

Das Hotelzimmer war klein. Clotilde versuchte in dem harten, unbequemen Sessel im bläulichen Licht der Stehlampe zu lesen, aber sie konnte sich nicht konzentrieren. Alles in diesem Zimmer wirkte sehr beengt. Obwohl der Regen noch zugenommen hatte, ging sie wieder auf die Straße hinaus und dann in das Kino. Im Vorführungsraum saßen nur ein paar wenige Zuschauer, und der in dunklem, stockendem Französisch gesprochene Film war unverständlich und langweilig.

Als sie aus dem Kino trat, war es spät; es hatte aufgehört zu regnen, und sie fühlte sich müde. Es war ein sehr langer Tag gewesen.

Sie schritt kräftig aus, denn in der Fußgängerzone, durch die sie ging, hatten sich mehrere beunruhigend aussehende Gestalten versammelt, die sich vor der Kühle mit Regenhäuten schützten und wortlos eine große Flasche billigen Weins herumreichten.

Trotz der Erschöpfung schlief sie schlecht und stand müde und niedergeschlagen auf. Als sie jedoch die Fensterläden öffnete, blendete sie zu ihrer Überraschung ein strahlender Tag. Der Himmel war blau, und die kühle, schwerelose Luft trug den Duft frisch gemähten Grases herbei. Sie ging in den Speisesaal hinunter, frühstückte mit Appetit, und da es noch zeitig war, machte sie sich zu einem Spaziergang auf.

Die Stadt schien wie verwandelt. Die Kneipen und Restaurants hatten die Gehsteige mit Tischen und Sonnenschirmen in auffälligen Farben gefüllt, und in den Parkanlagen bräunten sich Menschen. Jetzt zeichneten sich die Berge deutlich am Himmel ab, und der See, der ihr am Vorabend düster erschienen war, war blau und heiter und mit Segelschiffen gesprenkelt. Auf einem Inselchen sprudelte die Fontäne, die sie so oft auf Touristenbildern gesehen hatte.

Angeregt von diesem Schauspiel, kaufte sie ein Lokalblatt, setzte sich vor eine Brasserie und bestellte einen Kaffee. Noch bevor ihn der Kellner brachte, hatte sie die Zeitung schon durchgeblättert – weder die Nachrichten noch die Hintergrundartikel waren ihr verständlich. Das würde jedem Bewohner dieser Stadt auch so gehen, wenn er die Barceloneser Zeitungen läse, dachte sie, die Dinge werden harmlos mit dem Abstand, genauso wie mit der Zeit. Was heute und hier wichtig ist, hat an einem anderen Ort keine Bedeutung und wird morgen keine Bedeutung haben, weder hier noch sonstwo.

Von diesen Gedanken hätte sie gern Mauricio berichtet. Alles, was einem heute wichtig erscheint, wird einem in kürzester Zeit trivial erscheinen, sogar man selbst, hätte sie ihm gesagt. Ihre Gedanken kehrten jetzt ohne Unwillen zu Mauricio zurück.

Aus diesen Überlegungen rissen sie ein paar Spatzen, die dreist über ihren Tisch hüpften. Der Anblick von Bergen, Wasser und Himmel erfüllte sie mit Heiterkeit und Energie. Sie schaute auf die Uhr, verlangte die Rechnung und kehrte ins Hotel zurück. Dort zog sie sich für die Verabredung im *Le Richelieu* um und steckte die Kleider, die sie getragen hatte, sowie ihre übrigen Sachen in den Koffer, ging zum Empfang hinunter, zahlte, stellte den Koffer in die Gepäckaufbewahrung und trat wieder auf die Straße hinaus.

Als sie am *Hôtel des Berges* vorbeikam, sah sie einen sehr hübschen Araber in Dschellaba und weißer Leinen-Kefiya herauskommen. Ihm folgten drei Frauen, die eine klein und rund, die beiden anderen groß und schlank. Die drei Frauen waren dichtverschleiert, trugen schwarze Dschellabas und goldene Masken über Augen, Nase und Mund. Kontrastierend dazu hatten alle drei sehr auffällige, moderne rote Lackledertaschen. Das exotische Quartett ging zwischen den Tischen vor dem Hotel hindurch, ohne die Neugier der Gäste zu wecken, die zum Frühstück die internationale Presse lasen. Das war wirklich eine kosmopolitische Stadt, dachte Clotilde.

Vor dem *Le Richelieu* sah sie zwei Rolls-Royce, einen Jaguar, zwei Mercedes und einen Porsche stehen. Beim Betreten des Hotels verspürte sie wieder die Unruhe, die sie am Vorabend beherrscht hatte. Zum ersten Mal geriet sie mit einer Welt in Kontakt, die derjenigen diametral entgegengesetzt war, in der sie bisher verkehrt hatte, einer Welt, in der sich zu bewegen sie die juristische Fakultät nicht vorbereitet hatte, ganz im Gegenteil. Jetzt wurde ihr klar, wie unsinnig eine universitäre Ausbildung war, die die Feindseligkeit gegenüber der Gesellschaft, der zu dienen sie die Studenten schulte, guthieß, ja förderte. Während die Studenten revolutionäre Pläne schmiedeten und die Welt neu ordneten, tranken die, die wirklich Geld und Macht besaßen, im *Le Richelieu* ihren Aperitif und warteten wohlwollend auf das Kommen der gezähmten, für die Gelegenheit entsprechend herausstaffierten Revoluzzer. Nur hereinspaziert, schien der uniformierte Portier zu sagen, und geben Sie bitte die Pamphlete und Molotowcocktails an der Garderobe ab.

Diese bitteren Betrachtungen verscheuchend, wandte sich Clotilde an die Hotelrezeption.

»Je cherche Monsieur Pasquine.«

Der Empfangschef verstrahlte parfümierte Gelassenheit.

»Monsieur Pasquine est là, mademoiselle. Il vous attend depuis quelque temps.«

Clotilde trat in die Lounge und folgte dem Blick des Empfangschefs. Die Sessel waren von mehreren alleinstehenden Männern besetzt. Zwei hübsche, elegante Frauen gingen leise plaudernd und lachend vorbei. Clotilde fragte sich, ob es wohl Hoteldirnen oder Mätressen irgendeines reichen Protzes waren. Vielleicht weder das eine noch das andere, dachte sie. Ganz einfach Frauen wie ich, nur mit mehr Glück; jetzt gehen sie ins Stadtzentrum zum Einkaufen und kommen dann mit Armani-, Saint-Laurent- und Ferragamo-Tüten beladen zurück. Einerlei. Ich bin zum Arbeiten hier, und meine Aufgabe ist es, Monsieur Pasquine ausfindig zu machen.

Gewöhnt, daß ihr in dieser reservierten Atmosphäre niemand Beachtung schenkte, fiel ihr ein Mann mittleren Alters auf, der ihr zulächelte. In der einen Hand hielt er ein türkisches Kaffeetäßchen, und mit der anderen fingerte er die Bernsteinkugeln eines arabischen Rosenkranzes durch. Clotilde ging auf ihn zu, als sie in ihrem Rücken eine Stimme hörte.

»Mademoiselle Clotilde?«

Der sie angesprochen hatte, war ein großer, schlanker junger Mann mit dichtem Haar, blauen Augen und Schildpattbrille.

»Monsieur Pasquine?«

»Oui, c'est moi.«

Clotilde dachte, um ein Haar hätte sie sich gewaltig in die Nesseln gesetzt, und Monsieur Pasquine führte sie zu einer Sitzgruppe in einer Ecke der Lounge. Auf dem Tisch hatte er eine offene Aktentasche und einige für jedermann sichtbare Dokumente liegen lassen. Sie setzten sich, und Monsieur Pasquine schaute auf die Armbanduhr und sagte, sein Kunde werde gleich kommen, was sie inzwischen trinken wolle?

Clotilde lehnte die Einladung ab. Sie wußte nicht, was man an diesem Ort und zu dieser Stunde bestellen konnte.

Monsieur Pasquine lächelte, und Clotilde tat es ihm gleich. Monsieur Pasquine hatte ein ansteckendes Lächeln. Sehr lebhaft erzählte er, er sei schon mehrmals in Barcelona gewesen, einige Male aus beruflichen Gründen, andere Male zum Vergnügen, angezogen vom Charme der Stadt und ganz besonders aus Liebe zu Lluís Llach, dessen Auftritten er beizuwohnen versuche, wenn immer es ihm die Arbeit und seine Verpflichtungen erlaubten. Er besaß sämtliche Platten von Lluís Llach, und obwohl er vom Katalanischen nicht die geringste Ahnung hatte, konnte er mehrere seiner Lieder von A bis Z singen, ohne ihren Text zu verstehen, indem er bloß die Phrasierung und das Gemurmel seines bewunderten Liedermachers imitierte.

Clotilde teilte Monsieur Pasquines Vorlieben nicht, war ihm aber dankbar für diese Interessensbekundung – und vor allem dafür, daß er es war, der die Last des Gesprächs auf sich nahm, was sie davor bewahrte, eine Sprache zu benutzen, in der sie sich je länger, desto unsicherer fühlte.

Monsieur Pasquine schien nichts von dieser Beklemmung zu merken; er sprach immer weiter, sehr rasch und ohne den Wortschatz oder die Syntax zu vereinfachen, so daß sich Clotilde außerordentlich konzentrieren mußte. Monsieur Pasquine war ein ungezwungener junger Mann, der sich nicht scheute, zu gähnen oder sich am Hinterkopf zu kratzen, und der sie mit seinen blauen Augen fixierte, als wären die Banalitäten, die er von sich gab, von höchster Wichtigkeit.

Clotilde, die erwartet hatte, einen Finanzhai zu treffen, war bezwungen von diesem ungestümen, leichtfertigen Menschen.

»Ah, mais le voilà! Notre client!« rief Monsieur Pasquine plötzlich. *»Il arrive avec cinq minutes de retard… Il a peut-être eu un accident.«*

Er stand auf und winkte mit beiden Armen.

»Il s'appelle monsieur Weissmüller. Weissmüller, voyez-vous?

Comme l'inoubliable acteur qui jouait Tarzan dans les vieux films d'Olivoute.«

Clotilde sah von den Aufzügen her einen Mann undefinierbaren Alters auf sie zukommen, klein, kräftig und ohne Hals, den Schädel kurz gestutzt und das Gesicht mit Pockennarben übersät. Ein Hotelangestellter trug einen Telefonapparat neben ihm her. Als er bei ihnen anlangte, reichte Monsieur Weissmüller Monsieur Pasquine die Hand und nahm, ohne letzterem Zeit für die angezeigten Vorstellungen zu geben, das Telefon, das der Hotelangestellte in der Nähe angeschlossen hatte, und rief mit ausgeprägtem ausländischem Akzent:

»Allô, c'est toi, mon bébé?«

Er hörte lange schweigend zu und sagte schließlich:

»Ne t'inquiètes pas, mon bébé. Je m'en occupe«, und zu Monsieur Pasquine gewandt, fügte er hinzu: *»Mon bébé vient de perdre tout son argent au Casino.«*

Er gab das Telefon dem Hotelangestellten zurück, und nachdem dieser gegangen war, fragte er Monsieur Pasquine, ob die Dokumentation zur Unterschrift bereit sei. Clotilde beobachtete ihn interessiert und versuchte, das Rätsel dieses abstoßenden, mächtigen Mannes zu ergründen. Zweifellos war er reich, wahrscheinlich der Besitzer eines der imposanten Autos vor dem Hotel und einer der Frauen, die sie durch die Lounge hatte gehen sehen. Dieses jeder Grundlage entbehrende, ihrer unerfahrenen Fantasie entsprungene Bild löste in ihr eine Mischung aus Abscheu und Faszination aus, und sie fragte sich, wie dieser krötengesichtige Tyrann wohl in der Intimität war. Monsieur Weissmüller hingegen hatte sie nicht einmal eines Blickes gewürdigt und auch sonst auf keinerlei Weise zu erkennen gegeben, daß er ihr Vorhandensein wahrnahm.

»*Voilà les papiers, monsieur Weissmüller*!« rief Monsieur Pasquine.

Er breitete ein Dokument auf dem Tisch aus und zeigte Monsieur Weissmüller ein weiteres.

»*Très bien*«, sagte dieser, nachdem er das Dokument durchgeblättert hatte. Er zog eine goldene Füllfeder aus der Tasche und rief wieder: »*Très bien.*«

In diesem Augenblick kam der Hotelangestellte mit dem Telefonapparat zurück und stellte ihn auf den Tisch. Monsieur Weissmüller verzog ärgerlich das Gesicht.

»*Pas maintenant! Nous sommes en train de signer des documents très importants.*«

Der Hotelangestellte, der sich niedergekniet hatte, um das Telefon einzustecken, wandte sich mit dem Kabel in der Hand um.

»*Mais c'est votre bébé, monsieur Weissmüller!*«

Dieser zuckte die Schultern.

»*Allez, allez*«, sagte er mit entschiedener Stimme, »*vous m'emmerdez!*«

Der Angestellte trat den Rückzug an, und Monsieur Weissmüller unterzeichnete das Dokument auf dem Tisch und gab Clotilde die Füllfeder, ohne sie anzusehen.

Clotilde wandte sich an Monsieur Pasquine, der dem Prozedere mit feierlichem Ausdruck zuschaute.

»*Moi?*«

»*Oui, oui, signez, mademoiselle. C'est pour cela que vous êtes venue de Barcelone. Monsieur Macabrós m'a envoyé vos pouvoirs.*«

Monsieur Weissmüller zeigte ihr das Dokument, das er geprüft hatte, und Clotilde sah, daß es tatsächlich eine notarielle Vollmacht war, die sie autorisierte, in Vertretung einer Firma zu handeln, deren Namen sie noch nie gehört hatte. Entschlossen ergriff sie die Feder, die ihr Monsieur Weissmüller hinhielt, und unterschrieb. Sogleich nahm Monsieur Pasquine das Dokument an sich und verwahrte es zusammen mit der notariellen Vollmacht in der Aktentasche.

Monsieur Weissmüller steckte die Füllfeder ein und stand auf.

»*Finito*«, sagte er, wie immer zu Monsieur Pasquine gewandt, »*je vous invite à dîner. Malheureusement je dois partir tout de suite, mais vous pouvez manger à l'hôtel et charger l'addition sur ma chambre. Au revoir, monsieur Pasquine.*«

Während er mit raschen Schritten auf den Ausgang zusteuerte, schloß Monsieur Pasquine die Aktentasche und reichte Clotilde die Hand. Er hätte ihr liebend gern Gesellschaft geleistet, sagte er, doch genau heute habe er ein Geschäftsessen in Montreux. Clotilde, die sich an Macabrós' Anweisungen erinnerte, verlangte entschlossen das Dokument.

»*Ah, oui, oui, le document. Je vous ferai arriver une copie à votre hôtel, bien sûr. Ou, plutôt, je ferai qu'elle vous soit envoyée à Barcelone tout de suite. À la belle ville de Barcelone!*«

Bevor sie reagieren konnte, sah sich Clotilde in der Lounge allein. Sie ging zur Rezeption und erkundigte sich, wo und wie sie telefonieren könne. Der Empfangschef wies auf eine Zelle. Clotilde rief Macabrós an.

»Wie ist es gelaufen?«

»Niemand hat mir gesagt, daß ich auch unterschreiben muß.«

»Nun … Das verstand sich von selbst. Zudem ist nichts Schlechtes dabei: Ein Anwalt handelt immer in Vertretung seines Vollmachtgebers, das ist so üblich. Hast du den Vertrag bei dir?«

»Nein. Monsieur Pasquine hat ihn mitgenommen. Er sagt, er wird ihn Ihnen zukommen lassen.«

»So ein Schlitzohr! Er hat dich auf den Arm genommen, und wir werden diesen Vertrag nie zu sehen bekommen.«

»Ist das schlimm?«

»Nicht sehr. Zudem trägt er deine Unterschrift und nicht meine.«

»Sagen Sie mir wenigstens, was ich unterschrieben habe.«

»Ist das wichtig? Du hättest die Dokumentation ja selber lesen können, sie ist auf französisch. Du hättest die Unterschrift auch verweigern können. Aber geschehen ist geschehen. Grüble nicht weiter darüber nach.«

Clotilde trat auf die Straße hinaus. Der Himmel hatte sich bedeckt. Das war ihr erster wichtiger Fall gewesen, und auch wenn sie nicht sagen konnte, sie habe ihn zufriedenstellend gelöst, so bezweifelte sie doch nicht, daß sie um eine beträchtliche Erfahrung reicher geworden war.

Wieder in Barcelona, rief sie als erstes Mauricio an, doch trotz der späten Stunde meldete sich niemand.

Als Mauricio eines Abends die Barceloneser Praxis verließ, trat eine junge, attraktive Frau auf ihn zu und sagte:

»Hallo, erinnerst du dich noch an mich?«

Mauricio kam sie nicht unbekannt vor, aber er konnte sich weder an ihren Namen noch an den Ort erinnern, wo er sie kennengelernt hatte. Sie sah seine Verwirrung und lachte.

»Das braucht dir doch nicht peinlich zu sein. Ich bin die Porritos – die, die auf den Versammlungen von Pfarrer Serapio Rancheras gesungen hat. An dem Tag, an dem du gekommen bist, haben wir nachher ein paar Bierchen gezischt.«

»Aber natürlich – das junge Mädchen mit der Gitarre! Was für ein Zufall!«

»Gar kein Zufall. Eine Freundin von mir, die in Mataró wohnt, ist zu dir in die Sprechstunde gegangen. Als wir nachher miteinander sprachen, ist aus irgendeinem Grund dein Name gefallen. Ich habe mich wieder an dich erinnert und gesucht und gesucht, bis ich herausfand, wo in Barcelona du arbeitest … Und da bin ich.«

Mauricio wollte sie schon fragen, was ihm denn die Ehre verschaffe, aber als er sah, wie sie zögerte, schwieg er lieber.

»Ich bin nicht gekommen, um dich um einen Termin oder sonst was zu bitten. Meine Zähne sind in Ordnung. Wenigstens tun sie mir nicht weh. Ich wollte nur hallo sagen … und sehen, was nach den Wahlen aus dir geworden ist … Nachdem es für euch so schlecht gelaufen ist … Aber komm, bleiben wir nicht hier mitten auf dem Gehweg stehen. Wenn deine Patienten ein- und ausgehen, sehen sie dich besser nicht mit mir. Mir kann's ja egal sein, aber so wie ich ausschaue, merken sie sogleich, daß ich nicht aus diesem Viertel bin.«

»Das hat überhaupt keine Bedeutung. Aber wir können in ein Lokal gehen und etwas trinken. Das ist gemütlicher.«

Sie gingen in eine Kneipe, setzten sich an einen Tisch und bestellten zwei Bier und eine Portion Herzmuscheln. Das fast leere Lokal hatte ein großes Fenster, durch das das schwache Licht der Abenddämmerung hereindrang.

»Und Pfarrer Serapio, wie geht es ihm?« fragte Mauricio.

»Ich habe ihn seit hundert Jahren nicht mehr gesehen. Ich hatte es satt, ihm mit der Gitarre hinterherzulaufen. Er hat mir früher einmal sehr geholfen, und ich bin ja nicht undankbar, also habe ich jahrelang das einzige für ihn getan, was ich tun konnte: spielen und singen und …, na ja, irgendwie Aufmerksamkeit erregen, damit die Leute zu den Versammlungen kommen, statt zu Hause vor der Glotze zu hocken. Dabei interessiert mich die ganze Sache sehr wenig. Früher war das anders, aber die Enttäuschung …, du weißt schon. Im Grunde interessiert mich nur meine Kunst, ich meine, das Singen. Ob ich was tauge oder nicht, das ist mir schnurz, aber ich möchte es versuchen, ehrlich. Eine Chance bekommen und sehen, ob jemand wegen mir selbst auf mich aufmerksam wird. Und das schaffst du nicht, wenn du mit einem Arbeiterpfarrer von Versammlung zu Versammlung ziehst, es schadet einem sogar, weil, wenn nachher nicht die eigenen Leute gewinnen, wie es ja immer ist, setzen dich die von der anderen Seite auf die schwarze Liste. Und die, die nicht von der anderen Seite sind, ebenso, damit sie es mit den Mächtigen nicht verderben. Kurz und gut, am Ende wäscht man Teller. Ich weiß auch nicht, warum ich dir das alles erzähle.«

Mauricio lächelte und zuckte die Schultern. Die Porritos sprach weiter:

»Du darfst nicht denken, ich belemmere dich, weil ich nachher etwas von dir will. Ich weiß, daß du mir nicht helfen kannst. Ich würde dich auch dann nicht darum bitten, wenn du es könntest. Egal, was – ich muß es mir selber erarbeiten. Sonst wird das nichts. Na ja, wenn du Produzent oder Besitzer einer Schallplattenfirma wärst, dann würde ich dich vielleicht um eine Vorzugsbehandlung bitten. Aber als Zahnarzt bist du für mich nichts wert.«

»Du hast mir noch nicht gesagt, wie du heißt, und wenn ich es einmal wußte, hab ich's wieder vergessen.«

»Adela, wie das Lied.«

»Welches Lied?«

»Wenn Adelita mit einem anderen ginge.«

»Ach ja. Und woher kommt das mit dem Singen?«

Die Porritos erzählte ihm ihr Leben. Mauricio hörte ihr manchmal zu, und manchmal verlor er den Faden – die Erzählung war lang und ziemlich wirr. Wie er ihr entnehmen konnte, entstammte die Porritos einer sehr armen, aus der Estremadura stammenden Familie, die sich während des Protektorats in Tetuan niedergelassen hatte, nach der Unabhängigkeit Marokkos dort geblieben war und hauptsächlich vom Tabakschmuggel gelebt hatte. Mauricio verstand nicht, warum diese Betätigung von Interesse sein konnte, wo doch in sämtlichen Tabakläden Zigaretten jeder Marke und Provenienz zu haben waren. Sie erklärte ihm, geschmuggelte Zigaretten würden zu einem Drittel des üblichen Preises verkauft. Das Geschäft berge jedoch Risiken. Fast alle männlichen Familienangehörigen hätten irgendwann einmal in ihrem Leben im Gefängnis gesessen. Die Frauen nicht, da sie sich nicht auf solche Geschichten einließen, dafür aber auf andere: Eine Kusine ihrer Mutter sei mit elf Jahren von zu Hause ausgerissen und habe sich einem Wanderzirkus angeschlossen, wo sie so lange gearbeitet habe, bis ihr ein Sturz vom Trapez das Knie ruiniert habe, wonach sie sich mit Striptease in einem Nachtklub in Tanger und danach in einer Marseiller Spelunke über Wasser gehalten habe. Eine andere Kusine sei von Außerirdischen entführt worden. Ganz grundsätzlich hätten alle Familienmitglieder eine gewisse Dosis künstlerisches Temperament, eine Veranlagung oder Gabe, die sie nicht entsprechend hätten verwirklichen können. Sie dagegen schon. Die Rancheras seien bloß ein kleiner Teil ihres Repertoires. Und dabei habe sie erst spät zu ihrer Berufung gefunden.

Noch fast als kleines Mädchen, fuhr sie fort, sei sie in den Fußstapfen einer Tante oder Kusine zweiten Grades nach Malaga gegangen, da in der Tourismusbranche Arbeitskräfte gesucht wurden. Mehrere Jahre habe sie in Torremolinos gearbeitet, bis sie sich in dieser geschlossenen, künstlichen Welt nicht mehr wohl gefühlt habe. Da habe sie auf einen hohen Lohn und die sichere Stelle verzichtet, um nach Barcelona zu kommen und sich ins Abenteuer zu stürzen, obwohl sie gewußt habe, daß da die Arbeitsbedingungen viel zu wünschen übrigließen, wo sich aber, wie sie gedacht habe, ihre künstlerischen Ambitionen und ihr soziales Gewissen eher ausbilden und ausdrücken könnten. In Barcelona hätten sich die Dinge jedoch ganz anders entwickelt, sie habe ungute Freundschaften geschlossen und sei in ein schlimmes, auswegloses Leben hineingeschlittert, bis ihr Pfarrer Serapio geholfen habe, die Wirklichkeit in ihrer ganzen Härte zu sehen und ihr Leben wieder selbst in die Hand zu nehmen, vor allem aber die eigene Würde als Frau und Mensch wiederzufinden.

»Ich war ein regelrechter Dreck geworden. Eine verkommene Person, du verstehst schon.«

Mauricio, ein Mann von wenigen Worten, war fasziniert vom Redeschwall der Porritos. Draußen war es mittlerweile dunkel.

»Es ist spät geworden«, sagte er. »Allmählich Zeit fürs Abendessen. Ich lade dich ein.«

»Nein, nein, du hast bestimmt irgendeine Verabredung.«

»Dann würde ich dich nicht einladen. Aber wenn du keine Lust hast …«

»Doch, und ob, aber je nachdem, wo du mit mir hingehen willst. Damit habe ich nicht gerechnet, ich bin ja ganz zerlumpt.«

»Du bist in Ordnung, und außerdem ist die Kleidung das wenigste – du bist hübsch.«

»Findest du?«

»Ob ich es finde oder nicht, es ist einfach so. Aber ich finde es auch.«

Die Porritos war sehr zufrieden.

Sie gingen in ein kleines Restaurant mit einem festen Menü ganz in der Nähe. Es war ein einfaches Lokal, aber für sie war es jetzt der Gipfel des Luxus. Ohne auch nur einen Moment zu verstummen, aß sie voller Begeisterung und fand alles ausgezeichnet; Wein dagegen trank sie kaum.

Mauricio empfand sein Verhalten nicht als paternalistisch. Er genoß es, jemand anders glücklich zu machen, weil er einen großzügigen Charakter hatte.

Nach dem Essen fragte er die Porritos, wo sie wohne. Sie nannte eine Adresse in Santa Coloma de Gramanet. Mauricio erbot sich, sie hinzufahren. Sie protestierte, sie wolle ihm nicht noch mehr Unannehmlichkeiten verursachen, aber er erwiderte, es sei noch früh und er habe nichts zu tun, außer ihr Gesellschaft zu leisten.

»Außerdem ist die U-Bahn um diese Zeit nicht besonders empfehlenswert.«

»Ach was, wo ich sie doch schon so oft genommen habe«, rief sie sehr belustigt.

»Und nie ist dir was zugestoßen?«

»Pah, einmal haben sie mich ausgeraubt, und zweimal mußte ich davonlaufen, du kannst dir ja vorstellen, warum. Also letztlich nichts. Am schlimmsten sind die Verspätungen, das Gedränge zur Stoßzeit und die Preise, die jedes Jahr steigen, ohne daß sie was sagen. Aber jetzt, an dem Ort, wo ich wohne, bleibt mir nichts anderes übrig.«

Sie sagte es ohne Bitterkeit oder Resignation, als wäre es die natürlichste Sache der Welt. Aber als sie ausgeredet hatte, schaute sie Mauricio fest an, um zu sehen, wie er ihre Ausführungen beurteilte. Seine Meinung schien sie mehr zu beschäftigen als die Gefahren und Unbequemlichkeiten der U-Bahn.

Sie kamen zur Garage. Beim Einsteigen war die Porritos plötzlich ängstlich, und nachher sprach sie nur noch, um den Weg zu weisen. Da sie sich nie in einem Auto fortbewegte, kannte sie die Richtungen nicht, so daß sie ab und zu einen unnötigen Umweg machten. Als sie in ihr Viertel gelangten, wurde es noch komplizierter.

»Jetzt drehen wir uns im Kreis wie ein Ventilator, und ich bin schuld. Wenn du es satt hast, setz mich irgendwo ab. Zu Fuß finde ich schon hin. Die Einbahnstraßen kenne ich halt nicht, und nachts noch weniger. Du denkst bestimmt, ich bin dümmer, als die Polizei erlaubt.«

»Nicht doch. Wir werden schon im sicheren Hafen landen. Nur weiß ich nicht, wie ich nachher aus diesem Labyrinth wieder herausfinde.«

»Stimmt. Am Ende habe ich dich ganz schön in Schwierigkeiten gebracht, siehst du.«

»Allerdings«, sagte Mauricio. »Die einzige Lösung ist, daß ich dir Nacht bei dir verbringe.«

»Willst du wirklich?« fragte sie rasch.

»Ich ja, und du?«

»Ich auch, hast du es nicht gemerkt?«

Sie hatten Glück und konnten nach einigem Herumfahren das Auto in der Nähe ihres Hauses parken.

Als Mauricio nach einigen Stunden erwachte, erinnerte er sich nicht mehr, wo er sich befand noch wie er an den Ort gelangt war, den er jetzt im schwachen, durch den Türspalt sickernden Licht zu erkennen versuchte. Das Zimmer war mit Gerümpel angefüllt, und die warme, dicke Luft roch nach abgestandenem Essen, schmutziger Wäsche und billigem Parfüm. Mauricio dachte, nach dem Eintreten habe sie ihn im Dunkeln zu dem billigen Matratzenlager in einer Ecke geschoben, damit er das Durcheinander und die Ärmlichkeit nicht bemerke. Aber auch jetzt noch war er zu versunken in dieses ungewöhnliche Abenteuer, um dem Ort irgendeine Bedeutung beizumessen oder einen Schluß zu ziehen, der nicht ihn selbst betraf. Er schaute die neben ihm schlafende Frau an und fragte sich, ob die Mischung aus Fürsorge und Leidenschaft, die sie ihm hatte angedeihen lassen, angeboren war oder einer archaischen kulturellen Einstellung entsprang.

Mit Clotilde war alles anders, dachte er.

Aus der Helligkeit schloß er, daß es schon Tag war. Er fand seine Uhr – fast neun. Mit Mühe stand er auf. Er war nicht müde, aber erschöpft. Er zog sich leise an und ging auf Zehenspitzen und ganz behutsam zur Tür, um nicht über das Gerümpel zu stolpern, das überall herumlag. Als er im Auto saß, mußte er Passanten nach dem Weg fragen. Zu Hause rief er die Praxis an und sagte, er werde aus Gründen, für die er nichts könne, später kommen; dann duschte er sich, zog frische Kleider an, frühstückte in seinem üblichen Lokal und fuhr zur Arbeit.

Er dachte, am Feierabend warte wieder die Porritos auf ihn, doch dem war nicht so.

Am nächsten Tag war Mataró an der Reihe. Am Abend rief er Clotilde an. Nach allem, was geschehen war, fand er es wichtig, die unterbrochene Beziehung wiederaufzunehmen. Clotildes Mutter sagte, ihre Tochter sei auf Reisen. Ohne daß er etwas fragte, erklärte sie, Clotilde sei wegen einer Rechtssache ins Ausland gefahren. Diese Mitteilung brachte ihn in zweierlei Hinsicht auf. Es ärgerte ihn, daß ihn Clotilde nicht persönlich über diese Wendung in ihrer beruflichen Laufbahn informiert hatte, und es ärgerte ihn, daß ihn diese Frau, die er nicht kannte, an einem mütterlichen Stolz teilhaben ließ, aus dem er einen stichelnden Unterton herauszuhören glaubte. Was bilden die sich eigentlich ein? dachte er.

Am nächsten Tag erwartete ihn die Porritos vor der Zahnklinik. Sie grüßte ihn schüchtern und sagte:

»Vielleicht wäre es dir ja lieber, ich wäre nicht gekommen.«

»Nein, nein, ich hatte Lust, dich wiederzusehen.«

»Nachdem du gegangen bist, ohne was zu sagen ...«

»Ich wollte dich nicht wecken. Es war noch früh, und ich mußte zur Arbeit. Und danach habe ich nicht mehr gewußt, wie ich mich mit dir in Verbindung setzen sollte.«

»Eben. Das ist nicht leicht, ich habe kein Telefon. Aber wenn du willst, komme ich wieder, bis du es satt hast. Ich habe nichts zu tun. Ich bin arbeitslos, wie du siehst.«

»Okay. Es ist zwar keine gute Lösung, aber eine bessere fällt mir auch nicht ein.«

An diesem Abend gingen sie ins Kino und sahen sich *Ein Offizier und Gentleman* an. Mauricio langweilte sich, aber sie amüsierte sich königlich, und am Ende weinte sie.

»Ich weiß, es ist dumm, aber mir gefallen nur Filme mit einem Happy-End.«

Nach dem Kino gingen sie etwas trinken. Da sie am ersten Tag so viel geredet hatte und Mauricio nichts zu erzählen wußte, kam das Gespräch mitunter zum Erliegen.

»Soll ich dich nach Hause bringen?«

»Nein, um Himmels willen. Meine Wohnung ist ein Saustall. Ich weiß auch nicht, wie ich neulich den Mut aufgebracht habe, dich sie sehen zu lassen. Ich muß total heiß gewesen sein oder so.«

»Aber wenn ich sie doch schon gesehen habe, was spielt's dann für eine Rolle«?

Die Porritos antwortete nicht. Sie war traurig geworden.

»Wenn es dir lieber ist, können wir zu mir gehen«, sagte Mauricio.

Ihr Gesicht hellte sich auf. Mauricio dachte, er gerate da in ein ganz schönes Schlamassel.

Die Porritos fand Mauricios Wohnung den Gipfel des guten Geschmacks. Als er sah, wie sie auf sie wirkte, war ihm das sehr peinlich, weil ihm bewußt wurde, wie selbstverständlich die Einrichtung für ihn war. Er sagte:

»Du darfst dem keine große Beachtung schenken. Uns Ärzten wird die fixe Idee von Ordnung und Reinlichkeit eingeimpft, und wir können gar nicht mehr anders leben.«

»Darf ich dich um etwas bitten? Es ist dumm, weißt du. Und wenn's nicht geht, auch gut.«

»Also?«

»Darf ich baden? Ich meine, mit der Badewanne voll heißem Wasser?«

»Na so was.«

»Wirklich dumm, nicht?«

»Nein, nein, eine Superidee. Ich laß es gleich einlaufen. Aber mach dir keine Illusionen, ich habe weder Schaum noch Badesalze oder sonst was.«

»Das würde noch fehlen, du bist ja nicht schwul.«

Mauricio stellte die Wassertemperatur ein und nahm ein großes Badetuch aus einem Schrank. Die Porritos verfolgte diese Verrichtungen sehr aufmerksam. Als die Wanne vollgelaufen war, ging Mauricio hinaus und schloß die Badezimmertür.

Während er wartete, klingelte das Telefon. Er zögerte, da er vermutete, es sei Clotilde, nahm dann aber doch ab.

»Störe ich?«

»Nein.«

»Ich war weg.«

»Ich weiß, deine Mutter hat's mir gesagt. Wie ist es denn gelaufen?«

»Soso. Ich würde gern mit dir sprechen.«

»Wollen wir morgen zu Abend essen?«

»Gut.«

Clotilde merkte, daß er es eilig hatte, das Gespräch zu beenden.

Kurz danach kam die Porritos in das Tuch gehüllt aus dem Bad.

»Hey, das törnt ja mächtig an. Habe ich lange gebraucht?«

»Nein. Ich hab einen Anruf bekommen.«

»Ist was?«

»Nein. Ein Arbeitsproblem.«

»Etwas Dringendes?«

Mauricio glättete die Stirn.

»In meinem Fach gibt es diese Art von Dringlichkeit nicht. Es wollte bloß jemand etwas wissen. Morgen werde ich mich drum kümmern.«

»Ich habe deine Seife benutzt und auch eine Lotion, und jetzt riech ich, glaub ich, nach Mann«, sagte sie.

»Auch da werden wir versuchen, Abhilfe zu schaffen.«

Wie beim vorigen Mal erwachte er schlagartig und mit dem Gefühl, aus einem so tiefen Traum aufzutauchen, daß ihn schauderte – er glaubte, aus dem Reich der Toten oder so ähnlich zurückzukehren. Warum passiert mir das wohl? dachte er.

Noch bevor der Wecker ging, hatte er schon geduscht und sich angezogen. Die Porritos schlief friedlich.

»Ich muß gehen«, raunte er ihr ins Ohr. »Schlaf ruhig weiter, es sollte niemand kommen.«

Am Mittag ging er kurz nach Hause. Die Porritos hatte

das Bett gemacht, das Badetuch zum Trocknen auf den Ständer gehängt und war gegangen.

Er rief Clotilde an, und sie verabredeten sich für halb acht in dem Lokal in der Calle Aribau, wo sie sich zu treffen pflegten. Sie erzählte ihm, was im *Le Richelieu* geschehen war. Danach fragte sie:

»Was denkst du?«

»Daß dein Chef ein Mistkerl ist. Hast du mit ihm gesprochen?«

»Ja, und er hat gesagt, das sei eine übliche Praxis bei der Ausübung des Anwaltberufs.«

»Und was hast du geantwortet?«

»Nichts. So naiv bin ich nicht. Aber ich möchte gern wissen, was ich unterschrieben habe. Vielleicht ist es ja etwas mit Waffen für den Krieg im Libanon.«

»Das ist dummes Zeug, wozu sollten sie da deine Unterschrift brauchen? Es wird etwas weniger Spannendes sein, Kapitalflucht oder so was.«

»Jedenfalls etwas Unmoralisches.«

»Aus bürgerlicher Sicht schon.«

»Du findest also, ich soll es aufgeben?«

»Nein, keinesfalls.«

»Du sagst das sehr überzeugt.«

»Wenn du jetzt deine Arbeit aufgibst, wirst du am Ende in Ibiza landen und selbstgemachte Halsketten verkaufen. Und mir ist dein persönliches Wohlergehen wichtiger als Moral und Gesetze.«

Clotilde dachte eine Weile nach. Mauricio befürchtete, sie mit seiner Bemerkung verletzt zu haben.

»Du hast also das Gefühl, ich verfüge über so wenig Möglichkeiten?«

»Vielleicht habe ich übertrieben.«

»Also denn, wenn ich mich schon an den Kapitalismus verkaufen muß, dann soll man's wenigstens merken – ich lade dich in ein teures Lokal zum Essen ein.«

Nach dem Abendessen gingen sie zu Mauricio. Er war nicht so vorsichtig gewesen, die Bettücher zu wechseln, und fürchtete, Clotilde würde die Spuren einer anderen Frau entdecken, aber beim Essen hatten sie zu zweit eine Flasche Wein getrunken, und falls es irgendeine Spur gab, konnte sie sie nicht wahrnehmen.

Nach drei Tagen erwartete ihn die Porritos wieder auf dem Gehsteig. Mauricio war wenig später mit Clotilde verabredet.

»Heute habe ich eine unumgängliche Verpflichtung.«

»Macht nichts«, sagte sie, »ich bin schon weg.«

»Du solltest mich vorher anrufen. Das kostet dich nichts, und du könntest dir einen unnützen Weg ersparen.«

»Du hast recht.«

Eine Weile machte sich Mauricio Gedanken. Er war sehr froh, Clotilde wiedergewonnen zu haben, aber auch die Porritos wollte ihm nicht aus dem Kopf. Das beste wird sein, reinen Tisch zu machen, dachte er. Ich werde ihr die Wahrheit sagen: daß ich eine Freundin habe und daß wir uns nicht weiter sehen können.

Inzwischen zerbrach sich Clotilde weiter den Kopf über ihre eigene Situation. Sie rief Fontán an, und sie verabredeten sich auf ein Mittagessen.

Er lud sie ins *Semon* ein. Es war ein ruhiger, fast hermetischer Ort. Clotilde erzählte ihm, was im *Le Richelieu* geschehen war, und fragte dann:

»Meinst du nicht, daß ich da in ein Schlamassel geraten bin?«

»Ein Schlamassel? Doch, natürlich. Aber das hat keine Folgen.«

»Manchmal doch.«

»Bis es soweit ist, fließt noch viel Wasser den Ebro hinunter. Was meinst denn du?«

»Nun«, sagte sie nach einer Pause, »von etwas muß ich ja leben, und wenn ich mich für diese Laufbahn entschieden habe…«

»Und was meint dein Freund dazu?«

»Ich habe keinen Freund.«

»Wann wirst du endlich lernen, Verantwortung zu übernehmen?«

Clotilde dachte eine Weile nach.

»Und du? Mit deiner Freundin, meine ich.«

»Es ist mir ernst. Es ist mir mit allem ernst, was ich unternehme. Nicht wie euch, die ihr eine Leichenbittermiene aufsetzt, von hochwichtigen Dingen sprecht und dann ganz leichtfertig handelt.«

»Wer sind wir?«

»Die Roten.«

Diesem Gespräch entnahm Clotilde, daß Fontán kurz vor der Verlobung mit Michelle stand, aber das Thema lieber nicht zur Sprache bringen wollte.

Einige Tage später erschien in Macabrós' Kanzlei ein sehr gut angezogener junger Mann und fragte nach Clotilde. Dieser Besuch versetzte sie ziemlich in Schrecken. Da sie kein anständiges Büro hatte, empfing sie ihn im Sitzungszimmer.

Der Besucher bezeichnete sich als Freund Fontáns, der ihm empfohlen hatte, mit Clotilde zu sprechen, da er wußte, daß er in Schwierigkeiten steckte. Ganz erleichtert hörte sie sich das Problem des unerwarteten Klienten an, machte sich Notizen und stellte Fragen und versprach ihm, die Angelegenheit zu prüfen und ihm dann sogleich Bescheid zu geben.

Nachdem er gegangen war, erzählte sie das Ganze Macabrós.

»Sieh einer an, nun hast du schon einen eigenen Klienten.«

»Was soll ich tun?«

»Dich seiner annehmen. Du hast die Fähigkeiten, den Fall zu bearbeiten. Aber verlier ihn nicht, sonst setzt du den guten Namen der Kanzlei aufs Spiel.«

Der Fall war nicht leicht und die Summe, um die der Rechtsstreit ging, erheblich. Clotilde war himmelangst. Zudem hatte sie Panik, Fontán zu enttäuschen.

»Werden Sie mich supervisieren? Werde ich Sie um Rat bitten dürfen?«

»Ja, wenn du mir die Hälfte des Honorars gibst.«

Clotilde schlug ein. Als dann der erste Honorarvorschuß eintraf, wollte Macabrós nichts davon. Er sagte, das habe er im Spaß gesagt, aber künftig müsse sich Clotilde selbst zurechtfinden. Von diesem Augenblick an gab er ihr Gerichtssachen von größerer Tragweite.

Clotilde erzählte Mauricio in aller Ausführlichkeit von diesen Fällen.

»Der springende Punkt liegt darin, das Wesentliche vom Nebensächlichen unterscheiden zu können.«

»Pah, das ist in der Zahnheilkunde genauso.«

»Überhaupt nicht. Du kannst dich auf die Röntgenaufnahmen verlassen. Stell dir mal vor, du müßtest auf Grund dessen, was dir die Patienten sagen, diagnostizieren und Eingriffe vornehmen. Wie würdest du einen Überängstlichen von einem Stoiker unterscheiden? Oder von einem Simulanten? Na?«

»Mit dem gesunden Menschenverstand, wie bei allem.«

»Jaja. Darin bist du gut.«

Mauricio fragte sich, was sie damit hatte sagen wollen. Der Satz paßte schon – er war über alle Maßen verwirrt.

Dann und wann erschien weiterhin die Porritos vor der Zahnklinik, ohne sich anzukündigen. Mauricio lebte mit der Angst vor einer Zufallsbegegnung zwischen Clotilde und der Porritos. Er wollte die Beziehung mit dieser endgültig beenden, aber nie fand er den richtigen Zeitpunkt, um das Problem unverblümt zur Sprache zu bringen, und im Grunde wollte er das auch gar nicht. Er war überzeugt, daß Clotilde die Frau seines Lebens war, aber mit der Porritos hatte er viel Spaß. War er jedoch mit ihr zusammen, so litt er bei der Vorstellung, welch dramatische Folgen sein Doppelleben haben konnte, falls eine der beiden dahinterkäme. Um dieser Möglichkeit vorzubeugen, verabredete er sich mit Clotilde immer in großer Entfernung von der Zahnklinik, und wenn er mit der Porritos ausging, hielt er es genauso. Danach begleitete er sie nach Hause und verbrachte die Nacht in Santa Coloma de Gramanet. In diesem unbekannten Viertel fühlte er sich abgeschieden von der Welt, als wäre er unversehens auf einem anderen Planeten aufgetaucht, indem er sich auflöste und dann wieder materialisierte, wie er es als Jugendlicher in einer Science-fiction-Serie gesehen hatte. Dieses Gefühl gab seinem Abenteuer den Anstrich einer gewissen Legitimität, die die Schattenseiten ausglich. Außerdem fühlte er sich in seiner eigenen Wohnung nicht wohl: Er dachte, Clotilde könnte unerwartet erscheinen und ihn mit einer anderen im Bett ertappen. Tatsächlich hatte sie so etwas noch nie getan, aber die bloße Möglichkeit war ihm ein Horror. Er hatte sich einen Straßenplan der Stadt gekauft, und nach kurzer Zeit kannte er mehrere Wege, um zur Porritos und dann wieder nach Hause zu gelangen.

Ihr bereitete es Kummer, ihn an einem so schäbigen, verschlampten Ort zu empfangen. Oft nahm sie sich vor aufzuräumen, aber nie wußte sie, wo sie anfangen sollte. Schließlich ängstigte sie sich und ließ alles, wie es war. Dann erging sie sich in unnötigen Entschuldigungen, denn Mauricio kümmerte die Umgebung nicht.

»Für mich bist nur du von Bedeutung.«

»Und wie ich lebe, nicht?«

Es quälte sie, daß er diese wenig schmeichelhafte Seite ihrer Persönlichkeit sah. In seinen Augen wäre sie lieber eine makellose Frau gewesen, die all seine Erwartungen erfüllen konnte, so wie er die ihren erfüllte. Wenn er diese Hingabe sah, fragte sich Mauricio, ob er nicht Clotilde aufgeben und sich für die Porritos entscheiden sollte. Der Gedanke war unsinnig, aber allein, daß er ihm durch den Kopf gegangen war, verwirrte ihn. Am Ende erzählte er alles Manolo Villares.

»Es ist, als käme sie meinen Wünschen zuvor. Aber du darfst jetzt nicht schlecht von mir denken – ich meine nicht Perversionen oder sonst ausgefallene Dinge. Es ist… etwas Besonderes. Ich weiß nicht, ob dir das schon mal vorgekommen ist.«

»Doch, oft. Aber bei mir ist das normal, ich gehe immer zu Professionellen.«

»Aha, du glaubst also, da spielen Gefühle keine Rolle, es ist nur eine Frage der Technik und sonst nichts.«

»Nein, nein, jetzt bist du es, der schlecht von mir denkt. Ich sage bloß, daß einige Frauen Tiefkühlkost sind und andere Angelfisch. Damit will ich niemand beleidigen.«

»Und das ist wichtig?«

»Ich weiß nicht. Irgendwann endet die Liebe, doch die Geilheit begleitet einen bis ins Grab hinein. Wenn du mich aber jetzt fragst, was du tun sollst, dann kann ich dir nicht helfen.«

»Was ich tun soll, das weiß ich schon. Clotilde heiraten, wenn sie dazu bereit ist.«

»Hast du sie denn gefragt?«

»Nein.«

»Dann fang mal damit an.«

»Und wenn sie ja sagt, was mach ich dann mit der anderen?«

»Sie entlassen.«

»Das ist mir unangenehm.«

»Deinetwegen oder ihretwegen?«

»Beides, aber mehr ihretwegen. Ich glaube, sie hat sich Hoffnungen gemacht.«

»Dann mußt du ihr die Wahrheit sagen. Nachher gibst du ihr Geld, und die Sache ist erledigt.«

»Du bist ein Unmensch, Rabus!«

»Verdammt, du willst zwei Frauen, und beide sollen nichts kosten. Wer ist da der Unmensch? Schau, Mauricio, ich verstehe nichts von diesen Dingen, aber ich erinnere mich an einen Fall, den ich dir erzählen will. Auf der Uni war ich Mitglied einer revolutionären Partei, wie alle. Eines Tages haben wir versucht, einige Arbeiter zum Streiken zu bringen. Sie sagten, wenn sie sich dem Streik anschlössen, würden sie den Tagelohn verlieren, man würde ein Disziplinarverfahren gegen sie einleiten und sie obendrein noch verprügeln. Aber das sagten sie nicht empört, sondern ganz demütig, als bäten sie um Entschuldigung. Und wir – wenn wir gestreikt haben, sind wir ins Kino gegangen, und am Ende des Jahres haben wir alle bestanden! Weißt du, in diesem Moment habe ich mich geschämt und mir selber gelobt, mich nicht mehr wie ein Arschloch zu benehmen, wenn es sich irgend vermeiden läßt.« Er machte eine lange Pause, als wäre es ihm sehr schwer gefallen, diese kleine Geschichte zu erzählen, und fügte hinzu: »Gib ihr Geld, Mensch, gib ihr Geld. Ihr wird es zustatten kommen, und es ist die einzige Möglichkeit für dich, ihr deine Achtung zu zeigen.«

»Sie wird denken, ich bezahle sie für ihre Dienstleistungen.«

»Nur wenn sie die Mentalität einer Nutte hat.«

Mauricio dachte, die Ratschläge seines Partners seien zwar brutal, enthielten aber eine ordentliche Dosis Weisheit, er konnte sich jedoch nicht dazu durchringen, sie in die Praxis umzusetzen. Er baute darauf, daß ein Zufall oder die Zeit die Dinge zurechtrücken würde.

Vorerst beschloß er, Clotilde auf den Zahn zu fühlen.

»Meinst du nicht, wir sollten heiraten?«

»Nanu, warum denn das?«

Mauricio wurde klar, daß er nicht den richtigen Augenblick gewählt und den Vorschlag weder mit Glut noch Zartgefühl unterbreitet hatte. Aber Clotildes Einstellung war auf andere Gründe zurückzuführen. Sie dachte, sie habe eine berufliche Laufbahn glücklich begonnen, die scheitern würde, wenn sie heiratete und vor allem wenn sie Kinder bekäme. Selbst wenn Mauricio sie nach ihrem Gutdünken handeln ließe, würden ihre Klienten sie nicht mehr gleich sehen. Für die meisten Männer arbeiteten verheiratete Frauen nur aus Langeweile oder um sich ein Zubrot zu verdienen oder ihre Männer zu ärgern, aber ernst nahmen sie ihre Arbeit nicht. Dieses Vorurteil und seine möglichen Folgen hinderten sie daran, einen so entscheidenden Schritt zu tun, zu dem auch ihre Gefühle sie nicht eindeutig trieben.

In den folgenden Monaten verschlechterte sich die allgemeine Lage des Landes immer mehr.

Die Morde, die Bomben und Entführungen hielten die Bevölkerung in Atem.

Auch in wirtschaftlicher Hinsicht ließen die Aussichten sehr zu wünschen übrig. Immer mehr Leute wurden arbeitslos, der Strukturwandel in der Industrie brachte die Arbeiterklasse auf, und die Steuerbelastung machte sich auf allen Ebenen bemerkbar. Jetzt boten die Gewerkschaften der Regierung, die sie einige Jahre zuvor noch unterstützt hatten, die Stirn. Die Unternehmer wiederum verkauften ihre Firmen an ausländische Gesellschaften, die sie nur erwarben, um sie aufzulösen und damit die Konkurrenz aus dem Weg zu schaffen. Während Tausende Arbeiter auf der Straße standen, strichen ihre ehemaligen Arbeitgeber astronomische Summen ein, die sie danach in Spekulationen investierten.

Mauricio erschien der krasse Gegensatz zwischen Armut und Verschwendung obszön, und er mißbilligte die Passivität der Regierung angesichts dieses Zustandes, mochte aber von seinen Gesinnungsgenossen nicht schlecht denken, obwohl allenthalben von Korruption gemunkelt wurde.

Inzwischen war der Sommer hereingebrochen. In der Wohnung der Porritos ließen sie die Hitze und Feuchtigkeit die ganze Nacht kein Auge zutun. Eines Tages sagte sie:

»Und wenn wir in Urlaub gehen würden? Wir könnten nach Ibiza fahren. Ich war noch nie da und bin ganz scharf drauf. Vor zwei Jahren hab ich mir einen Bikini gekauft und ihn noch nie getragen. Im Stadtbad getraue ich mich nicht – da schauen sie immer so. Er wird dir gefallen.«

»Die Klinik ist im August geschlossen. Vorher kann ich nicht.«

»Egal, wann. August ist eine gute Zeit.«

»Und dann gibt's da noch die Praxis in Mataró.«

»Arrangiere das mit deinem Partner. Du wirst doch nicht auf die Ferien verzichten wollen.«

»Manchmal bleibt einem nichts anderes übrig.«

Auf die Idee, mit der Porritos in Urlaub zu fahren, war er nicht gekommen, und sie erschien ihm auch undurchführbar. Er rief Clotilde an und fragte sie nach ihren Plänen für August.

»Die Kanzlei ist vom ersten bis zum einunddreißigsten geschlossen, und meine Eltern werden in ihrem Häuschen in Sant Feliu sein, also gehe ich mit ihnen.«

»Den ganzen Monat?«

»Ich habe nichts Besseres. Und auch kein Geld.«

»Wir könnten irgendwohin fahren, du und ich, ein paar Tage.«

»Wohin denn?«

»Weiß auch nicht. Nach Ibiza zum Beispiel.«

»Nach Ibiza im August? Du tickst wohl nicht richtig.«

»Okay. Ich werde mir was anderes ausdenken.«

Er rief Fontán an, dessen weltlichen Ratschlägen er sehr vertraute.

»Michelle und ich fahren nach Dänemark, und danach

pendeln wir zwischen Barcelona und dem Ampurdán«, sagte Fontán. »Warum kommt ihr nicht ein Wochenende? Im Haus gibt es mehr als genügend Platz.«

Da er Clotildes Einstellung hinsichtlich des Paares kannte, hielt er Fontáns Vorschlag für keine gute Idee.

»Eigentlich habe ich einen Ort gesucht, wo wir ein paar Tage verbringen könnten.«

»Der August ist unmöglich. Da ist bestimmt alles voll. Aber ihr könnt es in Tamariu versuchen. Da hat ein Freund von mir einige Apartments. Ich werde dir seine Telefonnummer geben, und du sprichst mit ihm und berufst dich auf mich.«

Vorher besprach sich Mauricio mit Clotilde.

»Kommt nicht in Frage«, sagte sie kurzerhand. »Ich war einmal in Tamariu und will da nie wieder hin.«

Mauricio erahnte den Grund für ihre Heftigkeit und sagte nichts.

»In Ordnung. Geh nach Sant Feliu, und wir werden etwas improvisieren.«

Ärgerlich, weil er sich geringgeschätzt fühlte, beschloß er, der Porritos eine Freude zu machen. Er ging in ein Reisebüro und bat, ihm für Anfang August etwas in Ibiza zu suchen.

»Wir werden Ihnen Bescheid geben.«

Nach einigen Tagen teilten sie ihm mit, in einem Hotel in Platja d'en Bossa gebe es ein Doppelzimmer mit Bad und Terrasse, ganz in der Nähe von Ibiza. Mauricio nahm das Angebot an. Danach hatte er, je näher das Datum rückte, immer weniger Lust. Er kam sich als Trottel vor, weil er, wie er jetzt fand, einer Charakterschwäche nachgegeben hatte.

Die Porritos war nicht dumm, und Mauricios Unbehagen entging ihr nicht.

»Wenn es dir nicht paßt, dann lassen wir's.«

»Nein, nein. Es fällt mir immer schwer, die Routine zu

durchbrechen, aber wenn wir einmal dort sind, werden wir uns wohl fühlen, und mir wird es sehr gut tun.«

Clotilde sagte er, er fahre einige Tage an den Strand, ohne zu spezifizieren, wohin und mit wem. Sie fragte nichts, wurde aber traurig.

»Ruf ab und zu an, um hallo zu sagen.«

Mauricio versprach, vom betreffenden Ort aus anzurufen und auf jeden Fall nach seiner Rückkehr.

Das Hotel in Ibiza war voller Ausländer, sogar das Personal war ausländisch, und die Essenszeiten waren auf den Kopf gestellt.

»So ein Schwachsinn«, sagte Mauricio.

Er hielt das für eine servile Haltung der Spanier. Wenn es nach ihm gegangen wäre, wäre er mit der ersten Maschine zurückgeflogen.

Er fuhr in die Stadt und mietete ein klappriges Auto, um mehr Bewegungsfreiheit zu haben. So bereisten sie die Insel. Die Landschaften waren prächtig, die Strände jedoch überfüllt und ebenso die Restaurants. Mauricio versuchte, die Unannehmlichkeiten mit Gelassenheit zu ertragen, aber mit jeder Enttäuschung verschlechterte sich seine Laune.

Am Abend des dritten Tages gingen sie in eine Diskothek. Es waren eine Menge Leute da und der Lärm ohrenbetäubend. Nach einigen Stunden verstummte die Tanzmusik, Scheinwerfer beleuchteten eine kleine Bühne, und ein Bodybuildingwettbewerb begann. Von überallher waren Teilnehmer gekommen. Das Publikum, größtenteils affektierte, ausgefallen gekleidete Männer, bejubelte jeden Auftritt mit einem Geschrei, in dem mehr Heiterkeit als Sympathie auszumachen war. Die Wettbewerbsteilnehmer ließen sich nichts anmerken und nahmen ihr Posing sehr ernst. Diese sonderbaren Wesen, die beschlossen hatten, unter enormen Opfern zu regelrechten Körperkarikaturen zu werden, lösten bei Mauricio eine Mischung aus Mitleid und Lachen aus. Es sagte es der Porritos, und sie wurde böse über seine Miesmacherei. Für sie verdiente jedes Bemühen, sich auszuzeichnen, Respekt. Wahrscheinlich hätten diese Menschen keine andere Möglichkeit gehabt, sich von der anonymen Masse abzuheben. Mauricio fand diese Theorie unhaltbar, und sie bekamen Streit. Danach, im Hotel, fühlte sich die Porritos schlecht. Sie übergab sich mehrmals, hatte ein wenig Fieber und weinte ununterbrochen.

Mauricio dachte, es könnte sich um eine Verdauungsstörung handeln, aber insgeheim befürchtete er etwas Schlimmeres. Vor Monaten, bei ihrem ersten Zusammensein, hatte er sie gefragt, ob er irgendeine Vorsichtsmaßnahme ergreifen müsse, was sie verneint hatte. Nachher brachte er das Thema nicht mehr aufs Tapet.

Wenn sie schwanger ist, na dann gute Nacht, dachte er. Am nächsten Tag kaufte er in einer Apotheke ein Tütchen Pulver für den Schwangerschaftstest, der negativ ausfiel. Auch die Porritos war offensichtlich erleichtert, denn als sie das Ergebnis sah, seufzte sie und fühlte sich wieder besser.

In den folgenden Tagen ging es mit ihr auf und ab, und ihr Gesundheitszustand zeigte so unverständliche Symptome, daß Mauricio überzeugt war, sie deuteten auf eine psychosomatische Erkrankung hin. Manchmal waren sie körperlich und manchmal seelisch. Wenn er sich daran erinnerte, daß sie mit Drogen zu tun gehabt hatte, fragte er sich, ob sie wohl kürzlich einen Rückfall gehabt hatte und jetzt unter Entzugserscheinungen litt. All das verwirrte ihn. Obwohl er Medizin studiert hatte, hatte er nur sein Fachgebiet ausgeübt, und wenn er sich Kranken aus Fleisch und Blut gegenübersah, fühlte er sich noch hilfloser als ein Laie, denn er hatte einen sehr klaren Begriff von der eigenen Unerfahrenheit.

Die Porritos mochte das Zimmer nicht verlassen. Sie

vertrieb sich die Zeit auf der Terrasse, wo sie aufs Meer hinausschaute und in Illustrierten blätterte, die ihr Mauricio an einem Kiosk in Vara de Rey kaufte. Diese Fahrten in die Stadt nutzte er jeweils für einen Spaziergang. Tagsüber waren die Straßen fast leer. Das Licht der sengenden Sonne blendete. In der Stille, nur vom Möwengekreisch gestört, hörte man das Holz der im Hafen ankernden Jachten knarren und die Masten gegeneinanderschlagen. Sobald es jedoch Abend wurde, setzte reges Leben ein, das bis zum Morgengrauen andauerte. Zweimal brachte er die Porritos dazu, sich mit ihm vor ein Lokal zu setzen, um das unablässige Vorbeiziehen pittoresker Gestalten zu betrachten. Mitten in diesem buntscheckigen, euphorischen Gedränge fühlten sie sich fremd.

Die Rückkehr nach Barcelona empfanden beide als große Erleichterung. Sie verabschiedeten sich auf dem Flughafen. Mauricio gab der Porritos Geld fürs Taxi und nahm ihr das Versprechen ab, am nächsten Tag zu telefonieren und ihm zu sagen, wie es ihr gehe. Zu Hause fand er mehrere Nachrichten auf dem Anrufbeantworter vor. Alle waren von seinem Vater, außer einem von Clotilde. Zuerst rief er seinen Vater an.

»Wo warst du? Ich habe nichts von dir gehört, und auch auf meine Anrufe hin hast du dich nicht gemeldet.«

»Entschuldige, aber ich bin Hals über Kopf aus Barcelona abgereist, und danach dachte ich, du wärst schon nach Caldas gefahren.«

»Ich wollte eigentlich am Mittwoch gehen, aber da ich nichts von dir gehört habe … Na, mach dir keine Gedanken. Wichtig ist, daß es dir gutgeht. Ich werde morgen oder übermorgen fahren … Wenn du deine Mutter in London anrufst, bereitest du ihr eine große Freude. Auch sie macht sich Sorgen, weil du dich nicht gemeldet hast.«

Um die Erfüllung dieser Pflicht nicht endlos hinauszuschieben, rief er gleich danach in London an.

»Hällooo?«

»Hallo, Mama, ich bin's, Mauricio. Ich weiß nicht, ob es dort spät oder früh ist.«

»Nein, mein Junge, wir haben die gleiche Uhrzeit. *Summer time*. Und sonst wäre es auch kein Problem – ich gehe nie früh schlafen.«

Eine Weile unterhielten sie sich vage über irgendwelche Dinge. Endlich konnte er mit Clotilde sprechen.

»Wie ist denn der Urlaub?«

»Gut. Am Anfang hätte ich die Wände hochgehen können, aber dann gewöhnt man sich dran, und die Stunden vergehen, ohne daß man's merkt. Ich tue nichts anderes als baden, essen und schlafen und habe trotzdem zuwenig Zeit. Und du, wo warst du so?«

»Ich war in Menorca. Bist du braun?«

»Komm her, dann siehst du's.«

»Ich würde ja gern, aber ich weiß nicht ... Ich muß mit meinem Vater sprechen. Morgen ruf ich dich wieder an.«

Die Porritos meldete sich am nächsten Morgen, um Meldung zu machen. Es ging ihr wieder gut, und es tat ihr sehr leid, was geschehen war.

»Ich habe dir den Urlaub vermasselt. Zum Glück hast du noch ein paar Tage.«

»Du hast überhaupt keine Schuld. Wenn man krank ist, ist man krank. Davon leben wir Ärzte. Übrigens, du solltest dich untersuchen lassen.«

»Ich hatte vor, noch heute nachmittag zur Ambulanz zu gehen.«

»Soll ich dich begleiten?«

»Nein, nein. Das ist sehr mühsam, es ist nicht nötig. Am Abend ruf ich dich an und gebe dir Bescheid.«

Sie rief an und sagte, es sei alles in Ordnung, man habe nichts gefunden. Vielleicht ein Virus oder sonst was, was ihr schlecht bekommen sei. Im Sommer, bei der Hitze, das wisse man ja. Und auf den Inseln, wo alles per Schiff gebracht werde, sei es noch schlimmer. Sogar das Mineralwasser sei nach der Überfahrt verseucht.

»Ich freue mich. Da du gesund bist, werde ich meinen Vater in den Kurort begleiten.«

»In einen Kurort?«

»Thermalwasser, Spielsäle und Krankenschwestern, die ihn massieren. Er geht jedes Jahr und kommt immer wie neugeboren zurück.«

»Mal sehen, wie du zurückkommst.«

»Ich gehe nur als Begleiter. Paß gut auf dich auf.«

Clotilde verbarg ihre Freude über das Wiedersehen nicht. Mauricio war glücklich. Zunächst hatte er befürchtet, sie könnte ihm mit Fragen über die angeblich in Menorca verbrachten Tage zusetzen, aber sogleich merkte er, daß seine Ängste unbegründet waren. Entweder argwöhnte sie nichts, oder sie mochte sich das Leben nicht mit Ermittlungen über die Natur seiner Abenteuer verbittern.

Als es Abend wurde, schlug ihm Clotilde vor, eine Unterkunft zu suchen und die Nacht dort zu verbringen, anstatt nach Barcelona zurückzufahren.

»Es wird alles ausgebucht sein.«

»Versuchen wir es.«

In zwei Hotels fanden sie kein Zimmer. Alle waren seit Monaten reserviert. Auch im dritten war nichts frei, aber die junge Frau am Empfang fragte, ob sie ein Auto hätten, und bot ihnen ein Doppelzimmer mit Balkon einige Kilometer von Sant Feliu entfernt an, auf dem Weg zur Küste. Mauricio und Clotilde schauten sich das Quartier an. Das Zimmer war eng, hatte getünchte Wände und war eher knauserig als einfach möbliert, aber vom Balkon aus sah man die Steilküste und das Meer.

»Es gefällt mir«, sagte Clotilde. »Nimm es doch für die ganze Woche.«

»Ich habe kein Gepäck mit.«

»Wir können in Playa de Aro Kleider kaufen. So modernisierst du deine Garderobe, was sehr nötig ist.«

Mauricio nahm den Vorschlag an. Er bezahlte eine Woche im voraus, und man gab ihm den Zimmerschlüssel. Ohne Zeit zu verlieren, fuhren sie nach Playa de Aro. Obwohl es schon etwas spät war, waren die Läden noch geöffnet. Straßen, Geschäfte, Restaurants und Kneipen waren überfüllt von Menschen. Auf der Straße knatterten nicht weniger als zwanzig schwere Motorräder vorbei, auf denen dickbäuchige Typen mit Bart, Lederjacke und Militärhelm saßen. Mauricio sagte:

»Seltsame Leute.«

»Es gibt nichts, was es nicht gibt.«

Mauricio kaufte zwei Badehosen, eine Hose, eine Safarijacke, vier Hemden, Stoffschuhe und Unterwäsche. Dann gingen sie tütenbeladen in ein Restaurant zum Abendessen. Von dort aus rief Clotilde ihre Eltern an und sagte ihnen, sie sollten sich nicht beunruhigen, wenn sie diesen Abend nicht nach Hause komme.

Im Hotelzimmer hörte man die Wellen an die Felsen der Steilküste branden. Gegen vier Uhr weckte sie ein entsetzlicher Lärm. Sie gingen auf den Balkon und sahen den Motorradkonvoi feierlich vorüberziehen. Mauricio empörte sich, aber Clotilde lachte auf.

»Sieh sie dir doch an – alt, dick, häßlich und in ihre Motorräder verliebt. Ich hätte nichts dagegen, so zu sein.«

»Wenn du es schaffst, vergiß nicht, es mir mitzuteilen. Inzwischen geh ich ins Bett zurück.«

Aber jetzt waren sie wach und unterhielten sich, bis sie die Sonne aufgehen sahen.

Tagsüber fühlte sich Clotilde verpflichtet, ihre Mutter beim Shopping zu begleiten. Damit verbrachte sie einen Teil des Vormittags und fast den ganzen Nachmittag. Mauricio fragte sich, wie man so viele Dinge benötigen konnte.

Während Clotilde mit ihrer Mutter einkaufen ging, blieb Mauricio im Hotel. In einer Buchhandlung in Sant Feliu hatte er sich mit Lesestoff eingedeckt, und jetzt verbrachte er die Stunden auf dem Balkon seines Zimmers, las und döste manchmal vor sich hin. Danach ging er Clotilde abholen und wartete, bis sie ihrer während der ganzen Einkauferei angesammelten Wut freien Lauf gelassen hatte.

Clotilde machte ihre Mutter wahnsinnig.

»Sie ist eine frustrierte Frau, die das, was ihr fehlt, durch unablässiges Kaufen wettzumachen versucht. Das verschafft ihre eine vorübergehende, eigentlich aber kontraproduktive Erleichterung. Sie findet alles schlecht. Wenn man für Jammern und Klagen Geld kriegen würde, wären wir reich. Das sind wir natürlich nicht, und das quält sie, hindert sie aber nicht daran, Geld für unnützes Zeug auszugeben. Und das schlimmste ist, daß sie meint, sie spart, nur weil sie Stunden und Stunden mit Preisvergleichen verliert, bis sie den besten findet.«

Clotilde fürchtete, mit diesem Frauentyp identifiziert zu werden. Um das zu vermeiden, gab sie sich verwahrlost. Manchmal wollte ihr Mauricio etwas schenken, was ihr aufgefallen war, aber sie lehnte ab und war beinahe beleidigt, als hätte man sie bestechen wollen.

Sie hatte einen temperamentvollen Charakter, aber glücklicherweise hielt ihre Wut nie lange an. Nach einer Weile war sie wieder der umgängliche Mensch wie immer. Mauricio wußte das und verlor die Geduld nicht.

Nach einigen Tagen lud ihn Clotilde zum Essen nach Hause ein. Sie hatte ihren Eltern von ihm erzählt, und sie wollten ihn kennenlernen.

»Sie sterben vor Neugier.«

»Ich nicht.«

»Ach, komm. Mein Vater ist langweilig, aber harmlos,

und meine Mutter redet viel und sagt nichts. Du mußt nur den netten Kerl spielen und alles aufessen.«

»Aha, ich bin also kein netter Kerl?«

»Kommt ganz drauf an.«

Mauricio brachte Süßigkeiten und Blumen mit. Beim Essen redeten sie nur über Banalitäten. Clotildes Eltern waren schüchtern und beobachteten Mauricio regelrecht ängstlich, als wäre er es, der sie einer Prüfung unterzöge, und nicht umgekehrt. Mit Ausnahme von zwei, drei Fragen zu seinem Beruf schienen sie nicht daran interessiert, irgend etwas über ihn zu erfahren. Wenn er etwas zu erzählen begann, unterbrachen sie ihn sogleich.

Nach dem Essen machten Clotilde und er einen Spaziergang.

»Wie ist die Taxierung ausgefallen?« fragte er.

»Gut. Sie sind beruhigt.«

»Mit Recht – ich bin der ideale Schwiegersohn.«

Eine Woche später kehrte Mauricio widerwillig nach Barcelona zurück. Die Zahnklinik war noch geschlossen, und es war immer noch heiß, aber er hatte sich Rabus gegenüber verpflichtet, sich in der zweiten Augusthälfte um die Praxis in Mataró zu kümmern.

Bevor er das Hotel in Sant Feliu verließ, reservierte er dasselbe Zimmer fürs nächste Wochenende.

In Barcelona hatte er mehrere Nachrichten der Porritos auf dem Anrufbeantworter. In allen sagte sie dasselbe: Er solle sich so schnell wie möglich mit ihr in Verbindung setzen.

Am nächsten Tag fuhr er nach Mataró. Da es weniger Arbeit als vorgesehen gab, legte er die Stunden so, daß er am Donnerstagabend nach Sant Feliu fahren und bis Dienstag dort bleiben könnte.

Von Mataró fuhr er direkt nach Santa Coloma zur Porritos. Er klingelte umsonst an der Gegensprechanlage. Schließlich klingelte er bei verschiedenen Wohnungen, bis ihm ein Nachbar antwortete. Mauricio fragte ihn nach der Porritos. Der Mann sagte, er wisse nichts, öffnete ihm aber die Haustür. Mauricio ging hinauf und klemmte ein Blatt ans Guckloch, auf das er geschrieben hatte: »Bin zurück. Ruf mich an.« Doch die Porritos rief weder an diesem Abend noch in den nächsten Tagen an.

Mauricio verbrachte ein verlängertes Wochenende in Sant Feliu. Es war prächtiges Wetter, und die Strände quollen über. Am Samstag wurde Clotilde von Freunden mit einer Jacht abgeholt. Mauricio mochte sich nicht in ihre Pläne einmischen und beharrte darauf, an Land zu bleiben, aber sie zwang ihn mitzugehen, und obwohl sie ihn nur mit Namen vorstellte, ohne etwas Spezifischeres beizufügen, zeigte ihr Benehmen, daß sie beide eine besondere Beziehung hatten, und die Jachtbesitzer behandelten ihn mit entsprechendem Vertrauen und mit Höflichkeit.

»Man kann sich einfach nicht daran gewöhnen, wie sehr sich diese Gegend verändert hat«, sagte der Jachtbesitzer. »Die Zerstörung hat in den Sechzigern mit dem Tourismusboom eingesetzt, wie im restlichen Spanien auch. Dann dachten wir, mit der Demokratie würde der Spekulation und Illegalität ein Riegel vorgeschoben, aber es ging nicht nur weiter wie vorher, sondern wurde zusehends noch schlimmer. Die Stadtverwaltungen stehen im Sold der Bauunternehmen, und den Bauherren sind Ökologie und Landschaft piepegal – sie wissen, daß sich alles verhökern läßt. Und die Ausländer kaufen jeden Mist, was die interessiert, ist nur die Sonne und daß sie mit Schwarzgeld billig kaufen können. Für sie ist das ein Schnäppchen.«

Es gab noch einige unzugängliche Winkel, wo die Felsformationen das Bauen nahezu unmöglich machten. Dort war das Wasser glasklar, und man hörte nur das trostlose Geschrei der Möwen. Aber als sie sich der Küste näherten, sahen sie, daß sämtliche Reeden und Ankerplätze von Schiffen in allen Größen besetzt waren.

»An den Wochenenden gibt es regelrechte Staus. Die Leute kaufen riesige Boote, mit denen sie die Welt umschiffen könnten, und dann brauchen sie sie einzig, um einen Aperitif zu trinken und das *¡Hola!* zu lesen«, sagte der Jachtbesitzer.

»Genau wie wir«, sagte seine Frau.

»Stimmt«, gab der Jachtbesitzer zu. »Da verschuldet man sich mit dem Kauf eines Schiffs und denkt, man werde die griechischen Inseln besuchen und weiß Gott was. Und wenn es um die Wurst geht, hat man für nichts Zeit.«

»Oder Lust«, fügte seine Frau hinzu.

Anscheinend widersprach sie ihm aus Prinzip. Mauricio kam zum Schluß, daß sich die beiden seit Kindesbeinen kannten, wahrscheinlich waren sie schon in der Krabbelstube ein Paar geworden, und jetzt gab es zwischen ihnen eine tiefverwurzelte, etwas kindische Symbiose, in der die Zuneigung an eine entlegene Stelle gerutscht war – nur für die dringlichsten Angelegenheiten und im täglichen Umgang nicht vorhanden.

Sie badeten in einer kleinen Bucht und kehrten ziemlich spät zurück.

»Komm mit mir zu Mittag essen«, sagte Mauricio, »deine Eltern sind bestimmt schon fertig damit.«

»Das glaubst du. Sie erwarten uns beide.«

»Du hättest mir was sagen können. Ich bin weder entsprechend angezogen, noch habe ich Zeit zum Umkleiden.«

»Du bist in Ordnung so.«

»Ich habe mich nicht einmal rasiert. Und bin salzig von Kopf bis Fuß.«

»Sag ihnen, du hast den Zahnarzt an den Nagel gehängt und bist Pirat geworden.«

»Möchtest du das?«

»Daß du Pirat wärst? Nein. Das fehlte gerade noch.«

»Ich meine, ob du möchtest, daß ich weniger konventionell wäre.«

Mauricio machte es nichts aus, konventionell zu sein, aber er fürchtete, ein mittelmäßiger Mensch zu sein. In seinem Alter hatte er sich noch auf keinem Gebiet hervorgetan, er war nicht reich geworden, und er hielt sich für einen unoriginellen Langeweiler ohne Initiative und unfähig, über die Stränge zu schlagen.

In der vertrauten, zurückhaltenden Atmosphäre von Sant Feliu und seinen kleinen Buchten ebenso wie in der pöbelhaften, abgerissenen Szenewelt von Playa de Oro fand er Motive zum Nachdenken: einen Sportwagen, ein geschmackvolles Wochenendhaus, die elegant gekleideten Gäste eines Luxushotels hinten in einem Garten. All das brachte er in Zusammenhang mit seiner eigenen Stellung und fragte sich, wer diese Leute sein mochten und wie sie ihre jetzige Position erreicht hatten. Vielleicht mußte man nur wirklich wollen, dachte er.

Diese Überlegungen lenkten ihn von den leeren Tischgesprächen mit Clotildes Eltern ab. Ganz offensichtlich befriedigte es sie, daß sich diese Beziehung festigte, und zwar, weil soviel Vorhersehbares, Achtbares und Solides an ihm war. Gewiß dachten sie: Wenn sie ihn wirklich liebt, wird er sie auf den rechten Weg bringen. Aus diesem Grund schätzten sie ihn, aber als Menschen bewunderten sie ihn nicht. Und seine Arbeit hielten sie zwar für einträglich, aber ein wenig widerlich und ohne gesellschaftliches Prestige.

Diese Mittagessen deprimierten Mauricio. Aus der Schwächlichkeit des Vaters und der prätentiösen Gehaltlosigkeit der Mutter war ein Familiengeflecht aus Schweigen und Kompromissen entstanden, in das Clotilde trotz ihrer Proteste voll und ganz eingebunden schien. Wenn er sie in diesem rituellen Mikrokosmos sah, spürte Mauricio, daß sie ihm nie ganz gehören, daß sie immer eine Art Leihgabe sein würde, selbst dann, wenn die übrigen Mitglieder der Kernfamilie von dieser Welt verschwunden wären, ohne weitere Spuren zu hinterlassen als ein paar wenige, durch das Nichtvorhandensein verdrehte und die dauernde Konfrontation mit der Wirklichkeit und der unvermeidlichen Enttäuschung der Zeit verherrlichte Erinnerungen.

Dann dachte er an die Porritos, die ihn bedingungs- und erwartungslos liebte.

In Barcelona war auf dem Anrufbeantworter nur dreimal sein Vater: zweimal am Freitag und einmal am Montag. Alles gehe gut in Caldas und er solle nicht vergessen, ab und zu seine Mutter in London anzurufen.

Mauricio rief seine Mutter in der Hoffnung an, sie möchte nicht zu Hause sein, aber sie meldete sich sogleich.

»London ist fantastisch, mein Junge, fantastisch. Man würde annehmen, im Sommer sei alles geschlossen, nicht wahr? Aber nein. Alles auf Hochtouren wie in der Hauptsaison. Wie viele Läden, mein Junge, und was für Kleider! Ja, klar, die gesalzenen Preise … Eben vorgestern habe ich was zum Anziehen gesehen für dich, was dir total gefallen hätte. Ich schwöre dir, ich hätte es gekauft, wenn ich gekonnt hätte.«

»Nicht nötig, Mama, ich habe, was ich brauche, und so den ganzen Tag im Kittel, da halten mir die Kleider eine Ewigkeit.«

»Und die Ausstellungen – zum Beispiel die National Gallery, zum Beispiel die Tate …«

»Ich sehe, du kommst nicht zur Ruhe.«

»Nicht eine Minute. Es ist reiner Zufall, daß du mich heute zu Hause erwischt hast, jeden Tag ist irgendwas los. Gestern bin ich zu einem Abendessen eingeladen worden, und weil ich nichts Besseres vorhatte, bin ich hingegangen, ohne zu wissen, was da auf mich zukam. Dann hat sich herausgestellt, daß dieses Essen beim Botschafter von Norwegen stattfand, kannst du dir das vorstellen? In der norwegischen Botschaft am Court of St. James. Und wetten, daß du nicht errätst, was man uns aufgetragen hat?«

Mauricio hatte nicht achtgegeben, sondern in einer eben eingetroffenen Odontologiezeitschrift geblättert und zögerte mit der Antwort. Der Lapsus entging der Mutter nicht.

»Wenn es dich nicht interessiert, erzähl ich es dir nicht.«

»Mama, um Himmels willen, warum sollte mich das Menu des Herrn Botschafters interessieren?«

»Also wenn dich nicht interessiert, was ich mache, warum rufst du dann an?«

»Sei doch nicht so empfindlich, Mama.«

»Jaja, nun bin ich auch noch empfindlich, und was sonst noch?«

»Ganz sicher hat er euch Lachs aufgetischt. Räucherlachs.«

»Nein, Herr Doktor, er hat uns keinen Lachs aufgetischt. Und außerdem gedenke ich nicht, es dir zu sagen. Ich weiß ja, daß ich euch nicht die Liebe zu geben wußte, die ihr von einer Mutter *comme il faut* zu Recht erwarten durftet.«

»Mama, schweife jetzt nicht ab, wo du mich neugierig gemacht hast. Wenn man euch keinen Lachs serviert hat, was dann?«

»Es ist mir egal, was ihr denkt, deine Schwester und du. Sie hat wenigstens den Mut, es mir ins Gesicht zu sagen. Ständig schneit sie hier in London rein, zum Einkaufen, fürs Theater, irgend was. Sie kreuzt bei mir auf, ohne zu fragen, ob es mir paßt oder nicht. Ich sage natürlich nichts. Schließlich ist es meine Tochter. Aber ein wenig Dankbarkeit ist wohl nicht zuviel verlangt. Oder dann wenigstens ein bißchen Anstand. Ich möchte nur ein bißchen Anstand, ist das zuviel verlangt? Du natürlich, du bist der Schlimmste. Dir ist alles gleichgültig …«

Mauricio vernahm ein Schluchzen am anderen Ende der Leitung.

»Mama …«

Die Reaktion ließ eine Weile auf sich warten.

»Was?«

»Willst du mir wirklich nicht sagen, was euch der Botschafter von Norwegen zum Abendessen gegeben hat?«

»Paella.«

»Du hast recht – darauf wäre ich nie gekommen.«

»Ich habe es auch nicht glauben können. Stell dir vor. Weißt du, wie der König von Norwegen heißt?«

»Olaf.«

»Ja.«

»Das war einfach.«

»Seine reizende Majestät Olaf V., König der Wikinger. Klingt wie ein Witz, was?«

»Ja, Mama.«

»Hast du in letzter Zeit deinen Vater gesehen?«

»Ja, es geht ihm gut. Er ist in Caldas.«

»Und du?«

»Mir geht's gut, wie immer.«

»Paß gut auf dich auf.«

»Du noch mehr, das Wetter in London ist ein Irrsinn. Und grüß mir den Big Ben.«

Nach dem Aufhängen duschte er und legte sich mit einem Buch ins Bett. Er hatte befürchtet, durch das Gespräch mit seiner Mutter wieder wach geworden zu sein, aber schon bei der zweiten Seite schlief er ein.

Das Telefon weckte ihn auf. Er schaute auf die Uhr: Viertel nach zwölf.

»Dr. Greis?«

»Am Apparat.«

»Mauricio Greis?«

»Ja, mit wem spreche ich?«

»Pfarrer Serapio. Hoffentlich habe ich dich nicht …«

»Nein, worum geht es?«

Mauricio hatte gemerkt, daß etwas sehr Schlimmes passiert war.

»Ich muß mit dir reden. Ich habe dich jeden Tag angerufen, aber du warst nicht da.«

»Ich war weg. Warum hast du mich gesucht?«

»Am Telefon mag ich es nicht sagen.«

»So schlimm ist es?«

»Wenn du mir sagst, wo du wohnst, bin ich im Handumdrehen da. Ich komme mit dem Motorrad. Wenn es dir recht ist, natürlich.«

Mauricio nannte ihm die Adresse. Pfarrer Serapio war im Nu da. Er hängte seine ölige, stinkende Lederjacke an die Garderobe und ließ sich aufs Sofa fallen.

»Kein einziges Auto auf der Straße. In diesen Tagen ist die Stadt wie ausgestorben. Sehr angenehm.«

»Ohne Umschweife, Pfarrer, was ist geschehen?«

»Die Porritos ist krank.«

»Das habe ich mir gedacht. Sie wurde krank, als wir zusammen waren, aber dann hat sie sich gut erholt. Hat sie einen Rückfall gehabt? Ist sie zu Hause?«

»Nein, im Krankenhaus. Am Anfang wußte man nicht, was los war, und brachte sie ins Krankenhaus, um Tests zu machen.«

»Und was hat man gefunden?«

»Das Schlimmste.«

Pfarrer Serapio zündete sich eine Zigarette an. Wortlos schob ihm Mauricio einen Aschenbecher hin.

»Sie hat mir gesagt, sie habe dich mehrmals zu erreichen versucht. Da du auf ihre Nachrichten nicht reagiert hast und sie diese wichtige Sache nicht auf den Anrufbeantworter sprechen mochte, hat sie mich gebeten, dich ausfindig zu machen. Sie ist zu nichts zu gebrauchen, wie du dir vorstellen kannst.«

»Ich werde sie besuchen.«

»Sie wird es dir danken. Du bist Arzt, dir brauche ich nichts zu erklären. Die Porritos sagte mir, du hättest eine Freundin. Der wirst du Bescheid geben müssen. Das ist zwar sehr unangenehm, aber ich sehe keinen anderen Ausweg.«

»Die Porritos sagte, ich hätte eine Freundin? Wo hat sie das her?«

»Das mußt du ihr gesagt haben, oder sie hat es sich zusammengereimt. Kommt aufs selbe raus. Aber machen wir uns nichts vor – du und deine Freundin, ihr seid mir egal. Was mir Sorgen macht, ist die Porritos. Wenn du schlecht von ihr denken willst, ist das deine Sache.«

»Lassen wir den Unsinn. Seit wann ist sie Virusträgerin?«

»Das hat man ihr nicht gesagt, sicherlich weiß man es auch nicht. Die Porritos ist vor mindestens zwei Jahren von der Nadel weggekommen. Vielleicht hat sie einen Rückfall gehabt. Das haben alle. Also kann es ebensogut was Frisches sein wie von früher kommen. Davon verstehst du schließlich mehr als ich.«

»Ja, ein wenig Ahnung habe ich. Die Inkubationszeit ist lang. Die Krankheit zeigt sich erst nach einigen Jahren.«

Pfarrer Serapio zuckte die Schultern.

»Machst du noch immer in Politik?« fragte er nach einer Weile.

»Ich habe nie in Politik gemacht. Das war eine momentane Angelegenheit.«

»Besser so. Einen infizierten Kandidaten kann keine Partei brauchen.«

»Einen infizierten Pfarrer auch nicht.«

»Ich bin sauber.«

»Da würde ich nicht die Hand ins Feuer legen.«

Pfarrer Serapio drückte die Zigarette aus und stand auf.

»Na dann, ich gehe.«

»Wir sind zwar nicht unbedingt Freunde, aber vielleicht sollten wir in Kontakt blieben. Wie kann ich dich finden?«

»Ich gebe dir die Telefonnummer meiner Wohnung. Wenn ich nicht da bin, kannst du eine Nachricht hinterlassen. Ich gehe auch ins Krankenhaus, sooft ich kann. Wenn du auch kommst, treffen wir uns vielleicht dort.«

Er zog ein Notizbuch und einen Kugelschreiber aus der Jackentasche, schrieb eine Nummer auf, riß das Blatt heraus und gab es Mauricio. Dann öffnete er die Wohnungstür, ging grußlos hinaus und schloß die Tür wieder hinter sich.

Mauricio fragte sich, ob er Clotilde wecken sollte, um sie zu benachrichtigen, oder ob er besser bis zum nächsten Tag wartete. Am Ende beschloß er zu warten.

Am folgenden Morgen früh rief er einen befreundeten Arzt an und erzählte ihm, was geschehen war. Der andere bestellte ihn in seine Praxis und stellte ihm ein Begleitblatt für eine Blutuntersuchung aus und ein weiteres auf Clotildes Namen.

»Der Test ist nur gültig, wenn er positiv ist. Sonst werdet ihr später nochmals einen machen müssen. Es kann eine Infektion ohne die typischen Symptome sein. Verkehrst du schon lange mit diesem jungen Mädchen? Ich meine die Kranke.«

»Ein paar Monate.«

»Du hättest dich vorsehen sollen.«

»Wer macht das schon.«

»Wenige, ich weiß. Aber je nachdem, mit welchen Frauen …«

Mauricio schmerzte es, daß man so von der Porritos sprach.

Nach der Blutuntersuchung machte er sich auf den Weg Richtung Sant Feliu.

»Was für eine Überraschung!« sagte Clotilde, als sie ihn sah.

»Freu dich nicht zu früh. Ich komme wegen einer sehr ernsten Sache. Laß uns irgendwo hingehen, wo wir in Ruhe reden können.«

Alles war am Strand oder auf dem Markt. So fanden sie

rasch ein leeres Lokal auf der Strandpromenade. Sie setzten sich in den Schatten eines Baumes, und Mauricio erzählte ihr alles. Clotilde hörte aufmerksam zu und sagte dann:

»Während du mir Liebeserklärungen gemacht hast, bist du also mit einer anderen gegangen.«

Mauricio merkte, daß sie den Ernst der Lage noch nicht erkannt hatte.

»Ja, ich habe ein Abenteuer gehabt. Das macht nicht ungültig, was ich dir gesagt habe, und ändert auch nichts an meinen Gefühlen. Aber jetzt hat das andere Vorrang. Komm mit nach Barcelona, und morgen machst du gleich den Test. Und wenn … Nimm es mir nicht übel, aber wir dürfen nicht um den heißen Brei herumreden. Wenn du in den letzten Monaten mit einem anderen Mann zusammen warst, gibst du ihm besser Bescheid.«

Clotilde runzelte die Stirn.

»Ich weiß nicht, was ich denken soll. Ich brauche Zeit, um mich an den Gedanken zu gewöhnen. Geh jetzt und komm am Abend wieder.«

Mauricio nahm den Wagen und fuhr in eine benachbarte Bucht. Es waren viele Leute da, und er fand nur schwer einen Parkplatz, der nicht direkt in der Sonne lag. Dann schlenderte er auf dem Strand umher. Er hatte weder Badehose noch Tuch mitgenommen. Er sah die Kinder baden und im Sand spielen und wurde von einem Kummer erfaßt, in dem es keine Trauer oder Wut oder Angst gab.

Die Aussicht zu sterben machte ihm keinen Eindruck. Da es ihm gutging und er keine unmittelbare Gefahr wahrnahm, sah er den Tod weiterhin als etwas Abstraktes. Er dachte nicht ans Jenseits und noch weniger an die vergängliche Szenerie von Himmel und Hölle. Es war, als hätten ihn seine entfernten jüdischen Gene immun gemacht gegen die barock-helldunkle Vorstellungswelt der Gegenreformation. Andere jenseitige Visionen erschreckten ihn dagegen durchaus: eine dunkle, reg- und geräuschlose, einsame Welt.

Aber sein Bildungsweg sagte ihm, daß das nur atavistische Ängste waren. Ob gut oder nicht, der Tod barg kein Mysterium. Es wurde nur das Bewußtsein für eine Welt abgeschnitten, die ihm in diesem Augenblick sehr wenig Anreize bot. Er dachte, wenn er in Kürze sterben müßte, hätte er ein recht langweiliges Leben aus nicht verwirklichten Projekten, frustrierten Hoffnungen und unerfüllten Träumen gelebt. Er hatte sämtliche Chancen ungenutzt gelassen, die ihm das Leben geboten hatte, um sich eine jetzt vor seinen Augen entschwindende Zukunft zu erarbeiten. Würde ich wiedergeboren, so würde ich ganz anders handeln, dachte er; aber ich werde nicht wiedergeboren werden. Mir ist nur ein einziges Leben gegeben, und das habe ich gedankenlos verschwendet.

In einem Restaurant suchte er vor der Sonne Zuflucht. Es war noch früh, aber viele Ausländer saßen bereits beim Mittagessen. Er bestellte ein Bier und einen Teller Calamares à la romana. Als man ihm das Gewünschte brachte, fragte er sich, ob er den Kellner vor der Ansteckungsgefahr warnen und ihm beim Spülen von Glas, Teller und Besteck größte Sorgfalt ans Herz legen sollte. Dann dachte er an seine beruflichen Verrichtungen. Im Moment konnte er nicht weiterarbeiten, und er mußte so schnell wie möglich seinen Partner informieren.

Müde und von der Hitze und vom Bier benommen, ging er zum Auto und schlief trotz des Lärms ein.

Er erwachte durstig und schweißgebadet, aber angstfrei. Er hatte friedlich und ohne Alpträume geschlafen. Erst im Wachzustand quälten ihn die Scham und die Erniedrigung, Clotilde und auch der Porritos die übelste Seite seines Wesens gezeigt zu haben. Er dachte, beide hätten mehr als genug Grund, ihn zu verachten.

Um die verbleibende Zeit herumzubringen, fuhr er nach Sant Feliu zurück und ging, wie nachmittags oft, in die Buchhandlung. Der Buchhändler erläuterte ihm die Neuheiten. Mauricio dachte, in seiner Situation sei es sinnlos, sich um Neuheiten zu kümmern. Es lohnte auch nicht, sich in die Lektüre wichtiger Werke zu stürzen, die er immer wieder auf einen günstigeren Zeitpunkt verschoben hatte. Die großen Werke der Weltliteratur. Jetzt annullierte die Aussicht eines nahe bevorstehenden Endes gleichermaßen Vergangenheit und Zukunft. Es blieben einzig eine vergängliche, platte Gegenwart und seine absolute Unfähigkeit, sie zu nutzen.

Um den Buchhändler nicht zu enttäuschen, kaufte er schließlich eine Geschichte von Sant Feliu. Es war eine alte, vermutlich wertvolle, aber eigentlich sehr billige Ausgabe.

»Jetzt interessiert das keinen mehr. Weder die Einheimischen noch Auswärtige«, sagte der Buchhändler.

Mauricio setzte sich auf der Rambla vor ein Lokal, bestellte einen Kaffee und eine Flasche Selters und begann, die Geschichte von Sant Feliu zu lesen. Es wehte eine feuchtfrische Brise, die den Geruch nach Meer und dem herben Brennstoff der Schiffe herbeitrug. Der Hafen war klein. Im Unterschied zu anderen Küstenorten hatte Sant Feliu nicht vom Fischfang, sondern vom Kork aus den umliegenden Korkeichenwäldern gelebt. Damit wurden Verschlüsse hergestellt, um den Wein und Champagner aus anderen Regionen Kataloniens in Flaschen abzufüllen und zu exportieren. Später, bis zum Aufkeimen des Tourismus, brachte die Konkurrenz der andalusischen Korkpfropfenindustrie die Wirtschaft von Sant Feliu zum Erliegen. In dem Buch gab es einige Tafeln mit verblaßten Schwarzweißfotos: huttragende Herren, Arbeiter mit Mütze und Schürze, eine Schmalspurbahn, weiße Häuser und Segelboote. Der Hafen hatte sich als einziges nicht verändert.

Alles andere gehörte einer kaum erkennbaren, zugleich naiven und düsteren Vergangenheit an. Mauricio dachte, alles sei dazu berufen, zu vergehen und sich zu wandeln.

Um ihn herum tranken und unterhielten sich lautstarke Ausländergruppen. An einem Tisch in der Nähe begannen drei Blondinen zu singen, bis sie vor Lachen nicht weiterkonnten. Mauricio kam sich lächerlich vor, wie er da mitten in der allgemeinen Sorglosigkeit vor sich hin philosophierte. Er war wie ein unheilverkündender Vogel.

Bei Sonnenuntergang holte er Clotilde ab.

Sie hatte ihr Weggehen mit einem Vorwand gerechtfertigt. Ihr Vater hatte gesagt:

»Seid vorsichtig auf der Straße. Fahrt nicht zu schnell.«

»Wie gern würde ich!« sagte Mauricio und deutete auf das Auto. »Mit dieser Kiste da ...«

»Vielleicht kaufen wir uns ja ein neues.«

»Nach dem Sommer.«

Auf der Fahrt sprachen sie nicht.

Als sie in die Stadt kamen, fragte Mauricio Clotilde, ob sie irgendwo zu Abend essen wolle, und sie schüttelte den Kopf.

»Soll ich dich nach Hause bringen?«

Sie bejahte.

»Ich mag dich nicht so gehen lassen.«

»So wie?«

»So bedrückt.«

»Na, und du erst ...«

»Bist du mir böse?«

»Was meinst denn du?«

Er sagte nichts. Er hielt vor Clotildes Haus. Eine Weile schwiegen sie. Schließlich sagte sie:

»Gib mir dieses Blatt für den Test. Ich gehe lieber allein hin. Danach fahre ich mit dem Linienbus nach Sant Feliu zurück.« Und gleich darauf fügte sie hinzu: »Was hast du nun vor? Mit diesem Mädchen, meine ich. Wenn sie krank ist, wirst du sie ja nicht einfach so sitzenlassen.«

»Darüber werden wir andermal sprechen.«

»Es ist mir auch egal«, sagte sie.

Sie stieg aus und verschwand in der Haustür, ohne sich zu verabschieden.

In durchdringenden Geruch von gebackenem Fisch gehüllt und unter sengender Sonne kam Mauricio zum Krankenhaus, wo die Porritos noch immer lag.

Das Krankenhaus stand da wie eines der vielen halbverfallenen Häuser an der heruntergekommensten Grenze der Barceloneta, ein rechteckiges, vierstöckiges Gebäude aus minderwertigen, von der salzhaltigen Feuchtigkeit zerfressenen Materialien. Die Wände im Innern waren verrußt und der Verputz rissig.

Als sie ihn das Zimmer betreten sah, zog die Porritos das Bettuch über den Kopf.

Im Zimmer standen zwei durch einen Vorhang getrennte Betten. Im Nebenbett lag eine massige Frau in fleischfarbenem Slip und durchsichtigem Nachthemd.

»Herrje«, sagte er, als er die Bewegung der Porritos sah.

»Sagen Sie ihm, er soll gehen, Señora Remedios«, sagte die Porritos. »Ich will ihn nicht sehen, und noch weniger soll er mich sehen.«

»Achten Sie nicht auf sie«, sagte Señora Remedios. »Den lieben langen Tag sehnt sie sich nach Ihnen, und nachts weint sie wie ein Schoßhund, weil Sie nicht gekommen sind.«

Unter der Decke gab die Porritos einen klagenden Schrei von sich. Mauricio sagte:

»Was soll diese Schau?«

Die Porritos flüsterte etwas Unverständliches.

»Ich kann dich nicht verstehen.«

»Komm näher.«

Mauricio hielt das Gesicht an die verhüllte Gestalt.

»Ich hab dich tausendmal angerufen. Nicht nur, um es dir zu sagen, sondern auch um dich um Verzeihung zu bitten.«

»Du hast es ja nicht mit Absicht getan. So ist das Leben.«

»Ich werde sterben, nicht wahr?«

»Wenn du nicht endlich hervorkommst, ganz sicher.«

Die Porritos streckte den Kopf heraus. Sie war blaß und hatte einen Ausschlag im Gesicht und auf dem Hals. Mauricio sah, daß sie offensichtlich älter war, als er gedacht hatte.

»Rühr mich nicht an«, sagte sie.

Er hatte nicht die geringste Absicht, das zu tun, legte ihr aber die Hand auf den Buckel des Knies. Durch das Laken spürte er das Fieber. Sie sagte:

»Sprich mit dem Doktor. Mir tischt er bloß Lügen auf, aber dir wird er die Wahrheit sagen, und du wirst es auch verstehen. Und dann erklärst du's mir. Was ich habe, weiß ich, aber den Rest erzählt mir keiner. Versprich mir, daß du mir nichts vormachen wirst, nur um mich zu beruhigen. Versprich es mir.«

»Ich verspreche dir gar nichts, aber ich werde mit dem Arzt reden, wenn du mir seinen Namen sagst.«

»Den weiß ich nicht. Dr. Sowieso. Er hat einen Schnurrbart.«

»Mit diesen Angaben ist er ja nicht zu verfehlen«, lachte Mauricio, und als er sah, daß die Porritos zu weinen begann, fügte er hinzu: »Sei doch nicht albern. Das war ein Scherz. Die Schwestern werden es mir schon sagen. Brauchst du irgend was?«

»Nein. Ich bin noch nie so umsorgt worden.«

Mauricio ermittelte, wer der Etagenchef war, und suchte ihn in seinem Büro auf.

»Oh, Zahnarzt«, rief der Arzt, als er die Visitenkarte sah. »In den USA hat es interessante Fälle gegeben.«

»Hoffentlich bin ich nicht auch einer von ihnen.«

Der Arzt war ein junger, athletischer, dunkelhaariger, adretter Mann namens Sánchez.

»An deiner Stelle würde ich mir nicht allzu große Sorgen machen. Die Fälle heterosexueller Ansteckung sind selten. Bis jetzt wenigstens. Wir wissen noch nichts über dieses verdammte Virus.«

»Und das Mädchen?«

»Oh, für die gibt es keine Hoffnung. Auch wenn sie noch eine Weile lebt, es kann nur noch bergab gehen. Sie hat die Krankheit seit Urzeiten mitgeschleppt. Offensichtlich hat sie schon einige Episoden gehabt, aber niemand hat sie richtig diagnostizieren können. Das ist ein Land von Barbaren.«

»Ich hätte etwas argwöhnen sollen«, sagte Mauricio. »Vielleicht war ich zu nachlässig.«

»Nein. Irgendwelche dahergelaufenen Bakterien nutzen das und lösen allgemeine Symptome aus. Da stecken wir noch in den Kinderschuhen. Das schlimme ist, daß wir bald lernen werden. Das wird sich zu einer Epidemie auswachsen.«

Er spielte mit einem polierten Holzklotz, der als Schmuck oder Briefbeschwerer auf dem Tisch lag. Dann fügte er, als er sah, daß Mauricio nichts sagte, hinzu:

»Hier kann sie nicht ewig bleiben. Hat sie Familie?«

»Schon, aber Gott weiß, wo.«

»Die wollen wohl nichts von ihr wissen, was?«

»Keine Ahnung.«

»Das ist aber ein Problem.«

Mauricio erzählte der Porritos einige vage Dinge, sagte ihr, sie müsse Geduld haben und guten Mutes sein, und versprach, täglich zu kommen, wenn seine Verpflichtungen es ihm erlaubten.

Als er das Krankenhaus verließ, empfand er eine momentane Erleichterung.

Die Menschen am Strand schwitzten und hielten eine Siesta. Mit vier kurzen Schilfrohren und einem Laken hatte jemand einen Sonnenschutz gebastelt, um einer sehr dikken Frau in schwarzem Badekleid Schatten zu geben. Beim Atmen hob der Wanst das Laken. Ein räudiger Hund strich von einem Badegast zum anderen, knurrte und fletschte die Zähne.

Mauricio flüchtete sich vor dem grellen Licht in die schattigen Straßen. Dort war der Gestank nach Essen und Müll erstickend. Vor einem Restaurant rief ein junger Mann in schwarzem Anzug und Schürze:

»Barsch und Hecht vom Schleppkahn! Languste mit Truthahn!«

Er war bleich und schien einer Ohnmacht nahe. Mauricio trat zu ihm und sagte:

»Du bist ja ganz ausgetrocknet.«

»Was geht das dich an?«

»Ich bin Arzt.«

»Scher dich um deinen eigenen Kram und laß mich in Frieden, verdammt.«

»Wie du willst.«

Die Untersuchungen waren negativ, sowohl bei ihm wie bei Clotilde, aber der Arzt riet ihm zur Vorsicht.

»Ihr solltet später noch mal eine machen. Manchmal zeigen sich die Antikörper erst nach einer Weile.«

»Wann denn?«

»Kommt drauf an. Nach zwei Wochen, einem Monat. Kauf Kondome.«

Das Untersuchungsergebnis stimmte Mauricio euphorisch, vorläufig wenigstens, so wie auch das Ergebnis ein vorläufiges war. Plötzlich erschien ihm alles als vorläufig, wie wenn er gegenüber einem unerbittlichen Feind Zeit gewänne. Vielleicht ist das Leben nur ein Verzögerungsmanöver, dachte er.

Er beschloß, Clotilde das Untersuchungsergebnis persönlich mitzuteilen.

Als es dunkel wurde, machte er sich nach Sant Feliu auf, aber bei der Ausfahrt aus der Stadt gab es einen solchen

Stau, daß er kehrtmachte und ein klimatisiertes Restaurant suchte. Nach dem Abendessen war der Verkehr flüssiger, und genau um Mitternacht langte er an seinem Ziel an.

Bei Clotildes Eltern brannte noch Licht. Er klingelte, und Clotilde öffnete selbst. Sie war barfuß und trug ein bequemes T-Shirt, zerfranste Shorts und Espadrilles. In der Hand hielt sie ein dickes Buch. Als sie Mauricio erblickte, sagte sie:

»Ich hatte eigentlich vor zu lesen.«

»Laß uns rausgehen.«

»Also gut.«

Sie legte das Buch auf eine Konsole in der Diele und kam heraus, wie sie gerade war. Mauricio bewunderte ihre forsche Selbstsicherheit.

»Mehr hast du mir nicht zu sagen?« fragte Clotilde, als er ihr die Neuigkeiten mitgeteilt hatte.

»Ich habe keine vorbereitete Rede auf Lager. Also werde ich dir sagen, was ich so gedacht habe. Ob das dasselbe ist wie Wahrheit oder Aufrichtigkeit, das weiß ich nicht. Ich habe dir schon mehrmals gesagt, daß mir sehr leid tut, was geschehen ist. Das war ein ungewöhnlicher Zwischenfall, aber ich würde alle Verantwortung übernehmen, wenn ich wüßte, worin die Verantwortung besteht. Im Augenblick ist es nur ein leeres Wort. Zu meiner Beziehung mit diesem Mädchen kann ich nicht viel mehr sagen, als du schon weißt, außer daß ich mich schäme. Ich hatte keinerlei Verpflichtung dir gegenüber, aber mich aus einer Mischung von Eitelkeit, Geilheit und Trägheit in so ein Abenteuer zu stürzen, das war niederträchtig und erbärmlich. Ob du es glaubst oder nicht, während dieser ganzen bedauerlichen Episode war ich weiterhin verliebt in dich, wie ich es vorher war und auch jetzt bin. Ich mußte an diesen Scheideweg kommen, um zu kapieren, daß ich dich auch sehr brauche und wie wichtig du für mich bist. Sicherlich ist es zu spät, um so zu sprechen. Wenn du mich zum Teufel schickst, verstehe und akzeptiere ich es. Es wird mir sehr weh tun, aber wenn nicht alles schiefläuft und ich die nötige Zeit habe, werde ich mich erholen und mein Leben neu gestalten. Falls du mir jedoch verzeihen kannst …«

Clotilde unterbrach ihn.

»Hör auf. Verzeihung ist in diesen Momenten zwischen dir und mir ebenfalls ein leeres Wort. Ich habe dir nichts zu verzeihen – wie du eben selbst gesagt hast, hattest und hast du ja keinerlei Verpflichtung mir gegenüber. Etwas anderes ist es, ob du eine allgemeinere Verpflichtung hattest, mir oder uns gegenüber, oder eine Verpflichtung dir selbst gegenüber. Ich glaube, du hast sie gehabt und hast dich jämmerlich benommen, weil du unsere Beziehung hintergangen hast. In diesem Sinn hast du mich betrogen. Daß du dieses Mädchen genauso betrogen hast, ist kein Trost für mich.«

Sie machte eine Pause und schaute auf das ruhige Wasser des Hafens hinaus. In der Ferne hörte man ein Tanzorchester abgedroschene alte Sommerhits spielen.

»Ich spreche nicht von Moral«, fuhr sie dann leise fort, »sondern von Schmerz.«

Eine Weile gingen sie schweigend dahin. Eine frische, feuchte Brise kam auf. Clotilde verschränkte die Arme.

»Mir ist etwas kühl. Laß uns zurückgehen.«

Mauricio wußte nicht, wie er sich verabschieden sollte. Vor ihrer Haustür umarmte ihn Clotilde kurz.

»Paß auf dich auf.«

Er machte sich auf den Heimweg. Auf der Höhe von Hostalric begann das Auto einen stinkenden Rauch unter der Motorhaube von sich zu geben. Obwohl auf dem Armaturenbrett alles normal aussah, fuhr er dicht an den Straßenrand und stellte den Motor ab. Wahrscheinlich waren gleichzeitig ein Teil und die dazugehörige Anzeige kaputtgegangen, dachte er.

Er wollte einige Minuten warten, bevor er eine Notrufsäule suchte, falls sich die Panne wie durch ein Wunder von allein behöbe. Die Nacht war unfreundlich, und er blieb bei geschlossenen Fenstern drinnen sitzen. Er sah die Autos so schnell vorbeiflitzen, daß er kaum ihre Marke erkennen konnte. Und ich mit dieser alten Mühle, dachte er. Die von den Lastwagen verdrängte Luft schüttelte den Wagen.

Anstatt sich aufzuregen, beschloß er, aus der Not eine Tugend zu machen und endlich ein neues Auto zu kaufen. Seine Situation hatte ihn gelehrt, den Genuß der Dinge nicht zu verschieben, wenn sich die Gelegenheit dazu ergab. Und sollte er in kurzer Zeit sterben müssen, hätte er wenigstens diesem Wunsch nachgegeben.

Er ließ den Motor wieder an. Der Qualm war verschwunden, und alles schien normal zu funktionieren. Im Schnekkentempo gelangte er ohne Zwischenfall nach Hause.

Am nächsten Tag kaufte er mehrere Automobilzeitschriften, und eine Woche später hatte er bereits ein Kabriolett bestellt.

An dem Tag, an dem die Porritos das Krankenhaus verließ, gab es einen Streik im öffentlichen Verkehr.

Mauricio erwartete sie im Wagen vor dem Krankenhauseingang.

»Ah, der tolle Wagen«, sagte sie mit schwachem Lächeln.

»Wenn erst das Verdeck geöffnet ist, wirst du Augen machen. Hier nicht, das ist nicht der Ort, um anzugeben. Außerdem darfst du nicht im Luftzug sitzen.«

»Wird zu Hause jemand sein?«`

Nur die sich abzeichnende Hilflosigkeit machte ihr Sorgen, alles andere war ihr egal.

»Ja, sicher doch.«

Pfarrer Serapio hatte eine Nachbarin dazu überredet, die Wohnung in Ordnung zu bringen und sich einstweilen um die Porritos zu kümmern. Sie war verwitwet oder geschieden und wohnte mit einer unterbelichteten, geschwätzigen Tochter zusammen, die seit Kindesbeinen ohne Vorwarnung zu verschwinden und nach einiger Zeit wiederaufzutauchen pflegte, ohne zu sagen, wo sie gewesen war noch mit wem und aus welchem Grund sie verschwunden war. Immer wenn sie weg war, war die Mutter ruhiger, lebte aber in großer Armut, denn die Tochter brachte als einzige Geld nach Hause.

Pfarrer Serapio versprach, die Arbeit der Nachbarin, die Marcela hieß, und ihrer Tochter Corina zu vergüten.

Auf der Fahrt bemerkten Mauricio und die Porritos nichts Außergewöhnliches, aber als sie nach Santa Coloma kamen, strotzten die Straßen von Polizisten.

»Verdammte Scheiße«, sagte die Porritos.

Auf der Straße bewegten sich Fahrzeuge und Fußgänger wie immer, aber die Spannung war mit Händen zu greifen.

Mauricio fürchtete um sein neues Auto. Am liebsten hätte er es in ein Parkhaus gestellt, aber er konnte die Porritos nicht einfach vor der Haustür stehenlassen, so daß er es auf den Gehsteig fuhr und ihr beim Aussteigen und Hinaufgehen half.

Die Passanten musterten sie unverhohlen. Die kraftlose Haltung der Porritos kontrastierte mit ihrer üppigen Figur und machte noch deutlicher, wie krank sie war.

Als sie die Wohnung betraten, stellten sie fest, daß Señora Marcela zwar gründlich gereinigt, daß ihre Bemühungen jedoch nichts gefruchtet hatten.

Mauricio packte aus. Die Porritos hatte sich in einen Sessel fallen lassen und schaltete den Fernseher ein. Es lief eine alte Folge aus der Serie *Knight Rider*.

Nachdem er alles am entsprechenden Ort untergebracht hatte, rückte Mauricio einen Stuhl an den Sessel heran, setzte sich und nahm die Hand der Porritos. Eine Weile verfolgten sie schweigend die Abenteuer des sprechenden Autos.

»So ein Schwachsinn«, sagte Mauricio.

»Spotte nicht, du und dein Auto, zwischen euch läuft doch genau dasselbe«, sagte die Porritos.

Mauricio wußte nicht, wann er hier wegkäme. Schließlich wurde an der Tür geklingelt. Es war Señora Marcela, die ein Tablett mit dem Essen brachte.

»Ich habe keinen Hunger«, sagte die Porritos.

»Ist auch nicht nötig«, sagte Señora Marcela. »Hier heißt es sich pflegen, um bald wieder gesund zu werden. Sagen Sie es ihr, Doktor.«

Mauricio lächelte und drückte die Hand der Porritos.

»Geh jetzt«, sagte sie. »Meinetwegen hast du schon den ganzen Vormittag verloren.«

»Ja, ich muß in die Klinik zurück. Ich komme spät am Abend wieder.«

»Mach dir keine Sorgen. Ich bin in guten Händen.«

»Gewiß, aber ich komme trotzdem.«

Er befürchtete, man hätte ihm das Verdeck aufgeschlitzt oder die Reifen zerstochen, aber das Auto war intakt. In diesem Augenblick fuhr ein Lieferwagen voller Bereitschaftspolizisten vorbei. Windschutzscheibe und Fenster waren durch ein Metallgeflecht geschützt, und die Polizisten trugen Helme.

Wenn die Regierungen wechseln, wechseln auch die Ideologien, aber das hier bleibt sich gleich, dachte Mauricio. Wer aufmuckt, kriegt eins auf die Rübe. Natürlich konnte man nicht so regieren, daß es allen paßte, aber bei diesen Bildern mußte man unweigerlich an die Zeiten der Repression zurückdenken.

Heute bin ich mit heiler Haut davongekommen, dachte er unterwegs zur Klinik, aber mit einem solchen Wagen kann ich in dieser gottverlassenen Gegend nicht einfach so kommen und gehen. Auf die Dauer wird er mir gestohlen oder von Vandalen demoliert, oder jemand wirft einen Sprengkörper hinein.

Manchmal dachte er daran, die Porritos aus ihrem Loch zu holen und an einen heiteren Ort zu bringen, in eine sonnige Attikawohnung mit Terrasse und Blick über die Stadt. Selbst wenn die Miete unerschwinglich wäre, wie lange konnte das schon dauern?

Dann wieder lehnte er sich gegen solche menschenfreundlichen Aufwallungen auf.

Was kann denn ich dafür, was da passiert? dachte er. Vor Jahren hat sie unbedingt zu fixen anfangen müssen, na und? Womöglich sterbe ich ihretwegen ebenfalls und habe es doch gar nicht verdient. Ich werfe es ihr nicht vor, aber ich muß ihr ja auch nicht gerade dankbar sein dafür. Ich bin nicht ihr Mann, nicht einmal ihr Geliebter. Wir sind ein paarmal zusammen ausgegangen, und das war's auch schon.

Dann befiel ihn Mitleid. Es würde ihn wenig kosten, einem guten, uneigennützigen Menschen, der nur Entbehrungen und Verdruß gekannt hatte, die Tage leichter zu machen. Sie hatte ihn nie um etwas gebeten und erwartete auch jetzt nichts von ihm.

Er gelobte sich, eine Attikawohnung mit allem Drum und Dran zu mieten.

Macabrós teilte Clotilde mit, sie müsse wieder nach Genf. Diesmal werde er das Geschäft selbst abwickeln, aber sie solle ihn begleiten.

Sie kannte Macabrós und wußte, daß es sich um eine streng geschäftliche Angelegenheit ohne irgendwelche Hintergedanken handelte. Sollte es mißdeutet werden, so kümmerte es sie nicht. Sie sagte, sie gehe sehr gern mit. Die Reise würde sie von ihren schwarzen Grübeleien ablenken. Zudem war sie gespannt darauf, Macabrós bei der Ausübung seiner Aufgaben zu sehen.

Er unterrichtete sie nicht über die Art des Falles. Als sie das Flugzeug bestiegen, gab er ihr einen Stoß Akten.

»Der Flug dauert fast eine Stunde. Du hast also Zeit, einen Blick hineinzuwerfen.«

Sie reisten erster Klasse, sozusagen allein. Der Rest der Maschine war überfüllt. Clotilde fand diesen Unterschied extravagant, aber angenehm.

Gleich nach dem Start geriet das Flugzeug in ein Unwetter, aus dem es bis kurz vor der Landung nicht mehr herauskam. Es war in dauernder Bewegung. Der Chefsteward bat über Lautsprecher um Entschuldigung – der Turbulenzen halber sehe man sich gezwungen, sämtliche Dienstleistungen an Bord einzustellen. Eine Stewardeß teilte ihnen persönlich mit, es sei nicht möglich, den Erster-Klasse-Passagieren den üblichen Imbiß zu servieren.

»Dann soll man ihn uns doch in einem Picknickkorb bringen«, sagte Macabrós ganz ernsthaft.

Die Stewardeß war perplex. Sie konnte sich in dem durchgeschüttelten Flugzeug nur mit größter Mühe auf den Beinen halten, getraute sich aber nicht, ihren sicheren Sitz aufzusuchen, ehe dieser Passagier Ruhe gab.

»Es war ein Witz«, sagte Macabrós.

Der Flug war schlimm und die Landung noch schlimmer. Als der Sinkflug eingeleitet wurde, sackte die Maschine senkrecht ab, und einige Sekunden lang dachten die Passagiere, sie müßten allesamt zerschellen. Clotilde ließ die Akten fallen und krallte sich an Macabrós' Arm fest. Nachdem das Flugzeug die Stabilität wiedergefunden hatte, ließ sie sogleich los und murmelte eine Entschuldigung.

»Ja, in diesem Schüttelbecher kann kein Mensch lesen«, sagte der Anwalt.

Auf dem Flughafen erwartete sie der tadellose, erstaunliche Monsieur Pasquine. Mit wieder festem Boden unter den Füßen vergaß Clotilde den Groll, den sie gegen ihn hegte. Monsieur Pasquine krümmte das Rückgrat und küßte ihr in einer anachronistischen, provinzlerischen Geste die Hand. Dann erkundigte er sich, ob sie einen angenehmen Flug gehabt hätten.

»Excellent!« antwortete Macabrós und zwinkerte Clotilde zu, als wollte er sagen: Man darf dem Gegner nie Schwäche zeigen.

Vor dem Flughafenausgang stand ein silberner Mercedes mit Chauffeur. Monsieur Pasquine nahm auf dem Vordersitz Platz, schnallte sich an und sprach kein Wort mehr, bis sie vor dem Eingang des *Le Richelieu* ankamen.

Entgegen dem, was Macabrós das vorige Mal gesagt hatte, waren jetzt in diesem Hotel zwei Zimmer für sie reserviert. Sie lagen in verschiedenen Etagen. Dasjenige von Clotilde war luxuriös. Wenn sie die Vorhänge zurückschob, sah sie durchs Fenster auf einen einsamen Garten. Die Bäume mit den verwelkten Blättern hoben sich vom grauen Himmel ab. Alles hatte schon einen herbstlichen Anstrich.

Sie packte den Koffer aus und ging in die Lounge hinunter, wo sie bereits Macabrós und Monsieur Pasquine erwarteten.

Der Wagen brachte sie zu einem Restaurant am Seeufer. Dort gesellten sich vier Männer zu der Gruppe, und sie gingen in einen gesonderten Speisesaal. Kaum hatten sie sich zu Tisch gesetzt, begannen die Männer über die Rechtssache zu streiten, die sie zusammengeführt hatte. Macabrós mischte sich ununterbrochen ein, in korrektem, sehr präzisem Französisch. Er beherrschte die Juristenterminologie und streute umgangssprachliche Ausdrücke ein, um zu zeigen, daß er sich auf allen Sprachebenen gleichermaßen auskannte. Clotilde dagegen bekam von dem Gespräch sehr wenig mit. Sie war immer noch vom Flug erregt und hatte nicht einmal in den Akten geblättert. Jetzt hinderten sie das Tellergeklapper und die sich überschneidenden Gespräche daran, sich auf das fragliche Thema zu konzentrieren. Wenn einer der Männer das Wort an sie richtete, verstand sie nicht, was er zu ihr sagte, aber ein

Lächeln schien ihn zufriedenzustellen. Sie war als reine Statistin anwesend.

Nach dem Essen begab man sich in mehreren Autos zu einem Gebäude im Stadtzentrum. Im Erdgeschoß befand sich ein Uhrenladen. All das erschien Clotilde zugleich geheimnisvoll und banal.

Sie fuhren in den vierten Stock hinauf. Im Lift schwiegen alle und schauten entschlossen auf die Tür wie Fallschirmspringer, die gleich hinter die feindlichen Linien katapultiert würden.

Als sie zu einigen Büroräumen kamen, verschwanden die Männer aus dem Restaurant und Macabrós in einem Sitzungszimmer und ließen Clotilde und Monsieur Pasquine draußen stehen.

»*Vous fumez?*« fragte Monsieur Pasquine.

»*Non.*«

»*Moi non plus.*«

Clotilde machte dieser Mann neugierig. Sie wußte nicht, ob er ein Zyniker oder ein Schwachkopf war, ob er seine Gefühle streng unter Kontrolle hielt oder gar keine hatte, selbst wenn er imstande war, jegliche Gemütsverfassung zu imitieren. Sie dachte, er sei ein Automat und dazu programmiert, ein skrupelloser Kerl zu sein, und das machte ihn in ihren Augen merkwürdig attraktiv. Unter günstigen Umständen hätte er sie in Versuchung bringen können, ein kurzes Abenteuer mit ihm zu haben, dachte sie. Dieser flüchtige Gedanke erinnerte sie an ihre mögliche Krankheit. Wir von der Pest Angesteckten haben nicht einmal das Recht, unserer Fantasie freien Lauf zu lassen, dachte sie.

Monsieur Pasquine fragte sie nach dem Projekt der Olympiade. Clotilde wußte nicht, was sie antworten sollte. Seit einiger Zeit hörte sie sporadisch von dem Thema, aber nie hatte sie weiter darauf geachtet. Der Sport ließ sie in all seinen Aspekten kalt. Monsieur Pasquine erklärte ihr, Barcelona habe sich um die Durchführung der Olympischen Spiele 1992 beworben. Da sich der Sitz des Olympischen Komitees in Lausanne befinde, sei ihm die Sache beiläufig zu Ohren gekommen. Clotilde sagte, ihrer Meinung nach handle es sich um reine Wahlpropaganda, sie halte es für unmöglich, daß Barcelona andere Städte ausstechen könne, die ebenfalls um diese zwar zweifelhafte, aber sicherlich lukrative Ehre kämpften.

»Ah, mais Barcelone est une ville très importante!« rief Monsieur Pasquine.

»Et puis, nous avons Lluís Llach«, sagte Clotilde.

»Vous les catalans«, antwortete Monsieur Pasquine mit gequältem Ausdruck, *»vous n'appréciez pas ce que vous avez.«*

Die Tür des Sitzungszimmers ging auf, Macabrós kam heraus und gab Clotilde ein Blatt Papier.

»Übersetz das ins Spanische und fax es an Feli.«

Es waren Klauseln eines maschinegeschriebenen Vertrags, denen von Hand zahllose Korrekturen angefügt worden waren. Aber der Lektüre war nicht zu entnehmen, um was für eine Art Geschäft es ging.

Nachdem sie Macabrós' Bitte nachgekommen war, sagte er ihr, er brauche sie nicht mehr.

»Mach einen Spaziergang. Wir sehen uns um acht im Hotel.«

Das Gebäude lag in einer Einkaufsstraße. Clotilde studierte die Schaufenster und kaufte Pralinen für ihre Eltern. In einem Warenhaus kam sie auf die Idee, Mauricio ein Geschenk mitzubringen. Es gab zwar überhaupt keinen Grund dafür, und er schenkte ihr nie etwas, aber trotzdem kaufte sie eine Swatch in schreienden Farben und dachte, später werde sie ja sehen, was sie damit anfangen würde. Dann trat sie in eine Buchhandlung und kaufte mehrere Bücher.

Als sie herauskam, hatten sämtliche Läden geschlossen, und die menschenleere Straße lag im Halbdunkel.

Sie ging ins Hotel zurück.

Im Zimmer begann sie eines der Bücher zu lesen und schlief dabei ein, ohne es zu merken.

Sie erwachte mit dem Gefühl, sich sehr lange treiben gelassen zu haben. Es war, als wäre sie wie Gulliver in ein Land gefallen, wo alles Praktische gut funktionierte, aber nach einer Ordnung, die nicht die ihre war.

Dieser Eindruck bezog sich nicht auf die Schweiz, sondern auf die Welt ganz allgemein. Hier jedoch wurde er überdeutlich, als wäre die Stadt ein Schaufenster dieser Diskrepanz.

Im Badezimmer gab es Tücher verschiedener Stoffart und Größe, zwei weiße Bademäntel und eine große Auswahl an Kosmetika.

Clotilde lag eine Weile in der Badewanne und zog sich dann sorgfältig an für den Fall, daß sie an einem Abendessen teilnehmen müßte.

Um fünf vor acht ging sie in die Lounge hinunter. Dort standen schon Macabrós und Monsieur Pasquine. Der Anwalt gab ihr einen großen braunen Umschlag.

»Versteck das in deinem Zimmer.«

Clotilde ging wieder hinauf und schob den Umschlag zwischen ihre Kleider.

Diese Vorsichtsmaßnahme erschien ihr sehr töricht. In jedem Zimmer gab es einen Tresor, und wenn jemand die Dokumente stehlen wollte, würde er sie zweifellos in ihrem Gepäck suchen. Zudem fehlte es in diesem Land nicht eben an Sicherheitsmaßnahmen.

Als sie wieder in die Lounge kam, war Monsieur Pasquine gegangen.

»Wir sind allein geblieben, Monsieur Pasquine hätte sehr gern mit uns zu Abend gegessen, aber ich verzichte lieber auf seine Gesellschaft. Er ist ein netter Kerl, aber ein bißchen ein Langweiler. Er hat mich gebeten, dich von ihm zu grüßen.«

»Er hätte auch noch eine Minute warten und sich persönlich verabschieden können.«

»Er ist sehr schüchtern, und du gefällst ihm. Ich habe einen Tisch im Hotelrestaurant reserviert. Laß uns hineingehen. Wenn wir nicht pünktlich sind, wird man uns bestrafen.«

Sie traten in den Speisesaal. Ein befrackter Mann führte sie so ernsthaft und gemessen an einen Tisch, als wären sie unterwegs zur Richtstätte. Als sie bei einem Schwarzen vorbeikamen, der allein zu Abend aß, stand dieser auf und verneigte sich vor Macabrós und seiner Begleiterin. Der Anwalt erwiderte den Gruß mit leichtem Kopfnicken.

»Weißt du, wer der Gentleman war, der uns eben gegrüßt hat?« fragte er, nachdem sie sich gesetzt hatten.

»Nein.«

»Idi Otou.«

»Sagt mir nichts.«

»Das hat mir bis vor kurzem auch nichts gesagt. Bei einem früheren Aufenthalt trafen wir in der Hotelbar zusammen, und er hat mir seine Geschichte erzählt. Anscheinend war er König in einem afrikanischen Land. Ein vortrefflicher Mann mit Oxfordstudium. In seiner Jugend hatte er Menschenfresserei betrieben, und nach seinem Aufenthalt in Oxford hatte er einen Rückfall in diese barbarische Kost. Was nicht erstaunt, wenn man die englische Küche kennt. Nach seiner Thronbesteigung beseitigte er ohne viel Federlesens die Opposition und herrschte dann grausam und willkürlich. Das Studium in Europa hatte ihn nur gerade gelehrt, wie man ein Nummernkonto in der Schweiz eröffnet und wie er mit größtem Profit anlegen konnte, was er sich angeeignet hatte. Schließlich haben ihn Militärs eines anderen Stammes abgesetzt und ein *soi-disant* maoistisches Regime errichtet. Jetzt geht es seinen Untertanen noch schlechter und ihm …, na ja, du siehst es ja.«

Clotilde wußte nicht, ob Macabrós die Wahrheit erzählte oder sich diese Geschichte aus den Fingern saugte.

»Was erwartet uns morgen?«

»Ist das eine philosophische Frage?«

»Nein, ich meine die Arbeit.«

»Nichts. Wir sind fertig. Das Flugzeug fliegt um zehn, und wenn es keine Verspätung gibt, sind wir um halb zwölf im Büro.«

»Sie haben mich nur mitgenommen, um ein Fax zu schicken?«

»Nein. Ich habe dich mitgenommen, falls sich irgendeine Eventualität ergäbe. Ich möchte, daß du allmählich mit dieser Art von Geschäften vertraut wirst, und zwar nicht nur unter juristischem Gesichtspunkt. Was hältst du von Monsieur Pasquine?«

»Ich weiß nicht, was ich sagen soll. Er scheint ein skrupelloser Mensch zu sein, unfähig, einen eigenen Gedanken zu entwickeln.«

»Diese beiden Eigenschaften hat er tatsächlich. Monsieur Pasquine ist unser Mann in Genf. Er würde uns hintergehen, wenn er wüßte, wie man das anstellt, aber seine Fantasielosigkeit garantiert uns seine Loyalität. Der Kapitalismus«, fügte er ohne Übergang hinzu, »ist kein System zum Geldverdienen, sondern ein Spiel. Gewinn oder Verlust ist die Belohnung oder die Strafe für ein gutes oder schlechtes Spiel. Wie der Torero beim Stierkampf. Magst du Stierkämpfe?«

»Nein.«

»Man muß den Stier bei den Hörnern packen.«

Nach diesem Satz schwiegen sie eine Weile und konzentrierten sich aufs Essen. Clotilde bedrückten dieser überladene Ort und die Affektiertheit, mit der die Bedienung selbst die unbedeutendste Handlung ausführte. Geschirr, Besteck und sogar die Speisen erschienen ihr als Farce.

»Dieses Hotel ist zu luxuriös für meinen Geschmack«, sagte sie. »Das von neulich war völlig in Ordnung.«

»Ja, aber diesmal bist du mit mir da. Zudem mußt du lernen, dich in dieser Umgebung ungezwungen zu bewegen. Sie hat nichts Besonderes, alles bloßer Schein. Man darf sich nicht beeindrucken lassen. Und außerdem ...«

Macabrós ließ den Satz in der Luft hängen.

»Was wollten Sie sagen?«

»Etwas Ungehöriges.«

»Spielt keine Rolle, sagen Sie es.«

»Ich wollte sagen, daß du hübsch, intelligent und distinguiert bist. Abgesehen von deinen Gedanken, Vorlieben und Grundsätzen bist du dazu bestimmt, in dieser Welt zu leben, ob du willst oder nicht. Je eher du die Wirklichkeit akzeptierst, desto besser für dich und die anderen. Entschuldige, daß ich mich in Dinge einmische, die mich nichts angehen.«

Clotilde zuckte die Schultern. Sie wußte nicht, worauf der Anwalt hinauswollte, aber sie fühlte sich auch nicht eingeschüchtert. Im Umgang mit den Männern war sie es gewohnt, rasch eine Stufe der Intimität zu erreichen, die an Dreistigkeit grenzte. In diesem Fall jedoch wäre es ihr lieber gewesen, mit ihrem Chef nicht in ein allzu persönliches Verhältnis zu geraten.

Zum Glück hatte der abgesetzte Stammeshäuptling sein Essen beendet und kam auf ihren Tisch zu, ganz Zurückhaltung und Höflichkeit.

»Je ne veux pas vous déranger«, flüsterte er, *»seulement vous dire bon soir.«*

»Vous partez déjà, Monsieur Idi?«

»Oui. Comme on dit: early to bed, early to rise ...«

Monsieur Idi ließ das Sprichwort unvollendet.

Macabrós stellte ihm Clotilde vor. Der Häuptling deutete einen Handkuß an, und nachdem er sich wieder aufgerichtet hatte, musterte er sie unauffällig. Das linke Auge war verschleiert und das Lid schlaff; das rechte dagegen leuchtete und war schneidend. Das eine drückte Traurigkeit, das andere Wildheit aus.

»Seit seiner Entthronung«, sagte Macabrós, nachdem sich der Häuptling zurückgezogen hatte, »wohnt er ständig hier, wie er mir selbst erzählt hat. Aus Angst vor Attentaten geht er nirgends hin. Ich stelle mir vor, die Regierung seines Landes hat sämtliche Staaten um Auslieferung gebeten, und aus diesem Grund rührt er sich nicht aus der Schweiz weg. Er hat weder Familie noch Gefolge. Den ganzen Tag liest er Zeitung, und manchmal läßt er Prostituierte aus England kommen. Warum aus England? Keine Ahnung. Nostalgie, *spanking*, wer weiß? Letztlich eine jämmerliche Figur. Und eine beispielhafte. Zu Macht kann man durch Gewalt und Grausamkeit kommen, bewahren kann man sie aber nur mit Intrigieren. Jetzt bezahlt *notre ami* Idi dafür, daß er dieses Prinzip ignoriert hat.«

Diese Nacht schlief Clotilde schlecht. Die Bettdecke erstickte sie. Manchmal wußte sie nicht, ob sie schlief oder wachte, und ständig wirbelten ihr die unzusammenhängendsten Gedanken durch den Kopf und schienen ihre ganz besondere Aufmerksamkeit zu erheischen. Obwohl sie nichts von dem verstand, was um sie herum vorging, hatte sie das Gefühl, endlich in die Welt der Wirklichkeit eingedrungen zu sein, eine verworrene, unanständige Welt, die aber letztlich der Blase gutgemeinter Fantasien vorzuziehen war, in der sie bisher gelebt hatte.

Bei seinen häufigen Besuchen hatte sich Mauricio an den Bezirk Santa Coloma de Gramanet gewöhnt, wo die Porritos lebte. Vorher war er jeweils nur abends dort gewesen und hatte einen düsteren Eindruck der menschenleeren Straßen, unbebauten Grundstücke und baufälligen Häuser mitgenommen. Jetzt dagegen überraschte ihn die fieberhafte Geschäftigkeit tagsüber. Die Läden waren klein und sehr bunt. Jeder spiegelte die Eigenart seines Besitzers wider, und alle waren voll. Die Leute unterhielten sich lautstark, alle schienen sich zu kennen, und die Grundstimmung war locker und heiter. Mauricio glaubte darin einen spontanen Hedonismus zu erkennen, wie er dem Mann von der Straße eigen ist.

Die Porritos machte sich über diese idyllische Darstellung lustig. Er wolle nur die fröhliche Seite des Viertels sehen und nicht die weniger augenscheinliche, aber wahrere, wesentlichere Wirklichkeit. Um ihre Theorie zu unterstützen, erzählte sie ihm grausame Ereignisse: Jugendbanden, die grundlos Fußgänger angriffen, einzig weil es ihnen Spaß machte, Angst einzuflößen und sich stark zu fühlen; von der Erregung geblendete Drogenabhängige, die zu töten imstande waren, um ein Portemonnaie zu erbeuten – ganz zu schweigen von den feigen Sadisten, die die Frauen schlugen oder jederzeit und überall vergewaltigten, da sie sich im Schutz des allgemeinen Chaos straflos wähnten. Dann waren da die Dealer, die Erbarmungslosesten und Blutrünstigsten von allen, die sich glücklicherweise aber nur gegenseitig umbrachten.

Mauricio wußte nicht, ob er ihr Glauben schenken sollte oder nicht. Er erinnerte sich, sie gewalttätige Episoden aus ihrem eigenen Leben erzählen gehört und die Selbstverständlichkeit bewundert zu haben, mit der sie sie auf sich genommen hatte. Nie hatte sie das Opfer gespielt. Jetzt dagegen schien die Krankheit ihre Weltsicht so verändert zu haben, daß sie wie das Negativ eines Fotos wirkte. Dann wieder interpretierte er diese grauslichen Beschreibungen als Aufforderung, sie da herauszuholen und zu sich zu nehmen.

Pfarrer Serapios Bemühungen, die Familie der Porritos ausfindig zu machen, waren ergebnislos geblieben, und sie fürchtete sich, allein zu bleiben.

Mauricio ging fast täglich zu ihr, blieb aber nie sehr lange. Auch Pfarrer Serapio besuchte sie ab und zu. Er drang unvorbereitet in die Wohnung ein, stiftete Unruhe und ging dann so unerwartet wieder, wie er gekommen war, ohne irgend etwas ausgerichtet zu haben.

Mauricios Besuche machten die Porritos traurig. Diejenigen Pfarrer Serapios dagegen hoben grundlos ihre Moral. Sie bewertete sehr hoch, was dieser für sie tat, die dauernde Fürsorge Mauricios, der zudem für sämtliche Kosten aufkam, jedoch sehr gering. Der eine holte das Beste, Positivste aus der Kranken heraus, der andere das Schlechteste.

Ihre Gesundheit besserte sich stufenweise. Aber sie weigerte sich, diese Besserung zuzugeben. Im Gegenteil, sie verfiel in eine Art apathische, betäubte Invalidität.

Um sie aufzumuntern, kam Mauricio auf die Idee, diese vorübergehende Besserung zu nutzen und mit ihr zu verreisen. Im Laufe ihres Lebens war die Porritos notgedrungen mehrmals gereist, aber mit Ausnahme des unglücklichen Abstechers nach Ibiza hatte sie nie eine Vergnügungsreise gemacht oder einen Tapetenwechsel vorgenommen. Sie war im Untergrund durch die Welt gezogen und hatte nie etwas anderes sehen können als die Fallstricke und Hindernisse auf ihrem Weg. Mauricio malte sich ihr Staunen aus, wenn sie sich unversehens in eine große Stadt versetzt sähe. Er traute sich nicht, ihr diese Gedanken darzulegen, um keine falschen Erwartungen zu wecken, zog aber in einem Reisebüro Erkundigungen ein. Er hatte alles vorbereitet für den Moment, da sie sich etwas stärker und unternehmungslustiger fühlte. Schließlich sagte er:

»Würdest du nicht gern nach Paris fahren?«

»Nach Paris? Wofür denn?«

»Für nichts – um es anzuschauen.«

Die Porritos wog diese Möglichkeit ab und sagte dann:

»Nein.«

»Warum nicht?«

»Ich kann kein Französisch. Und ich habe nichts zum Anziehen. Ich würde mich bloß lächerlich machen. Hier geht es mir gut.«

Señora Marcela traute ihren Ohren nicht.

»Ach, Herrjemine, also wenn man mich einladen tät, ich würde grad davonsausen, und zwar so, wie ich bin. Ich würde nicht mal einen andern Unterrock anziehen würde ich.«

Sie erzählte ihnen, einige Jahre zuvor habe ihre Tochter eine Reise nach Paris gemacht.

»Was für eine Eleganz überall! Die Boulevards, die Schaufenster, die Leute, einfach alles!«

Sie sprach mit einem Eifer, als hätte sie all diese Wunder selbst erlebt. Sie rannte davon und kam nach ein paar Minuten mit einer Postkarte zurück, die ihr die Tochter von ihrem Parisaufenthalt geschickt hatte und die sie wie ihren Augapfel hütete.

»Diese Prachtstraßen, unglaublich! Und da im Hintergrund, der Triumphbogen. Schau dir bloß den Verkehr an. Daran sieht man die gute Kinderstube am besten. Meine Tochter sagt, da gehst du übern Zebrastreifen, ohne zu kucken, ob was kommt oder nicht – die Autos machen einen Knicks, wenn sie einen Fußgänger sehen. Dann bleiben sie angenagelt wie ein Toter.«

Señora Marcela war eine Frau mit geringem Verstand, die bei der einfachsten Angelegenheit ein Durcheinander anrichtete. Aber dadurch, daß sie allzeit verfügbar war, glich sie andere Mängel aus. Die Porritos rief zu jeder Tages- und Nachtzeit nach ihr, und sie erschien sogleich, manchmal im Nachthemd und manchmal in einem grauen, sehr verwaschenen Flanellpyjama. Mauricio trieb seine Aufmerksamkeiten ihr gegenüber zum äußersten und brachte ihr Bonbons und Klatschzeitschriften mit.

»Also verschieben wir das mit Paris auf später?« fragte er.

Die Porritos zuckte die Achseln. Mitleidsbekundungen brachten sie auf, obwohl sie sie andauernd forderte.

»Wenn ich so elend dran bin, dann kauf mir doch ein Nischengrab.«

»Sich das Leben schwer zu machen erleichtert das Leiden nicht«, sagte Mauricio. Oft mußte er seine ganze Geduld zusammennehmen, um sie nicht zum Teufel zu schikken.

»Würdest du denn mitkommen? Nach Paris, meine ich.«

»Ja, natürlich.«

»Du und ich, nur wir zwei beide?«

»Du wirst ja wohl nicht auch noch die Señora Marcela mitnehmen wollen.«

Die Porritos dachte nach. Nach einer Weile sagte sie:

»Das wird wie eine Hochzeitsreise sein.«

»In etwa.«

»Aber du hast ja schon eine Verlobte.«

»Und wer hat dir das erzählt?«

»Ich will dir keine Probleme machen.«

»Schon zu spät.«

Dank den Massenmedien, die die Wahl für ausgemacht und die Spiele für einen unbestreitbaren Vorteil für alle hielten, drang Barcelonas Olympiakandidatur allmählich ins Bewußtsein der Bürger.

Auch in der Zahnklinik Torralbes ließ man sich von der allgemeinen Begeisterung anstecken. Nur Mauricio war skeptisch.

»Wir haben das Komitee im Sack. Das hat Maragall soeben im Radio gesagt.«

»Schön, nun fehlt nur noch, daß es auch stimmt und wir den Zuschlag kriegen.«

Da er sich der generellen Erregung nicht entziehen konnte, rief Mauricio an diesem Abend Clotilde an.

»Was hältst denn du davon? Von der Olympiade, meine ich.«

»Die ist mir egal. Wenn sich die Leute freuen, dann ist es gut.«

»Falls Maragall seinen Willen durchsetzt, wird uns das ruinieren.«

»Im Gegenteil. Es wird von überallher haufenweise Geld regnen, und die Preise werden in schwindelerregende Höhen steigen. Am Ende werden die Reichen noch reicher sein, und für die Armen bleibt sich alles gleich, aber sie freuen sich über das Spektakel.«

»Wir werden ja sehen. Und du, wie geht es dir?«

»Gut. Und deine Freundin?«

»Hat gerade eine gute Phase.«

»Besuchst du sie oft?«

»Ich sorge dafür, daß es ihr nicht am Geringsten fehlt.«

»Also dann, tschüß«, sagte Clotilde.

Sie war von Natur aus großherzig, aber im Grunde wäre es ihr recht gewesen, wenn Mauricio die Porritos ihrem Schicksal überlassen hätte, das konnte sie nicht vermeiden.

Nach der vom Arzt angegebenen Frist hatten sie noch einmal eine Blutuntersuchung machen lassen. Das Ergebnis war bei beiden negativ. Der Arzt sagte:

»An dieses Thema braucht ihr nicht mehr zu denken.«

Von da an bemühten sie sich in gegenseitigem Einverständnis, diese Mißlichkeit aus ihren Gesprächen herauszuhalten.

Die Ankündigung der Olympiakandidatur zeigte auch in Macabrós' Kanzlei bald ihre Auswirkungen.

»Wo gebaut wird, wechseln ungeheure Summen den Besitzer«, sagte der Anwalt.

Das Telefon klingelte ununterbrochen.

»Das macht mich langsam nervös«, sagte die Telefonistin.

Macabrós stellte zum Ende des Jahres eine Gehaltserhöhung in Aussicht. Clotilde begann zu rechnen: Die versprochene Erhöhung erlaubte ihr noch nicht, sich unabhängig zu machen. Die Mieten waren gestiegen und schienen unaufhaltsam weiter zu steigen. Die Mietverträge wurden kurzfristig und ohne Erneuerungsklauseln ausgestellt. Zur Überteuerung gesellte sich die Ungewißheit. Unter diesen Umständen war es ein unvorstellbares Wagnis, allein zu leben. Einige ihrer Freundinnen hatten eine ähnliche Situation gelöst, indem sie eine Wohnung teilten, aber diese Aussicht verlockte Clotilde nicht. Sie glaubte, bei ihren Eltern eine größere Unabhängigkeit zu haben, als sie sie im Zusammenleben mit Fremden finden könnte. Sie fürchtete die Einmischungen und unvermeidlichen Reibereien eines engen, langen Zusammenwohnens. Sie war entschlossen, selbständig zu leben, und fühlte sich unwohl, den Moment, sich von ihren Eltern zu trennen, noch weiter zu vertagen, aber immer fand sie einen gewichtigen Grund, die Verwirklichung dieser Pläne hinauszuschieben.

Als sie über all das nachdachte, kam sie auf die Idee, ein Auto zu kaufen, das ihr ohne übermäßige Ausgaben und Komplikationen Bewegungsfreiheit verschaffen würde.

Sie wollte einen Gebrauchtwagen suchen. Um nicht übers Ohr gehauen zu werden, rief sie Fontán an.

»Wozu brauchst du denn ein Auto, wo dein Freund doch eben ein tittengeiles gekauft hat?«

»Mußt du immer so machistisch sein?«

»Ich heirate demnächst. Laß mich doch die letzten Privilegien des Junggesellendaseins genießen.«

»Du kannst immer noch einen Rückzieher machen«, sagte Clotilde übereilt.

»Möglich. Was für ein Auto suchst du denn?«

»Das ist mir egal. Es soll mich nur befördern. Die Marken und Modelle kümmern mich nicht.«

»Das sagen alle Frauen, aber es stimmt nicht. Ich erkenne da viel Freud.«

Nach einigen Tagen rief er sie an und sagte, er habe genau das, was sie suche. Seine Freundin habe einen VW mit ziemlich vielen Jahren auf dem Buckel, aber sehr wenig Kilometern, den wolle sie loswerden.

»Wenn er in so gutem Zustand ist, warum will sie ihn denn verkaufen?«

»Wenn du diese Frage stellst, wirst du nie etwas aus zweiter Hand kaufen. Michelle sagt, sobald wir heiraten, braucht sie ihn nicht mehr.«

»Verdammt, du übst ganz schön Druck aus!«

»Also, interessiert es dich nun oder nicht?«

»Ich weiß nicht. Mit Freunden und Verwandten soll man keine Geschäfte machen.«

»Dummes Zeug. Es geht nur darum, deutlich zu reden und bar zu zahlen.«

»Und wenn es später Probleme gibt?«

»Es wird keine geben. Ich kenne das Auto, es ist in perfektem Zustand.«

»Ich meine nicht das Auto. Wenn deine Freundin nicht blöd ist, wird sie mich natürlich über den Tisch ziehen wollen.«

»Na und? Michelle ist keine Betrügerin, und du bist Anwältin.«

»Laß mich darüber schlafen.«

Clotilde wußte nicht, was sie tun sollte. Das Angebot in den Wind schlagen und woanders suchen hieß Fontáns Freundin kränken und damit auch Fontán selbst, aber wenn sie nichts mit ihr zu tun haben wollte, blieb ihr nichts anderes übrig, als auf den Autokauf zu verzichten, und das schmerzte sie. Sie hatte sich an den Gedanken gewöhnt und sah sich bereits am Steuer.

Diese Unschlüssigkeit hielt nicht lange an – am nächsten Morgen bekam sie im Büro einen Anruf von Fontáns Freundin.

»Mein Schnuckiputz sagt, daß dich mein Auto interessiert.«

»Ich denke darüber nach.«

»Du kannst nicht darüber nachdenken, wenn du es noch gar nicht gesehen hast. Soll ich dich heute mittag abholen? Dann drehen wir eine Runde, essen was Kleines, und ich setz dich wieder im Büro ab oder wo du willst. Ganz unverbindlich.«

»Okay. Finde ich gut.«

»Um halb zwei?«

»Ja. Kennst du die Adresse?«

»Aber sicher.«

Das Auto war rot, diskret und hatte keine Accessoires.

Clotilde weigerte sich, es auszuprobieren. Sie hatte mehrmals Mauricios neuen Wagen gelenkt, wußte aber, daß sie eine ungeübte Fahrerin war. Sie hatte Angst, eine Beule zu verursachen, und noch mehr, sich lächerlich zu machen.

Fontáns Freundin redete auf der ganzen Fahrt. Sie erläuterte ihr die Eigenschaften des Autos, wann sie es gekauft und wofür sie es gebraucht hatte, und machte weitere praktische Angaben wie die Versicherungsgesellschaft und die Reparaturwerkstätte, obwohl sie in Wirklichkeit weder das eine noch das andere je in Anspruch genommen hatte.

Es sei ein sehr zuverlässiges Auto, sagte Michelle, und nie habe es ihr Kopfzerbrechen bereitet.

Sie drückte sich präzise und unaffektiert aus. Da sie am Steuer saß, schaute sie Clotilde nur dann und wann aus dem Augenwinkel an.

Clotilde achtete nicht auf ihre Erklärungen. In der Intimität dieses kleinen, isolierten, vom Wohlgeruch dieser schönen, rätselhaften Frau erfüllten Raums empfand sie Faszination. Sollte ich eine Lesbe sein? fragte sie sich. Dann erinnerte sie sich, von Monsieur Pasquine auf ähnliche Art angezogen worden zu sein. Ich bin einfach geil und merke es nicht, dachte sie. Das ist das ganze Geheimnis.

Schließlich probierte sie den VW in einigen einsamen Straßen hinter dem Kloster Pedralbes aus.

»Fährt sich gut.«

»Natürlich. Ich habe im Tennisclub Barcelona einen Tisch reserviert.«

Clotilde war noch nie dort gewesen.

Sie aßen auf der Terrasse. Die Luft war rein und der Himmel klar. Noch war es warm, aber im Garten kündigte sich schon der Herbst an. Clotilde erinnerte sich an Genf. Dort muß es jetzt schon Winter sein, dachte sie.

»Sprechen wir vom Geld«, sagte sie.

»Ein andermal. Das eilt nicht. Jetzt möchte ich dieses Treffen lieber dazu nutzen, dich um einen Rat zu bitten. Es hat mit der Hochzeit zu tun.«

Clotilde hatte die Möglichkeit, daß das Thema erwähnt würde, in Betracht gezogen, aber nicht damit gerechnet, daß es so unvermittelt auf den Tisch käme. Soll sie sagen, was sie will, ich werde meine Karten nicht aufdecken. Wenn sie eine Sphinx ist, so bin ich dafür mit allen Wassern gewaschen.

»Also, es ist eine etwas heikle Angelegenheit. Vielleicht ist es albern, aber je nach dem Moment oder den Umständen kann eine Albernheit manchmal Gewicht bekommen oder zu einem Mißverständnis führen, du weißt schon, was ich meine.«

Clotilde nickte. Michelle fuhr fort:

»Es geht um folgendes. Für die Hochzeit, nicht für die kirchliche Zeremonie, sondern für danach, für das Fest oder das Bankett oder wie immer du es nennen willst, hatte ich eine maghrebinische Musikgruppe einladen wollen. Ich habe sie vor einem Jahr oder zwei in Madrid gehört, sie sind eine Wucht. Schließlich, nachdem ich Himmel und Erde in Bewegung gesetzt hatte, habe ich sie durch einen Freund ausfindig gemacht, der eine Agentur hat ... Nun, ich erspare dir die Details. Es geht nur darum, daß ich sie gefunden habe und daß ihnen das Datum im Prinzip paßt.«

Sie verstummte plötzlich und sah Clotilde unverwandt in die Augen. Der war klar, daß sie irgend etwas sagen mußte. Nichts deutete darauf hin, daß dieses skurrile Problem eine andere Absicht verbarg als die, ihre Meinung dazu zu hören.

»Das finde ich ausgezeichnet.«

»Wirklich?«

»Ja.«

»Und findest du nicht, ich sollte diese Gruppe mit einer normaleren abwechseln lassen? Ich stehe auf orientalische Musik, aber für Nichteingeweihte kann sie ein wenig lästig sein, meinst du nicht?«

»Michelle, ich bin nicht die geeignetste Person, um dieses Problem zu lösen.«

»Oh.«

»Hast du dich mit deinem Verlobten darüber unterhalten?«

»Nein. Er ist sehr beschäftigt und hat die ganzen Vorbereitungen mir überlassen. Du weißt ja, wie die Männer sind, sie erwarten, daß man alles für sie erledigt. Und ich bin, ehrlich gesagt, überfordert. Die Kleider, die Gästeliste, das Catering, um nur einiges zu nennen – du machst dir keine Vorstellung. Ich brauche jemand, der mir hilft.«

»Du hast bestimmt Freundinnen mit mehr Erfahrung als ich.«

»Ja, aber wenig vertrauenswürdige. Und da mein Zukünftiger immer sagt, du seist die intelligenteste Frau, die er je gekannt hat … Darum.«

»Fontán und ich sind seit einem Jahrhundert befreundet, und vor lauter Zuneigung wird er hyperbolisch, ich meine, übertreibt er, wenn er von meinen Fähigkeiten spricht.«

»Nein, du bist ganz sicher intelligent. Intelligent und hübsch, wenn es dich nicht stört, daß ich es sage. Du gefällst mir unheimlich, vor allem von hinten. Hat man dir schon gesagt, daß du ein total süßes Ärschchen hast?«

Clotilde war verwirrt.

»Also ich kann mir keine Hochzeit ohne Paso doble verstellen«, sagte sie nach einer Weile.

»Das denke ich eben auch. Siehst du, wie schnell wir uns verstanden haben? Zwei Gruppen, und die sollen abwechseln. Oder zuerst spielt die eine und dann die andere. Ich gehe davon aus, daß es dort einen Raum gibt, wo die Musiker warten können, bis sie dran sind. Sie sollen sich nicht unter die Gäste mischen, meine ich.«

»Und wo sie die Instrumente verwahren können.«

»Bei den Maghrebinern ist das kein Problem, die spielen kleine Instrumente, Flöte, Tamburin und so. Aber sie sollen auch nicht unrasiert und mit einem Krummsäbel durch den Saal spazieren.«

Clotilde schaute auf die Uhr. Es war spät geworden.

»Ich muß wieder zur Arbeit«, sagte sie.

»Ja, ja, ich halte dich nicht länger auf. Es macht dir doch nichts aus, wenn ich dich nicht begleite, oder? Ich habe da grad ein paar Leute gesehen, mit denen muß ich ganz dringend was besprechen. Sag beim Eingang, man soll dir ein Taxi bestellen. Und über den VW reden wir ein andermal. Die Vereinbarung wird dir zusagen, da bin ich sicher. Das Auto ist wie neu, aber es ist schon ein paar Jahre alt, und ich kriege nichts mehr dafür, also überlaß ich es dir zu einem symbolischen Preis. Ich ruf dich an. Küßchen.«

Clotilde kam mit Verspätung und zutiefst verwirrt ins Büro.

Sie hatte das Gefühl, einen Kampf ausgefochten zu haben und k.o. geschlagen worden zu sein, bevor sie auch nur die Spielregeln kennengelernt hatte. Doch das tat ihr weniger weh, als gesehen zu haben, wieviel Macht diese unergründlich dumme Person über einen intelligenten, exzentrischen, unsicheren Mann wie Fontán hatte.

An diesem Abend rief sie Mauricio an, um ihm das Vorgefallene zu erzählen. Es war das erste Mal seit Monaten, daß sie diese Initiative ergriff.

»Was das Ärschchen betrifft, so bin ich einverstanden«, sagte Mauricio.

»Ich bin perplex.«

Mauricio bemerkte in Clotildes Stimme eine versteckte Traurigkeit.

»Falls du einen Rat von mir willst – kauf das Auto.«

Auch Clotilde bemerkte den sachlichen Ton dieses belanglosen Satzes.

»Tschuldige. Es war ein Irrtum, dich anzurufen. Heute bin ich mit dem falschen Fuß aufgestanden.«

»Macht nichts. Die Zeit läuft uns nicht weg. Gute Nacht.«

Nach dem Aufhängen wurde Mauricio von Wut gepackt.

Auch er hatte einen wenig angenehmen Tag gehabt.

Sein Leben bestand darin, sich ununterbrochen Klagelieder anzuhören. Die Patienten schrien vor Schmerz, seine Eltern waren ein Abgrund an unausgesprochenem Leiden, und die Frauen setzten ihm mit ihren Wehwehchen zu. Einmal wurden ihm Lösungen abverlangt, andere Male Verantwortungen aufgebürdet und manchmal alles zusammen. Ich muß mich um alle kümmern, aber wer kümmert sich eigentlich um mich? Und dann soll ich auch noch um Verzeihung bitten, weil ich gesund bin, weil ich mir ehrlich mein Brot verdiene, weil ich weiß, was ich will, und weil ich mir mit meinem Geld ein gutes Auto gekauft habe.

Dann hätte er jeweils am liebsten alle zum Teufel geschickt.

Mauricios Mutter rief ihn bei der Arbeit an, sie sei in Barcelona. Er versprach, sie noch am selben Abend zu besuchen. Vorher benachrichtigte er die Porritos.

»Heute kann ich nicht kommen. Meine Mutter ist eingetroffen, da kann ich mich nicht drücken.«

»Macht nichts. Ist sie in deiner Wohnung?«

»Bewahre. Sie hat sich bei meinem Vater eingenistet.«

»Sind sie nicht getrennt?«

»Doch, aber das ist kein Hindernis für sie. Während sie da ist, pflegen sie ein mehr oder weniger erträgliches Zusammenwohnen, manchmal sogar gesellschaftliche Kontakte. Sie streiten sich nicht, aber nach einigen Tagen stürzen sie beide jeweils in die tiefste Depression.«

»Paß auf, daß du nicht angesteckt wirst.«

Mauricios Mutter umarmte und küßte ihn zerstreut, um sich nicht unterbrechen zu lassen, da sie mitten in einer Erzählung steckte.

»Ihr wißt gar nicht, was für ein Glück die gehabt haben. Ich sage ja nicht, daß sie es nicht verdienen, aber die Dinge können gelingen oder mißlingen, und in diesem konkreten Fall sind sie mehr als gelungen. Das junge Mädchen erfüllt sämtliche Bedingungen: Sie ist eine große Dame und zugleich eine volkstümliche Persönlichkeit. Sie wird von allen angebetet, und nicht einmal die Intellektuellen, die ja der Monarchie gegenüber sonst immer sehr knauserig sind, haben sich ihrem Charme entziehen können.«

Mauricio kam zum Schluß, daß die Mutter eine kurze Begegnung mit der Prinzessin von Wales gehabt hatte.

Der Vater stimmte mit winzigem Kopfnicken zu. Ganz langsam und ohne daß er es merkte, verzog sich sein interessierter Ausdruck zu finsterem Ernst, als hörte er eine Katastrophenmeldung. Ab und zu warf er aus dem Augenwinkel bekümmerte Blicke auf einen kleinen alten Fernseher, der stumm in einer dunklen Ecke des Eßzimmers stand und leichenhaft flimmerte.

»In natürlichem Zustand ist sie hübscher als auf den Fotos. Sie könnte eine Filmschauspielerin sein, aber nicht so vulgär. Ich stelle mir vor, sie hat Imageberater, aber wie sie geht, wie sie sich bewegt und ihre Kleider trägt, da sieht man eine Eleganz, die ihr in die Wiege gelegt worden ist.«

»Gibt es heute kein Abendessen?« fragte Mauricio.

»Dein Vater hat irgendwo einen Tisch reserviert.«

»Hier habe ich nichts«, sagte der Vater. »Du weißt ja, daß ich abends sehr frugal esse. Ein Stückchen Tortilla, ein Joghurt, zwei Plätzchen, das ist alles.«

»Ist es weit? Ich bin mit dem Auto da«, sagte Mauricio.

Der Vater stand auf und tat ein paar zögernde Schritte, als suchte er in einem unbekannten Zimmer den Ausgang. Die brüske Unterbrechung seiner Routine war ihm lästig.

»Ihr wißt ja nicht, wie viele Anrufe ich habe machen müssen. Wie ein Bettler bin ich mir vorgekommen. Alles voll – Restaurants, Hotels, alles. Es ist bestimmt eine Mustermesse. Ich mag gar nicht dran denken, wie es wäre, wenn wir die Olympiade bekämen.«

»Die Idee ist, die Stadt auf den Kopf zu stellen«, sagte Mauricio. »Ich weiß auch nicht, was die öffentlichen Bauten mit 100-Meter-Läufen zu tun haben, aber jeder Vorwand ist ihnen recht.«

Er wiederholte, was er gehört hatte, um das Gespräch auf ein unverfänglicheres Thema zu lenken.

»Wenn wir gut dastehen wollen«, sagte die Mutter, »dann kommt als erstes die Sauberkeit. Barcelona ist eine schmutzige Stadt. Die Leute scheuen sich nicht, alles auf den Boden zu schmeißen. Die Gehwege sind die reinste Mülldeponie. Auf wann hast du reserviert?«

»Auf zehn.«

»Es scheint unmöglich, diese barbarischen Zeiten zu ändern.«

»In England ist das Essen so schlecht, daß man froh ist, möglichst bald damit fertig zu sein«, sagte Mauricio. »Aus diesem Grund essen sie so früh zu Mittag und zu Abend.«

»Das ist sehr gesund.«

»Gesund ist eine gute Kost, und die englische Kost ist fatal. Würden sie Kichererbsen mit Paprikawurst essen, würde es nicht mehr so oft regnen.«

Im Restaurant überflog eine magere Blondine mit tragischem Ausdruck ein Merkbuch voller Streichungen und führte sie dann zu einem Tisch.

Die Ausstattung war modern und ein wenig prätentiös. Ein Stück freie Wand wurde von einem Flaschengestell verdeckt.

»Angenehm, der Ort«, sagte Mauricio. »Ich hab ihn nicht gekannt.«

»Ich auch nicht, aber man hat mir gesagt, sie haben guten Fisch«, sagte der Vater in entschuldigendem Ton.

»Warum ist für vier aufgedeckt, wenn wir nur drei sind?«

»Ach, wir haben es dir ja noch gar nicht gesagt. Die Leona stößt etwas später auch zu uns. Sie kommt nämlich zufälligerweise heute aus Brüssel zurück. Du weißt ja, daß sie dauernd unterwegs ist.«

Leona, die Löwin, war der Spitzname von Mauricios Schwester. Die beiden Geschwister kamen gut miteinander aus, aber sie sahen sich sehr selten.

»Wie läuft's denn bei ihr?«

Die Mutter machte ein spöttisch-unschuldiges Gesicht.

»Mein Name ist Hase. Sie erzählt mir nie etwas. Diese Mühe nimmt sie sich nicht.«

Der Vater mischte sich versöhnlich ein:

»Das Mädel ist ziemlich verschlossen, was ihre Angelegenheiten betrifft. Auch uns gegenüber ist sie sehr wortkarg, nicht wahr, Mauricio?«

Seine Schwester und seine Mutter gerieten ständig aneinander. Sie hatten einen ähnlichen Charakter. Mauricio dagegen war wie sein Vater, versöhnlich und ziemlich weich.

»Wir wollen bestellen. Wenn sie mit dem Flugzeug kommt, dann kommt sie weiß Gott wann.«

»Wenn es Möbel regnet!« rief der Vater und prustete los. Er freute sich mit krampfhaftem Gelächter über seinen Einfall und befreite sich dadurch ein wenig von der nervösen Anspannung, die ihn beherrschte. Seine Frau richtete sich kerzengerade auf und warf ihm einen tadelnden Blick zu. Sie nahm an, die anderen Gäste des Lokals hielten sie für eine hochmütige, mürrische Dame, doch keiner beachtete die Familie.

»Ob der Seebarsch nach baskischer Art wohl gut ist?« sagte Mauricio.

Der Vater rang nach Fassung.

»Aus dem Baskenland kann nichts Gutes kommen«, sagte er.

»Na, die Küche und immerhin einige Fußballer«, sagte Mauricio.

»Wenn sie die Unabhängigkeit wollen, sollen sie sie von mir aus haben«, sagte die Mutter, »wir sehen ja dann, wie sie ohne uns zurechtkommen.«

Für Mauricio war das baskische Problem sehr verfahren, aber er hatte keine Lust, die prekäre Eintracht, die in dieser Hinsicht zwischen seinen Eltern anscheinend herrschte, zu zerstören.

»Das ist ihr Bier«, sagte er.

Die Leona kam, als sie beim zweiten Gang saßen. Mauricio erzählte der Mutter eben, wie gut seine Praxis in Mataró laufe. Die Mutter, die ihm mit geringem Interesse zuhörte, nutzte das Kommen ihrer Tochter, um das Thema für abgehakt zu erklären.

Mutter und Tochter verwickelten sich sehr rasch in eine endlose Diskussion über ein triviales Thema. Wenn sie miteinander in Kontakt kamen, entzündeten sie sich wie zwei chemische Substanzen.

Die Leona war nach Brüssel gefahren, um EG-Gelder für die Finanzierung eines Forschungsprojekts zu bekommen. Nach mehreren kräftezehrenden Arbeitssitzungen und viel Gerede habe man sie ihr verweigert. Schuld daran sei die Kommissionspräsidentin, eine inkompetente, versoffene, lesbische Holländerin, die nur durch Beziehungen gewählt worden sei.

»Von wem?« fragte Mauricio.

»Und bis in zwei Jahren ist es nicht möglich, ein neues Gesuch zu stellen. Bei diesem Tempo …«

»Wenn es Möbel regnet!« rief der Vater.

Als sie das Restaurant verließen, wehte eine feuchtkalte Brise.

»Wenn ihr euch fünf Minuten geduldet, hole ich den Wagen«, sagte Mauricio.

»Das lohnt sich nicht.«

»Ich muß ihn sowieso holen.«

»Wie es bequemer ist für dich.«

Als er zurückkam, fand er sie an der Restauranttheke, stumm und müde. Seine Schwester trank einen Whisky on the rocks. Neben ihr stand ein kleiner Koffer, den sie beim Eintreffen in die Garderobe gestellt hatte.

Seine Eltern stiegen ein, ohne irgendeine Bemerkung zu machen.

»Steig du auch ein. Ich fahr dich hin«, sagte er zu seiner Schwester.

»Ich kann ein Taxi nehmen.«

»Ja, schon, aber ich fahre dich. Los, steig ein.«

Nachdem sie die Eltern vor der Haustür abgesetzt hatten, seufzten die beiden Geschwister erleichtert und lachten los. Die Leona zündete sich eine Zigarette an, ohne um Erlaubnis zu bitten, im Auto zu rauchen. Mauricio war ihr für diesen Vertrauensbeweis dankbar.

Die Leona hatte eine Mietwohnung in der Calle Cerdeña, aber an diesem Abend wollte sie nicht dorthin, sondern zu einem augenblicklichen Freund, wie sie ihn nannte.

»Wer ist es?«

»Was geht das dich an?«

Mauricio verstand diese Geheimniskrämerei nicht. Die Leona sagte, er sei ein bekannter Mann und sie beide behielten diese sporadische Beziehung ohne Zukunft lieber für sich.

»Warum ohne Zukunft? Ist er verheiratet?«

»Nein, es ist nicht das. Ich werde es dir eines Tages erzählen.«

»Wie du willst.«

»Und du – worin steckst du?«

»In nichts. Kleine Geschichten.«

»Mit diesem Auto reißt du doch bestimmt jede Menge Frauen auf.«

»Nein, im Gegenteil.«

»Ist ein Auto denn kein Phallussymbol?«

»Nur für die Stadtpolizei.«

Vor dem Hauseingang stand ein Mann mit dunkler Brille und bis zu den Brauen hochgeschlagenem Mantelkragen.

»Dieser Kerl gefällt mir nicht«, sagte Mauricio. »Ich steige mit dir aus.«

»Mach dir keine Sorgen – es ist der Leibwächter meines Lovers.«

»Das mußt du mir einmal genauer erklären. Ruf mich an, und wir gehen essen.«

Der Winter war hereingebrochen.

Unmittelbar vor der Reise nach Paris, die sie nach langen Gesprächen geplant hatten, erlitt die Porritos einen Rückfall. Sie wurde ins Krankenhaus gebracht, wo sie einige Tage blieb, damit man Tests durchführen konnte. Nach jedem einzelnen Test war sie erschöpft, niedergeschlagen und wehleidig.

»Wenn sie doch wissen, was ich habe und daß ich sterben werde, warum quält man mich dann?«

Mauricio teilte diese Sicht, versuchte die Porritos aber aufzumuntern.

»In den USA sind sie wie wahnsinnig am Forschen, und in Europa ebenso. Das Labor, das als erstes ein wirksames

Medikament findet, verdient sich eine goldene Nase, also wird es nicht mehr sehr lange dauern. Die Losung heißt: Widerstand leisten. Die Zeit spielt zu unseren Gunsten.«

Die Porritos runzelte zwar die Stirn, ließ sich aber von diesen leeren Worten trösten und nährte insgeheim falsche Hoffnungen.

Eines Tages trafen sie auf dem Flur des Krankenhauses auf Señora Remedios, mit der die Porritos bei ihrem ersten Eintritt das Zimmer geteilt hatte. Sie trug dasselbe Nachthemd und denselben Morgenrock. Nur sie selber hatte sich ganz offensichtlich verändert. Sie war dünner und beinahe kahl.

»Ich bin mehr hier drinnen als draußen, aber beklagen tu ich mich nicht, weil draußen, so, wie ich ausseh, wie soll ich da arbeiten? Und dann auf den Strich gehen, das schlafft mich total ab. Aber hier gibt's wenigstens 'ne schöne Heizung.«

Daraus schloß Mauricio, daß Señora Remedios der Prostitution nachging. Wahrscheinlich hatte sie sich dabei angesteckt, und wahrscheinlich hatte sie die Krankheit nach allen Seiten hin weiterverbreitet.

»Und du, wie geht's dir, meine Kleine?«

»Schlecht, Señora Remedios. Ich sterbe, und keiner will es mir sagen.«

»Logisch. Sie sagen es dir nicht, weil sie es nicht wissen. Man stirbt, wenn Gott es beschließt, keine Minute früher und keine Minute später. Denk doch nur an Franco, den wollten die einen hochhalten wie auf einem Altar, und andere wollten, daß er möglichst bald abkratzt, von wegen dem Wechsel, und dann war es doch Gott, der es beschlossen hat: am 20. November. Und du genauso.«

Die Porritos nahm diesen krausen Gedankengang wörtlich. Die beiden verstehen sich, dachte Mauricio, Kranke haben einen Geheimcode.

Señora Remedios war auf den Flur hinausgegangen, um

für eine Weile die Tapete zu wechseln, aber jetzt war sie schon wieder müde und wollte ins Zimmer zurück.

Sie halfen ihr beim Aufstehen und trugen sie fast schwebend. Durch den Ärmel hindurch spürte Mauricio die schlaffe Haut und die Kanten eines zerbrechlichen Gerippes.

Auf ihrem Nachttisch stand ein riesiges Heiligenbild.

»Wenn man glaubt, dann kommt man ohne Doktor wieder auf die Beine. Das ist eine Frage des Köpfchens – ich fühl mich kerngesund wie eine Blume, verdammt noch mal. Der Geist kriegt alles hin.«

Während eines ihrer Krankenhausaufenthalte hatte Señora Remedios Besuch von einem Predigerpaar bekommen und war dann ihrer Sekte beigetreten.

»Bei den Pfaffen weiß man nie genau, woran man ist. Bei denen dagegen die nackte Wahrheit.«

»Was für eine Sekte ist es denn?«

»Was weiß ich … Die Evangelen von irgendwas, glaub ich. Und es ist keine Sekte. Es ist die nackte Wahrheit. Sterben lohnt sich nicht, wenn einem der Glaube helfen kann. Aber jetzt leistet ihm die beschissene Mekrobe Widerstand. Schauen Sie bloß mich an.«

Als sie wieder auf den Flur hinausgingen, nahm die Porritos Mauricio am Arm.

»Glaubst du daran?«

»An Wunder? Nicht groß. Aber eine positive Einstellung des Kranken ist sehr hilfreich.«

»Habe ich sie?«

»Manchmal. Jeder tut, was er kann.«

»Señora Remedios scheint es nicht sehr gut zu gehen.«

»Señora Remedios hat ein nicht sehr hygienisches Leben geführt.«

»Wie ich. Sie vom Hunger getrieben und ich, weil ich nicht nein sagen kann. Ein paar alberne Worte und so tun, als hätte man mich lieb – mehr hat es nicht gebraucht. Glaubst du, was uns zustößt, ist eine Strafe Gottes?«

»Red keinen Unsinn.«

Aufgebracht verließ Mauricio das Krankenhaus. Mir stehen alle Möglichkeiten offen, das Leben ist schön – was hab ich eigentlich in einem solchen Kellerloch zu suchen? fragte er sich.

Nach einigen Tagen rief ihn Clotilde zu Hause an und schlug ihm vor, gemeinsam ein Hochzeitsgeschenk für Fontán zu kaufen.

»Viel bleibt wahrscheinlich nicht mehr übrig.«

»Ach, wir lassen uns auf die Unwürdigkeit der Hochzeitsliste ein?«

»Es ist am praktischsten.«

Mauricio widersetzte sich nicht. Jedes Zeichen von Normalisierung in seiner Beziehung zu Clotilde erschien ihm als großer Schritt.

Im Laden empfing sie eine sehr höfliche Frau mit verschwörerischem Ausdruck.

»Ich lasse Sie allein, damit Sie die Liste durchsehen können. Wenn Sie sich entschlossen haben, rufen Sie mich, und sollten Sie eine Frage haben – ich bin hier, um Ihnen behilflich zu sein.«

Mauricio ging die Aufstellung von Gegenständen und Preisen durch. Die meisten Dinge waren schon mit einem Kreuzchen versehen. Es blieben nur noch Einzelstücke übrig.

»Wie kann man bloß auf so eine Geschmacklosigkeit verfallen?«

»Und danach versilbern sie es«, sagte Clotilde.

»Trotzdem. Ich weigere mich, ein Porzellanservice zu kaufen. Wozu haben wir denn Althusser gelesen?«

Schließlich wählten sie ein Frühstückstablett, dessen Preis ihren Möglichkeiten angemessen war. Auf ein Kärtchen kritzelte Mauricio einige Glückwünsche, und beide unterschrieben.

In diesem banalen Akt und Clotildes Passivität sah Mauricio eine Art Verbindlichkeit, eine wortlose Einladung zu weiteren Initiativen.

»Gehen wir zu Abend essen?«

»Es ist noch sehr früh.«

»Macht nichts – ich habe ständig Hunger und du nie. Wir geben uns als Touristen aus.«

Mauricio fand das japanische Essen spärlich, absurd und teuer, aber da Clotilde es mochte, schlug er ein neues japanisches Restaurant vor, über das er Lobendes gehört hatte.

Der winzige Eingang hatte einen Kieselsteinboden, und am hölzernen Türsturz hingen einige rechteckige Fetzen mit je einem dick aufgepinselten Schriftzeichen. Eine rundliche Frau in Kimono und Schürze empfing sie. Mauricio fragte, ob das Lokal geöffnet sei.

»Ja, ja.«

»Und können wir schon zu Abend essen?«

»Abeesse? Aba ja.«

Das Restaurant war klein und leer. Die Frau plazierte sie an einen Ecktisch und reichte ihnen eine Karte mit japanischen Zeichen und spanischer und englischer Übersetzung.

»Immer sind es dieselben Gerichte, und trotzdem kann ich mich nie erinnern, was es ist«, sagte Clotilde. »Zum Glück liebe ich sie alle.«

»Pah, roher Fisch und gebratene Bananen. Wer kommt denn auf so was?«

»Niemand hat dich gezwungen hierherzukommen.«

»Ich habe mich nicht beklagt. Mir paßt alles. Ich wollte nichts anderes als mit dir zu Abend essen, und sei es Sojasoße. Hat man dir als Kind nicht etwas ganz Ähnliches als Abführmittel gegeben?«

»Nein. Hattest du wirklich Lust, mit mir zu essen?«

»Das weißt du doch.«

»Aber du hast es nicht gesagt.«

»Die Umstände waren nicht danach.«

»Mußt du immer mit dem Strom schwimmen?«

»Nein, aber ich mag mir auch nicht an einem Fels den Kopf einrennen.«

»Der Fels bin ich?«

»Ich weiß es nicht.«

»Mach doch den Versuch.«

Ohne darüber gesprochen zu haben, gingen sie nach dem Essen zu Mauricio.

Er war sehr nervös.

Clotilde auch, aber aus einem anderen Grund. Indem sie Mauricios Wünschen – und zu einem guten Teil den eigenen – nachgab, glaubte sie einen Fehler mit unabsehbaren Folgen zu machen, aber sie fand keinen Grund, ihn nicht zu machen, und handelte entsprechend diesem nicht sehr schlüssigen Gedankengang.

Als sie am nächsten Morgen zum Frühstück ins *Claret* gingen, empfing sie der Besitzer mit übertriebenem Lächeln. Mauricio war so zufrieden, daß er Señor Claret am liebsten alles erzählt hätte. Auch fühlte er sich dazu getrieben, Clotilde zu sagen, wie glücklich er in diesem Augenblick war, doch als er sah, wie unwohl es ihr angesichts der Taktlosigkeit des Besitzers war, beherrschte er sich. Er fürchtete, sie in die Enge zu treiben mit einer Erklärung, die sie dazu zwingen würde, ihre eigenen Gefühle offenzulegen. Mehr aus Rücksicht auf sie als aus strategischen Gründen nahm er eine gleichgültige, fast gelangweilte Haltung an, als wäre das eben zwischen ihnen Geschehene etwas Einmaliges ohne weitere Folgen gewesen.

Clotilde verhielt sich ebenso. Später jedoch, als Macabrós in ihr Büro kam, ertappte er sie dabei, wie sie leise vor sich hinsummte. Sie errötete. Der Anwalt übersah solche Kleinigkeiten. Nach dem Abendessen im Genfer Hotel war zwischen ihnen wieder die etwas autoritäre Distanz eingetreten, die den Umgang des Anwalts mit seinen Angestellten kennzeichnete.

»Komm in mein Büro«, sagte er. Dort fuhr er fort: »Aus Gründen, die keine Rolle spielen, habe ich eine Strafsache annehmen müssen. Du wirst sie führen.«

»Worum geht es?«

»Raubmord. Der Staatsanwalt wird siebenundzwanzig Jahre beantragen.«

»Das ist eine große Verantwortung.«

»Du wirst sie übernehmen müssen. Ich habe sonst niemanden.«

Er gab ihr eine Kopie der Prozeßführung, die Clotilde aufmerksam las, ehe sie sich mit dem Angeklagten unterhielt, der sich in Untersuchungshaft befand.

Im Gefängnis ging sie ins Verwaltungsbüro, wo man ihr einen Begleitschein aushändigte. Damit erhielt sie die erforderliche Ermächtigung, den Gefangenen zu besuchen. Nachdem sie zwei Gittertüren hinter sich gebracht hatte und eine düstere Treppe hinaufgestiegen war, begleitete sie ein Beamter zu einem der Sprechzimmer. Es war ein elendes Kabuff, von einem weiteren identischen Kabuff durch ein Kunststoffenster mit Löchern getrennt, durch das man die Person auf der anderen Seite sehen und sich mit ihr unterhalten konnte. Nach einer Weile erschien der Gefangene. Es war ein Mann mittleren Alters, schmächtig, linkisch, ausdruckslos, schüchtern wirkend. Er setzte sich mit gesenktem Blick. Clotilde wußte nicht, wie sie anfangen sollte. Alles kam ihr unwirklich vor, aber sie versuchte, ihre eigenen Reaktionen zu vergessen und sich auf die Arbeit zu konzentrieren.

»Du heißt Breto?«

»Jawohl.«

»Breto ist ein Name?«

»Eine Verkleinerungsform.«

»Wovon?«

»Von Libreto.«

»Nicht eher von Liberto?«

»Nein, von Libreto.«

»Okay, Breto. Du weißt ja, warum ich hier bin. Man hat mir deinen Fall übergeben, und ich bin bereit, ihn zu führen, aber ich möchte deine Zustimmung haben. Ich meine nicht einfach die Erlaubnis, sondern dein Vertrauen.«

Der Gefangene nickte.

»Das muß auf Gegenseitigkeit beruhen«, sagte er.

»Ich verstehe dich nicht.«

»Ich vertraue Ihnen, und Sie vertrauen mir. Ich bin nämlich unschuldig, wissen Sie.«

»Jedermann ist …«

»Nein, nein. Ich spreche von mir. Sie müssen mir meine Unschuld glauben.«

»Im Moment wollen wir vom Tattag sprechen.«

Am Tattag hatte der Angeklagte um dreiundzwanzig Uhr das Lokal betreten, das das Opfer führte. Er sagte, er habe nichts zu Abend gegessen und habe kein Geld, und bat um Anschreiben. Etwas widerwillig wurde ihm eine Portion Fleischklößchen mit einem Stück Brot und einem Glas Wein vorgesetzt. Nachdem er das verzehrt hatte, bat der Angeklagte, im Lokal bleiben zu dürfen, denn es hatte zu regnen angefangen, und er wußte nicht, wo er hingehen sollte. Es wurde ihm erlaubt, und er blieb bis zur Sperrstunde dort sitzen, die wie üblich kurz nach drei Uhr früh war. Auch wenn einige Gäste das Vorangegangene bezeugten, befanden sich im Moment des Schließens nur der Inhaber und der Angeklagte im Lokal. Als letzterer später verhört wurde, sagte er aus, er habe den Inhaber lebend und unversehrt zurückgelassen, ja ihm von der Straße aus sogar geholfen, die Eisenjalousie des Lokals herunterzulassen. Laut dem Angeklagten war der Inhaber drinnen geblieben, um aufzuräumen und hinter verschlossener Tür Kasse zu machen. Danach war der Angeklagte, da es noch immer regnete, in ein Animierlokal gegangen, wo er etwa um zwanzig vor vier eintraf und den Rest der Nacht im

Trockenen verbrachte, wie einige Frauen bezeugten, die in diesem Lokal ihrer Arbeit nachzugehen pflegten. Als er vom Tod des Lokalinhabers unterrichtet wurde, zeigte sich der Angeklagte überrascht und verwirrt und versicherte, er wisse nichts und verdächtige niemanden. Es wurde eine kleine Geldsumme bei ihm gefunden, über deren Herkunft er keine befriedigende Auskunft zu geben vermochte. Da er kurz zuvor behauptet hatte, kein Geld zu besitzen, und das Lokal als letzter verlassen hatte und in Anbetracht seiner Vorstrafen wurde er festgenommen und dem Strafrichter übergeben, der seine Überführung ins Gefängnis anordnete.

»Ich hatte keinen Grund, ihn umzubringen, im Gegenteil. Er war ein guter Mensch und hatte mich immer gut behandelt, speziell und ganz besonders wenn es mir elend ging. Den sollte ich umbringen? Alles ist eine Annahme, die auf gesetzwertlosen Mutmaßungen beruht.«

Er sprach in wehleidigem Ton, langsam und präzise, und bewegte feierlich den Kopf im Rhythmus der Worte, als würden seine eigenen Argumente tiefe Überlegungen in ihm auslösen.

»Etwas muß es ja geben, damit man dich anklagt.«

»Die Schmiere kann mich nicht ausstehen.«

»Du hast Vorstrafen, Breto, wegen Überfalls und Diebstahls.«

»Ich sag ja, die Polypen haben mich auf dem Kieker.«

»Warum denn?«

»An jemand müssen die doch ihre Wut auslassen. Vorher war es die Arbeiterklasse, jetzt sind es wir armen Teufel.«

Clotilde schleppte eine riesige lederne Aktentasche mit. Mauricio sagte:

»Darf man erfahren, was da drin ist?«

Sie hatten sich am Feierabend auf ein Bier verabredet.

Clotilde erzählte ihm die Einzelheiten des Falls und gab ihm einige Auszüge des Polizeiprotokolls zu lesen.

Sie war sehr aufgekratzt. Im Gefängnis hatte sie befürchtet, Breto würde sich, weil sie eine Frau war und keine Erfahrung hatte, weigern, die Bevollmächtigung zu unterschreiben, aber er hatte nicht einen Moment gezögert. Das hatte ihr viel Selbstvertrauen gegeben und große Achtung vor ihrem Klienten eingeflößt.

»Wir werden gewinnen. Das Protokoll ist eine Ansammlung von Ungereimtheiten.«

»Und von gesundem Menschenverstand«, sagte Mauricio. »Dieser Typ hat doch nur gewartet, bis die Gäste verschwunden waren, und als er mit dem Inhaber allein war, hat er ihn abgemurkst, den Tageserlös eingesackt und ist dann geradewegs in ein Bordell gegangen, um den Coup mit seinen Miezen zu feiern. Er ist ein Verbrecher, und Verbrecher benehmen sich so.«

»Für mich ist er ein Bürger mit dem Anspruch auf ein gerechtes Verfahren.«

»Ich habe nicht das Gegenteil gesagt. Glaubst du, er ist unschuldig?«

»Ich darf mir die Frage nicht stellen. Wenn er schuldig ist, sollen sie es beweisen. Meine Pflicht ist es, nichts zu übersehen, was nicht durch stichhaltige Beweise begründet ist.«

»Und einen Verbrecher frei herumlaufen lassen?«

»Er ist kein Verbrecher.«

»Aber er hat ein paar tolle Vorstrafen.«

Clotilde erschien Mauricios Einstellung simplifizierend und reaktionär. Für ihn dagegen hatte Clotildes Einstellung einen geradezu amoralischen Anhauch.

»Hör zu, das Gericht fällt ein Urteil, nicht ich. Ein Anwalt muß einzig um die Erfüllung des Gesetzes und die Anwendung sämtlicher Garantien besorgt sein. Verstehst du?«

»Trotzdem, Wirklichkeit und Gerechtigkeit dürfen nicht auf einigen Syntaxfehlern gründen.«

»Worauf denn sonst? Vielleicht gibt es in der Zukunft unfehlbare wissenschaftliche Beweismittel, aber gegenwärtig haben wir keine andere Wirklichkeit als die Worte. Wenn die Worte versagen, stürzt die Wirklichkeit ein.«

Mauricio fand das eine Spitzfindigkeit, und Clotilde irritierte und entmutigte Mauricios Halsstarrigkeit. Sie fühlte sich von ihm nicht verstanden und konnte nicht umhin, ihn mit Fontán zu vergleichen, dessen offensichtliche Skrupellosigkeit ihr paradoxerweise mehr der Wirklichkeit verpflichtet und also ehrlicher erschien. Aber Fontán gehörte mittlerweile zu einer Welt, von der sie ausgeschlossen war.

»Es geht nicht darum, einen Menschen zu richten für das, was er ist oder war, sondern zu ermitteln, ob er eine konkrete Tat begangen hat oder nicht. Du wirst wohl nicht verlangen, daß er sein ganzes Leben lang die Fehler der Vergangenheit mitschleppt.«

»Ich verlange überhaupt nichts, aber ich fürchte, es ist so, für deinen Klienten und für alle.«

»Nein. Das Gewissen ist eines und zwanzig Jahre sitzen ein anderes. Dieser Mann ist vom Leben sehr mißhandelt worden. Ich meine nicht bloß die familiären Umstände und so, sondern die Tatsache, daß ihn die Gesellschaft immer als Fußmatte benutzt hat. Hör dir das an: ›In dem Moment, als die Festnahme stattfand, verlangte der Festgenommene lauthals, daß ihm seine Rechtsgründe vorgelesen würden, worauf einer der Polizisten antwortete: Du wirst gleich sehen, was ich mit deinen Rechtsgründen mache, und er packte ihn bei den Schamteilen und schüttelte ihn frech und immer wieder.‹«

»Nicht schlecht.«

»Siehst du? Für dich ist das ein Gag, für ihn Erniedrigung und Hilflosigkeit. Für die anderen ist sein Leben ein Witz. Sogar für dich, der du doch für Mao und Trotzki noch Kerzen aufstellst. Wo sind denn die Geächteten der Erde hingekommen?«

»Nirgends hin. Sie sind, wo sie waren, und dort werden sie bleiben, mit oder ohne meine Hilfe.«

»Hast du dich schon zurückgezogen?«

»Zurückgezogen ist nicht das richtige Wort. Ich befinde mich in einer anderen Lebensetappe. Ich habe die Begeisterung verloren, aber ich habe nicht auf meine Überzeugungen verzichtet. Und auch nicht auf die Hoffnung: Andere, Jüngere werden kommen und den Platz einnehmen, den wir mit dem Vergehen der Zeit und den veränderten Gegebenheiten verlassen.«

»Ist das nicht eine sehr bequeme Haltung?«

»Vielleicht, aber das Leben ist kein Zirkus. Ob eine Haltung gut oder schlecht ist, hängt nicht vom Grad ihrer Unbequemlichkeit ab. Auch der Preis, den wir für unsere Haltung zu bezahlen haben, spielt keine Rolle.«

Clotilde verfaßte einen Schriftsatz und legte ihn Macabrós vor.

»Gut, aber du darfst das nicht allzu ernst nehmen.«

Sie studierte das Ermittlungsverfahren und besuchte Breto im Gefängnis, um Einzelheiten miteinander zu vergleichen und Widersprüche zu entwirren. Diese Besuche machten sie traurig, aber sie beglückwünschte sich, mit dieser Facette der Wirklichkeit in Kontakt gekommen zu sein.

»Machen Sie sich meinetwegen keine Sorgen«, sagte Breto zu ihr, »mir geht es gut hier, und ich habe Vertrauen zu Ihnen. Eines Tages wird zur Abwechslung die Gerechtigkeit siegen und der Spieß in die Enge getrieben werden. Denn Sie glauben doch an meine Unschuld, nicht wahr?«

Da Breto darauf beharrte, stimmte Clotilde schließlich zu, obwohl ihr klar war, daß es genauso gewagt war, bei diesem Verfahren oder einem ähnlichen ihre Leichtgläubigkeit zu verpfänden wie sich gefühlsmäßig zu engagieren, doch sie konnte es nicht vermeiden. Sie arbeitete nicht, um zu gewinnen, sondern um der Welt zu beweisen, daß sie recht hatte.

Bei dieser ganzen Unruhe war Mauricio der Leidtragende.

»Ich bitte dich, das ist doch nicht der Nürnberger Prozeß.«

Er versuchte nur, dem Ganzen ein wenig Gewicht zu nehmen, aber Clotilde brachten solche Sprüche in Rage.

»Ihr Männer könnt nur über eure Arbeit reden und über die Probleme bei eurer Arbeit und wie gut es läuft bei eurer Arbeit. Und das ist ganz logisch, weil es eure Arbeit ist, die die Welt bewegt. Wir Frauen dagegen sollen sie überhaupt nicht wichtig nehmen, wir arbeiten ja schließlich nur, um die Zeit totzuschlagen. Warum sollen wir auch arbeiten, wo es uns zu Hause beim Kinderhüten und Stricken doch so gutginge?«

Eines Vormittags, als sie in ihren Fall vertieft war, rief Fontáns Verlobte an.

»Hast du dich für etwas entschieden?«

»Weswegen?«

»Wegen des Autos.«

»Ach so, ja, ich nehme es.«

»Da hast du soeben ein gutes Geschäft gemacht. Wie gedenkst du es zu bezahlen?«

»Mit meinem Geld, meine Liebe.«

»Ich meine, ob bar, mit Scheck, per Überweisung oder so. Wenn du es cash bezahlst, kann ich den Preis ein wenig angleichen, du weißt schon, was ich meine.«

Clotilde versprach, bar zu bezahlen. Dann merkte sie, daß sie nicht über diese Summe verfügte und auch keine Möglichkeit hatte, sie zu bekommen. Mit ihrem Gehalt und ohne Arbeitsvertrag würde ihr keine Bank einen Kredit geben. Da sie sich nicht an Mauricio wenden mochte, beschloß sie, ihren Widerwillen zu überwinden und ihren Onkel Manuel zu fragen.

»Aber natürlich. Natürlich könnte ich dir dieses Geld vorschießen. Und mein erster Impuls wäre es zu sagen: Da, nimm. Jedoch ...« Onkel Manuel verfiel in einen ernsten, fast untröstlichen Ton. »Aus Liebe zu deinen Eltern und zu dir... Obwohl ich weiß, daß es in der Vergangenheit zwischen dir und mir kleine Differenzen gegeben hat... Nun, trotzdem und ungeachtet dieser Differenzen hast du für mich immer zur Familie gehört. Das ist es, was für mich zählt. Und gerade deswegen kann ich meiner Verantwortung nicht ausweichen. Obwohl ich altmodisch wirken mag, bin ich es nicht. Ich weiß natürlich, daß ein Auto heutzutage keine Grille mehr ist, sondern ein Arbeitsinstrument. Aber dennoch ... Trotz allem ...«

Clotilde riß der Geduldsfaden.

»Du hast recht. Zwischen uns hat es einige Differenzen gegeben, und das ist nicht die beste Art, sie auszuräumen. Behalt dein Geld.«

»Na hör mal, du brauchst mir nicht aggressiv zu kommen, ja?«

Als sie auf die Straße trat, regnete es. Clotilde verfluchte ihr Schicksal.

»Das hast du davon, wenn du's an verkehrter Stelle versuchst«, sagte Mauricio.

»Und was nun?«

»Ich habe doch den Kredit. Zwar ist das Geld zurückerstattet, aber der Kredit nicht annulliert, weil ich dadurch Steuervergünstigungen habe. Du kannst ihn bedenkenlos benutzen. Letztlich ist es nicht mein Geld. Ich wirke nur als Bürge. Das Geld gehört der Bank, und du weißt ja, was Bertolt Brecht gesagt hat. Und wenn du mich hängenläßt, sag ich's eben deinem Freund Breto.«

Unter dem Zwang der Notwendigkeit willigte Clotilde ein, aber die Abmachung hinterließ ihr einen üblen Nachgeschmack. Trotz Mauricios Leichtsinn hatte sie sich nun doch an ihn gewendet – sein Geld oder seine Höflichkeit zu akzeptieren war dasselbe, und am Ende war letzteres noch erniedrigender für sie. Wird mein Leben eigentlich dauernd darin bestehen, mich zu bedanken und um Verzeihung zu bitten? fragte sie sich.

Trotz der Aussicht auf die Olympischen Spiele war die Stadt in eine Art ungemütliche Traurigkeit verfallen. Die Gespräche welkten dahin, die gesellschaftlichen Zusammenkünfte waren langweilig. Niemand fand die Gedanken der anderen interessant, nicht einmal die eigenen. Das Geld war reichlich im Umlauf, kam aber mit dem wirklichen Leben nicht in Berührung. Es herrschte ein Zustand allgemeiner Unzufriedenheit. Die Zügellosigkeit der vorangehenden Zeit hatte einem Netz mechanischer, etwas schmutziger Beziehungen Platz gemacht. Die Gegenwart verunreinigte die Vergangenheit: Im Rückblick interpretierten alle ihre Taten in einem kalten, kritischen Licht, und der Idealismus der Vorjahre erschien ihnen jetzt als dumm, wenn nicht gar scheinheilig. Diese verdrießliche Stimmung war ein guter Nährboden für unverfrorene Menschen und solche, die im Schutz der Schatten aktiv waren. Wer seine Hoffnungen in die Zukunft gesetzt hatte, sah sich widerlegt, und wer geschwiegen hatte, brüstete sich jetzt damit, bei sich immer das Schlimmste prophezeit zu haben.

Wer zuerst aus Altruismus gehandelt hatte, ließ sich nun korrumpieren, die einen aus Habgier oder Sittenlosigkeit, andere aus Kleinmut. Die öffentliche Meinung schickte sich in das alles. Neue Themen beanspruchten die Aufmerksamkeit der Menschen, triviale Themen, die die Massenmedien tunlichst verbreiteten und mit Nahrung versorgten. Noch nie war der Mangel an Anstand unter allgemeinem Applaus so weit gediehen.

Die Intellektuellen hielten aus Furcht vor Repressalien oder aus Ehrgeiz den Mund, verkauften ihr Schweigen und selbst ihre Mitschuld für Geld oder einen flüchtigen, provinziellen Ruhm. Lobhudelei und Bestechung öffneten wieder sämtliche Türen.

Die Politiker hatten gelernt, was Macht vermochte, und mischten sich unverhohlen überall ein. Viele überschritten die Grenzen des Zulässigen und sahen sich gezwungen, ihr Amt niederzulegen, doch der Skandal hielt nicht lange an und hatte keine praktischen Konsequenzen.

Die Finanzen dominierten alles.

In dieser Zeit verschlechterte sich die Gesundheit der Porritos. Sie war immer noch zu Hause und wurde von Señora Marcela gepflegt, freilich unter unhaltbaren Bedingungen.

Eines Abends sah sich Mauricio Señora Marcelas Tochter gegenüber. Er wußte von ihr, hatte sie jedoch noch nie gesehen.

Corina war eine junge Frau mit Fettpolstern und stumpfem Blick. Sie hatte einen aggressiven Zug um die Lippen und ein zahnfleischentblößendes Grinsen und roch stark nach Rosenöl.

Sie nahm Mauricio beiseite, so daß die Porritos sie nicht hören konnte, und sagte, sie sei nicht gewillt, ihre Mutter weiter in dieser Wohnung zu lassen, wo sie der Ansteckung ausgesetzt sei.

Mauricio versicherte ihr, es gebe keine Gefahr, wenn man die entsprechenden Vorsichtsmaßnahmen treffe, aber seine Argumente klangen nicht überzeugend. Schließlich brachte er sie dazu, alles beim alten zu lassen, solange ihnen keine bessere Lösung einfiel.

Nachdem Señora Marcelas Tochter gegangen war, kam Pfarrer Serapio. Mauricio sah die Rettung nahen.

»Wenn du mit ihr sprichst, wird sie auf dich hören.«

»Pah, diese Hexe will bloß mehr Kohle. Die Mutter ist ihr völlig egal.«

»Sei doch kein Zyniker. Die Arme hat ja zum Teil recht.«

Pfarrer Serapio brauste auf.

»Mich schimpft niemand einen Zyniker! Und schon gar nicht ein Herrensöhnchen wie du!«

Mauricio verzweifelte. Ganz offensichtlich hatte Pfarrer Serapio zu tief ins Glas geguckt. Von ihm war nichts zu erwarten außer Scherereien.

»Laß gut sein. Wir werden uns doch nicht wegen einer Albernheit streiten. Wir haben ein dringenderes Problem.«

»Mich schimpft niemand einen Zyniker.«

»Ist ja gut, Mensch. Ich nehme zurück, was ich gesagt habe, und leiste Abbitte.«

»Das Geld, das Geld... Eine andere Sprache kennt ihr nicht, aber ihr rümpft die Nase, wenn jemand davon spricht. Und dann soll ich der Zyniker sein. Schau doch, wie ich angezogen bin! Und das Motorrad? Verkraftet keine weitere Reparatur und läuft nur noch wie durch ein Wunder. Und alles bloß, weil ich das evangelische Gebot erfülle. Gebt, und es wird euch gegeben werden. Ja, ja. Ein Scheißdreck wird euch gegeben werden. Hier gibt keiner was, verdammt noch mal. Und wer am meisten hat, gibt am allerwenigsten.«

Mauricio machte eine Bewegung der Gleichgültigkeit, und der andere drohte, ihm einen Faustschlag zu versetzen. Er war außer sich. Mauricio tat einen Schritt zurück und warf ein Tischchen um.

Alarmiert vom Lärm und von den Stimmen, erschien die Porritos. Als sie sah, was sich abspielte, geriet auch sie in Harnisch. Sie fand es unerträglich, daß die anderen etwas anderes ernst nahmen als ihre Krankheit. Das unablässige, hoffnungslose Leiden hatte ihr Wesen verbittert. Sie verlangte dauernde Aufmerksamkeit, und die geringste Unannehmlichkeit brachte sie auf. Nur ab und zu, wenn sie mit Mauricio allein war, fand sie zu ihrer ehemaligen Sanftheit zurück. Dann forderte sie Zärtlichkeit und Mitleid. Das waren für Mauricio ganz besonders mißliche Momente.

Clotildes Welt dagegen erschien ihm immer angenehmer. Zwar gab es auch da Probleme, aber die meisten konnten mit Vernunft gelöst werden, und die anderen verschwanden mit der Zeit von selbst.

Mauricio fragte sich, ob diese rationale Welt nicht eine Fiktion war. Vielleicht bestand der Unterschied zwischen dem Wirklichen und dem Falschen genau darin, dachte er: daß in der wirklichen Welt die Dinge wegen der Verblendung und Halsstarrigkeit der Menschen keine Lösung finden. Dem menschlichen Wesen ist es lieber, daß es allen schlechtgeht, als daß es Zugeständnisse macht. Eher mag die Welt einstürzen, als daß man auch nur eine Handbreit nachgibt.

Clotilde nahm seine Überlegungen nicht ernst.

»Was weißt denn du von diesen Dingen. Den ganzen Tag tust du bloß weh und verdienst ein Vermögen dabei.«

Für sie bereicherte die tägliche Arbeit in der Zahnklinik das Wissen von den Menschen und vom Leben nicht. Es war eine heikle und zweifellos nützliche, aber mechanische Arbeit. Sie machte per definitionem unempfindlich für den Schmerz anderer.

»Aber wenn du mich nicht verstehst, wer soll mich denn dann verstehen?«

Mauricio begeisterte seine Arbeit, und das Unverständnis der Leute machte ihn traurig. In der öffentlichen Meinung waren die Ärzte Helden und Heilige, die Zahnärzte dagegen Witzfiguren. In den Kinderzeitschriften fehlte es nie an Comics mit Anspielungen auf die Zahnärzte.

»Beklage dich nicht. Wir Anwälte haben einen noch schlechteren Ruf, und obendrein verdienen wir wenig. Manchmal nicht einmal das, wie im Fall des armen Breto.«

Clotilde kniete sich intensiv in den Fall des mutmaßlichen Mörders. Sie sprach andauernd von ihm.

»Wenn das so weitergeht, wird er freigesprochen und bringt es noch zum Präsidenten der Generalitat.«

Clotilde ärgerten diese Sticheleien, die im Grunde nur darauf abzielten, die Arbeit der Frau unterzubewerten.

»Du bist eifersüchtig.«

»Auf diesen Trottel?«

»Er ist dir in vielerlei Hinsicht haushoch überlegen.«

»Ja, natürlich. Ich ziehe Zähne für Geld, und er schlitzt aus Liebe zur Kunst Bäuche auf.«

Er meinte es scherzhaft, aber im Ton seiner Stimme klang echte Verärgerung durch. Ohne es zu merken, ließ er die Gereiztheit, die die Porritos in ihm auslöste, an Clotilde aus.

Nach einigen Tagen fing Señora Marcelas Tochter wieder von vorn an.

»Nein, nein, ich habe nicht die geringste Lust, daß meine Mutter mit all diesen Dingen angesteckt wird.«

»Und wie sieht es denn Ihre Mutter?«

»Die ist so was von naiv. Ich sag ihr immer: Du bist ein Hohlkopf bist du, aber sie hört gar nicht hin. So was von naiv. Man bittet sie um ihr Höschen, und sie gibt es her, ohne zu mucksen.«

»Soviel wird hier von ihr nicht verlangt. Nur das Essen zu machen, die Wäsche zu waschen und die Wohnung in Ordnung zu halten. Wie es ihr gelegen kommt und für den Lohn, den man in solchen Fällen verdient. Da sie gleich nebenan wohnt, ist es für alle ein gerechter und vorteilhafter Handel. Nun, wenn sie es aufgeben will, dann soll sie es rechtzeitig sagen, und wir suchen eine andere.«

Corina maulte, insistierte aber nicht weiter. Das Geld, das ihre Mutter verdiente, war ihr hochwillkommen. Sie hatte ständig Flausen im Kopf: Bald eröffnete sie gleich ein Geschäft, bald unternahm sie eine Reise. Dann tat sie weder das eine noch das andere. Sie arbeitete als Geschäftsführerin in einem Supermarkt. Sie führte ein ungeordnetes

Leben, und im Viertel war sie in den Ruf einer Schlampe gekommen, obwohl sie seit kurzem eine feste Beziehung mit dem Inhaber eines Fotogeschäfts hatte, einem widerborstigen Spinner, der sich nicht entschließen konnte, sich zu verloben, obwohl dafür keinerlei Hindernis bestand. Corinas Freund war nicht nur unentschlossen, sondern auch knauserig, so daß sie ihm, wenn sie ein wenig Geld von ihm wollte, tausendmal um den Bart gehen und irgendeine Notlage vortäuschen mußte. Das Geld, das er ihr gab, steckte sie in einen privaten Pensionsplan.

Nach und nach hatte Fontáns Verlobte ihre Siebensachen in dessen Wohnung gebracht. Für den Augenblick hatten sie beschlossen, hier zu wohnen. Später würden sie ein Haus bauen. Fontáns Verlobte wollte auf dem Land leben, in einem großen Haus mit Garten und Schwimmbecken und einem Pferd und zwei Hunden.

Diesen überspannten Plänen widersetzte sich Fontán nicht. Mauricio hätte ihn gern gefragt, ob er sie gut fand oder ob er im Gegenteil bloß den Launen seiner künftigen Frau nachgab, doch seit Wochen hatte er den Kontakt zu seinem Freund verloren, und auch wenn er Gelegenheit gehabt hätte, sich mit ihm zu unterhalten, hätte er sich nicht getraut, das Thema zur Sprache zu bringen. Clotilde erwähnte diese Geschichte kaum je, und wenn, dann in einem sarkastischen Ton, der Mauricio aufbrachte.

Das war eines der schlechtesten Jahre seines Lebens. Außer der Arbeit, die ihm Befriedigung und ein reichliches Einkommen verschaffte, schien sich alles verschworen zu haben, ihm das Leben unmöglich zu machen.

Zu allem Unglück stand auch noch Weihnachten vor der Tür.

Mauricio befürchtete, seine Mutter habe beschlossen, die Feiertage in Barcelona zu verbringen.

Dann und wann traf er sich mit ihr. Er rief sie an und schlug ihr vor, auswärts essen zu gehen. Solche Begegnungen unter vier Augen waren ihm lieber. Sie hatten sich nicht viel zu sagen, aber ihr fehlte es nie an Gesprächsthemen, und im allgemeinen war sie munter und guter Dinge. Zudem aß sie für ihr Leben gern im Restaurant, vor allem wenn es neu und in aller Munde war.

»Ich habe gehört, du hast eine Freundin.«

»Von wem?«

»Das ist unwichtig. Hast du eine oder nicht?«

»Ich gehe mit einem jungen Mädchen. Aber Freundin in diesem Sinn – ich weiß nicht.«

»Aber sie gefällt dir?«

»Und ob. Sehr.«

»Du wirkst zufrieden. Das ist ein gutes Zeichen. Von deinem Wesen her bist du eher lustlos und schwermütig, wie dein Vater. Wäre ich ein Mann gewesen, ich wäre Abenteurer geworden. Du dagegen bist ordnungsliebend und methodisch, ein Gewohnheitstier. Schon als kleiner Junge warst du so. Wirst du sie mir vorstellen?«

»Wenn du mich ihr so beschreibst, dann lernst du sie besser nicht kennen.«

»Die Dinge sind, wie sie sind.«

»Oder wie du sie siehst.«

Die Mutter schwieg zerknirscht. In solchen Momenten befiel Mauricio eine Mischung aus Erbitterung und Mitleid. Das waren zwei schäbige Gefühle, aber immerhin Gefühle. Besser das als gar nichts, dachte er.

»Deine Schwester hat ebenfalls einen Freund und will mir auch nichts erzählen. Wenn ich mich für eure Angelegenheiten interessiere, stehe ich vor einer Mauer. Ich erlebe bloß Reinfälle.«

»Das ist in allen Familien so, Mama.«

»Das ist mir kein Trost.«

»Hast du denn deiner Mutter immer alles erzählt?«

»Das Wichtige schon. Na ja, nicht alles. Aber auch dieser Vergleich hilft mir nicht weiter. Ich würde gern annehmen, daß ich nicht so bin wie meine Mutter. Sie war eine altmodische Person, und ich habe immer versucht, verständnisvoll zu sein. Und aufgeschlossen. Die Zeiten ändern sich, und das Frühere war nicht unbedingt besser. Ich bin auf eine bestimmte Art erzogen worden, aber ich bin nicht einfach dort stehengeblieben wie angewurzelt. Nein. Aus diesem Grund bin ich ins Ausland gezogen. Dieses Land ist mir immer auf die Nerven gegangen. Im Mittelalter verankert. Und auf einmal, wenn die Veränderung kommt, zackzack. Wie man auf englisch sagt: *to throw the baby out of the bath and into the water*. Ich weiß nicht, ob du den Ausdruck kennst.«

»Ich kenne ihn, und es ist nicht so.«

»Siehst du, wie du mir ständig widersprichst?«

»Weil du immer über alles ein Urteil fällst.«

Nach einigen Tagen sah Mauricio seine Schwester und erzählte ihr von dem Gespräch. Er erhoffte sich Solidarität, aber die Leona ergriff für ihre Mutter Partei.

»Einverstanden, als Mutter war sie eine Katastrophe, aber gibt es eine, die es nicht über kurz oder lang ist? Und versetz dich doch in ihre Lage. So zu handeln, wie sie gehandelt hat, und das als Frau, das muß in jenen Jahren sehr schwierig gewesen sein. Und ist es immer noch. Vor allem wenn man ein normaler Mensch ist. Ich meine, wenn man gegen den Strom schwimmen will und nicht in der Lage ist, sich eine Argumentation zurechtzulegen, um seinen Standpunkt zu erklären, da glaubt sich sogar der Dorftrottel berechtigt, einen zu belehren. Wenn ein Kerl so was macht, versteht man ihn und klatscht ihm sogar Beifall. Aber eine Frau, wenn sie tut, was sie will, oder auch wenn sie bloß mit heiler Haut davonkommen will und dazu nicht Simone de Beauvoir ist – unglaublich, was ihr die Gesellschaft dann für eine Rechnung präsentiert.«

»Ich bin nicht die Gesellschaft, Leona. Ich bin ich und spreche von meiner und deiner Mutter. Wenn sie dableibt, um die Feiertage mit Papa zu verbringen, dann ist der Teufel los. Dann möchte ich dich ja dort antreten sehen. Simone de Beauvoir zitieren und dann kneifen, das gilt nicht, einverstanden?«

Die Leona sagte nichts. Sie schaute weg, kräuselte die Lippen und bekam feuchte Augen. Die eine ist wie die andere, dachte Mauricio.

Etwas lief schief im Leben seiner Schwester. Wahrscheinlich war das Liebesverhältnis mit dem Unbekannten allzu stürmisch oder unbefriedigend, jedenfalls mühsam. Von einem Mann, der auf Leibwächter angewiesen ist, ist auf der Gefühlsebene nicht viel zu erwarten. Aber daran war Mauricio nicht schuld.

Aus irgendeinem Grund waren alle einem unerträglichen Druck unterworfen. In den Problemen anderer sah jeder nur Versuche, die eigenen herunterzuspielen.

Auch Clotilde schloß sich den Frauen seiner Familie an, ohne sie zu kennen.

»Deine Schwester hat recht. Und letztlich brauchst du dir keine Sorgen zu machen. Deine Mutter wird nicht bleiben.«

»Wie willst du das wissen? Du kennst sie ja gar nicht.«

»Ich kenne *dich.* Und soviel ich weiß, ist sie nicht gar so verrückt.«

»Alle Frauen sind verrückt.«

»Ich auch?«

»Du am allermeisten.«

In wenigen Tagen sollte Bretos Prozeß stattfinden, und Clotilde dachte an nichts anderes. Für sie war ihr Mandant ein weltlicher Heiliger, gegen den eine ruchlose Verschwörung angezettelt worden war. Wäre es nach ihr gegangen, so hätte sie die Verteidigung zu einem Plädoyer gegen die kapitalistische, patriarchalische Gesellschaft gemacht. Aber ihre Arbeit bestand ausschließlich darin, den ihr übertragenen Fall zu einem glücklichen Abschluß zu bringen.

»*Surtout pas de zèle*«, sagte Macabrós immer wieder. »Die Richter mögen es nicht, wenn man ihnen eine Predigt hält.«

Mauricio wäre gern hingegangen, um Clotilde zu hören, aber er konnte seine Patienten nicht hängenlassen.

Señora Marcela erschien mit einem Weihnachtsbaum aus Plastik bei der Porritos. Dieses Bäumchen machte die Stimmung noch trost- und freudloser.

»Sie haben doch Geschmack und Geld – kaufen Sie die Kugeln, die Lämpchen und die Girlande«, sagte sie zu Mauricio.

In einer Eisenwarenhandlung des Viertels erstand er etwas Schmuck und eine Lichterkette mit weißen Birnen. Um das Kabel in die Dose stecken zu können, mußte er das Bäumchen mitten in den Flur stellen.

Die Porritos ließ das alles gleichgültig.

Mauricio ging noch einmal in die Eisenwarenhandlung, um ein Verlängerungskabel zu kaufen. Statt des Mannes, der ihn zuvor bedient hatte, war nun eine Frau mit intelligentem, aber sauertöpfischem Ausdruck da.

»Ich bin froh, daß Sie noch einmal kommen, ich wollte mit Ihnen sprechen. Ich kenne Sie zwar nicht und Sie mich auch nicht, aber ich habe von Ihrem Fall gehört. Ein sehr trauriger Fall, Sie wissen ja nicht, wie leid mir das tut. Aber es ist nicht der einzige. In diesen gottverlassenen Vierteln kommen solche Dinge vor und noch schlimmere. Wenn ich sage gottverlassen, meine ich die Behörden, Sie verstehen schon.«

»Ja, aber ich möchte bloß ein Verlängerungskabel.«

»Ich würde es Ihnen auch geben, wenn ich wüßte, wo mein Mann sie verwahrt, aber er ist nicht da, und ich kümmere mich nicht um den Laden. Ich habe genug mit dem, was ich habe, Sie verstehen schon.«

»In diesem Fall komme ich noch mal wieder, wenn Ihr Mann da ist.«

»Genau. Aber vorher lade ich Sie zu einer Versammlung des Viertels ein – wir sind eine Gruppe betroffener Anwohner. Wer kein krankes Kind hat, hat einen Mann im Gefängnis. Wir versammeln uns regelmäßig, reden über die Probleme jedes einzelnen und helfen uns gegenseitig, so gut wir können. Wir üben auch Druck aus auf die Behörden. Briefe, Eingaben und wenn nötig eine Demo. Eine friedliche. Einmal haben wir eine Straßensperre errichtet, da ist die Polente gekommen und das Fernsehen. Weil das Fernsehen da war, haben sie nicht angegriffen, und weil sie nicht angegriffen haben, hat das Fernsehen nicht gefilmt. Alles in allem ein Reinfall. Aber das hat uns nicht entmutigt, überhaupt nicht.«

»Finde ich sehr verdienstvoll, aber für mich ist das alles ...«

»Wenn Sie es nicht glauben, dann fragen Sie doch Pfarrer Serapio. Er kennt und schätzt uns. Er hat uns mehrere Vorträge gehalten.«

»Und Ihnen ganz offensichtlich auch meinen Namen gegeben.«

»Er oder sonst einer, kommt nicht drauf an. Irgendwann erfährt man in diesem Viertel alles. Am dreiundzwanzigsten halten wir im Bürgerhaus eine Versammlung ab. Dort diskutieren wir über die Probleme des Viertels, und am Ende werden wir wenn nötig Beschlüsse fassen. Dann gehen wir alle ins Restaurant *Can Pitu*. Das ist gleich hier nebenan, und sie kochen gut. Nichts Formelles, bloß ein paar Häppchen, ein bißchen Wein. Werden Sie auch kommen?«

»Ich muß schauen, ob ich an diesem Abend nichts vorhabe. Jetzt hab ich meinen Tertminplan nicht dabei.«

In diesem Moment kam, in eine üble Weinwolke gehüllt, der Eisenwarenhandlungsinhaber herein. Während er Mauricio bediente, notierte seine Frau auf die Rückseite einer Quittung Name und Adresse des Restaurants, Tag und Stunde der Versammlung sowie ihren eigenen Namen: Mariconchi Rúspide.

Mauricio hatte nicht die Absicht hinzugehen, aber später, als er in der Wohnung der Porritos den Christbaum schmückte, änderte er seine Meinung. Wenn sich die Situation verschlimmerte – und alles deutete darauf hin –, käme es ihm gelegen, sich an eine Gruppe entschlossener, erfahrener Leute wenden zu können.

Mitte Dezember wurde es wieder warm. Die Leute gingen in Hemdsärmeln ins Freie, und die Weihnachtsbeleuchtung in den Straßen wirkte wie ein Irrtum.

Mauricio und Clotilde gingen zur Bank, und er stellte Clotilde dem Filialleiter vor und unterschrieb eine Bevollmächtigung, damit sie über sein Kreditkonto verfügen könnte.

Clotilde verabredete sich mit Michelle, gab ihr die vereinbarte Summe, und Michelle händigte ihr die Autoschlüssel aus.

»Paß aufs Öl auf. Er säuft es weg, daß es eine Freude ist. Alles andere ist in Ordnung.«

»Das nennt man Rechts- und Sachmängelhaftung.«

»Und was soll das bedeuten?«

»Daß ich dich, wenn das Auto nicht funktioniert, wie es sollte, gerichtlich verfolge.«

»Sei unbesorgt. Darf ich dich um etwas bitten?«

»Nur zu.«

»Ich möchte was von dir borgen. Du weißt schon, für die Hochzeit. Man soll etwas Geborgtes tragen. Und da wir mehr oder weniger dieselbe Größe haben ...«

»Was für eine Art Kleidungsstück denn?«

»Irgendwas. Wenn du willst, komm ich zu dir, und dort sehen wir weiter.«

»Nicht nötig. Gib mir einen Hinweis, und ich such dir was raus.«

Sie hielt das für eine Schnapsidee wie alle Ideen von Michelle, wagte ihr aber nicht zu widersprechen, um nicht sagen zu müssen, daß sie noch bei den Eltern wohnte.

»Danke, meine Liebe. Dafür werde ich dich zur Ehrendame ernennen.«

»Mach dir keine Umstände. Sicher hast du viele Verbindlichkeiten, und mir macht es nichts aus, ehrlich.«

»Ja, aber da wir beide uns so angefreundet haben …«

Clotilde beeindruckte diese ungewöhnliche Erklärung. Sie empfand für Michelle bloß Abneigung und Verachtung und bemühte sich nicht einmal, sie zu überspielen. Daß sie etwas Freundschaftsähnliches sehen konnte, wo es nur wenig Höflichkeit und Aufrichtigkeit gab, wies unübersehbar auf Einsamkeit hin.

Clotilde stellte hohe Ansprüche an die Menschen und war streng bei der Beurteilung ihres Verhaltens, aber wenn es ihnen an etwas mangelte, konnte sie nicht nein sagen. Dasselbe geschah ihr mit Breto. Sie hielt seine Plumpheit für Hilflosigkeit und die wiederum für Unschuld. Am Tag vor der Hauptverhandlung besuchte sie ihn.

»Weißt du noch, wie du die Fragen des Staatsanwalts zu beantworten hast?«

»Seien Sie unbesorgt.«

»Halte dich vor allem genau ans Drehbuch.«

»Versteht sich.«

Am Prozeßtag war Clotilde sehr nervös.

»Verlier die Ruhe nicht«, sagte Macabrós. »Die Richter hören nur halb zu. Deklamiere nicht, dann merkt man nicht, daß du Anfängerin bist. Alles andere ist reine Mechanik. Ich halte dich absolut für fähig.«

Sie war nicht einverstanden. Im Grunde war es Macabrós vollkommen egal, ob sie diesen Fall gewannen oder verloren.

In den Gängen des Gerichtsgebäudes und im Anwaltszimmer traf sie mit mehreren Anwälten zusammen. Alle wirkten sehr erfahren, sehr ruhig und etwas unerbittlich. Sie plauderten über irgendwelche Dinge, lachten und tauschten Kameradschaftsbekundungen aus, selbst diejenigen, die warteten, bis sie an die Reihe kamen, um ihre jeweiligen Einlassungen einander gegenüberzustellen. Clotilde mochte weder Ernst noch Sorglosigkeit vorgaukeln. Überdies schauten alle sie an, einige verstohlen und einige unverhohlen. Da sie alle Kollegen waren, konnte sie solche Unverblümtheit nicht als Unverschämtheit einstufen.

Vor dem Eingang zu dem Saal, wo der Prozeß stattfinden sollte, stand eine Gruppe Leute um einen weiteren Anwalt in Amtstracht herum. Clotilde vermutete in ihnen die Angehörigen des Toten, die Privatklage erhoben. Der Anwalt war ein großgewachsener, athletischer, geschniegelter Mann. Er ließ die Leute stehen, ging auf Clotilde zu und gab ihr die Hand.

»Pineda. Ich vertrete die Familie des Opfers. Hoffen wir…« Er neigte den Kopf zur Seite, schielte zu seinen Mandanten hinüber und senkte die Stimme. »Hoffen wir, daß es bald zu Ende ist.«

»Was mich betrifft…«

»Ich habe gesehen, daß du auf Freispruch plädierst.«

»Es gibt keine Beweise.«

»Die sind auch gar nicht nötig. Dieser Kerl ist eine Bestie. Er tötet um des Tötens willen. Grundlos. Er hat seine Wut am Opfer ausgelassen. Und das alles für ein paar Peseten.«

Er senkte die Stimme noch mehr.

»Ich bin gegen die Todesstrafe, klar, aber solche Typen

sollte man garrottieren. Man sperrt sie ein, und nach zwei Jahren kommen sie frei, und alles fängt von vorn an. Das ist eine Bestie.«

»Er ist mein Mandant.«

»Ja, ja, natürlich. Gehen wir nachher was trinken?«

»Tut mir leid. Ich bin verabredet.«

»Okay, okay. Ein andermal also.«

Schnaufend und Entschuldigungen für die Verspätung stammelnd, traf der Beistand ein. Clotilde kannte ihn von Macabrós' Kanzlei. Er war ein verschwitztes, unruhiges Männchen, affektiert und ein passionierter Witzeerzähler. Einige waren gut, aber er erzählte sie so weitschweifig, daß sie langweilig wurden. Vor dem Saaleingang wünschte er allen Glück und trollte sich wieder. Die anderen gingen hinein und setzte sich auf ihre entsprechenden Plätze.

Einige Wachen brachten Breto zur Anklagebank.

Im Publikum hörte man Gemurmel und einige feindselige Bemerkungen. Clotilde war verschreckt.

Der Vorsitzende war klein und kahl und hatte ein schlaffes Augenlied. Er sprach sehr schnell und sprudelnd. Die Staatsanwaltschaft war durch eine ziemlich junge Frau vertreten. Das störte Clotilde. Sie mochte nicht einer anderen Frau gegenübertreten, und schon gar nicht einer in ihrem Alter. Das schien ihr wenig anregend.

Im Prozeßverlauf gab es keine Überraschung. Der Vorsitzende erwies sich als effizienter Mann. Er schien den ehrlichen Wunsch zu haben, daß die Wahrheit den Sieg davontrug. Die Staatsanwältin war streng und gleichmütig. Der Anwalt der Privatklage dagegen agierte zerstreut und obenhin, als hätte er den Fall nicht studiert. Er wandte sich dreist und mit einem anmaßenden Unterton an die beiden Frauen, was das Gericht gegen ihn einnahm. Breto war vorsichtig und zeigte sich äußerst verwirrt. Man sah, daß ihn der auf ihm lastende Verdacht quälte.

In weniger als zwei Stunden war der Fall spruchreif.

Beim Saalausgang näherten sich Clotilde die Angehörigen des Opfers.

»Wenn die Justiz nicht Gerechtigkeit schafft, werden wir es tun.«

Clotilde befürchtete eine körperliche Aggression.

Der Anwalt der Anklage trat ganz fröhlich hinzu.

»Na, na, legt euch nicht mit meiner Kollegin an, sie hat damit nichts zu tun. Sie hat ihre Arbeit getan, wie das Gesetz es vorschreibt, und das war's dann. Stimmt's oder stimmt's nicht?«

Clotilde murmelte zustimmend.

»Und wenn wir Beschwerde einlegen müssen, werden wir eben Beschwerde einlegen«, fügte der Anwalt hinzu.

Clotilde glaubte einen grollenden Unterton aus seiner Stimme herauszuhören.

»Du hast mich blamiert, und das tut man nicht unter Kollegen«, sagte er, als sie allein waren. »Ich dagegen habe dich vor dieser Meute gerettet. Du stehst in meiner Schuld.«

Wieder in der Kanzlei, wollte sie allen den Prozeß in sämtlichen Einzelheiten schildern, aber niemand zeigte Interesse. Für die anderen handelte es sich um reine Routine.

»Wie lange wird es dauern bis zum Urteilsspruch?« fragte sie.

»Kommt drauf an.«

Bei sich fühlte sich Clotilde zufrieden. Sie fand das alles sehr viel interessanter als die trüben Machenschaften in Genf.

Sie sprach darüber mit Macabrós, wenn auch in beschönigenden Worten.

»Nun, wie du weißt, behandeln wir hier keine Strafsachen, auch wenn wir manchmal gezwungenermaßen einen Fall übernehmen müssen. Das Strafrecht bringt viel Arbeit und wenig Geld. Es sei denn, du arbeitest für die Mafia. Drogen- und Mädchenhandel, ab und zu ein von Einbrechern gebuddelter Tunnel. Willst du wirklich damit zu tun haben?«

Die Alternative bestand darin, in Armanikleidung und erster Klasse zu reisen und im *Le Richelieu* abzusteigen. Clotilde war verwirrt. Bis hierher und nicht weiter schienen die Träume ihrer Generation zu reichen.

»Morgen nachmittag flieg ich nach London«, sagte Mauricios Mutter, »kannst du mich zum Flughafen bringen?«

»Du gehst?«

»Es ist ein wenig überstürzt, aber in diesen Tagen kollabieren die Fluggesellschaften. Wenn man nicht *full fare* zahlen will, muß man mit dem zufrieden sein, was sie einem geben, und sich auch noch dafür bedanken.«

»Ich werde es einzurichten versuchen.«

»Wenn es nicht günstig ist für dich, macht es auch nichts. Ich nehme ein Taxi. Es ist vor allem wegen des Gepäcks, weißt du. Ich bin beladen wie ein Lastesel.«

Mauricio sah sich gezwungen, einem Patienten abzusagen und einen weiteren auf die Mittagsstunde zu verlegen, aber er fand es nicht richtig, sich von seiner Mutter nicht auf dem Flughafen zu verabschieden, wenn sie schon ging. Überdies entschädigte ihn für alle Unannehmlichkeiten die Erleichterung, daß sie über Weihnachten nicht in Barcelona blieb.

Auf der Fahrt sprachen sie kaum.

»Mit wem wirst du an Weihnachten zu Abend essen?«

»Oh, ich habe mehr als genug Einladungen. Aber wenn ich mich drücken kann, bleibe ich zu Hause und schaue in aller Ruhe BBC. In England ist Weihnachten ein Schauspiel, aber nicht groß ein Familienfest, wenigstens nicht so wie hier. Und mir gefällt das besser. Hier war es für mich immer eine Mühsal. Bis man nichts mehr essen und keine Leute mehr sehen konnte … Das ist nichts für mich. Als ihr noch klein wart, du und deine Schwester, da war es was anderes. Aber wenn dann jeder sein eigenes Leben führt, dann wird es wirklich …«

Mauricio dachte, seine Mutter sage nicht die Wahrheit. Sicherlich war sie nach Barcelona gekommen, um die Lage zu sondieren, in der vagen Hoffnung, man würde ihr einen wärmeren Empfang bereiten. Jetzt, angesichts der Wirklichkeit, kehrte sie in die Einsamkeit eines grund- und sinnlosen Exils zurück.

»Du brauchst nicht erst zu parken. Setz mich beim Eingang ab, und dann schau ich, daß ich zu einem Träger komme.«

»Nicht nötig. Wir gehen ins Parkhaus. Dort gibt es Kofferkulis.«

»Du hast meinetwegen schon genug Zeit verloren.«

Das Parkhaus war voll. Sie mußten das Auto fern von der Abfertigungshalle stehenlassen. Es war feuchtneblig und roch nach Treibstoff.

»Du bist zu leicht angezogen, Mauricio.«

»Es ist ja nur für einen Augenblick, Mama.«

Vor den Abfertigungsschaltern gab es lange Schlangen. Mauricio schob den mit Koffern vollbeladenen Kuli und versuchte, den Leuten auszuweichen. Mitten in der Halle stand ein riesiger häßlicher Ballon in Form eines Weihnachtsmanns.

Sie stellten sich in die am kürzesten scheinende Schlange.

»Du solltest nach London kommen. Ich sage es nicht meinetwegen, sondern wegen London. Du stellst dir nicht vor, was da für ein Treiben herrscht. Man kann ja an der Thatcher viel rummeckern, aber das Land ist nicht wiederzuerkennen. Vor einigen Jahren hat keiner einen Pfifferling für Großbritannien gegeben, nicht einmal die Briten selbst. Die Katastrophe schien vorprogrammiert und England dazu verdammt, zum Dritte-Welt-Land zu werden. Und jetzt – wie Tag und Nacht!«

Sie machte eine Pause und fuhr in einem etwas weniger verzückten Ton fort:

»Du könntest mit deiner Freundin kommen. So würde ich sie kennenlernen. Ich meine nicht, bei mir wohnen, überhaupt nicht. In dieser Beziehung bin ich sehr aufgeschlossen, und außerdem ist für mich immer gut, was meine Kinder machen. Ich habe einfach nicht genug Platz. Wenn deine Schwester kommt, schläft sie auf dem Sofa, aber zwei Leute, das ist was anderes. Wenn du es mir hingegen rechtzeitig sagst, kann ich ein angenehmes Bed and Breakfast für euch suchen, gut gelegen und nicht allzu teuer. Und bei schönem Wetter könnten wir irgendeinen Ausflug machen. Zum Beispiel nach Stonehenge. Das ist höchst beeindruckend und wird dir sehr gefallen, wo du doch so auf Esoterik stehst.«

Mauricio dachte, etwas müsse schieflaufen, wenn ihn die eigene Mutter mit einem anderen verwechselte, aber er stimmte allem zu, um sie zu beruhigen. Sie war nervös, vielleicht wegen der Reise.

Nach dem Einchecken war sie immer noch mit Taschen beladen. Daraus schloß Mauricio, daß sie viele Kleider mitgenommen hatte, falls sie die Feiertage in Barcelona verbringen müßte.

»Ich helfe dir, Mama.«

»Nein, nein. Das ist meine Sache. Fahr du jetzt zur Arbeit zurück.«

Beide wollten den Abschied abkürzen.

»Wenn du in diesen Tagen deine Schwester siehst, versuch etwas über diesen Freund herauszufinden, den sie hat. Und dann erzählst du mir, ja?«

Wegen einiger Baustellen war der Verkehr auf der Rückfahrt vom Flughafen zähflüssig.

Clotilde bat ihn um seine Hilfe. Sie hatte beschlossen, sich für Fontáns Hochzeit ein Kleid zu kaufen, und war vollkommen ratlos.

»Um Himmels Willen, Clotilde, in vier Tagen ist Weihnachten – hast du eine Ahnung, wie es in den Läden aussieht?«

»Nachher gibt's nichts mehr. Und in den Ausverkauf geben sie nur die Fetzen. Jetzt sind bloß die Warenhäuser überfüllt, in den Boutiquen ist kein Mensch.«

»Da bin ich anderer Meinung, aber ich komme trotzdem mit, weil ich ein Kavalier bin.«

»Wenn du nur mitkommen willst, um zu spotten, geh ich lieber allein oder mit einer Freundin.«

Mauricio beschloß, kaltes Blut zu bewahren. Alles, was mit Fontáns Hochzeit zu tun hatte, brachte sie auf.

»Zudem habe ich gerade das Weihnachtsgeld kassiert.«

Macabrós hatte ihr eine Gratifikation gegeben.

Obwohl ihr dieses Geld sehr zustatten kam, empfand sie die Geste als erniedrigend. Jeder Arbeiter hatte das Anrecht auf einen doppelten Lohn, aber sie befand sich trotz der Zeit, die sie schon dort verbracht hatte, immer noch in einer undefinierten und offensichtlich provisorischen Position. Es war ungerecht und vorschriftswidrig, und obendrein mußte sie auch noch dankbar sein.

Sie verabredeten sich für diesen Abend.

Am Mittag jedoch rief ihn sehr verängstigt Señora Marcela an. Die Porritos hatte heftige Schmerzen und verlor Blut. Anfänglich hatte Señora Marcela gedacht, es könnte die Periode sein, aber die Schmerzen hielten an, die Linderungsmittel zeitigten keine Wirkung, und das Blut beunruhigte sie.

»Ich habe die Handschuhe angezogen, die Sie mir geschickt haben, aber trotzdem …«

»Es war richtig, daß Sie mich angerufen haben, Señora Marcela. Jetzt kümmere ich mich darum.«

Mauricio rief Clotilde an und sagte das Rendezvous ab. Statt sich einen Vorwand auszudenken, erzählte er ihr die Wahrheit. Clotilde sagte:

»Verstehe.«

»Wenn es dir recht ist, sehen wir uns morgen.«

»Ich weiß nicht. Ich weiß noch nicht, was ich machen werde.«

Mauricio rief Dr. Sánchez an. Er hatte Glück und traf ihn in seinem Büro an.

»Bring sie ins Krankenhaus, und wir untersuchen sie.«

»Soll ich einen Krankenwagen bestellen?«

»Das rate ich dir nicht. Mit den Feiertagen und all den Baustellen ist die ganze Stadt ein einziger Stau. Die Krankenwagen brauchen zwanzigmal länger als sonst für den Weg. Wenn du auf eigene Faust kommen kannst, wirst du Zeit gewinnen.«

Er parkte den Wagen auf dem Gehweg vor dem Haus der Porritos.

Señora Marcela öffnete ihm heulend wie ein Schloßhund die Tür. Es war nichts geschehen, was so viele Tränen gerechtfertigt hätte, außer ihrer Hysterie. Sie war mit Besen und Kehrichtschaufel zugange, da sie soeben eine Tasse und einen Teller zerschlagen hatte, und dieser unbedeutende Zwischenfall hatte sie völlig aus der Fassung gebracht.

»Ich weiß nicht, wo mir der Kopf steht und so, Doktor.«

»Seien Sie ganz unbesorgt, ich bin ja jetzt da.«

Neben dem Weihnachtsbaum lagen die Scherben einer roten Kugel.

Die Porritos saß in Mantel, Schal und Handschuhen in einem Lehnstuhl. Auf den Knien hielt sie die Sporttasche, die sie jeweils ins Krankenhaus mitnahm, und zu ihren Füßen sah man einen dunklen Blutfleck.

»Wo tut es dir weh?«

Sie schaute ihn verwirrt an und zuckte die Schultern. Alles tat ihr weh. Mauricio wagte nicht, ihr Mut zuzusprechen. Er konnte kaum seine eigene Erregung im Zaum halten, und seine Versuche, so zu tun, als hätte er alles vorgesehen und unter Kontrolle, wirkten sehr wenig überzeugend.

Es kostete sie große Mühe, die Treppe hinunterzusteigen.

Auf der Straße unten legte Señora Marcela im Auto ein Tuch auf den Sitz der Porritos.

»Tut mir leid«, sagte die Porritos, »dein neues Auto …«

»Wenn wir uns um dich gekümmert haben, werden wir uns um das Auto kümmern.«

Señora Marcela winkte zum Abschied, als begäben sie sich auf eine Reise.

Die Langsamkeit des Verkehrs machte Mauricio wahnsinnig. Zum Glück schien die Porritos zu schlummern. Sie atmete regelmäßig. Bei einer Ampel erwachte sie und sagte:

»Wir haben das Bäumchen brennen lassen.«

»Na und?«

»Es könnte einen Brand geben.«

»Nein. Zuerst würden die Glühbirnen durchbrennen. Aber ich werde Señora Marcela anrufen und ihr sagen, sie soll das Kabel rausziehen.«

»Werde ich wieder nach Hause können?«

»Natürlich.«

»Ich will nicht im Krankenhaus sterben.«

»Weder im Krankenhaus noch sonstwo.«

Er ließ sie im Wagen, ging in die Notaufnahme, nannte seinen Namen und sagte, man solle Dr. Sánchez anrufen. Über dem Empfangstisch hingen eine ausgeschnittene Papiergirlande und die Buchstaben *BON NADAL*, Frohes Fest. Auf einer Seite des Tisches standen ein Jesuskind und ein Tablett voller Bonbons.

Die Empfangsschwester hatte Probleme mit dem Computer und fand die Krankengeschichte der Patientin nicht.

Nach einer Weile erschien Dr. Sánchez, gefolgt von zwei Sanitätern. Sie gingen zum Auto und betteten die Porritos auf die Trage.

»Ich kann gehen.«

»Schon, aber wir ziehen gern unsere Nummer ab«, scherzte Dr. Sánchez.

Die Porritos hatte Mauricios Hand ergriffen und ließ sie nicht mehr los.

»Geh nicht, ja?«

Die Sanitäter entführten sie durch eine Schwingtür aus biegsamem, dunklem, kautschukähnlichem Material. Einen Augenblick lang sah Mauricio, wie sie immer tiefer in einen langen Gang mit gelblichen Wänden und in die Dekke eingelassenen Neonröhren hineingingen. Er winkte ihr nach wie kurz zuvor Señora Marcela, im Wissen, daß sie ihn nicht sehen konnte.

»Heute nacht halten wir sie unter Beobachtung. Geh du ruhig. Hier kannst du nichts tun, außer mit einem Krankenhausvirus angesteckt zu werden«, sagte Dr. Sánchez. »Melde dich morgen vormittag gegen zehn Uhr.«

Von einem Münzautomaten im Wartezimmer aus rief er Clotilde an. Sie war in zwei Läden gegangen, aber nicht in der Laune gewesen, etwas anzuprobieren. Schließlich war sie jähzornig und niedergeschlagen nach Hause zurückgekehrt.

Mauricio zog es vor, die Dinge so zu lassen, wie sie waren.

Er aß allein und ohne Appetit an der Theke eines baskischen Restaurants zu Abend, ein paar Baguettekanapees mit einem Glas Wein. Am Tisch im Hintergrund fand ein Firmenessen statt. Das Gebrüll war ohrenbetäubend, und die bläuliche Wolke der Zigarren hing im Lokal.

Als er nach Hause kam, fand er auf dem Anrufbeantworter mehrere Nachrichten seines Vaters vor. Er schien alarmiert zu sein.

»Was ist denn?«

»Eine unangenehme Sache, mein Junge, eine sehr unangenehme Sache. Ruft doch Onkel Judas aus Tel Aviv an und sagt, daß sein Sohn genau in diesen Tagen nach Barcelona kommt. Wofür? Für nichts Besonderes, einfach eine Spanienreise. Aber er hat feststellen müssen, daß kein einziges Hotelbett frei ist, und fragt mich jetzt, ob er bei mir unterkommen kann.«

»Das scheint ja nicht so schlimm. Mama ist gegangen, und du hast ein unbenutztes Zimmer. An welchem Tag kommt er denn?«

»Übermorgen.«

»Gut. Dann sagst du der Zugehfrau, sie soll alles vorbereiten.«

»Und am Weihnachtstag, was dann?«

»Nichts. Er kommt zum Essen zu uns. Schließlich und endlich gehört er zur Familie.«

»Und wenn er nicht essen darf, was wir essen?«

»Dann wird er was anderes essen oder leer ausgehen. Und mach kein Drama, wo es keines gibt, Papa, ich bitte dich.«

»Ist ja gut, ist ja gut. Ich hab's nur besprechen wollen. Ich habe deine Schwester angerufen, aber die ist in Madrid. Das ist nicht gerade die ideale Zeit, um nach Madrid zu fahren, meine ich.«

Am anderen Ende der Leitung hörte Mauricio etwas wie ein Stöhnen. Er sah ein, daß sein Vater eine schlechte Zeit durchmachte. Die Anwesenheit seiner Frau hatte ihn auf die Palme gebracht, und ihre Abreise danach war nur dazu gut, ihm die Öde seines Daseins vor Augen zu halten.

»Wenigstens wird er uns viel Interessantes erzählen«, sagte Mauricio, um ihn aufzuheitern.

Im Rahmen des Möglichen waren die Feiertage erträglich.

Am zweiundzwanzigsten Dezember durfte die Porritos wieder nach Hause. Señora Marcela erzählte ihnen, der Freund ihrer Tochter habe ihre Tochter und sie für den Weihnachtstag in ein Restaurant eingeladen. In dieser ungewöhnlichen Großzügigkeit sah sie einen entscheidenden Fortschritt in der stagnierenden Beziehung der beiden.

Mauricio sagte der Porritos, er werde wie jedes Jahr bei seiner Schwester essen, mit seinem Vater und ausnahmsweise einem entfernten ausländischen Cousin, der unerwartet erschienen sei.

»Und ich?«

»Sobald das Essen fertig ist, werde ich dich besuchen. Und dir Turron mitbringen.«

»Gut. Schlimmer wäre es gewesen, wenn ich die Feiertage im Krankenhaus hätte verbringen müssen.«

Mauricio hatte seinen Cousin Rubén viele Jahre zuvor kennengelernt. Sie waren ungefähr gleichaltrig, hatten sich aber nie gut vertragen. Der Aufenthalt von Rubén und seinem Vater, Onkel Jehuda, war kurz gewesen und hatte einzig die Unterschiede zwischen ihnen deutlich gemacht. Mauricio war ein schüchterner, ruhiger Junge, Rubén das genaue Gegenteil. Er war in einer von Gewalt und Unsicherheit geprägten Welt aufgewachsen, und vielleicht aus diesem Grund war er finster, mißtrauisch und unruhig. Er hatte für nichts und niemanden Zuneigung übrig. Er brüstete sich, mit Waffen umgehen zu können und schon mehrmals ein Gewehr in der Hand gehabt zu haben. Zwar habe er noch nie Gelegenheit gehabt, auf jemanden zu schießen, aber gegebenenfalls würde er es bedenkenlos tun. Die anderen Jungen seines Alters, die immer frei von Gefahren und Härte gelebt hatten, hielt er für langweilige Einfaltspinsel, vor allem seinen Cousin Mauricio, der von der Wahrhaftigkeit dieser Schilderung nicht ganz überzeugt und von der Kühnheit seines Vetters eher eingeschüchtert als beeindruckt schien. Mauricio wiederum hielt Rubén für beschränkt und arrogant. Bei sich dachte er, er führe ein absurdes Leben, wo er doch ein besseres hätte wählen können, ohne weiteren Grund als einen krausen, auf der Einzigartigkeit einer Rasse und eines gewollten Schicksals gründenden Idealismus. Von klein auf an die leere Rhetorik der Franco-Zeit gewöhnt, mißtraute er der Großsprecherei seines Cousins aus Prinzip, und ohne vom israelischen Konflikt auch nur im geringsten etwas zu verstehen, neigte er aus purer Rebellion dazu, dem Gegner recht zu geben.

Nachher verloren sie jeden Kontakt. Da keine schlechten Nachrichten eintrafen, hielt man es in Mauricios Familie für ausgemacht, daß ihre Verwandten noch lebten, und zwar recht gut.

Mauricio sprach mit seiner Schwester.

»Kein Problem. Ich habe das Essen bestellt. Ich sage einfach, wir sind vier statt drei, und die Sache ist geritzt.«

Mauricio freute sich über die Bereitwilligkeit seiner Schwester. Sicher begrüßte auch sie die Teilnahme eines Fremden, der die unvermeidliche Feiertagsmelancholie etwas dämpfen würde.

Am dreiundzwanzigsten sagte ihm die Porritos bei seinem Besuch, die Frau von der Eisenwarenhandlung habe eine Nachricht für ihn hinterlassen.

»Offenbar halten sie eine Versammlung ab, und du bist eingeladen.«

Mauricio erzählte ihr von dem Gespräch in der Eisenwarenhandlung.

»Du hast mir gar nichts gesagt.«

»Bestimmt war ich damals zerstreut, und dann habe ich die Sache selber vergessen. Sie aber anscheinend nicht.«

Die Porritos gab sich ein wenig verletzt. Sie hatte das Gefühl, alle grenzten sie aus, und dachte, weil sie so geschwächt sei, hielten die anderen sie schon für tot.

»Und wirst du hingehen?«

»Ja.«

»Warum denn?«

»Für sie gehöre ich zum Viertel, und das freut mich. Ich war immer ein Entwurzelter.«

»Ich noch mehr.«

Diese Aussage überraschte ihn. Er dachte, da sie arm sei, gehöre die Porritos einer Art Sippe an, zwischen deren Mitgliedern es starke Bande gebe. Er konnte sich nicht vorstellen, daß sie sich stritten oder gar haßten, außer aus Leidenschaft. Wie in der Folklore – wenn sich die Armen nicht umbringen, dann tanzen sie, dachte er. Jetzt aber, wo sie es am allernötigsten hatte, kümmerte sich keiner um sie, außer einer dümmlichen Nachbarin, einem halbverrückten Pfarrer und einem widerwilligen Mauricio.

»Nun, wenn ich hingehe, verliere ich nichts, und ich brenne vor Neugier.«

Der Eisenwarenhandlungsbesitzer hatte ein aufgedunsenes Gesicht, eine belegte Stimme und rote Augen wie ein Albino. Seine Frau war schon gegangen, aber er konnte ihm beschreiben, wie er ins Vereinshaus fand, wo die Versammlung durchgeführt wurde.

Das Lokal wies kein besonderes Merkmal auf außer einem Graffito, der die ganze Fassade einnahm: ein Bärtiger im Tarnanzug. Obwohl die Zeichnung ungelenk war, erkannte man die Absicht, Che Guevara oder einen ähnlichen Prototypen der kubanischen Revolution darzustellen. Im oberen Teil stand in großen Buchstaben: FREIHEIT ODER TOD.

Eine offene Eisentür führte in einen leeren Eingangsraum und zu einem engen Flur, an dessen Ende sich ein Raum mit ein paar Klappstuhlreihen befand. Nur die beiden ersten Reihen waren von einem Dutzend Männern und Frauen mittleren Alters besetzt. Mauricio erkannte die Frau von der Eisenwarenhandlung. Vor den Reihen las ein Mann mit monotoner Stimme ein paar Seiten ab.

Im Bemühen, keinen Lärm zu machen, setzte sich Mauricio in die hinterste Reihe.

Der Text, dessen Lesung im Gange war, war das Protokoll der vorangegangenen Versammlung. Offensichtlich war es eine konfliktgeladene Versammlung gewesen, und das Protokoll versuchte, das Geschehen gelassen darzustellen, wozu der Verfasser sich gezwungen gesehen hatte, sich über viele Details zu verbreiten. Das Ergebnis war unverständlich, wenn man über die Ereignisse und deren Vorereignisse nicht informiert war, auf die der Text ein ums andere Mal Bezug nahm im Bestreben, die Daten und die Reihenfolge, in der sich die Geschehnisse abgespielt hatten, genau anzugeben.

Nach einer Weile stand einer der Anwesenden auf und forderte sein Recht ein, einen offenen Brief vorzulesen. Der Mann mit dem Protokoll war verwirrt und bat ihn, ihn das Protokoll zu Ende lesen zu lassen, wonach jedem, der es wünschte, ohne Bedingungen und Einschränkungen das Wort erteilt würde. Mit diesem Prozedere war der andere nicht einverstanden, denn wenn das Protokoll verlesen und, wie es die Tagesordnung vorsehe, der Genehmigung durch die Anwesenden unterworfen werde, verliere der offene Brief, den er vorlesen wolle, seine Berechtigung, da er sich just auf den Inhalt des Protokolls beziehe. Derartiges sei schon in früheren Versammlungen vorgekommen und der Verfasser des offenen Briefes habe sich entfernen müssen, ohne den offenen Brief vorgelesen haben zu können. Aus diesem Grund fühle er sich mundtot gemacht.

Im Raum war es feuchtkalt, und die Stühle waren hart und unbequem.

Mauricio hörte nicht mehr zu und begann sich die Zeit in Erinnerung zu rufen, als er bei der Wahlkampagne der Sozialistischen Partei mitgewirkt hatte. Damals wurden auf jeder Versammlung wichtige Dinge ventiliert, obwohl man wußte, daß die Diskussionen in der Praxis nicht die geringsten Konsequenzen hätten. Jetzt erschien ihm dieser Enthusiasmus als naiv.

Dann evozierte er das Bild der Porritos mit der Gitarre und dem engen Pullover. Von alledem, dachte er, blieb nur eine schrecklich ausgehöhlte Erinnerung zurück.

Er erhob sich und wandte sich auf leisen Sohlen dem Eingang zu.

Jemand aus dem Publikum bemerkte es und sagte vorwurfsvoll:

»Gehen Sie nicht!«

Mit Gesten deutete Mauricio an, daß er sogleich wiederkäme.

Er ging zur Porritos zurück.

Sie schlummerte im Lehnstuhl, erwachte aber, als sie die Tür hörte. Mauricio erzählte ihr, was vorgefallen war.

»Ich weiß nicht, was du erwartet hast.«

»Irgendwas. Man weiß ja nie. Erinnerst du dich noch an diese Versammlungen, als du in einem hautengen Pullover mit Rancheras aufgetreten bist?«

»Was fragst du da – wie sollte ich mich nicht erinnern?«

»Vor einer Weile, auf der Versammlung, dachte ich, die ganze Energie und Begeisterung hätte nichts gebracht.«

»Na, dir ist es ja nicht übel gegangen.«

»Ich habe nicht uns gemeint.«

»Wen denn sonst.«

Das Zimmer lag im Halbdunkel. Die Hälfte der Lämpchen am Weihnachtsbaum waren durchgebrannt, und die andere Hälfte ging an und aus, wie es ihnen gerade paßte.

»Bin ich dir wirklich schon am ersten Tag aufgefallen?« fragte die Porritos.

»Mir und allen anderen.«

Sie lächelte stolz und zugleich schelmisch.

»Du wirst es nicht glauben, aber ich habe mich halb zu Tode geschämt. Ich wollte nicht auftreten. Ich hatte schon vorher vor Publikum gesungen, aber es war immer dasselbe – als wäre ich gelähmt und hätte ein Blackout. Ich habe mich weder an die Liedtexte noch an die Melodie oder sonst was erinnert. Wie ein Zombie.«

»Aber es lief sehr gut.«

»Ja. Am Ende kommt man auf die Bühne und weiß nicht, wie plötzlich alles wieder da ist. Das sind die Nerven. Und dann dieser enge Pulli …«

»Auch der hat dir sehr gut gestanden.«

»Ich gehöre nicht zu denen, die überall die Ware anpreisen, das weißt du ja, aber damals, ich weiß nicht, die Umstände haben es verlangt, nicht wahr?«

»Ja. Es war eine gute Sache.«

»Du jedenfalls bist eine gute Sache.«

»Wie meinst du das?«

Die Porritos zuckte die Schultern.

»Ich weiß auch nicht. Ich erinnere mich, daß wir nach der Versammlung etwas trinken gegangen sind und uns ein wenig unterhalten haben, über nichts Bestimmtes … Und ich habe dich immer angeschaut und gedacht: Der ist ein netter Kerl. Nicht nett, so wie man sagt: ein nettes Dummchen. Nicht so. Ein Mann, auf den Verlaß ist. Der wird dir Kummer machen, dachte ich. Bei dem wirst du nichts zu lachen haben. Aber am Ende wird es zu meinem Vorteil sein.«

»Und denkst du noch immer so?«

»Jetzt denke ich überhaupt nichts mehr. Und schon gar nicht an diese Dinge. Pläne zu schmieden lohnt sich nicht. Und an das zu denken, was hätte sein können, ist noch schlimmer. Aber manchmal, von Zeit zu Zeit, wenn wir allein sind, du und ich, und es gut haben, so wie jetzt … Dann erinnere ich mich dran, wie ich dich kennengelernt habe und was ich dachte. Und an den Tag, an dem ich dich vor der Klinik abgeholt habe. Du weißt ja nicht, wie oft ich hingegangen bin und mich nicht getraut habe, dich anzusprechen. Ich habe mich hinter einem Baum versteckt. Wie ein …«

Sie schwieg. Mauricio fürchtete, sie beginne zu weinen.

»Wie ein was?«

»Wie ein verliebtes Ding. Dabei kannte ich dich überhaupt nicht.«

Sie machte eine Pause und fügte hinzu:

»Und du? Tut es dir leid, daß du mich kennengelernt hast? Grund hättest du mehr als genug. Aber es ist egal. Du brauchst nicht zu antworten. Ich stelle mir diese Fragen oft, aber ich erwarte keine Antwort. Sicher gibt es gar keine.«

Wieder schwieg sie lange. Mauricio sah, daß sie ihm etwas Wichtiges sagen wollte, und mochte ihren Gedankengang nicht unterbrechen.

»Ich habe gedacht ...«, sagte sie schließlich, »hör mir bitte zu, ohne was zu sagen, ja? Ich habe gedacht ... Nun, also, da es Weihnachten ist und ich dir kein Geschenk machen kann ... Unterbrich mich nicht ... Ich hatte gedacht ... Ich hatte gedacht, daß du mich nicht mehr besuchen sollst. Weder zu Hause noch im Krankenhaus. Unterbrich mich nicht, ja? Du hast deine Wohnung, deine Arbeit, deine Freundin, deine Hobbys, kurzum alles. Und ich allein, ich komme schon zurecht. Wenn mir etwas fehlt, werde ich dich darum bitten, ohne Bedenken. Aber bis dahin komm nicht mehr. Ich sage es nicht nur wegen der Ansteckung, sondern wegen allem anderen. Für mich kannst du nichts tun. Du hast schon viel getan, hörst du, glaub nicht, es ist mir nicht bewußt. Nie hat jemand soviel für mich getan. Aber weder das noch sonst was hilft mir weiter. Es ist einfach so, du brauchst dir keine Gedanken mehr zu machen. Hier verschwendest du bloß dein Leben. Und mich machst du noch trauriger, als ich eh schon bin.«

Es trat wieder ein Schweigen ein. Am Ende sagte Mauricio:

»Ich weiß nicht, was ich sagen soll.«

»Nichts. Du brauchst nichts zu sagen.«

»Ich kann dich doch nicht allein lassen.«

»Du läßt mich nicht allein. Ich weiß, daß du da bist. Wenn ich dich brauche, ruf ich dich an, und du kommst. Und wenn nicht, dann eben nicht.«

Mauricio dachte, die Porritos, obwohl sie nicht sehr pfiffig war, sei der einzige Mensch, der ihn kenne, der ihn verstehe, und letztlich der einzige Mensch, der ihn wirklich liebe.

Sein Cousin Rubén traf am nächsten Tag ein.

Gegen Abend ging Mauricio zu seinem Vater, um zu sehen, wie sie zurechtkamen. Mit seiner Gegenwart wollte er ihn beruhigen, aber als er dort war, tranken die beiden Weißwein und plauderten angeregt wie zwei alte Freunde.

Mauricio kam weniger wie von Gott gesandt als beinahe wie ein Eindringling.

Rubén glich überhaupt nicht dem plumpen Jugendlichen des vorigen Besuchs. Er war groß und kräftig und hatte riesige Hände und Füße. Er trug saloppe alte Sportkleidung. Das hielt Mauricio für einen übertriebenen Vertrauensbeweis.

»Wir haben uns sehr verändert, Mauricio. Dein Vater ist noch genauso, wie ich ihn in Erinnerung habe. Aber du und ich, wir sind Tattergreise geworden.«

»Wir gehen hier in der Nähe zu Abend essen«, sagte der Vater. »Wenn du mitkommen möchtest …«

»Nein, danke. Ich habe einen ziemlich intensiven Tag gehabt und muß früh wieder raus. Aber wenn es dir recht ist«, sagte er zu Rubén, »können wir morgen mittag essen gehen.«

Rubén hatte ein sehr methodisches Sightseeingprogramm: das Gotische Viertel, die Ramblas, die Sagrada-Familia-Kirche, den Parque Güell und zwei Museen. Nach kurzer Beratung verabredeten sich die beiden Vettern zum Mittagessen um zwei Uhr in *La Puñalada*, einen Steinwurf vom Pedrera-Gebäude entfernt.

Mauricio rief Clotilde an, berichtete und fragte sie, ob sie auch zu dem Essen kommen wolle.

»Du hast wirklich einen Cousin namens Judas? Du bist immer wieder für eine Überraschung gut.«

»Da ist nichts Besonderes dabei. Er ist Israeli. Und er heißt nicht Judas, sondern Rubén. Judas nennen wir hier immer seinen Vater, obwohl er Jehuda heißt.«

Im Restaurant erwartete Rubén Mauricio bei einem Bier.

»Ich habe meine Freundin eingeladen. So lernst du sie kennen.«

»Fantastisch.«

Rubén sprach ein überaus korrektes Spanisch mit einem unbestimmten leichten Akzent.

Clotilde traf verspätet und verwirrt ein. Einige Anrufe in letzter Minute hatten sie zurückgehalten.

Beim Essen wurde über Israel gesprochen. Mauricio und Clotilde zeigten sich am Thema interessiert, und Rubén ließ sich nicht zweimal bitten.

Vor allem, sagte er, müsse man die Vorstellung von der ganzen Geschichte entdramatisieren. Wolle man den Nachrichten glauben, die man überall lesen könne, so lebe man dort in einer Gewaltspirale. Aber die Wirklichkeit sei anders. Der Alltag spiele sich mehr oder weniger wie überall ab, und das Zusammenleben von Israelis und Palästinensern sei zwar nicht ganz reibungslos, aber flüssig. Selbst die Auslandskorrespondenten führten ein ruhiges, um nicht zu sagen sorgloses Leben und schickten dann ihre erschütternden Reportagen in die Welt hinaus, um ihr Gehalt zu rechtfertigen.

Mauricio und Clotilde hörten sich überrascht diese Version der politischen Wirklichkeit an, die so sehr von dem abwich, was die Medien täglich berichteten. Als er die Reaktion seiner Zuhörer sah, lächelte Cousin Rubén traurig und fügte hinzu:

»Was ich eben gesagt habe, ist natürlich eine Lüge, die wir Israelis einander und dem Rest der Welt auftischen, damit wir sie am Ende selber glauben, nachdem wir sie immer wieder gehört haben. In der Praxis ist die Spannung unerträglich, nicht nur wegen der Gewißheit der körperlichen Gefahr, sondern wegen der moralischen Ungewißheit, die alle unsere Taten, ja unsere Daseinsberechtigung als Staat konditioniert.«

Er trank das Bier aus, zuckte die Achseln und fügte hinzu:

»Aber da sich der Mensch an alles gewöhnt, schlagen wir uns durch diese blutige Sackgasse durch.«

Mauricio empfand Mitleid mit seinem Cousin.

»Sackgasse? Ist es denn wirklich ein Konflikt ohne Lösung?«

»Ich weiß es nicht. Theoretisch, denke ich, gibt es für alles eine Lösung. Aber die Praxis steht auf einem anderen Blatt. Wir sind an einem Punkt angelangt, an dem es kein Zurück mehr gibt. Wir werden die Siedlungen nicht schleifen, und die Palästinenser werden keinen Kuhhandel akzeptieren. Ihr unverzichtbares Ziel ist es, uns ins Meer zu werfen, und das unsere, sie endgültig aus ihrem Land zu vertreiben.«

»Du gibst wenigstens zu, daß das Land ihnen gehört.«

»So war es. Jetzt bin ich nicht mehr so sicher. Am Anfang haben sie mit großer Begeisterung ihre Ländereien verkauft. Sie fanden es fantastisch, daß jemand bereit war, für eine paar ausgetrocknete Schollen eine Handvoll Dollar zu zahlen. Als sie es merkten, hatten sie schon einen großen Teil ihres Gebiets verkauft und den Erlös aus dem Verkauf durchgebracht. Der Käufer dagegen hatte aus dem Ödland Fruchtland gemacht. Die Tragödie dieser armen

Menschen wäre zu vermeiden gewesen, wenn die arabischen Länder sie aufgenommen hätten. Es waren ja nicht viele, und sie hatten eine halbnomadische Kultur, dieselbe Sprache, dieselbe Religion und dieselben Sitten, sie hätten sich der Veränderung schnell und mühelos angepaßt. Aber niemand wollte ihnen eine Hand reichen. Lieber gaben sie ihnen Waffen und benutzten sie als Kanonenfutter in einem Konflikt, mit dem sie die Aufmerksamkeit von ihren eigenen Ländern auf einen gemeinsamen Feind lenken konnten und noch immer können. Darum weigern sie sich, mit Israel zu verhandeln, seine Existenz anzuerkennen und Frieden zu schließen.«

»Die Schuld des Opfers rechtfertigt nicht das Verbrechen«, sagte Clotilde.

»Ich weiß, daß meine Überlegungen gegen das traditionelle Denken der europäischen Linken verstoßen. Aber meiner Meinung nach und ohne jemandem zu nahe treten zu wollen, ist eure Einstellung ein Ergebnis der Ignoranz. Was ihr Verbrechen nennt, nennen wir Überleben. Kein Land hat seinen Feinden gegenüber je Schonung gekannt. Warum sollte Israel eine Ausnahme bilden? Ich bin auch links, aber ich glaube, man muß das Denken auf die Wirklichkeit anwenden und nicht die Wirklichkeit unseren Gedanken andrechseln. Ich bestreite unsere Fehler und unsere Exzesse nicht. Aber die Palästinenser sind nicht das unschuldige Opfer, als das sie von der Presse dargestellt werden. Sie sind ein borniertes, fanatisches Volk, das bereit ist, zu Propagandazwecken seine Kinder, ob Jugendliche oder Babys, zu opfern. Und während das Volk hungert und Mangel leidet, häufen seine Führer unter dem Deckmantel der heiligen Sache ein Vermögen an. Sie kontrollieren, oft mit dem stillschweigenden Einverständnis der israelischen Behörden, den Import von lebensnotwendigen Gütern. Nahrungsmittel, Medikamente, Brennstoff, Baumaterialien – alles geht durch ihre Hände. Schließlich landet das

Geld auf Schweizer Banken und sogar auf Banken von Tel Aviv.«

Er verstummte abrupt und stand auf. Mauricio befürchtete schon, sein Cousin wolle seinen Sermon auch auf die übrigen Restaurantgäste ausdehnen, aber er sagte:

»Entschuldigung. Ich muß kurz auf die Toilette. Das Bier.«

Nachdem er gegangen war, sagte Clotilde:

»Dein Vetter Judas ist mir sympathisch.«

»Er heißt nicht Judas.«

»Ob er Mossad-Agent ist?«

»Wie soll er als Verwandter von mir Mossad-Agent sein?«

»Na, ihr gleicht euch überhaupt nicht.«

»Pah, er ist ein Killer, und das erregt dich.«

Cousin Rubén kam an den Tisch zurück.

»Verzeiht meine Exaltiertheit. Das ist ein nationales Symptom. Und Clotilde hat recht: Das eine rechtfertigt nicht das andere. Aus Angst und Ermüdung werden die Israelis allmählich zu Schurken. Auch wir profitieren von diesem Konflikt. Die Siedlungen sind hochrentable Geschäfte, Immobilientransaktionen im großen Stil. Die Spekulation ist die Triebkraft sämtlicher Kriege. Israel war einmal eine Utopie. Davon ist heute nichts mehr übriggeblieben. Das sozialistische Projekt hat sich verflüchtigt und ist durch eine pragmatische Strategie und den gräßlichsten Kapitalismus ersetzt worden. Aber vielleicht ist das das Los aller Projekte, die auf einem Ideal aufbauen.«

»Du meinst Katalonien«, sagte Mauricio.

»Mußt du eigentlich immer einen dummen Spruch machen?« sagte Clotilde. »Das ist ein blöder Witz, und der arme Judas kann ihn nicht einmal verstehen.«

»Das war doch nur ein Scherz, um die Stimmung zu heben.«

Mauricio sah, daß er früher oder später bei Clotilde immer Verärgerung hervorrief. Rubén dagegen gefiel ihr. Seine Begeisterung war ansteckend, und da er sich in einen Haufen Widersprüche verwickelte, wirkte er weder prätentiös noch sektiererisch.

Das Essen ging in schöner Harmonie weiter.

Rubén interessierte sich für Clotildes Arbeit, und sie berichtete ihm in allen Einzelheiten, womit sie beschäftigt war. Mauricio konstatierte, daß sie munterer war als sonst. Vielleicht war es das Neue, vielleicht auch nicht. Ich bin ein Pechvogel, dachte er. Meine Willensschwäche und mein Streben nach Ausgeglichenheit haben mich zu einem Menschen ohne Profil gemacht. Ich bin eine lahme Ente. Dieser Spinner dagegen mit seinen wohlfeilen Gedanken und seiner Talkshowpolitik, in der sich die Geschichte Gideons mit den Abkommen von Camp David mischen, flößt sogar einem radikal Andersdenkenden Lebenslust ein. Es sind die Nuancen, die alles zunichte machen.

Am Weihnachtstag erschien Rubén bei der Leona mit Geschenken für alle. Für Mauricio einen CD-Schuber mit den Brahms-Sinfonien, gespielt vom Israel Philharmonic Orchestra unter Lorin Maazel, für seinen Vater eine schöne Brieftasche aus Leder und für die Leona eine Brosche aus Silber und Email von einem Stamm im Jemen. Es waren nicht sehr fantasievolle Geschenke, aber alle freuten sich darüber.

Aus einer als Sinn fürs Praktische getarnten Trägheit hatte die Familie den jahrelangen Brauch aufgegeben, einander an einem bestimmten Datum zu beschenken. Nur wenige Male brachte seine Mutter Mauricio ein schreckliches Hemd oder einen ebenso schrecklichen Pullover aus London mit, die dann zuhinterst im Schrank dahinkümmerten.

Mauricio war eine Stunde früher zur Leona gegangen,

um ihr bei den Vorbereitungen zu helfen. Der Tisch war schon gedeckt und das Essen fertig. Nur der zweite Gang mußte noch aufgewärmt werden.

Die Leona drückte ihm ein Messer in die Hand und schickte ihn ins Eßzimmer, um die Turronriegel in mundgerechte Portionen zu zerteilen. In der Küche störe er.

Da nur für vier Personen aufgedeckt war, nahm Mauricio an, der mysteriöse Freund der Leona werde nicht mit ihnen essen. Mit gezücktem Messer ging er wie in einem Horrorfilm durch die ganze Wohnung auf der Suche nach einem Hinweis auf seine Identität oder wenigstens darauf, daß es ihn gab.

Die Durchsuchung blieb ergebnislos. Auf dem Waschbecken stand ein dunkles Glas mit einer einzigen Zahnbürste.

Hingegen überraschte ihn die Entdeckung einer beträchtlichen Zahl von Dingen aus der Kindheit: Zeichnungen und Figürchen, die fein säuberlich zusammengetragen und aufgereiht waren. Er war schon oft in dieser Wohnung gewesen, ohne die überraschende Sammlung je bemerkt zu haben.

Er ging ins Eßzimmer zurück und hörte das Geklapper von Küchengeräten und danach einen Fluch.

»Irgendein Problem?«

»Nein, alles unter Kontrolle. Hast du den Turron geschnitten?«

»Ich bin dabei.«

Die Leona war immer sehr unabhängig gewesen. Sie setzte ihren Willen durch und nahm von niemandem Ratschläge oder Hilfe an. In Abwesenheit ihrer Mutter war sie zur Mitte der Familie geworden. Das war nicht viel Arbeit, aber etwas war es schon. Sie kümmerte sich um alle, um sie jedoch kümmerte sich niemand. Sie war aufbrausend und mäkelte immer an den anderen herum, aber nie klagte sie über ihr Los. Diese kleine, einfache, ein wenig verwahrloste

Wohnung war ihr einziger Zufluchtsort und die Näschereien das stumme Zeugnis ihrer Ängste.

Beim Essen zeigte sich Rubén begeistert von der Veränderung, die Barcelona durchmachte, und daß den hypothetischen Olympischen Spielen derart entgegengefiebert wurde.

»Sicherlich wird man sie euch geben, und ich habe nicht vor, sie mir entgehen zu lassen. An den Gedanken müßt ihr euch gewöhnen.«

»Hier wirst du immer willkommen sein, Rubén. Ehrlich gesagt kann ich den Spielen persönlich nichts abgewinnen. Athletik mag ja gut sein für die, die sich dafür interessieren, aber ein Vermögen in etwas zu stecken, was zwei Wochen dauert, das erscheint mir unvernünftig.«

»Es ist ein internationales Ereignis. Die Augen der ganzen Welt werden auf das gerichtet sein, was hier geschieht. Die Olympiade wird Barcelona berühmt machen.«

»Und ist das gut oder schlecht?«

»Ihr werdet es ja sehen. Barcelona ist eine Stadt ersten Ranges. Es braucht bloß einen Anstoß, und die beste Reklame ist ein Sportereignis von diesen Ausmaßen.«

In Israel war man dem Sport sehr zugetan. Rubén wußte, daß Barça die vorige Saison mühelos gewonnen hatte, und schwärmte von Johan Cruyff.

Alles interessierte ihn, und er war über alles auf dem laufenden: den Sport, die Kultur, die Politik, die Mode. Diese Gier, erklärte er, sei allen Israelis gemein. So fühlten sie sich mit dem Rest der Welt verbunden und wirkten der Isolierung entgegen, eine Folge der stürmischen Situation, in der sie lebten.

In Barcelona hatte er kein Museum, keine Kirche, kein wesentliches Gebäude unbesichtigt gelassen. Zudem hatte er eine Hafenrundfahrt gemacht, war auf den Tibidabo und den Montjuich hinaufgefahren und ins Liceo-Theater gegangen, wo er *Tosca* gesehen hatte. In den nächsten Tagen wollte er nach Montserrat und dann in einem Mietwagen die Costa Brava entlangfahren.

»Hat niemand Lust mitzukommen?«

Mauricio konnte seine Patienten nicht im Stich lassen, sein Vater hatte Angst, bei dieser Kälte in der Gegend herumzukutschieren, und die Leona schlug die Einladung ohne Vorwand aus.

Belebt vom guten Essen und Trinken, erzählte Rubén einige jüdische Witze. Mauricios Vater seinerseits erzählte katalanische, naiv und sattsam bekannt. Doch da sie für Rubén neu waren, belachte er sie schallend.

Alle waren ihm dankbar, daß er ein Treffen angenehm gemacht hatte, das langweilig und melancholisch zu werden versprochen hatte.

Nachdem er noch eine Weile am Tisch sitzengeblieben war, brachte Mauricio eine vage Entschuldigung vor und ging die Porritos besuchen. Zwar hatte sie ihn davon entbunden, aber wenn er sich vorstellte, daß sie krank und allein war, zog es ihm das Herz zusammen.

Als er das Haus der Leona verließ, war es schon stockdunkel. Die Straßen waren menschenleer, ein kalter Wind wehte, und es war ungewöhnlich und deprimierend still. Mauricio wurde von Verzweiflung gepackt. Jetzt empfand er die Heiterkeit der vorangegangenen Stunden als unecht, ein fruchtloses Bemühen, das Scheitern einiger hoffnungsloser Leben zu bemänteln.

Am liebsten wäre er im Auto sitzengeblieben, ohne irgendwohin zu fahren.

Unterwegs wuchs sein Kummer.

Zum Glück hatte die Porritos Besuch von einem jungen Ehepaar bekommen, das Mauricio noch nie gesehen hatte und dessen Name ihm ebenfalls nichts sagte, das aber mit der Porritos eng befreundet sein wollte. Obwohl sie weit entfernt von hier wohnten, waren sie auf die Idee gekommen hereinzuschauen.

»Wir leben schon seit vielen Jahren in Katalonien, aber dort, wo wir herkommen, feiert man nicht am Weihnachtstag, sondern am Heiligen Abend, so daß wir heute nichts zu tun haben. Darum sind wir gekommen.«

Sie sprachen laut, schnitten sich gegenseitig das Wort ab und lachten pausenlos. Ihre Anwesenheit erleichterte Mauricio, aber zugleich fühlte er sich unnütz und fehl am Platz.

»Wir gehen jetzt und lassen euch in Ruhe.«

»Nein, nein, keineswegs. Wenn ihr schon mal kommt ...«

Sie hatten eine Flasche lauwarmen Champagner mitgebracht.

Nach einer Weile wurde an der Tür geklingelt. Mauricio ging öffnen. Es war Señora Marcela, die nach Hause kam, aber vorher noch hatte guten Abend sagen wollen.

»Wie war denn das Essen, Señora Marcela?«

»Gut.«

Sie wirkte nicht zufrieden. Eigentlich war sie gekommen, um ihre Sorgen zu erzählen, und jetzt hemmte sie die Anwesenheit von Unbekannten. Mauricio bat sie herein.

»Ich will nicht stören.«

»Ganz im Gegenteil. Trinken Sie ein Glas Champagner mit.«

»Gut, aber nur eins.«

Ohne Mauricio oder die Neuhinzugekommene zu beachten, setzten die Besucher ihr lautes Geplapper fort, voller Anspielungen auf unbekannte Personen und Ereignisse. Die Porritos lachte über die Witzeleien ihrer Freunde. Sie wirkte müde nach dem langen Besuch, aber auch zufrieden und dankbar.

Nachdem sie endlich gegangen waren, sagte sie, sie wolle sich jetzt hinlegen.

»Danke, daß ihr gekommen seid. Ihr seid alle sehr lieb.«

Da es im Wohnzimmer angenehm warm war, brachte Señora Marcela den Pyjama dorthin und half der Porritos in Mauricios Gegenwart beim Ausziehen. Er hatte sie schon lange nicht mehr ohne Kleider gesehen und erschrak, als er sah, wie dünn sie war. Damit sie sich nicht zu genieren brauchte, trug er die Gläser und die Flasche in die Küche, wo er den restlichen Champagner weggoß und die Gläser zu spülen begann.

Nachdem sich die Porritos hingelegt hatte, ging er hinein, um sich zu verabschieden. Dann verließen Señora Marcela und er die Wohnung gemeinsam.

»Ich hatte den Freund meiner Tochter nicht gekannt«, sagte Señora Marcela auf dem Treppenabsatz, bevor sie zu sich hineinging.

»Und welchen Eindruck haben Sie von ihm bekommen?«

Señora Marcela seufzte.

»Er ist einäugig. Er hat ein Glasauge.«

»Das ist doch kein so gravierender Fehler. Er kann ein normales Leben führen.«

»Ja, natürlich.«

»Wichtig sind andere Dinge. Hat er Sie beide in ein Restaurant ausgeführt?«

»Ja. Wir haben sehr gut gegessen. Das Weihnachtsmenü. Ich habe nicht alles geschafft. Vorspeisen mit weiß Gott wie vielen Dingen und Suppe und gefüllter Puter, von dem ganzen Turron und den Waffeln gar nicht zu reden. Alles ausgezeichnet. Man hatte richtig ein schlechtes Gewissen, etwas auf dem Teller zu lassen, aber solche Mengen hätte ich im Traum nicht essen können. Dafür bin ich zu alt. Corinas Freund …«

»Was denn?«

»Nichts. Gehen wir. Hier zieht es, und Sie haben sicher Ihre Verpflichtungen.«

Auf dem Rückweg nahm sich Mauricio vor, sich ein Herz zu fassen und die Porritos nicht mehr zu besuchen.

Clotilde rief Mauricio an und erzählte ihm, Weihnachten habe ihr eine angenehme Begegnung beschert.

Nach dem Essen, als sie schon dazu verurteilt schien, einen sich endlos dahinschleppenden Nachmittag mit ihren Eltern zu verbringen, war unversehens ihre Cousine Verónica aufgetaucht.

Mauricio erinnerte sich vage, wie Clotilde ihre Cousine erwähnt hatte, und zwar immer in herabsetzenden Worten.

Verónica, einzige Tochter von Onkel Manuel, war in Clotildes Alter und lebte seit gut einem Jahr in New York, wo sie für eine spanische Firma arbeitete. Trotz ihres Jobs, bei dem sie gut verdiente, tat sie, was ihr gerade in den Kram paßte. Diesmal hatte sie beschlossen, die Feiertage in Barcelona zu verbringen, und war unangemeldet erschienen. Ihr Mutter wäre beinahe in Ohnmacht gefallen.

Clotilde war nicht gut auf sie zu sprechen. Jetzt aber, nachdem sie sie wieder getroffen hatte, sah sie sich gezwungen, ihr Urteil zu revidieren. Verónica war weder dumm noch eingebildet, sondern intelligent und freundlich. Bald vertrugen sie sich wieder sehr gut.

»Ich habe ihr von meinem Problem mit dem Kleid für die Hochzeit erzählt, und sie sagte, sie würde mir eins von ihr geben.«

»Offensichtlich habt ihr schnell ganze Etappen übersprungen.«

»Als Mädchen waren wir sehr eng befreundet, und jetzt ist es, als wäre die Zeit stehengeblieben.«

»Das ist sehr gut.«

»Da sie gern Geld ausgibt, sagt sie, sie hat einen Haufen Kleider, die sie nie trägt.«

»Und die hat sie alle mitgebracht?«`

»Nein, du dummer Mann. Nur zwei Koffer mit dem Minimum. Aber sie will mir die Sachen schicken. Wir haben mehr oder weniger dieselbe Größe … Und schlimmstenfalls macht meine Mutter eben zwei Stiche.«

Mauricio freute sich, daß sie so guter Dinge war.

»Das war ein von der Vorsehung bestimmtes Wiedersehen«, sagte er.

»Wir haben fast drei Stunden geplaudert. Am Ende konnte sich die Ärmste kaum noch auf den Beinen halten, mit dem Jetlag und dieser Völlerei … Aber wir haben verabredet, uns in den nächsten Tagen mal zu sehen. So lernst du sie kennen.«

»Es wird mir eine Freude sein.«

Am nächsten Tag rief sie wieder an.

»Können wir heute zu Abend essen? Das ist der einzige Tag, der Verónica gut paßt. Sie hat viele Verpflichtungen.«

»Ach, gerade heute wollte ich meinen Cousin in den Palau de la Música mitnehmen.«

»Judas?«

»Er heißt nicht Judas.«

»Ist doch egal. Bring ihn mit. Er wird Verónica gefallen. Er ist ein origineller Typ.«

»Ich werde es mit ihm besprechen.«

Rubén sagte zu allem ja.

Sie holten zuerst Clotilde und dann Verónica ab.

Mauricio gewann einen sehr guten Eindruck von Verónica, und Rubén war begeistert. Er wandte kein Auge von ihr und sprach nur mit ihr, als wären Mauricio und Clotilde gar nicht vorhanden.

»Da scheint sich was anzubahnen«, sagte Clotilde beiseite zu Mauricio.

»Möglich. Sie sind Zwillingsseelen – zwei Verrückte.«

»Red doch keinen Unsinn. Es sind zwei Entwurzelte, das sind sie.«

»Ich sehe nicht ein, warum. Er lebt in seinem Land und sie, wo sie will. Sie können jederzeit zurückkommen. Entwurzelung ist was anderes.«

»Sei still, sie werden dich hören.«

Verónica fragte sie, ob sie für Silvester schon etwas vorhätten. Sie sei zu sechs oder sieben Partys eingeladen.

»Wir können doch alle vier gehen. Wann ist eigentlich das jüdische Neujahr?«

»Im Oktober«, sagte Rubén.

»Toll. Dann kannst du es dieses Jahr zweimal feiern. Dürfen die Juden Trauben essen?«

»Natürlich.«

»Ich weiß nicht. Wo ihr so sonderbar seid …«

»Aber er hat doch soeben eine Bratwurst mit Bohnen verdrückt«, rief Clotilde.

»Dafür wird er kopfüber zur Hölle fahren«, sagte Mauricio, »und bis in alle Ewigkeit furzen müssen.«

»Mauricio! Wir kannst du nur so ordinär und witzlos sein!«

Mauricio war ein wenig betrunken. Seit er beschlossen hatte, die Porritos ihrem Schicksal zu überlassen, verspürte er eine große seelische Leichtigkeit. Er befand sich in einem dauernden Euphoriezustand.

Am letzten Abend des Jahres holte Mauricio Rubén ab, um gemeinsam zur Party zu fahren. Im Auto, bevor sie bei Clotilde eintrafen, erzählte ihm Rubén, am Vortag hätten Verónica und er den Nachmittag in einem Hotel außerhalb der Stadt verbracht. Verónica, noch müde von der Reise und den Festtagen, sei eingeschlafen, und er, Rubén, habe, um sie nicht aufzuwecken, stundenlang aus dem Fenster geschaut und Zukunftspläne geschmiedet.

»Ich kann nicht von ihr verlangen, mit mir nach Tel Aviv zu kommen, aber ich kann auch nicht mit ihr nach New York gehen.«

»Warum denn nicht? Beides scheint mir machbar. Aber ist das nicht ein wenig überstürzt?«

»Nein. Ich bin verliebt, und sie ist es auch, wie sie sagt. Wenn so was passiert, dann passiert es. Den meisten passiert es nie. Wir haben Glück gehabt, obwohl unsere Beziehung eine Sackgasse ist.«

Die Party fand in einer riesigen, prunkvoll eingerichteten Wohnung statt. Es waren viele Leute unterschiedlichen Alters da. Alle kannten einander, schienen aber nicht wirklich befreundet zu sein, nicht einmal demselben Berufs- oder Gesellschaftskreis anzugehören. Es war, als hätte es sie zufällig dorthin verschlagen.

Während des Essens erzählte Mauricio Clotilde von der Liebelei zwischen ihrer Cousine und seinem Vetter. Clotilde fand das sehr romantisch. Mauricio dachte nicht so, sagte aber nichts. Frauen freuen sich über jede Liebesgeschichte, dachte er, auch wenn sie noch so gekünstelt und unvernünftig ist. Das war eine irrationale Einstellung, gegen die anzukämpfen völlig unnütz war.

Das Essen war gut und reichlich, die Unterhaltung aber langweilig. Um Mitternacht wünschten sich alle mit gespielter Herzlichkeit Glück.

»Gehen wir woandershin«, sagte Clotilde. »Verónica hat gesagt, sie sei zu mehreren Partys eingeladen. Ich schau mal, ob ich sie finde.«

Sie suchte sie umsonst in den Salons der Riesenwohnung.

»Sie ist mit Vetter Judas abgehauen.«

»Ausnahmsweise paßt der Name. Was machen wir? Es ist zu früh, um nach Hause zu gehen.«

»Dann tanzen wir eben«, sagte Clotilde.

In einem der Salons war der Teppich aufgerollt und eine improvisierte Tanzfläche geschaffen worden, und jemand hatte Musik aufgelegt. Mauricio haßte das Tanzen. Zu allem Überfluß bestand die Musik auch noch in widerlichen alten Songs oder aufreizend platten Gegenwartshits. Aber von allen Möglichkeiten dieser Nacht war das noch die vernünftigste.

Anfänglich tanzte er mechanisch, zerstreut und unwillig.

Dann verfiel er nach und nach in einen lethargischen Zustand. In der Umarmung mit dem einzigen Menschen, der ihm wichtig war, umgeben von lauter eleganten und überflüssigen Unbekannten, die im Takt zu einer schalen Musik diskret sein Gesichtsfeld kreuzten, wähnte er sich an einem fernen Ort, wo alles geistlos und unbedeutend war und wo ihn wie in einer zufälligen Kampfpause die Probleme und Widerwärtigkeiten nicht erreichten, die ihn sonst rund um die Uhr belagerten und seine Träume zunichte zu machen und sein Leben zu ruinieren drohten.

Wäre ihm in diesem Augenblick ein einziger Wunsch gestattet gewesen, er hätte sich gewünscht, dieser unerträgliche Song möchte nie zu Ende sein.

Nach der Silvesterparty vergingen mehrere Tage, ohne daß sie etwas von Rubén oder Verónica hörten. Schließlich teilten Clotildes Eltern ihr mit, die beiden seien gemeinsam nach Tel Aviv gefahren. Verónica habe bei der New Yorker Firma um unbefristete Freistellung nachgesucht. Onkel Manuel, von dem sie alles erfahren hatten, war wütend und schob Clotilde und Mauricio die Schuld an dieser verantwortungslosen Entscheidung in die Schuhe.

»Das muß man sich mal vorstellen – wo Israel so gefährlich ist.«

»Nicht so wie New York.«

»Das ist was anderes. Ganz abgesehen von der Gefahr, daß sich Verónica zum Judentum bekehrt.«

»Greifen wir da den Ereignissen nicht etwas vor? Noch ist nichts geschehen, und wahrscheinlich wird auch nichts geschehen. Vor allem nicht das mit der Abtrünnigkeit.«

»Ich weiß nicht. Dort unterzieht man sie einer Gehirnwäsche.«

»Wer?«

»Die Pharisäer, die mit dem Bart und dem Hut.«

Clotilde mochte nicht weiterstreiten.

Zuerst amüsierte Mauricio das Vorgefallene, und dann ärgerte er sich.

»Er hätte es mir sagen können.«

Rubén war gegangen, ohne sich von ihm zu verabschieden.

»Außerdem verstehe ich nicht, wie Verónica zu dieser Zeit so schnell zu einem Visum gekommen ist.«

»Das schlimmste ist, daß ich nun das Kleid für die Hochzeit nicht kriege.«

Nach dem Dreikönigsfest ging das Leben in seinen gewohnten Bahnen weiter.

Einige Zeit später rief der Beistand Clotilde an und sagte:

»Man hat mir soeben den Urteilsspruch mitgeteilt. Dein Mandant ist freigesprochen worden. Herzlichen Glückwunsch.«

Clotilde erwartete, daß Breto sie aufsuche und sich bei ihr bedanke.

»Ach woher denn«, sagte Macabrós, »den siehst du nie wieder. Es sei denn, er wendet sich an dich, wenn er das nächste Mal jemand umlegt.«

»Auch Sie halten ihn für schuldig?«

»Keine Frage.«

Clotilde machte sich Sorgen.

»Ich lasse einen Verbrecher frei herumlaufen«, sagte sie zu Mauricio.

»Nicht du. Das Gericht hat ein Urteil gefällt, nachdem es den Fall unter allen Gesichtspunkten geprüft hat. Du bist dazu verpflichtet, deinen Mandanten zu verteidigen.«

»Als das Ganze seinen Anfang nahm, hast du das Gegenteil gesagt.«

»Ja – und du hast mich überzeugt. Außerdem bist du meine Mandantin.«

»Das schwierige ist, sich selber zu überzeugen.«

Mauricio begleitete sie beim Kleiderkauf.

Sie gingen von einer Boutique zur nächsten. Er hatte nicht gewußt, daß es in Barcelona so viele gab, und war überrascht, daß Clotilde so gut informiert war. Er hatte gedacht, sie kümmere sich nicht groß um Mode. Im Grunde war sie sehr pingelig. Kein Kleid fand Gnade vor ihren Augen. Eines war ihr zu auffällig, ein anderes zu langweilig, ein drittes zu gewagt, ein viertes zu nonnen-, ein fünftes zu mädchen-, wieder ein anderes zu damenhaft und so fort. Mauricio gefiel alles.

»Du bist mir vielleicht eine Hilfe.«

»Wenn dir alles, was du anziehst, gut steht, was soll ich denn da sagen?«

»Sei kein Heuchler. Es stinkt dir einfach, in die Läden zu gehen, und du willst sobald wie möglich fertig sein.«

Schließlich kaufte sie ein grünes, hinten ausgeschnittenes ärmelloses Kleid. Mauricio fand es gleich wie die anderen, nur teurer. Sogar herabgesetzt kostete es ein Heidengeld.

»Das ist ein Wahnsinn«, sagte Clotilde, als sie vor der Kasse stand.

»Aber wenn es das ist, das dir gefällt, dann kauf es einfach.«

»Ich kann mir eine solche Ausgabe gar nicht leisten.«

»Ich schon. Ich schenke es dir.«

Clotilde lehnte entschieden ab. Statt beschenkt fühlte sie sich erniedrigt. Mauricio zog sein Angebot zurück. Clotilde zahlte mit Kreditkarte.

»Ich werde in Raten zahlen«, sagte sie resigniert.

»Du wirst die hübscheste Frau auf dem Fest sein.«

»Bei diesem Preis ist das auch besser für mich.«

Zum Abendessen gingen sie ins *Giardinetto*. An jedem Tisch saßen Politiker, Architekten und Schriftsteller und kommentierten das Gemunkel über die verschiedenen Olympiakandidaturen. Paris und Amsterdam waren ebenfalls in den Ring gestiegen und schienen gewichtige Rivalen zu sein.

Clotilde mochte keine Nudeln essen, um nicht zuzunehmen.

»Stell dir vor, wenn ich nachher nicht mehr ins Kleid passe.«

»Es dauert noch zwei Wochen bis zur Hochzeit. In so kurzer Zeit braucht nur eine andere Größe, wer es darauf angelegt hat. Außerdem scheiden Kohlenhydrate rasch aus. Schlecht sind Soßen. Und der Alkohol. Aber im Moment hast du noch keine Probleme.«

»Im Moment?«

»Die Zukunft läßt sich nicht vorhersagen. Heirate mich, und du kannst so dick werden, wie du willst.«

»Das ist der romantischste Antrag, den ich je bekommen habe.«

Der Kleiderkauf erinnerte Clotilde an die Bitte von Fontáns Verlobter. Anfänglich hatte sie ihren Schrank nach etwas Ausleihbarem durchstöbert, aber nichts gefunden. Dann hatte sie die Angelegenheit ganz vergessen.

Sie fand es einen albernen, kitschigen Aberglauben.

Sie rief Michelle an, um sich zu entschuldigen.

»Mach dir keine Gedanken. Als ich sah, daß du dich nicht meldest, habe ich eine andere Freundin gefragt. Alles gelöst.«

»Tut mir leid, daß ich dich im Stich gelassen habe.«

»No problem.«

»Wenn ich dir mit irgend was anderem behilflich sein kann …«

»Doch, ja. Ich würde dir gern das Brautkleid zeigen. Es wurde mir bereits gebracht, und da gibt es eine Falte in der Taille, die mir nicht einleuchten will. Und jetzt haben wir noch genug Zeit, du weißt schon, was ich meine.«

»Michelle, das ist nicht meine Fachgebiet.«

»Entscheidend ist der erste Blick. Und du kannst dich sehr geschmackvoll anziehen, wenn du willst.«

Fontáns Verlobte wohnte in einer dreistöckigen Villa in der Calle Bonanova. Ein düster und bekümmert dreinschauender philippinischer Diener öffnete ihr.

»Señorita Michelle ist oben. Wer bist du?«

»Clotilde. Señorita Michelle erwartet mich. Sag ihr, daß ich da bin.«

Der Diener schloß die Tür vor ihrer Nase wieder.

Nach einer Weile erschien Michelle.

»Oh, meine Liebe, entschuldige, daß er dich nicht hereingebeten hat. Gabriel ist ein sturer Bock. Und so was von aufgeblasen … Man würde ihm am liebsten das Knie in die Eier rammen, nicht wahr?«

Sie gingen in den zweiten Stock hinauf. Durchs Fenster von Michelles Zimmer sah man die dunklen Umrisse einer Zypresse, die sich vom blauen Himmel abhob.

»Magst du was trinken?«

»Nein. Ihr habt ein fantastisches Haus.«

»Ja, aber es ist ein Mausoleum. Ich kann mich einfach nicht dazu durchringen, hier abzuhauen. Meine Mutter sitzt den lieben langen Tag vor der Glotze, und mein Vater sagt, da zeigen sie nichts als Müll, aber dann guckt er ebenfalls. Sie kommen mir vor wie zwei fette Robben, weißt du. Genau so.«

Auf dem Bett war das Brautkleid ausgebreitet. Für Clotilde sah es aus wie irgendein anderes.

»Zieh es an«, sagte sie.

»Nein, zieh du es an. So sehe ich es in Perspektive, du weißt schon, was ich meine.«

Clotilde zog sich aus und schlüpfte ins Brautkleid. Michelle half ihr mit den Knöpfen, Reißverschlüssen, Häkchen und Ösen.

»Steht dir göttlich, meine Liebe. Besser als mir.«

»Das scheint nur so. Mit sich selbst ist man nie zufrieden.«

»Ich schon. Aber für alle Fälle ist es besser, mein Verlobter sieht dich nicht, sonst ändert er noch seine Meinung.«

Clotilde errötete bis in die Haarwurzeln. Um die Scham zu überspielen, probierte sie vor dem Spiegel verschiedene Posen aus.

»Das wiegt ja einen Zentner.«

»Es ist nur für eine Weile. Nach der Kirche zieht man sich um.«

Mit viel Geduld lösten sie die Häkchen aus den Ösen und breiteten das Kleid wieder auf dem Bett aus.

»So, jetzt zieh du es an.«

»Ich nicht. Da bin ich abergläubisch.«

»Aber wenn ich's nicht an dir sehe, wie soll ich da eine Meinung haben?«

»Ist egal. Lecken wir uns die Muschi?«

»Wenn du willst, von mir aus«, sagte Clotilde.

Sie fühlte sich nicht von Frauen angezogen, aber auch nicht angewidert, und jetzt war die Verlockung, Fontán kurz vor seiner Heirat Hörner aufzusetzen, stärker als ihre Neigungen.

Als sie das Haus verließ, war es bewölkt, und es fielen bereits einige Tropfen. Sie ging in ein Lokal, bestellte ein Bier, rief Mauricio an und sagte:

»Es regnet, ich habe keinen Schirm und möchte dich sehen. Komm mich abholen und führ mich zum Essen aus.«

»In einer halben Stunde?«

»Ganz wie es dir paßt.«

Beim Essen war sie sehr redselig und aufgedreht, aber weder jetzt noch später erzählte sie ihm, was sich an diesem Tag bei Fontáns Freundin ereignet hatte.

Mauricio wiederum beschäftigten andere Dinge. Dr. Robartes wollte der Zahnklinik Torralba einen Operationsraum eingliedern, um Zahnimplantate machen zu können, und hatte Mauricio vorgeschlagen, sich in dieser Technik zu spezialisieren. Er würde ihm einen mehrmonatigen Aufenthalt in einer Klinik in Schweden bezahlen. Mauricio hatte um Bedenkzeit gebeten.

Zu vieles band ihn in diesem Augenblick an Barcelona.

»Ich weiß nicht, was ich tun soll.«

Clotilde mochte sich nicht äußern. Sie dachte, wenn sie sich jetzt trennten, würden sie nie wieder zusammenkommen.

Am Tag danach aß Mauricio mit Rabus zu Mittag und erläuterte ihm die Situation und seine Unentschlossenheit. Rabus hörte ihm aufmerksam zu – eine Spezialisierung in Implantaten hieß die Ausübung der konventionellen Zahnheilkunde aufgeben und damit auch die Partnerschaft, die sie gemeinsam gegründet hatten. Schließlich sagte er:

»Mir wäre es lieber, alles würde so weitergehen wie bisher, das brauche ich gar nicht erst zu sagen. Aber ich verstehe deine Interessen. Mit Implantaten verdient man sich eine goldene Nase.«

Rabus selbst erwog seit einiger Zeit die Möglichkeit, sich in Kinderzahnregulierung zu spezialisieren.

»Die Leute haben Geld, und niemand ist zum Vergnügen häßlich. Die Schönheitschirurgie ist die Medizin der Zukunft. Den Rest wird sich schließlich doch bloß die Sozialversicherung schnappen.«

Mauricio schüttete seinem Partner sein Herz aus. Er mochte sich nicht von Clotilde trennen, konnte aber, wollte er ehrlich sein, auch die Porritos nicht ihrem Schicksal überlassen. Das Geld war das wenigste.

»Siehst du? Die Frauen reißen dich hin und her. Ich dagegen bin ein freier Mann.«

Für Rabus waren die Frauen eine Quelle von Ärger und Komplikationen. Wie ihm erzählt worden war, hatte sich ein Madrider Kollege mit einer Patientin eingelassen. Nach einigen Monaten war ihr Mann mit einem Baseballschläger in der Praxis aufgekreuzt und hatte die Instrumente zerdeppert. Der Kollege hatte entsprechende Anzeige erstattet, und jetzt wartete man auf das Urteil. Das schlimmste war, daß die Urheberin dieser Zerstörungswut nichts taugte. Sie war wenig anmutig, dumm und unsympathisch.

»Etwas wird er an ihr ja gesehen haben.«

»Das entzündete Zahnfleisch«, sagte Rabus eher bekümmert als sarkastisch. »Was Liebe genannt wird, ist eine Sucht wie das Rauchen. Man beginnt in der Jugend damit, ohne weiteren Grund, als die Erwachsenen zu imitieren. Danach wird man das Laster nicht mehr los und läßt schließlich Gesundheit und Geld für etwas, was einem im Grunde nicht die geringste Befriedigung verschafft. In dieser Hinsicht sind uns die Frauen haushoch überlegen. Jetzt, wo sie sich in sämtlichen Berufen einzunisten beginnen, wirst du keine finden, die ihre Karriere der Liebe zu einem Mann opfert. Zu den Kindern, mag sein, aber zu einem Mann auf keinen Fall. Vor einem Jahrhundert sind sie noch an ihren Gefühlen gestorben, sie hatten ja nichts Besseres zu tun. Heute fällt ihnen das nicht im Traum ein.«

»Du bist ein Frauenhasser.«

»Ganz im Gegenteil. Ich liebe die Frauen, und sie flößen mir tiefen Respekt ein. Ich fühle mich bloß nicht dazu verpflichtet, ihnen mein Leben unterzuordnen, und ich verlange auch von ihnen nicht, daß sie ihres meinen Bedürfnissen oder Launen unterordnen. Und im allgemeinen verlangen sie es auch von uns nicht. In deinem Fall wenigstens ist es so. Obwohl du Bigamist bist, fordert keine von beiden irgendein Opfer von dir. Bloß, daß du sie nicht täuschst und auch dich selbst nicht täuschst und daß du ihnen nicht die Verantwortung für deine Entscheidungen aufbürdest.«

»Du bist sehr streng, Rabus.«

»Nein. Aber du hast es dir schlecht eingerichtet.«

Obwohl er seinem Partner bis zu einem gewissen Grad recht geben mußte, war Mauricios Unschlüssigkeit keineswegs beseitigt. Inzwischen studierte er die wissenschaftliche Literatur über Implantate und Prothesen und holte die Meinung einiger Kollegen ein. Diese Nachforschungen vermittelten ihm keine Begeisterung. Er kam zum Schluß, daß er, würde er sich der Chirurgie zuwenden, das bißchen menschlichen Kontakt verlöre, das er jetzt mit seinen Patienten und ihren unendlich vielfältigen Problemen hatte. Je mehr er darüber nachsann, desto mehr war er geneigt, alles beim alten zu lassen.

»Ich kann dir auch nicht helfen«, sagte Clotilde. »Für mich seid ihr Zahnärzte Marsmenschen.«

»Sind wir aber nicht. Und wir kämen dir auch nicht so vor, wenn du für unsere Arbeit dasselbe Interesse aufbrächtest, wie ich es für deine aufbringe.«

»Das kannst du nicht vergleichen. Mord ist ein Thema von allgemeinem Interesse. Die Parodontose nicht. Was würdest du wohl für ein Gesicht machen, wenn ich mit dir über Emphyteuse sprechen wollte?«

Mauricio sah die Spitzfindigkeit, mochte sie aber nicht widerlegen. Sein Dilemma hinderte ihn nicht, hinter Clotildes Ironie eine Erregung wahrzunehmen, deren Ursprung er nicht zu erkennen vermochte.

Nach dem Abenteuer mit Michelle hatte Clotilde sie mehrmals ergebnislos angerufen. Jedesmal führte der listige philippinische Diener sie mit unzusammenhängenden Sätzen an der Nase herum.

»Bist du nicht zu Hause?«

»Wer ist nicht zu Hause? Ich will mit Señorita Michelle sprechen. Verstehen Sie mich?«

»Ja. Sie versteht dich nicht.«

»Wann kommt sie zurück?«

»Zu dir?«

»Sagen Sie ihr, Clotilde hat angerufen. Haben Sie mich verstanden?«

»Ja. Und du, wer bist du?«

Clotilde beschloß, Michelle wolle nicht mit ihr sprechen und habe dem boshaften Philippinen Anweisung gegeben, die unüberwindliche Mauer seiner sprachlichen Albernheiten zwischen sie zu stellen. So hatte sie die Beziehung umgestülpt: Hatte Clotilde sie zuvor verachtet, so verzehrte sie sich jetzt nach ihr. Die Abfuhren verursachten ihr körperlichen Schmerz und schürten ihre Leidenschaft. Von Erregung gepackt, verbrachte sie schlaflose Nächte und konnte sich dann bei der Arbeit nicht konzentrieren. Oft verkramte sie die Dokumentation eines Falls, mit dem sie beschäftigt war, vergaß die Termine und achtete nicht auf das, was ihr die Mandanten sagten.

Wenn sie nachdachte, fand sie keinen Grund für ihre Verblendung. Es war ein Wahnsinn, mit dem die Gefühle nichts zu tun hatten.

In solchen Momenten sah sie sich nicht in der Verfassung, an der Hochzeit teilzunehmen, aber da sie ihr auch nicht ohne triftige Entschuldigung fernbleiben konnte, bat sie Macabrós, sie wieder nach Genf zu schicken.

»An diesem Tag steht in Genf kein Fall an.«

»Macht nichts. Ich bezahle das Hotel und das Ticket. Ich möchte mich nur verdrücken.«

»Verstehe, aber die Kanzlei darf sich nicht für Falschheiten und Verheimlichungen hergeben. Das gehört zum Ehrenkodex.«

Da Clotilde um die krummen Geschäfte wußte, die in diesem Büro täglich abgewickelt wurden, erschien ihr diese Antwort als Gipfel des Zynismus.

Als sie an diesem Abend im *Giardinetto* aßen, fühlte sie Mauricio auf den Zahn.

»Und wenn wir die Hochzeit fahrenließen? Sie wird todlangweilig sein.«

»Das haben wir vom ersten Tag an gewußt. Jetzt können wir keinen Rückzieher mehr machen. Und dazu noch ohne Grund.«

»Gehen wir nach Schweden. So kommst du mit dem Land in Kontakt und entscheidest die Geschichte mit den Zahnimplantaten.«

»Dort haben sie zwanzig Grad unter Null.«

»Wir gehen einfach nicht aus dem Hotel.«

»Darf man erfahren, was in dich gefahren ist?«

Clotilde sah ein, daß sie ihren Kopf nicht durchsetzen würde.

»Nichts. War nur so eine Idee. Da dich die Implantiererei offensichtlich so beschäftigt ...«

Mauricio wechselte das Thema, um Clotilde einen peinlichen Moment zu ersparen, aber statt die Situation zu entspannen, verschärfte er sie noch.

»Willst du nicht wissen, was mit mir los ist?« sagte Clotilde nach einer Weile.

»Wenn du es mir erzählen willst, dann gut. Wenn nicht, zwinge ich dich nicht dazu.«

»Ich weiß nicht, ob du es aus Taktgefühl oder aus Desinteresse nicht tust.«

»Denk, was du willst, aber es ist dein Problem.«

Clotilde stand auf und warf die Serviette zu Boden.

»Das Problem bist du, wann kapierst du das endlich? Du gehst mir auf den Geist. Siehst du nicht, wie es um mich steht? Ich bin am Ende, Mauricio, total kaputt. Könntest du nicht ein einziges verdammtes Mal deine Kaltblütigkeit vergessen? Es geht mir beschissen, ich will sterben, und das schlimmste, was du in dieser Lage tun kannst, ist dulden und so tun, als wäre nichts. Du bist ein Eiszapfen. Na los, mach doch deine Implantate, verpaß den Leuten dein Leben lang Schrauben. Schrauben und Prothesen. So läßt sich alles regeln. Tut dir was weh? Alten Zahn raus und Ersatz rein. Ich weiß, warum du diesen Beruf gewählt hast: Du bist wie ein künstliches Gebiß – du kannst nur lächeln und weiche Dinge kauen.«

Mit ihrem Auftritt machte sie sich zum Gespött, aber sie

konnte nicht aufhören. Mauricio reichte ihr sein Taschentuch. Sie schneuzte sich und verließ das Lokal mit dem zerknitterten Taschentuch in der Hand.

Die anderen Gäste verfolgten die Szene. Diejenigen, die sie kannten, verstohlen, die anderen ganz unverhohlen. In Momenten wie diesem tat es Mauricio leid, daß er nicht rauchte. Mit einem Whisky und einer Zigarette hätte er ein würdigeres Bild abgegeben.

Auf dem Weg zum Parkhaus dachte er über das Vorgefallene nach. Er war nicht gekränkt, sondern traurig. Clotildes Beschimpfungen trafen ja vielleicht zu, aber sie waren grausam und unverdient. Was für Fehler er auch immer haben mochte, sie hatte kein Recht, darüber zu urteilen und sie ihm unter die Nase zu reiben. Aber er verstand ihre Erbitterung. Er befand sich in einer ähnlichen Lage. Die Nacht war kalt.

Morgen wird sie mich anrufen, als wäre nichts geschehen, und ich werde zwar nicht ihre Worte, aber deren Absicht vergessen haben und wie weh sie mir taten, und am Ende wird alles wieder sein wie bisher, dachte er.

Seine Gefühle für Clotilde hatten sich nicht verändert, aber wenn ihm eine harmlose Rache eingefallen wäre, hätte er sie ohne zu zögern geübt.

Es dauerte drei Tage, bis Clotilde anrief. Vielleicht ist es ihr diesmal ernst, hatte Mauricio gedacht.

»Können wir uns sehen?« fragte sie.

»Heute abend nicht. Fontán hat seinen Polterabend, und ich bin eingeladen.«

»Werdet ihr ins Bordell geben?«

»Du hast zuviel Fantasie. Wir werden eine ganze Meute sein. Alte Witze, Anekdoten aus dem Kommiß, und das wär's dann. Wir werden zuviel essen und trinken und nachher einen Kater haben. Kurzum, eine öde Angelegenheit.«

»Dann geh doch einfach nicht hin.«

»Es bleibt mir nichts anderes übrig. Das gehört zum Sakrament der Ehe und dient als Beweis, daß der Junggesellenstand nicht so gut ist, wie man sagt.«

»So ein Unsinn.«

»Natürlich. Die Vorteile des Ledigseins sind andere.«

»Zum Beispiel keine Idiotin wie mich aushalten zu müssen.«

»Zum Beispiel.«

»Okay. Ruf mich morgen an, und dann erzählst du mir, wie dieses Gelage ausgegangen ist.«

Mauricios Befürchtungen wegen Fontáns Polterabend waren mehr als begründet gewesen. Im Nebenzimmer eines Restaurants versammelten sich rund dreißig Männer im Alter des Bräutigams. Einige kannten einander und bildeten Gruppen; andere, wie Mauricio, kannten niemanden und schlenderten mit einem Glas in der Hand von Gruppe zu Gruppe, scheinbar ungezwungen, aber ohne zu wissen, was sie tun oder sagen sollten.

Wie er den Gesprächsfetzen entnehmen konnte, waren die Geladenen leitende Angestellte und Freiberufler. Jeder für sich genommen, waren sie zweifellos intelligent und sympathisch, als Gesamtheit aber laut, fade und langweilig. Zwei, drei Idioten gaben den Ton an, und die anderen folgten der von ihnen vorgegebenen Richtschnur, als hätten die Idioten sie entführt. Der Oberidiot schlüpfte in eine gelbe Dschellaba, setzte sich einen Fez auf und tanzte ohne Anmut. Mauricio schämte sich für ihn. Seine Tischgenossen teilten seine Irritation und Langeweile, aber alle taten so, als fühlten sie sich wohl und amüsierten sich, um den Bräutigam und die restlichen Anwesenden nicht zu kränken. Zum Kaffee gab es einige Ansprachen, nicht alle ohne Witz. Fontán sprach als letzter, in scherzhaftem Ton. Er schloß damit, daß er hiermit eine glückliche Zeit seines Lebens verabschiede, um in eine andere voller Ungewißheit und Verantwortung einzutreten. Bei dieser Trivialität war er selbst ein wenig gerührt. Dann gewann er seine Heiterkeit zurück. Er wirkte zwar nicht gerade begeistert, aber auch nicht betrübt. Gewiß begünstigte die Situation Nachdenklichkeit oder Ernst nicht unbedingt. Zum Schluß bedankte er sich für die Anwesenheit seiner Freunde in diesem wichtigen Moment seines Lebens und ermunterte die Junggesellen, seinem Beispiel zu folgen. Das löste einen Sturzbach von Kommentaren aus, und die Ruhe war nicht wiederherzustellen. Einige der Geladenen waren ziemlich betrunken.

Beim Hinausgehen bildeten sich erneut die ursprünglichen Grüppchen. Einige spielten sich ein wenig auf mit der Absicht, den Abend in einem Animierlokal fortzusetzen. Mauricio dachte, falls sie es ihm vorschlügen, würde er den Vorschlag annehmen. Er hatte getrunken und hätte gern etwas Spektakuläres unternommen. Aber da niemand eine entsprechende Bemerkung machte, schloß er sich einer Gruppe an, die lebhafter als die anderen wirkte. Sie brachen gemeinsam auf, aber nach und nach holten die einen ihr Auto, und andere stiegen in ein Taxi. Schließlich blieben nur noch zwei Männer und Mauricio übrig. Die beiden sahen nicht so aus, als wollten sie nach Hause, aber ganz offensichtlich wären sie Mauricio gern ohne Grobheit losgeworden. Vor dem Eingang eines eleganten Lokals, dessen Inneres von zwei granatroten Samtvorhängen verdeckt wurde, wünschte Mauricio eine gute Nacht und ging nach Hause.

Die Vorstellung, den Rest der Nacht allein zu verbringen, war ihm unerträglich. Einen Moment überlegte er sich, ob er Clotilde wecken und ihr sagen sollte, sie solle sich anziehen, während er sich auf den Weg zu ihr mache, sie solle für einmal Vernunft und Schicklichkeit seinen Wünschen opfern. Aber er tat es nicht, die Anwandlung paßte nicht zu seinem Charakter und hätte aufgesetzt und prätentiös gewirkt.

Am Morgen des Hochzeitstages war es bewölkt und sehr kalt. Dann zeigte sich die Sonne, aber es blieb kalt.

Mauricio holte Clotilde ab. Am Vortag war sie zum Friseur gegangen, und jetzt hatte sie sich mit der Unterstützung ihrer Mutter geschminkt. Sie war sehr hübsch, und Mauricio fühlte sich befangen. Die äußerliche Veränderung schien auch ihr Wesen in Mitleidenschaft gezogen zu haben. Sie bewegte sich gekünstelt und sagte Dinge ohne sehr viel Sinn, als wäre sie ferngesteuert.

Die Kirche war überfüllt. Zum Glück fanden sie einen Sitzplatz – man sah, daß das Warten lang würde und die Zeremonie ebenfalls. In den Seitengängen waren Butangasöfen aufgestellt worden, um etwas Wärme in die Kirche zu bringen.

Einige Männer trugen Cutaway und ziemlich viele Frauen breitkrempige Hüte mit Schleifen und Schleier. All das war anachronistisch, unecht und reichlich unbequem.

Schließlich erscholl die Orgel, und die Braut betrat die Kirche. Fontán, der in der ersten Reihe bei seiner Familie wartete, nahm eilig einen der Chorstühle vor dem Altar ein. Die Braut durchschritt am Arm ihres Vaters unerträglich langsam den Mittelgang. Vor jeder Bankreihe blieb sie einige Sekunden stehen und grüßte mit leichtem Kopfnicken und holdem Lächeln nach links und rechts, ohne die Augen zu heben. Clotilde empfand diese Jungfrauenpantomime als Gipfel der Heuchelei. Beim Wiedersehen war die fixe Idee der letzten Tage verflogen. Jetzt fand sie es absurd, von dieser aufgeblasenen Puppe an den Rand des Irrsinns getrieben worden zu sein.

Als das Ritual seinen Anfang nahm, flüsterte sie Mauricio zu:

»Gehen wir raus. Das hält ja kein Mensch aus.«

»Wir werden auffallen.«

»Nein, das merkt niemand. Und ich verdurste. Außerdem muß ich telefonieren. Bleib du hier, wenn du willst.«

»Na schön, ich komme mit.«

Leise gingen sie hinaus. Auf den Kirchentreppen standen Geladene, die schon vor ihnen hinausgegangen waren und jetzt trotz der Kälte ganz ungezwungen rauchten und sich unterhielten.

»Siehst du? Nur die harmlosen Gemüter bleiben drin.«

»Ja, ich bin nicht *à la page*«, sagte Mauricio.

Sie gingen in ein Lokal und bestellten zwei kleine Bier. Clotilde trank ganz vorsichtig, um das Make-up nicht zu verderben. Mauricio lächelte, als er es sah.

»Warum schaust du mich so an?«

»Ich weiß nicht. Es amüsiert mich, dich so aufgemacht zu sehen. Du scheinst eine andere zu sein.«

»Sag mir die Wahrheit – findest du nicht, daß ich entsetzlich aussehe?«

»Hast du dich im Spiegel angeschaut?«

»Ja. Wie die Vertreterin Luxemburgs beim Grand Prix Eurovision.«

»Das sind selbstmörderische Gedanken.«

»Und diese Hochzeit ist eine Hanswurstiade, bei der wir mitmachen wie Idioten, und wir stecken auch noch ein Vermögen in unnütze Kleider und malen uns an wie Äffinnen. Und wozu, wenn ich fragen darf.«

»Die Ehe ist eine sehr komplexe gesellschaftliche Intrige. Die Könige von Frankreich haben sie vor dem Hofstaat vollzogen.«

»Ich hoffe mir dieses Schauspiel zu ersparen.«

Als sie wieder in die Kirche gingen, steckte der Priester noch in seiner Predigt. Er empfahl Geduld und Verständnis für den Zeitpunkt, zu dem die Freude der ersten Zeit den Bitternissen des Lebens und den unerfreulichen Spannungen des Zusammenseins wiche. Diese Ermahnung richtete sich nicht nur an die Eheschließenden, sondern an alle Anwesenden.

»Was weiß der schon?« murmelte Clotilde.

»Dasselbe wie du über Mord: was er sich angelesen hat und was er sich vorstellt. Ein geistiger Schwindel.«

»Sehr witzig.«

Beim Hinausgehen gab es ein Gedränge in den Gängen. Draußen posierten einige fürs Gruppenbild, und andere scharten sich zur Gratulation um das frischgebackene Ehepaar. Die Frauen in ihren ausgeschnittenen, ärmellosen Kleidern und leichten Mänteln waren starr vor Kälte. Männer in dunklen Überziehern gingen die überall im Viertel verstreuten Autos holen. Die Frischvermählten entschwanden unter Gelächter und Schulterklopfen.

Mauricio kamen einige Gesichter vom Polterabend her bekannt vor.

Er nahm Clotilde am Arm und sagte:

»Gehen wir, sonst holen wir uns noch eine Erkältung.«

Das Bankett fand in einem Hotel vierzig Kilometer außerhalb von Barcelona statt. Zu den Salons gelangte man über einen Kiesweg, dessen kahle Bäume zu beiden Seiten das fahle Licht der Dämmerung durchsickern ließen. Clotilde klammerte sich an Mauricios Arm. Sie war die hohen Absätze nicht gewohnt und fürchtete, sie würde auf dem ungleichmäßigen Boden einknicken.

In einem großen Salon wurde ihnen der Aperitif serviert. Die Gäste trafen nach und nach ein, grüßten sich erneut und bildeten Gruppen.

Es verging viel Zeit, bis die uniformierten Kellnerinnen, die unablässig mit Getränke- und Häppchentabletts durch den Salon gegangen waren, die Hochzeitsgäste in den Speisesaal baten. Niemand schenkte ihnen Beachtung. Nach diesem langen Warten waren alle satt und ein wenig beschwipst.

Schließlich brachten die Kellnerinnen die Gäste mit liebenswürdiger Entschlossenheit dazu, sich wie eine Herde zum Speisesaal führen zu lassen.

Beim Eingang mußten sie ihren Namen auf einer Liste finden, wo stand, an welchem der numerierten Tische sie Platz zu nehmen hatten. Das schien schwieriger, als es war.

Mauricio und Clotilde begaben sich an den ihnen zugewiesenen Ort. Ihre Tischgenossen waren Fitó und Raurell mit Gattinnen, ein Mann mittleren Alters ohne Begleitung sowie eine schüchterne Jugendliche, die sich als Nichte zweiten Grades von Fitó bezeichnete. Mauricio stellte sich eine arme verwaiste Verwandte am Rande des Familienkreises vor. Vermutlich war das nur eine Fantasie.

Die beiden Politiker und Mauricio hatten sich schon in der Kirche begrüßt und beim Aperitif einige Höflichkeiten ausgetauscht. Seit der Wahlnacht hatten sie sich nicht mehr gesehen. Damals hatten beide ihrem Pessimismus gegenüber der politischen Zukunft Kataloniens Ausdruck gegeben, die sie für unbegrenzte Zeit in den Händen der nationalistischen Rechten sahen. Jetzt aber wirkten sie sehr munter. Vor allem Raurell, der der Lebhaftere war. Fitó mit seiner Zurückhaltung war seinem Parteigenossen in gewisser Weise überlegen, und der überließ ihm das Wort, sobald er den Mund öffnete. Jetzt wohnte Fitó in Madrid, wo er der Hauptabteilung für Strafvollzug zugeteilt war, ein undankbarer, höchst verantwortungsvoller Posten. Raurell dagegen bekleidete eine wichtige Stellung im Barceloneser olympischen Projekt. Einer im Hintergrund und der andere durch seinen Einfluß nach außen, trügen sie beide zum Wohle des Landes bei.

»Wie? Indem man Leute hinter Gitter bringt und den Mitgliedern des Internationalen Olympischen Komitees um den Bart geht?« fragte Mauricio.

Auch er hatte übermäßig getrunken, und die Anwesenheit der beiden Politiker der Sozialistischen Partei Kataloniens machte ihn ungerechtfertigt aggressiv. Unzufrieden mit dem Verlauf seines Lebens, schrieb er allem, was irgendwann auf es eingewirkt hatte, eine schädliche, heimtückische Wirkung zu. Jede politische Arbeit erschien ihm als Verschwörung gegen sein Wohlbefinden.

»Wenn der Honig, den man dem IOK ums Maul schmiert, Märkte öffnen hilft, wo es keine gibt, dann sei er willkommen«, sagte Raurell.

»Immer dieser verdammte katalanische Defätismus«, sagte Fitós Frau.

Sie frisierte und kleidete sich jetzt anders und hatte einen verkrampften Zug um den Mund. Aber sogleich lachte sie.

»Ich habe so viele Kroketten verschlungen, daß ich das Kleid sprenge, wenn ich noch was esse«, sagte sie.

Es war ein aufsehenerregendes, zweifellos in Madrid gekauftes Kleid.

»Es zeichnen sich aber drei Gänge ab, dazu Nachtisch, Hochzeitstorte und *Friandises*«, sagte der unbekannte Tischgenosse.

Er stellte sich selbst vor. Er heiße Toni und organisiere im Sommer in Bergdörfern Konzerte mit klassischer Musik. Musik sei seine Leidenschaft, seine Arbeit allerdings eine außerkünstlerische – er sei es, der um Subventionen nachsuche.

»Heute abend nicht. Sie können ganz ruhig essen.«

Und sogleich fügte er hinzu, er sei homosexuell. Nicht das aber sei der Grund, warum er sich ohne Begleitung hier befinde, sondern der Umstand, daß er derzeit keinen Partner habe.

»Dann sagen Sie uns doch, was *Friandises* sind«, sagte Clotilde.

»Warum sollte ich das wissen?«

»Da Sie ein kosmopolitischer Mensch sind, dachte ich, Sie seien über diese Dinge auf dem laufenden.«

Toni deutete ein nachsichtiges Lächeln an.

»Schwul heißt nicht kosmopolitisch. Ich bin eher so eine Art Heimchen am Herd.«

»Ich meinte wegen der Festivals. Oder verpflichten Sie nur Sardanakapellen?«

»Nein. Ich verkehre mit Leuten aus aller Herren Ländern und reise viel, das stimmt. Aber bis heute habe ich noch nie *Friandises* bekommen. Wenigstens nicht ohne meine Einwilligung.«

Bei dieser Bemerkung prustete die junge Waise heraus, wurde dann sogleich puterrot und bat um Verzeihung.

»Unter der Bedingung, daß es keine Bataten sind«, sagte Raurell. »In der Schule tischten sie uns ab und zu welche auf, und ich habe sie gehaßt.«

»*Friandises* sind eine Art Plätzchen zum Kaffee«, sagte Fitós Frau.

»Als wir nach Madrid zogen, mußte meine Frau das Büro in Barcelona aufgeben und hat dann ein Cateringunternehmen aufgezogen. Darum weiß sie es. Ihr dürft nicht denken, daß wir zu Hause solchen Quark essen.«

»Das sagst du, als äßen wir Sardinensandwiches.«

»Ich mag sie für mein Leben gern«, sagte Raurell.

Zur Melodie des Hochzeitsmarsches hielten die Frischvermählten ihren Einzug. Einige Gäste pfiffen und schwangen die Servietten durch die Luft. Im Gegensatz zu dem, was sie zu Clotilde gesagt hatte, trug Michelle noch immer das Hochzeitskleid, hatte aber den Schleier und das Jäckchen abgelegt. Das Ergebnis war ein feierlich-gewagtes, leicht perverses Kleidungsstück. Clotilde fühlte ein Vakuum im Magen und das Blut in ihr Gesicht schießen.

Mauricio war ein wenig schwindlig, und er konnte dieser sprunghaften Unterhaltung nur mit Mühe folgen. Er wollte auf den Punkt kommen und von ernsthaften Dingen sprechen. Raurell bemerkte seine Verärgerung und versuchte ihn ins Gespräch miteinzubeziehen.

»Na, und du – ziehst du noch immer Zähne?«

»Ab und zu plombier ich auch welche.«

»Von der Politik hast du nichts mehr wissen wollen, wie?

Gut so. Ich respektiere deine Entscheidung. Erinnerst du dich noch an Brihuegas?«

»Ja, natürlich, aber ich habe nichts mehr von ihm gehört. Ist er noch immer aktiv?«

»Und ob – sie legen ihm goldene.«

»Den Ausdruck verstehe ich nicht.«

»Verschiebt das doch auf einen anderen Moment«, sagte Fitó. »Es gibt nichts Langweiligeres als Klatsch. Vor allem politischen Klatsch. In Madrid tue ich nichts anderes, als Gerüchte zu hören und weiterzugeben. Ich glaube zwar nichts von dem, was ich höre, aber ich kann es nicht vermeiden, den Schwindel selbst zu verbreiten. Warum? Das weiß nicht einmal ich.«

»Nun«, sagte Mauricio, »wenn wir denn schon nicht über ernsthafte Dinge reden sollen, dann reden wir doch ausschließlich über Lappalien. Wir haben noch mehrere Stunden vor uns, aber ich bin sicher, daß uns der Vorrat nicht ausgehen wird.«

Clotilde warf ihm einen strengen Blick zu.

»Bitte keinen Streit anfangen«, zischte sie ihm zu.

Mauricio murmelte eine Entschuldigung und begann, methodisch das Besteck zu ordnen.

Nachdem die Neuvermählten mit dem Grüßen fertig waren und sich am Ehrentisch niedergelassen hatten, traten zahlreiche Kellner in den Saal und begannen, das Essen auszuteilen. Sie bewegten sich sehr diszipliniert, sehr schnell und sehr präzise, damit die Speisen nicht kalt wurden und die Gäste alle zur selben Zeit mit dem Essen anfangen konnten. Man sah, daß dieses Manöver bis ins letzte Detail geplant und zuvor schon viele Male geübt und ausgeführt worden war.

Über Lautsprecher erklang diskrete arabische Musik. Clotilde erinnerte sich an Michelles Befragung wegen des maghrebinischen Orchesters. Am Ende war das Ganze also auf eine kaum vernehmbare Platte hinausgelaufen, die niemand beachtete. Der Druck der Gesellschaft verlangte die Gleichmacherei und annullierte infolgedessen jede Initiative, dachte Clotilde, selbst die einfachste und albernste.

Um das verlegene Schweigen beim Essen zu brechen, sagte Fitó:

»Es geht nicht darum, sich in eine ideologische Diskussion zu verwickeln, aber wir dürfen auch nicht alle Themen vom Tisch wischen, aus denen sich Meinungsverschiedenheiten ergeben könnten. Wir können über irgendwas reden.«

»Wir leben in einem freien Land«, sagte Raurells Frau.

»Frei von *Friandises*!« rief der Teenager.

Sie lachte kurz nervös auf und wurde tomatenrot. Mauricio schaute sie mit Sympathie an. Sie war zweifellos ein schüchternes, unsicheres und gehorsames Mädchen, unfähig, eine eigene Meinung zu äußern. Nur ab und zu ließ sie sich aus biologischer Notwendigkeit von dem Impuls beherrschen, ins Fettnäpfchen zu treten. Endlich jemand, der uns nicht ernst nimmt, dachte Mauricio. Eine neue Generation, die über unsere Fehler urteilt und sich über unsere Träume lustig macht. Bald werden sie die Macht übernehmen, ihre Ideen und Fantasien durchsetzen und uns zum alten Eisen werfen. Sie wiederum werden genauso scheitern, wie wir gescheitert sind, aber wenigstens werden wir ausruhen können.

»Ich will nicht ins Stereotyp verfallen, daß es leicht ist, von außen zu kritisieren. Man arbeitet, um Resultate zu erzielen, und das ist letztlich das einzige, was zählt. Die Resultate. Was in der Küche geschieht, geht keinen was an. Ich wollte nur eines sagen: Die Resultate sind nicht nur die, die man sieht, die berechenbaren. Es gibt auch die, die man nicht sieht. Kann man mir folgen?«

»Nicht ganz.«

»Ich meine das, was nicht geschieht. Dinge, die geschehen könnten, aber nicht geschehen. Ebenso wichtig wie das, was man tut, ist das, was man zurückhält, an der Macht oder in der Opposition, das läuft auf eines hinaus. Die Arbeit der Mäßigung. In diesem Land gibt es viele entgegengesetzte Kräfte. Das ist in allen Ländern so, aber in diesem vielleicht noch ausgeprägter. Die Wende liegt noch nicht sehr weit zurück, und vieles ist ungelöst geblieben. Die Schlacht muß erst noch gewonnen werden. Nicht die Entscheidungsschlacht, sondern die Schlacht der Normalität. Jeder Tag, der ohne Staatsstreich oder drohenden Staatsstreich vergeht, ist ein Sieg, so wie es auch jede Zeitung ist, die frei ihre Meinung äußert, ohne auf Regierungsgeheiß dichtgemacht zu werden, jeder Inhaftierte, der seine gesetzlichen Rechte geltend macht… Kurzum, Dinge, die wir heute für gegeben halten, die uns erlauben, die Vergangenheit allmählich zu vergessen…«

»Vergessen? Wie sollen wir sie vergessen, wenn ihr sie uns alle Augenblicke unter die Nase reibt? Bei der geringsten Unannehmlichkeit holt ihr den Caudillo aus dem Schrank. Das kann jeder.«

»Wir leben in einer Waffenruhe. Auf der einen Seite die störrische Rechte, die auf ihre Chance wartet, auf der anderen der reaktionäre Nationalismus, der sich immer als Opfer sieht und als Progressismus und Rebellion tarnt. Schau doch das Baskenland, oder auch gleich hier, in den radikalsten Sektoren des Katalanismus: von der Kirche gesegnete Skinheads.«

»So schlimm wird es ja wohl nicht sein«, sagte Toni.

An seiner Stimme und Haltung sah man, daß er nicht einfach widersprechen, sondern die Gemüter beruhigen wollte. Aber aller Blicke trafen sich auf ihm, und er mußte sich erklären.

»Ich sage weder ja noch nein. Ich wollte nur das Recht fordern, über den Dingen zu stehen. Das ist meine Einstellung: Ich bin eine Schwuchtel. Ich mache eine Arbeit, die mir gefällt, und versuche, mein Leben zu leben, ohne jemandem lästig zu fallen. Ich zahle meine Steuern. Widerwillig, aber ich zahle sie, und vertraue darauf, daß sie gut eingesetzt werden. Mir paßt der Gedanke nicht, daß mit meinen Steuern Waffen gekauft werden und eine Armee unterhalten wird, die uns bevormundet, anstatt uns zu schützen, und eine Polizei, die mich, wenn sie könnte, verhauen würde, weil ich schwul bin, aber ich füge mich. Ich protestiere auch nicht, daß ein Teil des Geldes, das ich mit meiner Hände Werk verdient habe, in die Taschen einiger korrupter Politiker fließen oder die Bürokratie von Parteien finanzieren muß, die ich nicht im geringsten brauche. Ich verlange, daß es außerdem Schulen und Krankenhäuser gibt und daß ich nicht auf der Straße lande, wenn ich eines Tages krank werde. Aber ich denke nicht den ganzen Tag an diese Themen. Ich lebe mit dem Gedanken an meine Angelegenheiten, an das, was mich direkt betrifft. Vielleicht bin ich kein Musterbürger. Das ist mir egal. Es reicht mir, kein langweiliger Bürger zu sein. Mir macht die Langeweile Sorgen. Dieses Land hat den Sinn für Humor und die Lebensfreude verloren. Wir langweilen uns und langweilen unseren Nächsten. Die Presse ist langweilig, das Fernsehen ist langweilig, und die Gespräche, das hier ausgenommen, sind zum Kotzen. Vom politischen Diskurs ganz zu schweigen. Ich meine es nicht persönlich, tatsächlich kenne ich Sie ja gar nicht. Aber wenn ich einen Politiker im Fernsehen höre, denke ich immer: Ach, mein Bester, warum tanzt du nicht lieber Flamenco?«

Die Frauen hörten ihm mit wohlwollendem und die Männer mit schiefem Lächeln zu. Er begann zu lachen.

»Ich habe zuviel geredet. Ich bin nicht nur eine Schwuchtel, sondern auch eine Quasselstrippe. Hoffentlich habe ich Sie nicht beleidigt.«

»Nein, nein, ganz im Gegenteil«, sagte Raurell.

Mauricio sagte nichts, aber bei sich fühlte er sich tatsächlich beleidigt. Diese scheinbar ehrliche Offenbarung, in theatralischem Ton vorgetragen und mit salbungsvollen Gebärden ausgeschmückt, erschien ihm als verdeckte Art, die höchste Verachtung für die Meinung der anderen auszudrücken, ohne dafür zur Rede gestellt zu werden. Solche Scheinprovokationen amüsierten nur die Frauen, dachte er.

Das Essen ging zügig voran. Die Verwaltung des Lokals wollte diesen Teil der Festlichkeit möglichst bald beenden, um die Küche schließen und das Saalpersonal reduzieren zu können.

An einem entfernten Tisch gab ein Gast lauthals einen Toast auf die Frischvermählten aus. Diese standen auf und erhoben die Gläser. Ein spaßhafter Chor verlangte, daß sie sich küßten, und nachdem sie das getan hatten, brach man in Applause, Hochrufe und Pfiffe aus.

Mauricio wußte nicht, wie er da wegkäme.

Raurell erläuterte, im Fall, daß alles gut ausginge, einige Aspekte des olympischen Projekts. Das bedeutendste und auch spektakulärste Bauvorhaben sei die Inbetriebnahme einer Schnellstraße, die um die Stadt herumführen solle. Mit dieser Ringstraße, deren Auswirkungen auf die Umwelt minimal seien, werde nicht nur der interne Verkehr verbessert und die Ein- und Ausfahrt zum und vom Stadtkern entlastet, sondern es würden auch die peripheren Viertel miteinander und mit dem Stadtzentrum verbunden. So werde einer jahrzehntelangen Isolierung ein Ende gesetzt. Die Integration aller Bürger, die Beseitigung von Klassenschranken seien wesentliche Aspekte des sozialistischen Projekts, seines Stadtkonzepts. Aber damit sei dieses Projekt noch nicht erschöpft – die Stadt werde auch zum Meer hin geöffnet und das Rotlichtviertel saniert und gesäubert.

»Wenn alles kommt wie erwartet, werden wir eine absolut tolle Stadt haben. Ich weiß, daß einige von der Gefahr des Persönlichkeitsverlusts sprechen. Sie sagen, wenn wir so handeln, werde Barcelona eine Designstadt. Niemand weiß, was dieser Ausdruck bedeutet, aber er wird als etwas

Negatives verwendet. Ein Verrat an der historischen Erinnerung. Sie schlagen Alarm angesichts der Möglichkeit, daß es im Rotlichtviertel keine Nutten und Bordelle und Pariser- und Desinfektionsläden mehr gibt, als wäre die Beseitigung einer schändlichen, ungesunden Prostitution etwas Schlechtes.«

Mauricio achtete nicht auf diese Argumente, er kannte sie auswendig. Im Grunde waren es Raurell und manchmal Fitó, die die Gesprächslast trugen, ohne daß ihnen jemand widersprach oder recht gab. Gern hätte er gesagt: Ihr Politiker nehmt den Nutten die Arbeit weg. Sogar das wollt ihr für euch haben. Aber er sagte nichts. Es war ihm alles egal.

»In Katalonien ist die Tradition heutzutage eine unnütze Last. Wir stecken noch im Textil und in einer vollkommen obsoleten, unbedeutenden Industrie. Was wir hier tun, das tun andere genausogut für ein Zehntel des Lohns, und zwar ohne Klagen und Forderungen. In einigen Ländern wird für einen Teller Reis gearbeitet. Hätten die Arbeiter dort eine rote Fahne, so würden sie daraus Bettücher machen. Wenn wir überleben wollen, müssen wir uns verändern. Alles hat sich verändert, ob das gut ist oder schlecht. Dank dem Computer und dem Fax hat sich das Geld internationalisiert. Das Kapital kennt keine Nationalität.«

Er machte eine Pause, trank das Weinglas aus und fügte hinzu:

»Im übrigen ist die vielgepriesene katalanische Produktivität nicht unbedingt ein Grund, stolz zu sein. Zuerst haben wir uns mit dem Sklavenhandel bereichert, dann mit dem Kolonialmarkt, Anfang des Jahrhunderts dank den Verwüstungen des Ersten Weltkrieges und zum Schluß durch die Immobilienspekulation und den Billigtourismus.«

»Man sieht, daß du in Madrid verrückt gemacht worden bist«, sagte Raurell.

In seiner Stimme lag eine unerwartete Aggressivität. Es sah aus, als käme es zu einer Konfrontation.

Plötzlich gingen im Speisesaal die Lichter aus, und aus der Küche kamen vier Kellner, die ein Wägelchen vor sich herschoben, dessen Tischtuch rundum bis auf den Boden reichte und auf dem eine vielstöckige Hochzeitstorte thronte. Auf jedem Stock sprühten bengalische Lichter, was kitschig aussah.

Es brach eine Ovation aus, begleitet von betrunkenem Gebrüll, die bengalischen Lichter wurden gelöscht, und die Saalbeleuchtung ging wieder an. Die Frischvermählten stellten sich neben die Torte, und der Zeremonienmeister übergab ihnen einen Kavalleriesäbel, mit dem sie die Torte symbolisch aufschnitten.

Unversehens erinnerte sich Mauricio an den Streit um die *omelette norvégienne*. Er schielte zu Clotilde, um zu sehen, ob sie seinen Widerwillen vor diesem Schauspiel teilte, aber in ihrem Ausdruck lag gütiges Wohlgefallen. Sie schien wie hypnotisiert von der Bedeutung dieses plumpen Rituals. Entgegen allen Prinzipien weckte die Institution der Ehe im weiblichen Unterbewußten eine uralte Reaktion, die in unzähligen Jahrhunderten Folgsamkeit wurzelte.

Der erniedrigende Mythos von Aschenbrödel, dachte Mauricio: Dienstmädchen, sanft, schweinisch, Katalanin, übernimmt jede Aufgabe.

»Wenn wir dann heiraten, werden wir nicht in diese Geschmacklosigkeit verfallen«, flüsterte er ihr ins Ohr.

»Das werden wir ja sehen, wenn es soweit ist«, sagte sie.

Sie hatte den Sarkasmus der Bemerkung nicht wahrgenommen und war sich auch nicht bewußt, daß sie bejahend auf Mauricios Antrag geantwortet hatte.

Während die Torte in Portionen aufgeteilt und diese mit der üblichen Geschwindigkeit unter den Gästen verteilt wurden, nahm ein Musikensemble das Podium ein. Beim Anschließen der Lautsprecherboxen gab es durchdringenden, schmerzhaften Nachhall.

Die Kellner füllten die Champagnerkelche.

Das Musikensemble gab einige Mißtöne von sich und begann dann einen Walzer zu spielen. Die Frischverheirateten eröffneten den Tanz. Nach kurzer Zeit forderte der Bräutigam die Schwiegermutter und die Braut den Schwiegervater zum Tanz auf. Dann fanden weitere protokollarische Kombinationen statt. Ein paar Gäste tanzten ebenfalls, aber die Beteiligung war gering. Der laute Lärm hatte die Gespräche zum Verstummen gebracht. Man konnte nur noch kurze Sätze mit dem Tischnachbarn wechseln.

»Tanzen wir«, sagte Clotilde.

»Nicht jetzt. Etwas später.«

»Es ist nur, um Stimmung in den Laden zu bringen. Für solche Momente sind die Freunde da.«

Mauricio sah überhaupt keinen Grund, etwas zum Gelingen dieses lächerlichen Gehopses beizutragen, aber er mochte sich den Wünschen Clotildes nicht verschließen, deren Lebhaftigkeit ihm ebenso unverständlich wie kränkend, aber trotzdem erfreulich erschien.

Der auf elektronischen Instrumenten gespielte Strauß-Walzer war eine erbärmliche Geschmacksverirrung. Mauricio tanzte passabel, und Clotilde ließ sich leicht führen.

In der Mitte der Tanzfläche trafen sie auf die Frischverheirateten, die jetzt, nach dem Abschluß der Familienrunde, wieder als Paar tanzten.

Als sie sie erblickte, ließ Michelle Fontán stehen, kam direkt auf sie zu und klatschte Clotilde ab. Mauricio und Fontán fanden sich inmitten der Tanzfläche in einer wenig würdevollen Situation. Mauricio war bestürzt. Fontán lächelte. Man sah, daß er von vorneherein bereit war, guten Mutes sämtliche Schikanen hinzunehmen.

»Die Frauen … Man soll sie nicht beachten, wenn man sich nicht verrückt machen will.«

Er nahm seinen Freund am Arm und führte ihn zu dessen Tisch. Dort begrüßte er Fitó und Raurell und die beiden Gatinnen. Toni tanzte mit dem schüchternen Teenager.

Fontán rief einen Kellner herbei und bestellte einen Whisky on the rocks. Ein anderer Kellner hielt ihnen eine Schachtel Havannas hin.

»Die Havannas sind auch nicht mehr das, was sie mal waren«, sagte Raurell und drückte auf der seinen herum.

»Das mußt du Fidel sagen«, sagte Fontán mit boshaftem Lächeln. »Der Sozialismus tendiert zur Gleichmacherei auf niedrigster Ebene.«

Mauricio beobachtete Clotilde und Michelle. Die beiden Frauen tanzten absolut ernsthaft. Die anderen schauten ihnen vergnügt und lächelnd zu. Es war ein elegantes, lüsternes Schauspiel, wie es sich ereignet, wenn die Schönheit ihre überwältigende Präsenz durchsetzt.

»Komm, gehen wir meinen Vater grüßen«, sagte Fontán. »Erinnerst du dich noch an ihn?«

»Der Tennis-Champion. Na klar. Aber er erinnert sich sicher nicht mehr an mich.«

»Manchmal erinnert er sich nicht einmal an mich, aber er tut so. Er vergißt alles, außer das So-Tun.«

Sie gingen wieder quer über die Tanzfläche. Fontán stellte ihm der Reihe nach mit monotoner Stimme seine Angehörigen vor, als leiere er eine Litanei herunter.

»Meine Tante Carmen, meine Tante Mercedes und ihr Mann, mein Vetter José María.«

Schließlich gelangten sie zu Fontáns Vater. In dem tadellos gekleideten Greis, der zwischen zitterigen Fingern eine Zigarette hielt, erkannte Mauricio sogleich den bewunderten Dandy aus der Franco-Zeit. Die Asche fiel ihm auf die Bügelfalte.

»Papa, das ist Mauricio Greis, ein Schulkamerad.«

Der alte Playboy ließ seinen Blick schweifen, ohne ihn auf jemanden zu heften, und lächelte scheel.

»Verdammt, mein Junge! Lange nicht mehr gesehen! Patricio, nicht wahr?«

»Mauricio.«

»Ja, jetzt erinnere ich mich an dich. Es ist Jahre her. Hast du geheiratet, Patricio?«

»Bald wird es soweit sein, Señor Fontán.«

Der alte Playboy lächelte distanziert und gönnerhaft.

»Setz dich ein wenig zu uns. Schau«, er deutete auf einen Mann in Grau, »das ist Pater Arriaga. Du hast ihn ja bei der Zeremonie gesehen, nicht wahr? Er war sehr gut, sehr gut, aber jetzt, so angezogen, scheint er ein anderer zu sein. Sieht aus wie ein unverschämter Kerl, nicht wahr? Ich mag die Pfarrer in Soutane, oder wenigstens mit Kollar, aber mit dieser Tergalkrawatte, wo kommen wir da hin? Liest du die Bibel, Patricio?«

»Ich gestehe: nein.«

»Das ist schlecht. Die Bibel ist das Wort Gottes. Wir haben das Wort Gottes zu Hause und werfen nicht mal einen Blick darauf. Auf die Kontoabrechnung schon. Aber das Wort Gottes – als wäre das was ganz Alltägliches. Hab ich recht, Pater?«

»Das Wort Gottes ist die Liebe«, sagte Pater Arriaga. »Die Liebe und die guten Werke.«

»Ich habe mir angewöhnt, jeden Tag in der Bibel zu lesen. Seit ich im Ruhestand bin. Ein gewaltiges Buch – da steht, was geschehen ist und was geschehen wird. Will man die Zukunft der Welt kennenlernen, so braucht man nur die Offenbarung aufzuschlagen. Da steht alles: der Atomkrieg, die Wertkrise, das Ende der Welt. Einfach alles.«

»Aber wer dieses Jahr Wimbledon-Sieger wird, das steht nicht da.«

»Nein, aber ich kann es dir sagen: Boris Becker.«

Clotilde und Michelle, die Arme um die Hüften geschlungen, traten an den Tisch.

»Hast du gesehen, was ich für eine hübsche Schwiegertochter habe?«

»Und mir machen Sie keine Komplimente, Señor Fontán? Ich bin Clotilde.«

»Ei, das stimmt, verdammt. Ich habe dich nicht erkannt, in diesem Kleid und so schön gekämmt. Das letzte Mal, als ich dich sah, hast du ausgesehen wie eine Hexe. Hübsch und bezaubernd, aber wie eine Hexe. Bist du schon verheiratet?«

»Noch nicht.«

»Und worauf wartest du?«

»Daß Sie um meine Hand anhalten, Señor Fontán.«

»Wäre ich zehn Jahre jünger, würde ich es mir schon überlegen. Ich war bereits mit einer Hexe verheiratet. Es gab einen Film, der so hieß: *I Married A Witch*. Erinnern Sie sich, Pater? Die da nicht, die sind zu jung dafür. Aber ich dagegen, mein Kind, du siehst ja, halb verkalkt, in meine Gedanken zurückgezogen und ein wenig lebensmüde. Der Arzt hat mir das Rauchen verboten.«

»Das seh ich«, sagte Clotilde und deutete auf die Zigarette, die der alte Dandy zwischen den Fingern hielt.

»Man gönnt sich ja sonst nichts. Zum Teufel mit den Ärzten. Meine Gesundheit gehört mir, verdammt noch mal. Man hat mir gesagt, du bist in Macabrós' Kanzlei. Ein durchtriebener Kerl das. Sag ihm, daß *ich* dir das gesagt habe. Aber sag es ihm, ja?«

Michelle hängte sich an Mauricios Arm.

»Tanz mit mir. Der Kerl macht mich wahnsinnig.«

»Er hört dich!«

»Der hört gar nicht zu.«

Michelle schmiegte sich so eng an ihn, daß Mauricio spürte, wie der Stoff des Hochzeitskleides knisterte.

»Im Grunde kann er mich nicht ausstehen. Es wäre ihm lieber gewesen, sein Sohn hätte Clotilde geheiratet. Sie war sein Augapfel. Aber da ihr Vater ein Leichtfuß ist und ihr Onkel ein Taugenichts, hat er seine Meinung geändert.«

Mauricio konnte diesem Gedankengang nicht folgen und mochte auch nicht weiter in sie dringen. Es war besser, sich aus dieser Geschichte herauszuhalten. Je weniger ich weiß, desto besser, dachte er.

»Schau nur, wie er sie betatscht.«

»Ich sehe nicht, daß er irgend was macht.«

»Mit dem Blick natürlich.«

»Ach so, wenn es nur das ist...«

Verärgert über seine Gleichgültigkeit, ließ ihn Michelle mitten auf der Tanzfläche stehen.

Mauricio ging an seinen Platz zurück. Auf der Tischdecke, voller Ölflecken, Brotreste und Asche, häuften sich schmutzige Teller, leere Gläser und zerknüllte Servietten. Er hob eine vom Essen und Lippenstift verschmierte Serviette und einen von der Stuhllehne geglittenen Moiréschal auf.

Raurell tanzte mit seiner Frau, und Fitós Frau döste mit unverschämt weit gespreizten Beinen auf ihrem Stuhl. Der schüchterne Teenager war gegangen. Fitó und Toni stritten. Als er Mauricio kommen sah, unterrichtete ihn Fitó über den Gegenstand.

»Ich habe nichts gegen Homosexuelle, das wäre ja noch schöner. Ich sage bloß, daß ich diesen Drang zu heiraten nicht verstehe. So viele Jahre Kampf gegen das System, und jetzt, wo ihre Veranlagung entkriminalisiert wird, zeigt sich, daß sie bloß Hausfrauen sein wollen.«

»Wir haben nicht gegen das System gekämpft, mein Hübscher. Das System hat gegen uns gekämpft.«

Mauricio sah, daß beide betrunken, aber nicht aggressiv waren.

»Und sie wollen auch der Guardia civil angehören, ist das nicht das Letzte?« Fitó gab keine Ruhe.

»Ich will nicht der Guardia civil angehören. Ich verlange nur, daß mir keine Tür verschlossen bleibt, weil ich bin, wie ich bin.«

»Das halte ich für eine vernünftige Forderung«, sagte Mauricio.

»Die Gesellschaft ist noch nicht reif dafür«, sagte Fitó, »und man kann keine Gesetze gegen das Gemeinschaftsgefühl erlassen.«

»Wenn das das Kriterium ist, könnt ihr gleich die Einkommenssteuer abschaffen«, sagte Mauricio.

»Hör zu, wenn wir hier Blödsinn verzapfen wollen, dann geh ich«, sagte Fitó.

Er stand auf und verließ schwankend den Tisch.

»Heute ist nicht mein Abend«, sagte Mauricio.

»Beachte ihn nicht. Sobald sie zwei Gläser getrunken haben, lassen sie den inneren Fascho raus.«

»Die Heteros?«

»Die Politiker. Befehlen ist Faschosache. Partei und Programm sind das wenigste. Im Grunde sind sie nur daran interessiert, den anderen zu sagen, was sie zu tun haben. Alles, nur nicht die Leute in Frieden lassen.«

»Waren wir uns nicht einig, daß du über den Dingen stehst?«

»Ich lasse mir nur von dem den Arsch aufreißen, den ich bestimme, ist das klar?«

Zum Glück kam in diesem Augenblick Clotilde.

»Wovon ist die Rede?«

»Von den *Wahlverwandtschaften*.«

»Toll.«

»Ich kenne keinen, der Goethe liest. Es ist ein Jammer.«

»Ist er nicht ein Schlafmittel?«

Toni stand auf.

»Ich muß mal für kleine Mädchen. Wenn ich in einer Stunde noch nicht zurück bin, braucht ihr nicht die Polizei zu benachrichtigen.«

»Er ist gekränkt«, sagte Clotilde. »Was hast du zu ihm gesagt?«

»Ich? Nichts. Es ist meine Spezialität, unbeabsichtigt zu kränken. Das, was man früher unter einem unglücklichen

Stern geboren genannt hat. Red ich blöd daher? Wenn ja, ist es mir nicht bewußt. Tanzen wir?«

»Nein. Ich bin müde. Und die Musik ist ein Horror. Die schlimmsten Hits von vor zwanzig Jahren. Fehlt nur noch der *Porompompero*.«

»Dann laß uns gehen.«

Clotilde ließ sich auf einen Stuhl fallen.

»Das nun auch wieder nicht.«

»Heute ist nicht mein Abend«, wiederholte Mauricio.

»Würde es dir was ausmachen, mir etwas zu trinken zu bringen? Irgend was. Ein Selters. Nein. Besser einen Gin Tonic. Mit viel Gin. Nein. Mit wenig Gin. Na, einfach irgendwie.«

Mühsam stand Mauricio auf. Auch er hatte übermäßig getrunken, und der Rücken tat ihm weh, und die Beine wollten ihm nicht gehorchen. Der Tanzfläche folgend, kam er zu einem langen Tisch voller Flaschen und Gläser. Er bat den Kellner, der ihn nach seinen Wünschen fragte, um einen Gin Tonic und ein Glas Wasser. Der Kellner nickte und ging. Mauricio schenkte sich ein Glas Wasser ein und trank es aus. Der Kellner brauchte lange, bis er mit dem Gin Tonic zurückkam, den er bereits in einem hohen Glas servierte. Auf dem Weg zu seinem Tisch stieß Mauricio ein Gast an und goß ihm ein halbes Glas Champagner übers Jackett. Kaum verständliche Entschuldigungen murmelnd, folgte er Mauricio zum Tisch. Er beharrte darauf, die Reinigung zu übernehmen. Mauricio müsse ihm unbedingt die Rechnung schicken. Als er in allen Taschen nach seiner Visitenkarte nestelte, goß er sich den Rest des Champagners noch über den eigenen Anzug. Schließlich gab er es auf und zog sich murrend zurück.

Am Tisch saß niemand mehr. Sogar Clotilde war gegangen.

Mauricio setzte sich und begann, den Gin Tonic zu schlürfen.

Er schaute sich um und sah die Leute tanzen und im Saal hin und her gehen und dachte, er sei gewiß der einzige, der den Nutzen dieser monumentalen Farce nicht begriffen habe. Nur die in allseitigem Einverständnis übernommene Verbindlichkeit erlaubte es den Menschen, trotz der allgemeinen Verwirrung zu funktionieren, ihre Pflichten zu erfüllen, ohne sich von Absurdität und Widersinnigkeit erdrücken zu lassen. Der allgemeine Brauch und die Verstellung und die mechanische Sprache als Wurzel und Gerüst des gesellschaftlichen Lebens waren das einzige, was es dem Individuum erlaubte, fortzubestehen, seinen Beruf auszuüben, zu befehlen und zu gehorchen, Geld zu verdienen, in der Familie zu leben, Kinder zu haben, den Widerwärtigkeiten, Fehlschlägen und Enttäuschungen die Stirn zu bieten, Zweifel, Angst und Unsicherheit zu ertragen, die Krankheit und den Schmerz und die Gewißheit des Todes zu akzeptieren. Doch dazu muß man einen Glauben haben, den ich nicht habe. Nicht viel Glauben, aber Glauben. Der Papst glaubt tatsächlich an Gott, und Hitler glaubte, die Juden seien die Ursache allen Übels. Ihnen eine zynische Instrumentalisierung des Aberglaubens und der niedrigen Masseninstinkte zuzuschreiben heißt der Intelligenz einen Stellenwert geben, den sie nicht hat. Der Glaube ist die Lösung. Er kann Berge und jede Art Grundstücke versetzen, insbesondere die, die der Immobilienspekulation dienen. Aber ich habe keinen Glauben. Wir gehen unerbittlich dem Ende entgegen, verschwenden Zeit und Mittel, wie dieses schmutzige, von einem Betrunkenen bespritzte Jackett. Ein gutes, von fremder Enthemmung verdorbenes Kleidungsstück. Und jetzt, so ohne Kleidung und Glauben, was soll aus mir werden? Skeptizismus ist nicht mehr in Mode.

Während sich Mauricio diesen Gedanken hingab, bewegte sich Clotilde entfesselt über die Tanzfläche. Sie achtete nicht auf den jungen Schnösel, der sie zum Tanz aufgefordert hatte und nun ihren Bewegungen mit geröteten, verwirrten Augen folgte. Er hatte impulsiv gehandelt, als er sie so allein am Tisch sah, und jetzt brachte ihn seine Kühnheit in Bedrängnis. Es war offensichtlich, daß sie außer sich und zweifellos zu allem bereit war. Wenn er aus der Situation kein Kapital schlug, stünde er schlecht da vor denen, die ihm zuschauten, und insbesondere vor sich selbst; aber er wußte nicht, wie er sich in dieser verzwickten Lage verhalten noch wohin das Ganze führen sollte, noch, ob er wirklich Lust hatte, daß dieses unerwartete Abenteuer in etwas mündete. Seine Sorgen waren gerechtfertigt – Clotilde war tanzen gekommen, ohne auf ihren Partner zu achten, nur um ihre Nervosität zu lindern und einen Wirbel schwarzer Gedanken wegzuschieben. Auch sie sah in diesen lächerlichen Konventionen ein Mittel, gegensätzliche Kräfte unter einen Hut zu bringen, aber sich selbst sah sie als Opfer dieses Systems, letztlich dazu bestimmt, jeden Anflug von Unabhängigkeit, von Regelwidrigkeit zu beschneiden. Dieser Gedanke erstickte sie, und vom Alkohol enthemmt, tanzte sie fieberhaft und schamlos, in der unbewußten, illusorischen Absicht, aufzufallen und einen Skandal zu verursachen. Nur die Vertreibung würde sie davor retten, von der Umgebung verschluckt zu werden, in der sie seit eh und je steckte. Aber eine letzte Spur Vernünftigkeit stoppte dieses Delirium – niemand würde ihren Plan unterstützen. Die einzige Rettung lag in ihren Händen, und sie wußte, daß sie außerstande war, die nötigen Schritte zu tun.

Diese wirbelnden Gedanken und die frenetische Bewegung verursachten ihr einen leichten Schwindel. Sie verlor den Rhythmus und das Gleichgewicht, wankte, tat einige zögernde Schritte. Sie war drauf und dran, mit gespreizten Beinen mitten auf die Tanzfläche zu stürzen. Das war nicht der Skandal, den sie sich erhofft hätte. Die Umarmung eines Mannes vereitelte den Sturz. Ohne hinschauen zu müssen, wußte sie, daß es Mauricio war, der ihren Auftritt reserviert verfolgt hatte und jetzt mit Besitzerstrategie einschritt. Clotilde empfand Dankbarkeit und Groll.

»Bring mich hier weg.«

Er führte sie zur Toilette. Als sie wieder herauskam, hatte Clotilde den Eindruck, alles habe sich verändert. Das Musikensemble hatte das Podium verlassen. Jetzt erklang aus den Lautsprechern sanfte Musik. Einige wenige Paare tanzten engumschlungen und schwankend. Die Tische waren beinahe leer, der Boden übersät mit Überresten des Festes.

»Habe ich so lange gebraucht?«

Mauricio wartete an die Wand gelehnt auf sie.

»Ein wenig, ja.«

»Ist das Brautpaar gegangen?«

»Schon vor Stunden.«

»Und wir?«

»Sind dabei zu gehen.«

»Wohin?«

»Wohin du willst.«

»Und du, wohin willst du?«

»Das kommt drauf an.«

»Worauf?«

»Auf dich. Mit dir überallhin. Ohne dich nach Hause zu meinen Pantoffeln.«

»Und warum muß ich entscheiden? Immer muß ich entscheiden.«

»Das kommt davon, daß du unentschlossen bist. Wer weiß, was er will, muß nie etwas entscheiden. Er hat alles schon entschieden.«

»Aber ich bin eine Megaidiotin, Mauricio. Hilf mir.«

»Wirst du weinen?«

»Ja.«

»Warum?«

»Weil ich Lust habe. Aber nicht in der Öffentlichkeit. Außerdem würde die Wimperntusche verlaufen, und es sähe aus wie in einem Almodóvar-Film. Bring mich nach Hause. Nein. Bring mich nach Südamerika. Gehen wir die fällige Revolution machen.«

»Hast du im WC gesnifft?«

»Ach woher. Ich will nach Bolivien.«

»Das scheint mir eine ausgezeichnete Idee. Für den Augenblick gehen wir schlafen, und morgen kaufen wir die Maschinenpistole und den Guide Michelin.«

Nach Fontáns Hochzeit lebte die Porritos noch ein langes Jahr, obwohl sich ihr Zustand Tag für Tag sichtlich verschlechterte. Mauricio wurde von Pfarrer Serapio auf dem laufenden gehalten, dem er ab und zu Geld gab für Unterhalt, Pflege und Medikamente der Porritos. Auf Grund eines gleich zu Beginn festgelegten stillschweigenden Abkommens erfolgten die Zahlungen nicht periodisch und in festgelegten Beträgen, sondern variierten je nach Bedarf und Umständen. Wenn es soweit war, setzte sich Pfarrer Serapio mit Mauricio in Verbindung, nannte ihm eine Summe und legte Ort und Zeitpunkt der Übergabe fest. Dann erkundigte sich Mauricio nach der Porritos und dem Verlauf ihrer Krankheit, und Pfarrer Serapio informierte ihn so knapp und barsch, daß man sah, wie sehr er Mauricio verachtete. Mauricio nahm diese Strafe auf sich und diskutierte nicht über die geforderte Summe, noch verlangte er Erklärungen über deren Bestimmung oder eine Quittung, die ihm der andere auch nie anbot.

Doch als der Frühling schon fortgeschritten war, verspürte er den Wunsch, die Porritos zu sehen, nicht aus schlechtem Gewissen, sondern aus Zuneigung. Oft stellte er fest, daß er sich unvermutet an die schönen Momente erinnerte, die er mit ihr verbracht hatte, und er empfand ein schmerzliches Verlustgefühl.

Sobald er Gelegenheit hatte, teilte er Pfarrer Serapio

ohne Angabe von Gründen seinen Wunsch mit. Der Arbeiterpfarrer verzog das Gesicht.

»Das würde ihr eher schaden als sonst was. Nachdem sie sich an den Gedanken gewöhnt hatte, dich nicht mehr zu sehen, hat sie sehr gelitten. Jetzt hat sie sich damit abgefunden oder quält sich wenigstens nicht mehr. Aber du brauchst meine Erlaubnis nicht, und vermutlich geht dir meine Meinung auch am Arsch vorbei.«

»Weder das eine noch das andere. Aber mir wäre es angenehmer, du würdest einfach das Treffen organisieren und alles übrige uns überlassen.«

Nach einigen Tagen rief ihn Pfarrer Serapio an.

»Die Porritos muß am nächsten Donnerstag zu einer Behandlung ins Krankenhaus. Ich habe ihr gesagt, du gehst mit.«

»Hat sie sich gefreut?«

»Sie hat angefangen zu weinen. Ob vor Freude oder vor Kummer, weiß ich nicht. Aber freuen tut sie sich bestimmt.«

Zur vereinbarten Zeit parkte Mauricio seinen Wagen in doppelter Reihe vor der Haustür und klingelte an der Gegensprechanlage. Señora Marcela antwortete.

»Wir kommen gleich runter!«

Das Warten wurde lang und beklemmend. Mauricio war versucht, die Flucht zu ergreifen.

Schließlich erschienen die beiden. Señora Marcela wirkte sehr schlampig. Sie trug eine schmutzige Schürze über dem Hausmantel und hatte den Kopf mit Haarnadeln gespickt. Die Porritos war sehr dünn geworden und bewegte sich mit Mühe am Arm von Señora Marcela. Als sie Mauricio erblickte, schaute sie weg. Wortlos nahm er sie am anderen Arm und half ihr zwischen den geparkten Autos hindurch zum seinen.

»So ein schönes Auto«, sagte sie, »ist es neu?«

Señora Marcela blinzelte Mauricio verstohlen zu.

»Ja.«

Señora Marcela gab ihm einen großen Umschlag, der im Krankenhaus abgegeben werden mußte. Darauf stand der Name des Arztes.

»Ich hole die Tasche«, sagte Señora Marcela.

Sie verschwand im Dunkel des Eingangs. Mauricio versuchte, die Porritos anzuschnallen, aber sie wehrte sich. Er setzte sich neben sie.

»Es ist heiß. Soll ich das Verdeck öffnen?«

»Das wäre wunderbar.«

Er ließ den Motor an, löste die Verriegelung, drückte auf einen Knopf, und das Verdeck hob sich, faltete sich in der Luft zusammen und verschwand im Kofferraum. Die Porritos verfolgte dieses Manöver staunend.

»Diese Nummer habe ich schon mal gesehen«, sagte sie schließlich.

»Aber sicher. Wir sind schon ein paarmal in diesem Auto gefahren. Du hast dich nur nicht gleich wieder erinnert.«

»Entschuldige, manchmal trete ich geistig etwas weg.«

»Das passiert uns allen.«

»Schöner Trost.«

»Wozu gehst du ins Krankenhaus?«

»Sie müssen ein paar Tests machen, um zu sehen, ob ich das Kaposi-Sarkom habe.«

»Das ist selten bei Frauen.«

»Das sagt man. Aber nachdem ich am Hals ein paar Flekken bekommen habe, wollen sie ich weiß nicht was mit mir machen.«

»Die Flecken können von was anderem kommen. Hast du Schmerzen?«

»Eine ganze Serie. Im Kopf, in den Gelenken, Darmstörungen und neuerdings Bradyphrenie.«

Mauricio überraschte es, sie mit der medizinischen Terminologie so vertraut zu sehen und so weit weg von allem anderen. Aber anderseits war das auch normal, dachte er.

Señora Marcela erschien wieder mit der Sporttasche.

»Später komm ich dich besuchen, mein Kind.«

»Es wird mir gutgehen, Señora Marcela. Nutzen Sie es zum Ausruhen.«

»Wie geht es denn so, Señora Marcela?« fragte Mauricio.

»Ach, Doktor, jeder hat sein Kreuz zu tragen. Aber im Vergleich zu dieser Ärmsten, worüber soll man da schon klagen? Also, ich gehe.«

Sie verzog weinerlich das Gesicht und wollte nicht, daß man es sah. Nachdem sie gegangen war, fragte Mauricio:

»Was hat sie bloß?«

»Ihre Tochter, ziemlich unbrauchbar. Und der Freund der Tochter. Was weiß denn ich. Sie weint und weint den ganzen Tag, als hätte ich nicht schon genug mit meinen Problemen. Los, fahr los, gehen wir.«

»Wenn du willst, können wir eine Spazierfahrt machen, bevor wir ins Krankenhaus gehen.«

»Fahr mich hin, wo du willst.«

»Ich sage es, damit du ein wenig an die frische Luft kommst.«

»Ja, gut.«

»Wenn dir kalt ist oder dich der Wind stört, dann sagst du's, und ich schließe das Verdeck.«

»Nein, nein. Es ist sehr angenehm.«

Mauricio fuhr langsam, ohne zu sprechen und ohne die Porritos anzusehen. Er hatte vorgehabt, sie an diesem klaren Tag auf den Montjuich zu fahren, aber auf halbem Weg bemerkte er, daß sie eingeschlafen war. Er verlangsamte das Tempo und hielt schließlich an, schloß das Verdeck und setzte dann den Weg ins Krankenhaus fort.

Als sie schon fast dort waren, öffnete die Porritos die Augen und stieß einen Schrei aus. Sie wußte nicht, wo sie war.

»Bei mir«, sagte Mauricio.

»Das weiß ich. Darum bin ich ja eingeschlafen.«

»Aha, ich langweile dich.«

»Du entspannst mich. Mit dir ist es, als würde ich die Angst verlieren.«

»Ich werde dich besuchen. Ich verspreche es dir.«

Bevor er das Krankenhaus verließ, sprach er mit dem Arzt, und der beschrieb ihm eine düstere Situation.

»Das schlimmste ist die Hartnäckigkeit, mit der sie sich ans Leben klammern. Sie sagen zwar, so lohne es sich nicht weiterzuleben, aber beim geringsten Symptom gehen bei ihnen sämtliche Alarmglocken los. Nichts beschäftigt sie so sehr wie ihre Gesundheit. Wir werden die menschliche Natur nie verstehen.«

Mauricio wurde klar, daß es unmenschlich gewesen war, die Porritos ohne Schutz zu lassen, und er beschloß, sich wieder um sie zu kümmern und die Konsequenzen auf sich zu nehmen. Tatsächlich hatte ihre Hilflosigkeit zwischen ihm und ihr ein unmöglich zu zerreißendes Band geschaffen. Er hielt die Beziehung mit Clotilde für stabil, wußte aber, daß er sie dem unerbittlichen Ausgang der Krankheit unterzuordnen hatte. Er fürchtete die Folgen dieses unbefristeten Aufschubs, doch sein Gewissen verbot ihm eine andere Handlungsweise.

Am nächsten Tag ging Mauricio ins Krankenhaus und traf auf eine wache, euphorische Porritos. Einen Augenblick glaubte er einem Wunder beizuwohnen, aber er sah seinen Irrtum bald ein. Da sich die Stunden in der düsteren Monotonie ihrer Wohnung gewöhnlich endlos dahinschleppten und ihre einzige Gesellschaft in Señora Marcela bestand, stimulierte die zyklische, energiegeladene Routine des Krankenhauses sie jetzt. Sie war vertraut mit den verschiedenen Abteilungen und Vorgängen des Klinikums und pflegte mittlerweile eine herzliche Beziehung mit den Krankenschwestern und jungen Ärzten, die täglich die

Visite machten, und wenn die Beruhigungsmittel entsprechend wirkten, glaubte die Porritos die letzten Anzeichen von Wohlbefinden zu erleben, die ihr diese Welt zu bieten hatte. Leider hielt die Wirkung nicht lange an. Bald zeigten ein offensichtliches Symptom, ein schmerzhafter Test, ein wenig verheißungsvolles Resultat erneut, daß ihr Zustand irreversibel war.

»Gestern hab ich Señora Remedios getroffen. Kannst du dich noch an sie erinnern? Sie sieht aus, daß einem angst und bange wird. Ich hab sie nur mit Mühe wiedererkannt. Sie dagegen ist mir um den Hals gefallen, kaum daß sie mich gesehen hat. Sie hat sogar nach dir gefragt, immer wieder. Ob wir noch zusammen sind und so. Ich habe gesagt, ja, um was Nettes zu sagen. Du sollst sie besuchen kommen, sie will dich um was ganz Wichtiges bitten.«

»Gut. Ich glaube nicht, daß ich viel für sie tun kann, aber ich gehe, wenn du mitkommst.«

Sie gingen zusammen zu Señora Remedios' Zimmer. Mauricio war vorgewarnt worden, aber trotzdem war er erschüttert, als er die Todkranke erblickte. Sie sah aus wie ein aus dem Grab vertriebener Leichnam.

Als sie ihren Namen hörte, öffnete sie die Augen und schaute sie alarmiert an. Dann erkannte sie offenbar ihre Besucher, denn sie begann unverständlich zu schwätzen, keuchte und wimmerte dazwischen und wurde zusehends erregter. Um sie zu beruhigen, fragte Mauricio, ob sie immer noch jener evangelischen Sekte angehöre. Señora Remedios dachte lange nach und verneinte dann, etwas ruhiger geworden. Die Sekte sei ein Betrug, der Glaube sei kein Heilmittel für nichts, und Jesus Christus seien die Leiden der Menschen vollkommen schnurz. Er habe seinen Teil abbekommen, mit dem Kreuz auf dem Rücken und den Fausthieben der Soldaten, aber danach habe er die bittere Pille offensichtlich vergessen und sei unsolidarisch geworden.

Mauricio bewunderte diese Art Religion, naiv, blasphemisch und authentisch.

Jetzt glaubte Señora Remedios an die Magie. Mit einer Formel, die sie kenne, könne sie einen Trank brauen, der alles heile. Aber im Krankenhaus höre man nicht auf sie und wolle ihr die Zutaten einfach nicht geben – und mit Grund, denn der Trank würde ja dem Geschäft mit der Medizin und den Nichtstuern ein Ende setzen, die große Reden schwängen, aber nichts zustande brächten. Wenn ihr jetzt jemand Auswärtiges das Nötige bringen und ihr mit dem Rezept helfen könnte, wären sie und alle Patienten der Etage im Handumdrehen wieder gesund.

Mauricio sah, daß es das war, was Señora Remedios von ihm erwartet hatte und warum sie ihn unbedingt sehen wollte. Um ihr nicht zu widersprechen, fragte er, was sie denn benötige, worauf sie eine unendliche, buntscheckige Liste heruntersprudelte. Sie war nicht zum Verstummen zu bringen.

Nach einer Weile gingen Mauricio und die Porritos auf Zehenspitzen hinaus und ließen Señora Remedios mit ihrer Litanei allein.

»Arme Señora Remedios«, sagte die Porritos, »sie war die erste Zimmergenossin, als ich herkam. Danach habe ich viele weitere gehabt, aber die erste ist irgendwie besonders. Wenn sie stirbt, werden meine Tage gezählt sein.«

»Sei nicht so makaber. Die Medizin und das Horoskop sind zwei verschiedene Dinge.«

»Gar nicht so verschieden. Keines von beiden ist was wert. Darin sind sie sich ähnlich. Und in der Geschwätzigkeit.«

Ermutigende Worte verstimmten sie.

Auch Mauricio fühlte sich von ihrer Kurzangebundenheit gekränkt. Er verstand ihre Situation, aber ein wenig Dankbarkeit verlangte er doch von ihr. Insgeheim wünschte er sich, die Porritos möchte diese Welt bald verlassen, damit er seinen Frieden hätte. Dieser Gedanke erschien ihm niederträchtig, aber er konnte ihn nicht vermeiden. Alles andere war eine langsame Agonie.

Obwohl er das Thema nur gelegentlich und ruhig, unpersönlich und beiläufig erwähnte, belastete das Ganze die Beziehung von Mauricio und Clotilde schmerzlich.

Clotilde verstand die Widersprüche, Vorbehalte und Veränderungen in Mauricios Einstellung, und in vielerlei Hinsicht akzeptierte sie sie stillschweigend, aber diese Einsicht machte die Wirklichkeit nicht erträglicher. Ihre Eltern, die sie bei diesem Problem von Anfang an ausgeklammert hatte, wußten nicht, wie sie diesen plötzlichen Stillstand einer Beziehung deuten sollten, die sie für gefestigt gehalten hatten, und machten sich Sorgen, als sie ihre Tochter unglücklich sahen, ohne den Grund dafür zu kennen.

Clotilde gab sich mit Leib und Seele der Arbeit hin. Sie verbrachte viele Stunden zurückgezogen in ihrem Büro, vertieft in die ihr zugeteilten Fälle. Einige Wochen lang hatte sie mehrere Anrufe von Michelle erhalten, kurz nachdem diese von der Hochzeitsreise zurück war. Sie hatte lau geantwortet und unter fadenscheinigen Vorwänden jedes Wiedersehen vermieden. Von Señor und Señora Fontán mochte sie nichts mehr wissen.

Einige Monate später rief Macabrós Clotilde in sein Büro. Es war schon spät, die Assistenten und Sekretärinnen waren gegangen. Im Halbdunkel wirkten die Räume größer und trostloser, und die Silhouetten der Möbel sahen aus wie unheimliche, bedrohliche Formen.

Als sie das Büro betrat, nahm sie einen widerlichen Geruch wahr, den sie von früheren Malen in Erinnerung hatte.

Macabrós sagte:

»Komm herein und schließ die Tür. Cervello kennst du ja, ein alter Freund des Hauses.«

Der Bucklige kletterte mit einer umständlichen Verrenkung vom Sessel herunter und reichte ihr eine feuchtkalte Hand.

»Ich halte mich für jemand, der ein gutes Gedächtnis für Gesichter hat, aber ich habe nicht mehr gewußt, wie hübsch Sie sind, Señorita.«

Clotilde empfand dieselbe Abneigung wie früher. Der Anwalt begann umständlich:

»Setz dich. Der liebe Cervello und ich haben eben die Ereignisse Revue passieren lassen ... Ich habe ihn über deine Fortschritte informiert – Bretos Freispruch und andere, nicht weniger brillante Prozeßführungen. Kurzum, ich bin nicht verschwenderisch mit Lob und habe dich auch nicht gerufen, um die Laudatio zu halten, wenn das denn noch so heißt ...« Er räusperte sich, nahm einen weniger verblasenen Ton an und fügte sogleich hinzu: »Du erinnerst dich zweifellos an Monsieur Pasquine aus Genf ...«

»Natürlich. Monsieur Pasquine vergißt man nicht so leicht.«

»Tatsächlich«, sagte Macabrós langsam, als suchte er nach der geeignetsten Art, ein heikles Thema einzuleiten, »tatsächlich. Monsieur Pasquine ist ein einzigartiger Typ ... Das Problem besteht darin, herauszufinden ..., wohin einen Menschen seine Einzigartigkeit bringen kann, ich weiß nicht, ob du mir folgen kannst.«

Der Bucklige mischte sich mit seiner üblichen Erregung ein:

»Monsieur Pasquine ist ein Schurke, verdammt. Ein windiger Schurke. Die Dinge sind nun mal, wie sie sind. Da soll man nicht um den heißen Brei rumreden.«

»Um Himmels willen, Cervello, wir sind unter Juristen«, sagte Macabrós rätselhaft sanft, »wir dürfen keine voreiligen Urteile fällen. Tatsache ist, daß es Indizien gibt ..., nur Indizien ..., daß Monsieur Pasquine ... kollaboriert haben könnte. Das ist das zutreffende Wort: kollaboriert.«

»Was für eine Kollaboration und mit wem?« fragte Clotilde.

»Was spielt's für eine Rolle? Mit der Konkurrenz, mit den Behörden … Entscheidend ist allein die Tatsache der Kollaboration. Und ich frage mich … Das heißt, der liebe Cervelló und ich haben uns gefragt, ob du …, ob bei deinen Kontakten mit Monsieur Pasquine …«

»Er hat seine Kollaborationspläne nie erwähnt«, sagte Clotilde. »Es wäre absurd anzunehmen …«

»Manchmal«, fiel ihr der Anwalt ins Wort, »manchmal erzählen Männer den Frauen Dinge, die sie nicht einmal sich selber sagen würden. Aus Schwäche oder Aufschneiderei, in Momenten der … Lüsternheit.«

»Der Lüsternheit?«

»Falls es im Umgang zwischen euch beiden einen Anflug von Liebeswerben gegeben haben sollte …«

»Sie sprechen vom Vögeln?«

Macabrós schaute zur Decke hinauf, als wollte er den Himmel zum Zeugen für diese Beschimpfung machen.

»*Oh, ce vocabulaire …, quand même!*«

Der Buckel ließ sein Krähenlachen hören.

»Niemand deutet etwas in dieser Richtung an, Señorita, aber Ihre Direktheit wird gewürdigt.«

Zum erstenmal wandte sich Clotilde an ihn.

»Und was ist es, was niemand andeutet, Señor Cervelló?«

Macabrós heuchelte Zimperlichkeit.

»Bewahren wir den Anstand, bitte. Wie es aussieht, bildet sich Monsieur Pasquine ein, ein Don Juan zu sein. Im allgemeinen sind die Schweizer keine Casanovas, aber einige sind es, und anscheinend gehört Monsieur Pasquine zu dieser ethnischen Minderheit.«

»Monsieur Pasquine hat mir nie den Hof gemacht, wenigstens nicht so, daß ich es gemerkt hätte. Darf ich fragen, was er getan hat?«

»Sagen wir, die Vertraulichkeit gewisser … Transaktionen … ist nicht mehr … vertraulich. Eine Unannehmlichkeit für unsere Mandanten und ein Schandfleck für die Kanzlei.«

»Und woher wissen Sie, daß Monsieur Pasquine die lecke Stelle war?«

»Wissen tun wir's nicht«, sagte Cervello, »wenigstens nicht mit Sicherheit. In solchen Fällen gibt es selten Beweise. Darum war es wichtig, jeder Möglichkeit nachzugehen … Weder der Herr Anwalt noch ich wollten Sie beleidigen. Aber unter Kollegen darf es keine Geheimnisse geben, darüber dürfen Sie nicht hinwegsehen.«

Clotilde zuckte die Schultern.

»Ich bin nicht Ihre Kollegin. Ich bin als Hilfskraft hier. Aber das tut nichts zur Sache. Ich bin nicht unloyal. Mit Monsieur Pasquine hatte ich nur kurzen und streng beruflichen Kontakt. Vielleicht nicht einmal das. Mehr habe ich dazu nicht zu sagen. Mit Ihrer Erlaubnis …«

»Bitte gehen Sie nicht«, unterbrach sie der Buckel, »das ist kein Verhör. Außerdem«, er warf einen erschrockenen Blick auf die alte Pendeluhr, die seit Ewigkeiten nicht mehr funktionierte, »bin ich es, der sich aus dem Staub macht.« Er sprang vom Sessel herunter, fand das Gleichgewicht wieder und fügte hinzu: »Und was diesen Typ betrifft, so stehe ich Ihnen jederzeit gern zu Diensten.«

»Im Augenblick«, sagte Macabrós resigniert, »können wir wenig unternehmen. Abwarten und Tee trinken.«

»Ganz wie Sie wollen. Ich für meinen Teil, Sie wissen ja – ich habe ihm einen Besuch geschickt, als erste Vorkehrung. Und dann wird man weitersehen.«

»Um Himmels willen, Cervello, nichts ist sicher. Nur Gerüchte und Vermutungen …«

Der Buckel ging auf die Tür zu. Bevor er sie öffnete, wandte er sich um und sagte:

»Wie Sie sich denken können, ist mir das Ganze wurscht.

Aber meiner Ansicht nach könnte ein kleiner Schrecken als vorbeugende Maßnahme ...«

Macabrós tat so, als hätte er die Anspielung nicht gehört. Der Buckel deutete einen obszönen, zeremoniellen Diener an und ging.

Clotilde fragte sich, ob er es im übertragenen Sinn oder wörtlich gemeint hatte.

»Ich bedaure die Ungebührlichkeit«, sagte Macabrós, »in unserem Beruf sehen wir uns oft gezwungen, uns für ... Lappalien herzugeben, es ist unmöglich, die ... Unflätigkeit zu vermeiden ... Du wirst dich schon daran gewöhnen. Bist du tatsächlich immer noch außerplanmäßig hier?«

»Das wissen Sie genausogut wie ich. Ob er es wirklich getan hat?«

»Was?«

»Ihm einen Schreck versetzt. Monsieur Pasquine. Dieser Besuch ...«

»Cervello fackelt nicht lange. Seine Ethik ist nicht die unsere. Aber wenn du ihn eines Tages, ich hoffe es ja nicht, wirklich brauchen solltest – du hast es gehört, er fackelt nicht lange. Und auf unserem bescheidenen Niveau dürfen auch wir es nicht tun: Es ist schon spät, und du wirst sicher erwartet. Ich bleibe noch eine Weile.«

Clotilde ging in ihr Büro zurück, knipste die Lichter aus und verließ das Haus. Auf dem Gehsteig sprach Cervello sie an.

»Haben Sie ein Auto, Señorita?«

»Ja, aber ich komme nicht damit zur Arbeit.«

»Da ich selbst nicht fahre, habe ich immer ein Taxi zur Hand. Ich biete es Ihnen an.«

»Machen Sie sich keine Umstände.«

»Wenn es Umstände wären, hätte ich nicht auf Sie gewartet. Es ist mir ein Vergnügen. Ich habe weder eine feste Arbeitszeit noch eine Verabredung, mich erwartet niemand, und der Abend ist feucht und windig.«

Beim Sprechen winkte er. Ein Taxi hielt am Randstein an. Der Fahrer stieg aus und öffnete die hintere Tür.

»Guten Abend, Señor Cervello«, sagte er.

»Guten Abend, Paco. Wir werden die Señorita begleiten.«

Die Anwesenheit des Taxifahrers war eine Sicherheitsgarantie für Clotilde, und so stieg sie ein und gab ihre Adresse an. Nachdem sich das Taxi in Bewegung gesetzt hatte, sagte der Buckel:

»Macabrós übersieht Sie zu Unrecht. Sie taugen mehr als diese Herrensöhnchen. Die Kanzleiangestellten, meine ich, große verwöhnte Jungen ohne Fantasie und was man eben so haben muß. Sie haben beides. Und Macabrós ist ein Dummkopf. Er denkt, eines schönen Tages heiraten Sie und hängen den Beruf an den Nagel. Aber das würden Sie nicht tun, Ihnen liegt das Kämpfen. Macabrós ist ein Dummkopf, ich habe es ihm selbst gesagt, mit diesen Worten. Aber wer befiehlt, befiehlt, selbst wenn er ein Dummkopf ist. Läge es in meiner Hand ...«

»Aber es liegt nicht in Ihrer Hand, Señor Cervelló, lassen Sie es.«

Der Buckel änderte den Ton.

»Ich habe darüber nachgedacht, was Sie uns über Computer erzählt haben. Das ist hochinteressant, und wie. Und ich habe mich gefragt ..., ob Sie nicht für mich arbeiten möchten. Für meine Agentur, meine ich. Das würde nicht heißen von Macabrós weggehen. Dort haben Sie eine Zukunft. Aber für den Fall, daß es Sie interessierte, und sei es nur probehalber, würden wir schon eine Lösung finden. Ein Nebeneinkommen ist immer willkommen.«

»Ich bedanke mich für das Angebot, wenn es ernst gemeint ist, aber es wird Sie nicht überraschen, daß ich es ablehne. Zudem brauchen Sie für Ihre Agentur einen Informatiker, keinen Anwalt. Die Materie ist kompliziert, und ich weiß nur Allgemeinheiten. Und das wenige, was ich weiß, dient dazu, Vergehen zu verhindern, Señor Cervelló, nicht, sie zu begehen.«

»Cervello, Señorita, Cervello. Nicht Cervelló. Cervelló ist ein katalanischer Name, und ich bin kein Katalane. Weder Katalane noch sonstwas. Die Katalanen sind hochgewachsen und aufrecht. Wie die aus Madrid. Die Aragonesen und Galicier ebenfalls. Und noch immer streiten sie sich. Wäre ich normal, ich würde mit niemandem streiten. Aber da ich bin, wie ich bin, bin ich halt gegen die Welt. Verbittert? Keine Spur. Nur auf Kriegsfuß, Señorita, nur auf Kriegsfuß. Sie sind sie, und ich bin ich. Das war vom ersten Tag an so, und so wird es auch bis zum letzten Tag bleiben. Es wird keine Sekunde Waffenruhe für mich geben. Wer sollte sie mir auch geben?« Er schaute aus dem Fenster, als betrachtete er die Fußgänger, die das Taxi hinter sich zurückließ. Ohne sich umzudrehen, fuhr er fort: »Schauen Sie, Señorita, als ich noch ein Knirps war und die anderen Knirpse radfahren lernten, da wußte ich, daß ich nie würde auf ein Rad steigen können. Wenn sie Fußball spielten, dasselbe in Grün. Und so bei allem. Dann kamen die Mädchen – wozu soll ich viele Worte verlieren. Was Frauen mit den anderen aus Spaß machen, dafür muß ich zahlen. Den Preis bestimmen sie, und ich habe zu blechen und kann dann mit ansehen, wie angewidert sie es tun. Es gibt einige Deppinnen, die lachen. Mir sind sie lieber, verstehen Sie? Dann herrscht gute Stimmung. Ich mag es schon, wenn sie lachen …« Er wandte sich wieder Clotilde zu und schaute sie kühl und amüsiert an, als wollte er sagen: Nimm mich nicht ernst, und hab erst recht kein Mitleid mit mir. »Ich erzähle Ihnen diese etwas gewagten intimen Dinge, weil ich weiß, daß das für Sie Wissenschaft und nicht Pornographie ist.« Er gab dem Taxifahrer eine Kopfnuß und rief: »Du sollst nicht zuhören, verdammt noch mal! Außerdem ist alles nur dahergeredet. Zwei Arbeitskollegen, die ein Taxi teilen und die Zeit totschlagen. Beim Plaudern schlägt man die Zeit tot und lernt sich kennen. Sehen Sie? Wir sind schon da, da ist Ihr Haus.«

»Woher wissen Sie das?«

»Ich kenne das Viertel. Halt an, Paco.«

Der Fahrer hielt an und kam die Tür öffnen. Clotilde stieg aus.

»Danke.«

»Nichts zu danken«, sagte der Buckel. »Ach, und noch was, bevor Sie gehen. Ich bin sicher, daß da nichts war, aber wenn ich Monsieur Pasquine wäre, ich hätte Ihretwegen den Verstand verloren.«

Außer den für den Krankheitsfall charakteristischen Unannehmlichkeiten mußte Mauricio auch regelmäßig die Gegenwart Pfarrer Serapios ertragen.

Mauricio bemerkte, daß sich zu seiner üblichen Verblendung noch ein wachsendes Alkoholproblem gesellte. Das hätte ihn kalt lassen können, hätte das Trinken den Charakter des Arbeiterpfarrers nicht zum Schlechten verändert – im betrunkenen Zustand war er aggressiv, sonst immer mehr ein wortkarger Brummbär. Wenn die Dosis dagegen im Rahmen blieb, erfaßte ihn ein überspannter, erdrückender Optimismus, und alle Welt sollte an seiner Begeisterung teilhaben. Bei seiner Gemeinde, die aus leichtgläubigen Frauen und blauäugigen Jugendlichen bestand, galt Pfarrer Serapio als Erleuchteter. Er konnte jede Ungeheuerlichkeit von sich geben, und daran gewöhnt, daß ihm niemand widersprach, wurde er immer verrückter.

Je schlechter die Gesundheit der Porritos wurde, desto mehr wuchs sein Einfluß auf sie, nachdem er während ihrer Beziehung mit Mauricio abgenommen hatte. Die Porritos glaubte alles, was Pfarrer Serapio sagte.

»Jeden Augenblick kann Gott der Allmächtige seine Engel und Heiligen herniederschicken, wie wir es so oft auf den Farbdrucken und den Kirchenbildern gesehen haben! Ein von Cherubim gezogener Feuerwagen kann gleich jetzt durch dieses Fenster hereinfahren, ohne die Scheibe zu zerschlagen!«

Angesichts solch delirierender Anwandlungen konnte Mauricio seine Entrüstung nicht im Zaum halten.

»Ich wäre schon zufrieden, wenn die Cherubim die Fenster putzen und uns in Frieden lassen würden. Wozu brauchen wir einen Feuerwagen?«

In solchen Fällen schlug sich die Porritos immer auf die Seite des Arbeiterpfarrers.

»Das ist doch nur ein Gleichnis!«

»Aber man versteht es nicht.«

»Ich versteh es sehr wohl, und es tut mir gut.«

Mauricio blieb nichts anderes übrig, als zu schweigen.

Eines Tages nahm ihn Pfarrer Serapio beiseite und sagte:

»Ich habe eine große Nachricht!«

Die Euphorie des Arbeiterpfarrers machte ihn sehr argwöhnisch.

»Na?«

»Ich habe den Bruder der Porritos ausfindig gemacht. Sie weiß nichts – stell dir die Überraschung vor! Sie haben sich seit einem Jahrhundert nicht mehr gesehen.«

»Das wird seinen Grund haben. War er nicht im Kittchen?«

»Ja, in Málaga, aber man hat ihm schon die dritte Stufe gewährt, und es heißt, er könnte eine Urlaubsbewilligung bekommen. Ich bin sicher, daß sie ihn nach Barcelona kommen lassen, wenn er einen so gewichtigen Grund glaubhaft machen kann. Eine Schwester in den letzten Zügen, da müßte man allerhand Mut haben, um es ihm zu verweigern.«

Pfarrer Serapio hatte den Bruder der Porritos durch Geistliche gefunden, die aus dem Orden entlassen worden waren und ein Wiedereingliederungszentrum für Kriminelle gegründet hatten. Mauricio hätte die Dinge lieber gelassen, wie sie waren, aber er konnte sich nicht in die Familienangelegenheiten der Porritos einmischen.

»Und du hast es ihr nicht gesagt?«

»Noch nicht. Ich wollte zuerst dich befragen.«

»Seit wann befragst du mich zu irgendwas?«

»Schau, der Junge ist ein wenig durcheinander. Heutzutage ist es nicht leicht, Geld zu verdienen, schon gar nicht für einen Strafgefangenen. Er wird eine kleine Hilfe benötigen.«

»Na hör mal – gibt es eigentlich auf dieser Welt etwas, was nicht ich bezahlen muß?«

»Gott gibt einigen Geld, damit sie es in christlicher Solidarität verteilen. Man muß zwischen dem Himmel und Wall Street wählen.«

»Ich mag keinen weiteren Unsinn hören. Wir werden mit der Porritos sprechen. Wenn es sie freut, dieses saubere Früchtchen zu sehen, werde ich es mir überlegen.«

Mauricio setzte seine ganze Hoffnung auf das Desinteresse der Porritos für alles, was nicht ihre Krankheit war, aber sie zeigte große Freude bei der Aussicht, ihren Bruder wiederzusehen. Er war einige Jahre jünger, und sie hatte ihn großgezogen wie ihr eigenes Kind. Danach hatten eine Pechsträhne von ihr und dann eine von ihm sie getrennt. Da die Porritos vorher nie über ihren Bruder gesprochen hatte, außer höchst beiläufig und mit ziemlicher Abneigung, vermutete er, die Geschichte vom Großziehen sei ein Märchen und diese Gefühlsaufwallung eine weitere Folge ihres Zustands. Die Porritos sah alles, was sie irgendwie in eine frühere Phase ihres Lebens zurückführte, als gutes Omen.

»Na schön, aber ich gedenke nicht mit ihm zu verkehren«, sagte er zu Pfarrer Serapio unter vier Augen. »Du suchst eine Unterkunft für ihn und gibst ihm etwas fürs

Essen. Ich werde dir das Geld geben. Allerdings mit dem Tropfenzähler und nur für einige Tage. Wenn dieser Typ zur Überzeugung kommt, daß wir eine Goldgrube sind, werden wir ihn nicht mehr abschütteln können.«

Nach einigen Tagen erschien der Bruder der Porritos in deren Wohnung.

Da zeigte Pfarrer Serapio, den Mauricio für einen unproduktiven Komödianten hielt, eine bewundernswerte Emsigkeit und Effizienz. Indem er im ganzen Viertel herumfragte, fand er für den Bruder der Porritos ein Zimmer mit Frühstück und Abendessen bei einem kinderlosen pensionierten Ehepaar. Die Porritos hätte ihren Bruder zwar lieber bei sich gehabt und wollte ihm in ihrer Wohnung Platz machen. Aber alle gemeinsam überzeugten sie, daß es ihm bei den Pensionierten besser ging und sie dann nicht das bißchen Komfort opfern mußte, über das sie verfügte. Die Pensionierten wohnten ganz in der Nähe, und er würde seine Schwester jederzeit besuchen können.

Der Bruder der Porritos sah aus wie ein Knabe: Er hatte kindliche Züge und war bartlos und blond. Er hieß Robustiano und nannte sich Ruby. Er war sympathisch und schien einen unkomplizierten Charakter zu haben – immer war er fröhlich, zeigte sich dankbar für alles und lachte über jede Kleinigkeit. Er erinnerte Mauricio sehr an die Porritos in ihren guten Zeiten, und das nahm ihn trotz seiner Vorbehalte für sich ein. Aber es lag auch etwas Dunkles in seiner Person, sicherlich weil er ein kriminelles Leben geführt und im Gefängnis gesessen hatte. Manchmal war sein Blick ohne offensichtlichen Grund finster, seine Haltung ausweichend, und sein Lachen hatte etwas schneidend Grausames.

Vom ersten Augenblick an war er liebevoll mit seiner Schwester und verstand es gut, zu verhehlen, welche Wirkung ihr Verfall und ihre Abgemagertheit auf ihn gemacht haben mochten. Aber er verzichtete auf eine Umarmung und einen Kuß und berührte sie nur flüchtig durch die Kleider hindurch. In seinen Bewegungen und Vorsichtsmaßnahmen erkannte man seine Besorgnis. Zweifellos hatte er im Gefängnis ähnliche Fälle gesehen und wußte, woran er war.

All das bemerkte die Porritos nicht. Die Anwesenheit ihres Bruders stimmte sie so heiter, daß teilweise sogar ihre Krankheitssymptome verschwanden. Es war, als wäre einer der Engel sie besuchen gekommen, die sich in Pfarrer Serapios Räuschen anzukündigen pflegten.

Eines Nachmittags kam Macabrós' Sekretärin in Clotildes Büro und legte ihr einige Dokumente auf den Tisch.

»Der Chef sagt, du sollst das durchlesen, unterschreiben und mir zurückgeben. Wenn Angaben fehlen, sollst du sie selbst ergänzen.«

Es waren ein Arbeitsvertrag und die Formulare für die Sozialversicherung. Da sich das kurz nach dem Taxigespräch mit Cervello ereignete, fragte sich Clotilde, ob die Initiative von Macabrós ausging oder ob er von den Argumenten des Buckels überzeugt worden war und entsprechend handelte. Das beunruhigte sie. Von diesem Subjekt war nichts Gutes zu erwarten, und die Vorstellung, in seiner Schuld zu stehen, schreckte sie ab, als es darum ging, das Angebot anzunehmen.

»Was für eine Schuld? Du bist niemandem etwas schuldig«, sagte Mauricio. »Im Gegenteil. Etwas anderes ist, ob es das Richtige ist, daß du dich an die Kanzlei dieses Kammandulierers anbinden läßt.«

»Aus welcher Mottenkiste hast du denn dieses Wort?«

»Goethe braucht es oft, auch kammandulieren.«

»Jedenfalls ist eine Anwaltskanzlei kein Tante-Emma-Laden.«

»Nein, aber sie muß auch nicht unbedingt eine Filiale des

Medellín-Kartells sein. Spiel doch nicht die Naive. Willst du wirklich, daß deine Karriere diesen Verlauf nimmt?«

Clotilde geriet in Harnisch, wenn Mauricio sagte, was sie selbst dachte. Eine Gegenmeinung wäre ihr lieber gewesen. Sie sagte:

»Ich glaube nicht, daß es viele Alternativen gibt.«

»Viele nicht – die eine oder andere. Eine reicht schon.«

Clotilde mußte ihm am Ende zustimmen, aber später, als sie wieder allein war, ärgerte sie sich, nachgegeben zu haben. Die Anwaltswelt war komplex und nicht frei von dunklen Bereichen. Aber die Männer hatten dieses Problem seit undenklichen Zeiten gelöst. Von den Frauen dagegen verlangte die Gesellschaft eine berufliche Redlichkeit, die an Heiligkeit grenzte: noble Fälle zu verteidigen, den Hilflosen zu helfen, der Integrität den Vorrang vor dem Ehrgeiz zu geben. Diese Einstellung erschien ihr entschieden patriarchalisch. Sie dachte, die Frau sollte Herrin ihres Körpers und auch ihres Gewissens sein.

Um ihre Bedenken auszuräumen, sprach sie mit Macabrós und fragte ihn, ob die Annahme dieses Arbeitsangebots sie zwinge, jeden Fall zu übernehmen, welcher Art er auch sein mochte.

»Komm schon, unterschreib endlich diese elenden Papiere und red keinen Unsinn. Zudem ist der Vertrag für beide Parteien mit einmonatiger Frist kündbar.«

Clotilde unterschrieb an Ort und Stelle, und Macabrós warf die Dokumente in eine Schublade seines Schreibtischs.

»Was auch geschieht, ich möchte mich bei Ihnen bedanken«, sagte Clotilde.

Der Anwalt schickte sie mit einer brüsken Handbewegung hinaus.

»*Allez, allez*. Zu Zeiten Francos existierten die jungen Leute nicht. Darum haben wir besser gelebt.«

Diese Entscheidung befreite Clotilde nicht von ihrer

Unruhe. Eine sichere Arbeit zu haben erlaubte es ihr, die Möglichkeit in Betracht zu ziehen, selbständig zu leben. Der Gedanke war attraktiv, aber sie wußte nicht, wie Mauricio reagieren würde. Bei der erstbesten Gelegenheit brachte sie das Thema zur Sprache, aber so subtil, daß er es nicht einmal bemerkte. Clotilde ärgerte sich – Mauricio war nur scharfsinnig, wenn es ihm paßte.

In Wirklichkeit war er mit seinen Gedanken ganz woanders.

Eine Woche nach seinem Kommen zog ihn der Bruder der Porritos in einen Winkel der Wohnung und sagte, er müsse nach Málaga zurück. Er könne um eine Verlängerung der Bewilligung nachsuchen, aber dazu brauche er eine Bürgschaft.

»Was heißt Bürgschaft in deinem Fall?«

»Keinen blassen Dunst. Ich versteh es auch nicht ganz. Natürlich – daß ein anderer für meine Taten die Verantwortung übernimmt, davon kann keine Rede sein. Wäre ja noch schöner. Und auch nicht sozusagen eine Kaution hinblättert.«

»Also ...«

»Ich stelle mir vor, es wäre zum Beispiel, einen Job angeboten zu kriegen ..., einen Teilzeitjob. Nur so als Beispiel.«

»Und wer soll dir hier Arbeit anbieten?«

Der Bruder der Porritos lächelte unschuldig.

»Ach – du eben. Und sonst, tja ...«

»Ich kann dich nicht beschäftigen und kenne auch niemand, der es tun könnte, Ruby. Und schon gar nicht so von einem Tag auf den anderen. Ich fürchte, du wirst nach Málaga zurückfahren müssen. Was hast du denn dort gemacht?«

»Herumgejobbt. Das Nötige, um mich über Wasser zu halten. Aber Andalusien und Katalonien kann man nicht vergleichen, das ist doch affenklar.«

»Ich weiß nicht, was affenklar ist, aber ich weiß, daß es nicht stimmt. In Katalonien herrscht eine gewaltige Krise, also wirst du weiter herumjobben müssen. Aber wenn du wirklich daran interessiert bist, nach Barcelona zu kommen, können Pfarrer Serapio und ich uns umhören. Die Zeiten sind schwierig, aber über kurz oder lang wird sich etwas ergeben.«

»Nein. Ich muß *jetzt* hiersein, bei meiner armen Schwester, die klar auf mich angewiesen ist. Wenn ich gehe, dann ist sie total depri und kommt dem Ende noch näher. Und wenn sie stirbt und ich bin in Málaga, dann gute Nacht, wenn du weißt, was ich meine.«

»Du bist kein Dummkopf, Ruby, und gerade darum wirst du verstehen, daß es unangemessen ist, was du verlangst.«

Señora Marcela, die hereinkam, um den Müll hinunterzubringen, unterbrach das Gespräch. Mit ihr wehte ein durchdringender Geruch nach angedünsteten Zwiebeln in die Wohnung. Mauricio nutzte die Pause, um einen weniger defensiven Ton anzuschlagen.

»Schau, mein Junge, das vernünftigste ist, du fährst jetzt nach Málaga zurück. Man wird dich ab und zu für ein paar Tage herkommen lassen, wie diesmal …«

Sich in Entschuldigungen ergehend, kam Señora Marcela mit dem vollen Müllbeutel wieder vorbei. Mauricios Ausführungen blieben in der Luft hängen wie etwas Falsches, Pompöses, Unangebrachtes.

Der Bruder der Porritos deutete ein naives, schmerzliches Lächeln an.

»Ist ja gut, Mann. Du brauchst mir gar nicht zu sagen, was ich zu tun habe. Das weiß ich gut genug. Ich hab bloß gesagt, daß ich mit einem Job in der Tasche auf Bewährung machen könnte, und darum hab ich dich um eine kleine Hilfe gebeten. Wenn du sie mir geben willst, geil, und sonst Schwamm drüber.«

Damit war das Gespräch zu Ende, nicht aber das Problem.

Da Mauricio eine neue Forderung vorhersah, sprach er noch am selben Tag mit Pfarrer Serapio.

»Er ist ein netter Kerl. Ich an deiner Stelle würde mir das zunutze machen. So wirst du der ganzen Familie einen Gefallen erweisen.«

Mauricio wurde klar, daß der Arbeiterpfarrer, wenn er für einen Kriminellen Partei ergriff, den welken, vielgeschmähten Klassenkampf am Leben zu erhalten glaubte – oder auch einfach die Gelegenheit nutzte, um sich auf Kosten Mauricios zu amüsieren.

Auch mit der Porritos konnte er nicht rechnen.

Mauricio zermarterte sich das Hirn nach einer Lösung des Konflikts, der zweifellos im Anzug war.

Auf Fontáns Hochzeit hatte Fitó gesagt, er bekleide eine hohe Stellung in der Hauptabteilung für Strafvollzug. Mauricio kam auf die Idee, ihm den Fall vorzulegen. Wenn Fitó eine Verlängerung der Bewilligung erreichen könnte, würde ihn der Bruder der Porritos vielleicht nicht mehr bedrängen. Damit gewänne er Zeit.

Er rief im Innenministerium an. Dort sagte man ihm, die Hauptabteilung für Strafvollzug gehöre zum Justizministerium. Nach mehreren erfolglosen Versuchen bekam er Fitós Sekretärin an den Apparat, aber nicht Fitó selbst, der sich einmal nicht in seinem Büro befand, ein anderes Mal in einer Sitzung war oder genau in diesem Augenblick am Telefon sprach. Mauricio mochte der Sekretärin den Grund seines Anrufs nicht erklären. Aber da er offensichtlich einen persönlichen Gefallen erbitten wollte, nahm sie einen gleichgültigen Ton an. Zweifellos mußte sie sich täglich eine Unzahl ähnlicher Anrufe anhören. Mauricio fügte seinem Namen die ihm wichtig erscheinenden Angaben hinzu: daß er aus Barcelona sei, daß er Zahnarzt sei, daß er bei den letzten autonomen Wahlen auf Fitós Bitte hin zu den sozialistischen Kandidaten gehört habe. Im höflichen Schweigen, auf das seine Worte stießen, sah Mauricio seine Hoffnungen schwinden.

Bei all diesen Anrufen im Justizministerium erinnerte er sich plötzlich an die Frau von der Eisenwarenhandlung. Damals hatte er zu Recht gefunden, es sei angezeigt, sich mit ihr und den Mitgliedern ihrer Bürgerinitiative gut zu stellen, aber in der Stunde der Wahrheit war die Enttäuschung über diese stumpfen, ineffizienten Leute stärker gewesen. Trotzdem beschloß er, dort sein Glück zu versuchen.

Unter seinen Notizen fand er den Namen der Frau: Mariconchi Rúspide.

Einige Glühbirnen zum Vorwand nehmend, ging er in den Laden. Mariconchi Rúspide stand hinter dem Verkaufstisch. Sie erkannte Mauricio sogleich, begrüßte ihn sehr herzlich und erkundigte sich nach der Gesundheit der Porritos. Ermuntert durch den netten Empfang, beantwortete Mauricio ihre Fragen, plauderte über verschiedene Themen und fragte sie schließlich nach der Bürgeraktion. Sie lächelte verächtlich.

»Pah – da bin ich schon lange ausgetreten.«

»Warum denn?«

Mariconchi Rúspide erzählte ihm, eine abtrünnige Gruppe habe jahrelang die Aktivitäten der Bürgervereinigung torpediert, habe Schriftstücke vorgelegt, Klagen formuliert und den Verlauf der Debatten gestört, bis sie nun mit legalen Tricks außerordentliche Wahlen habe herbeiführen und die Leitung der Vereinigung übernehmen können.

»Abwechslung ist nicht schlecht«, sagte Mauricio, »Ihre Leute werden schon wieder gewinnen.«

»Meine Leute? Zu spät! Wir sind als Gruppe zurückgetreten. Wir waren die Gründer, müssen Sie wissen. Wir haben die Vereinigung mitten in der Diktatur gegründet. Im Untergrund. Und wir haben unsere Haut riskiert, sooft es nötig war. Im Viertel haben wir alles mögliche gemacht:

Gewerkschaftsproteste, Fürsorgearbeit, kulturelle Aktivitäten. Als es hier noch gar nichts gab, haben wir einen Filmklub gegründet. An dem Abend, als wir *Belle de jour* gezeigt haben, sind so viele Leute gekommen, daß die Behörden das Lokal räumen ließen. Das Volk, das sich mobilisierte, und sei es nur, um die Titten von Cathérine Deneuve zu sehen, hat ihnen angst gemacht. Und jetzt kommen ein paar finstere Hindu …, Hindi …«

»Individuen.«

»Genau – ein paar Hinduvidien und werfen uns mit dem Reglement in der Hand raus. Mit dem verdammten Reglement, jawoll. Na dann prost. Die werden das Kind schon schaukeln.«

Mariconchi Rúspides Mann war hereingekommen und beobachtete besorgt seine Frau. Sie war Mauricio immer näher gekommen, und der nahm einen kräftigen Weingeruch in ihrem Atem war. Der Mann mischte sich ein.

»Mariconchi, geh nach hinten. Ich werde den Herrn Doktor bedienen.«

Mariconchi Rúspide torkelte in den Hinterraum.

»Entschuldigen Sie meine Frau«, sagte der Ehemann knapp, »sie ist ein wenig müde. Womit kann ich Ihnen dienen?«

Die Rollen sind vertauscht, dachte Mauricio, oder die beiden besaufen sich abwechselnd. Wie auch immer, hier ist nichts zu holen.

Als er mit den Glühbirnen zurückkam, fing der Bruder der Porritos von vorne an.

»Ich habe darüber nachgedacht, was wir über den Job gesagt haben.«

»Ich habe dir gesagt, wie die Dinge liegen, Ruby. Es hat sich nichts geändert …«

» …und dabei ist mir eingefallen …, es ist nur so ’ne Idee, ja?, ist mir eingefallen, daß du der einzige Mensch bist, der mich bei der Zahnarztsache einstellen kann.«

»Ich bin in einer Zahnklinik angestellt. Dort kann ich dich nicht beschäftigen. Weder dich noch sonst jemand. Außerdem ...«

»Nein, ich habe gemeint in der Bude, die du in Mataró aufgemacht hast. Offenbar geht bei euch voll die Post ab.«

»Wenn dir das deine Schwester oder der Pfarrer erzählt hat, dann haben sie dir sicher auch erzählt, daß ich noch die Umbauarbeiten und die Instrumente abzahle.«

»Na, komm schon, Kumpel, macht nicht auf arm, ich hab doch den Schlitten gesehen, den du fährst.«

»Außerdem gibt es für dich an beiden Orten nichts zu tun. Gefragt sind Spezialisten mit Studium und Erfahrung ...«

»Und im Empfang?«

»Eine Arztpraxis ist kein Hotel, Ruby. Ich habe dir ja gesagt ...«

»Jetzt hör mal zu, wenn du mir nicht unter die Arme greifst, muß ich absocken, ja? Ich tu das für meine Schwester, verdammt noch mal, schau doch, wie beschissen es der Ärmsten geht. Die macht's keine drei Monate mehr. Nachher kannst du mit mir machen, was du willst, ehrlich. Aber sie so zurücklassen, in diesem Elend, kann ich sie nicht zurücklassen. Sie ist meine Schwester, verdammt. Und für mich ist's fünf vor zwölf. Eigentlich müßte ich seit zwei Tagen in Málaga zurück sein. Und diese Dreckskerle verbummeln die Frist nicht, verstehst du? Wenn man mich wegen irgendeiner Lappalie schnappt, dann heißt's für mich ab in den Knast, Kumpel.«

Sein Ton war bittend, und in seiner Stimme und Haltung lag kein Anflug von Drohung. Aber die Gewißheit der Gefahr machte sie unnötig, und das wußten Mauricio und der Bruder der Porritos gleicherweise.

Mauricio war nicht feige, aber auch nicht streitsüchtig. Er haßte Auseinandersetzungen, und jetzt fürchtete er, schließlich nachzugeben, bloß um in dieser traurigen Situation einen unsicheren Frieden aufrechtzuerhalten.

Bedrängt von der Unsicherheit und ohne irgendwo Unterstützung zu finden, erzählte er am Ende alles Clotilde.

Da sie einen entschlossenen, kämpferischen Charakter hatte, fand sie Mauricios Haltung kleinmütig.

»Wenn du auch nur einen Millimeter nachgibst, wirst du für den Rest deiner Tage an diesen Typ gebunden sein. Aus Mitleid gibst du ihnen eine kleine Arbeit, und sie ziehen dich vors Arbeitsgericht, wo du nicht mehr rauskommst.«

»Vielleicht schon, aber ich sehe keine Möglichkeit, ihn loszuwerden, ohne einen Mordskrach zu schlagen.«

»Dann wirst du's eben tun müssen. Und du wirst es selbst tun müssen. Ich kann dir nicht helfen.«

»Ich habe dich nicht um Hilfe gebeten. Ich habe nur über ein Problem gesprochen, das ich habe.«

Clotilde mauerte. Vor nicht langer Zeit hatte sie ihm in aller Ausführlichkeit von ihrem Gespräch mit Cervello erzählt, und jetzt argwöhnte sie, Mauricio lege ihr hinterhältig nahe, sie solle die Dienste des verschlagenen Buckligen in Anspruch nehmen. Macabrós hatte ihr in aller Deutlichkeit gesagt, Cervello fackle nicht lange. Sie fühlte sich erpreßt.

»Ich habe dich nie gebeten, irgendwas für mich zu tun«, sagte Mauricio, »und tatsächlich hast du es auch nie getan.«

Die Beziehung zwischen Mauricio und Clotilde hatte einen Tiefpunkt erreicht, und dieser Zwischenfall trübte sie vollends. Sie stritten sich, machten sich gegenseitig Vorwürfe und trennten sich ohne Versöhnungsabsichten.

Da er keinen befriedigenden Ausweg aus der Krise fand, sprach Mauricio mit seinem Partner.

»Ich verzieh mich für eine Weile. Ich sehe keine andere Möglichkeit. Such dir einen Vertreter. Wenn die Angelegenheit geregelt ist, komme ich zurück – dann werden wir ja sehen, ob ich mich wiedereingliedere oder nicht.«

»Du bist dabei, alles zum Fenster hinauszuwerfen«, sagte Manolo Villares.

»Manchmal frage ich mich, ob ich nicht mich zum Fenster hinauswerfen soll, Rabus.«

»Na gut, du wirst ja sehen. Flucht ist auch eine Strategie.«

Mauricio war seinem Partner dankbar für sein Verhalten. Manolo Villares gab nie ein Urteil ab oder erteilte Ratschläge.

Aber an diesem Nachmittag erhielt Clotilde einen Anruf.

»Hier spricht Manolo Villares, Mauricios Partner.«

»Oh, Rabus, wie geht's denn?«

»Gut. Ich ruf dich an, weil ich mit dir sprechen möchte, du kannst dir ja vorstellen, worüber. Können wir morgen mittag zusammen essen?«

Widerwillig nahm Clotilde den Vorschlag an. Sie empfand weder Respekt noch Zuneigung für Rabus und war sich sicher, daß seine Vermittlung kontraproduktiv wäre.

Rabus führte sie in ein prätentiöses, aber ruhiges Restaurant voller pomadisierter junger Führungskräfte. Clotilde wußte die Wahl zu schätzen – bei Rabus hätte man eine volkstümliche, laute und stinkende Kneipe erwarten können.

Sobald der Oberkellner die Bestellung aufgenommen hatte, kam Rabus zur Sache.

»Wie schon am Telefon vorausgeschickt, habe ich dich hergebeten, um über Mauricio zu sprechen. Er steckt in der Klemme. Ich halte es nicht für gravierend, ehrlich gesagt. Wenn er keine Dummheiten macht, wird sich die Sache von selbst einrenken. Aber das ist nicht des Pudels Kern. Des Pudels Kern ist, daß Mauricio ganz allein ist und keinen so starken oder sorglosen Charakter hat, um sich dem Leben ohne fremde Hilfe zu stellen. Schlimm ist, daß ihm keiner hilft oder auf die Art und Weise hilft, die er braucht. Entschuldige, wenn ich mich nicht klarer ausdrücke. Reden ist nicht meine Stärke, und es ist auch nicht meine Gewohnheit, mich ins Leben anderer Leute einzumischen. Jeder ist für sich selbst verantwortlich, nicht wahr?«

Er nutzte das Erscheinen der Vorspeise, um seine Rede neu zu organisieren, und fuhr dann fort:

»Obwohl Mauricio und ich wie Tag und Nacht sind, kann ich verstehen, was ihm da geschieht. Wir Zahnärzte sind es ja gewohnt, uns den lieben langen Tag ein Gejammer anzuhören, und dann fällt es uns sehr schwer, zu jemand anderem zu gehen, um selbst zu jammern. Und selbst wenn wir es täten, wer würde uns schon anhören? Wir verdienen ziemlich viel Geld mit einem wenig attraktiven Beruf. Die Leute glauben, wir arbeiten nur fürs Geld. Aber das stimmt nicht. Wir Zahnärzte lieben unsere Arbeit. Wenn es nach uns ginge, würden wir von nichts anderem reden. Wir müssen uns sehr Mühe geben, um nicht die langweiligsten Menschen der Welt zu sein. In Wirklichkeit sind wir wie alle anderen. Und was wir machen, ist weder häßlich noch vulgär, noch langweilig. Das verstehen die Leute natürlich nicht. Sie sehen uns im weißen Kittel, wie wir den Patienten die Finger in den Mund stecken, und denken, wir seien Trantüten im Vergleich zu …, ich weiß nicht …, im Vergleich zu Batman oder so. Das ist das Bild des Helden, wie es in unserer Gesellschaft in Mode ist. Batman. Eine so dämliche Figur, daß es sie nicht einmal gibt. Ein Zahnarzt dagegen … Aber nein, ein Zahnarzt ist ein Wissenschaftler. Die Stomatologie ist eine Wissenschaft – eine Wissenschaft, die spektakuläre Fortschritte macht. Und was wir tun und studieren, dient der Heilung. Manchmal müssen wir zwar weh tun, aber das ist eine Lappalie im Vergleich zu dem Weh, dem wir abhelfen.«

Er machte eine Pause und runzelte die Stirn. Er hatte

das Gefühl, unangebrachte Dinge zu sagen, und traute sich nicht, Clotilde in die Augen zu schauen. Sie dagegen war gerührt von dieser umständlichen und überflüssigen Verteidigung seines Berufs.

»Du siehst – wie ich gesagt habe: Ich fange von unserem Beruf an und könnte bis zum Abend so weitermachen. Entschuldige, wenn ich dir auf den Wecker falle. Ich wollte ja nur, daß du weißt, wie Mauricio ist, von einem anderen Winkel aus gesehen. Sicher zeigt er dir diese Seite seiner Person nicht, und wenn, dann halb im Scherz. Wir sind die Zahnarztwitze gewohnt, und manchmal, ohne es zu merken, treten wir selbst wie ein Witz auf, um uns vergeben zu lassen. Ich nicht, ich habe nicht den geringsten Sinn für Humor. Habe ihn nie gehabt. Ganz im Gegenteil – ich bin ein solcher Pechvogel, daß die harmlosesten Witze schmutzig wirken, wenn ich sie erzähle. Mauricio ist anders, er hat Esprit und einen ausgeprägten Sinn für Ironie. Manchmal weiß ich nicht, ob er es ernst meint oder mich auf den Arm nimmt. Da kannst du sehen, er, der innerlich so ernst ist, ist nach außen ein Clown, und ich, der ich vom Charakter her ein Luftikus bin, bin in allem anderen eine ganz trübe Tasse. Na, ich rede schon wieder am Thema vorbei. Was ich dir sagen wollte, ist nicht das. Nicht einmal, was ich dir vorhin über die Zahnärzte gesagt habe, das sollst du nur berücksichtigen. Hier«, fügte er übergangslos hinzu, »ißt man sehr gut. Ich bin eher gegen die Nouvelle Cuisine. Ich halte sie für einen Unsinn. Für mich, wo es ein Filet mit fritiertem Paprika gibt ... Aber das war ausgezeichnet. Ein bißchen wenig für meinen Geschmack, aber jedenfalls hervorragend.«

Eine Weile starrte er zerknirscht auf den leeren Teller, als bereute er es, etwas so Gutes und schön Serviertes gegessen zu haben, und dann fuhr er, ohne aufzuschauen oder den Ton zu verändern, fort:

»Mauricio hat Fehler wie alle, und sicher hat er ab und zu

etwas falsch gemacht. Wer hat nicht schon Fehler gemacht, die ihm nachher leid tun, wenn die Dinge schon geschehen sind und nichts mehr zu ändern ist. Um das zu vermeiden, müßten wir die Konsequenzen jeder Handlung bedenken, die unmittelbaren und ferneren Konsequenzen. Und nicht einmal dann könnten wir sicher sein ... Aber er liebt dich sehr, Mauricio. Er würde alles für dich tun, und für dich würde er auf alles verzichten. Für dich würde er alles aufgeben. Jetzt würde er sogar dich aufgeben, wenn er dächte, daß das das Beste für deine Karriere oder dein Glück ist oder für was weiß ich, ich verstehe ja nichts davon. Und ich weiß auch nicht, warum ich die Nase in Dinge stecke, die mich nichts angehen.«

»Weil du ein guter Freund bist, Rabus.«

»Ich weiß nicht. Moralische Urteile sind mir ...«

»Ich weiß es, und was du getan hast, daß du mich hierhergebeten und mir diese Dinge erzählt hast, das ist sehr edel von dir. Aber was mir wichtig zu sein hat, ist nicht, was Mauricio für mich empfindet, sondern was ich für Mauricio empfinde. Nicht aus Egoismus, sondern um Entscheidungen zu verhindern, die aus falschen Gründen getroffen werden, in einem Moment der Schwäche oder der Schwärmerei. Sich geliebt zu fühlen ist für jedermann sehr schmeichelhaft, und für eine Frau erst recht. Man hat uns aufgezogen, um zu gefallen, und erst wenn wir zärtliche Gefühle wecken, glauben wir uns verwirklicht zu haben. Und da Gefühle gefälscht werden können und sich ganz von selbst verändern und ausbrennen, leben wir in einem dauernden Zustand der Unsicherheit. Aber wir dürfen nicht der Versuchung erliegen, dem Erstbesten in die Arme zu fallen, der uns liebt und schwört, daß er uns immer lieben wird. Ehrlich gesagt, ist das schon viel. Die meisten spielen etwas vor, und sie spielen schlecht. Man merkt ihnen an, daß sie irgendwas sagen, wenn sie nur damit ans Ziel kommen. Ich meine nicht einfach, uns ins Bett zu kriegen. Auch die

Männer müssen sich geliebt fühlen. Vielleicht nicht alle. Vielleicht du nicht, Rabus. Wenn es so ist, hast du Glück. Aber jetzt sprechen wir nicht von dir, sondern von Mauricio und mir. Und nun ist schon alles gesagt, was es dazu zu sagen gibt.«

Rabus neigte den Kopf zur Seite und nahm einen einfältigen Ausdruck an, als hätte dieser sinnlose Dialog seine ganze intellektuelle Energie aufgezehrt. Clotilde brachte das Gespräch wieder auf gastronomische Themen, um ein unerträgliches Schweigen zu vermeiden. Mit dieser und anderen Banalitäten gelangten sie ans Ende des Essens. Zum Glück waren beide mit dem Auto gekommen, so daß der Abschied kurz ausfiel.

Danach fragte sich Clotilde, ob sie in bezug auf Mauricio einen drastischen Entschluß fassen sollte und in welchem Sinn.

Rabus' Argumente erschienen ihr nicht haltbar, aber wenn sie sie sich in Erinnerung rief, verfiel sie unweigerlich in erneute Unsicherheit.

Ihr Widerstand, sich einzumischen, um Mauricio aus der Patsche zu helfen, hatte nicht nur moralische Gründe. Ein Anwalt durfte nicht zimperlich sein, wenn es darum ging, Nachteile für einen Mandanten zu vermeiden. Aber in diesem Fall fiel Mauricios Problem mit dem Bruder der Porritos nicht in ihre Zuständigkeit. Er hatte sich hinter ihrem Rücken in diese Schwierigkeiten gebracht. Ihm seinen Verrat verziehen zu haben war großzügig genug von ihrer Seite.

Aber unausgesprochen hatte Clotilde ihr Schicksal an dasjenige Mauricios gebunden, und jetzt brauchte er sie. Ihm nicht zu Hilfe zu kommen war gleichbedeutend mit einem endgültigen Bruch.

Sie wog diese Möglichkeit ohne Verzweiflung, aber nicht ohne Skrupel ab.

Nachdem sie jahrelang dafür gekämpft hatte, sich von

äußeren Zwängen zu befreien, fehlte ihr die Übung, wenn es darum ging, sich selbst gegenüberzutreten.

Sosehr sie sich den Kopf zerbrach, weder die Stimme der Pflicht noch die des Gefühls drangen an ihr Ohr. Was sie auch tun mochte, sie war zum Zweifel und zur Reue verurteilt.

Schließlich setzten sich ihre Jugend und ihr freundlicher und kämpferischer Geist durch.

Sie rief Mauricio an und fragte ihn, wie die Dinge lägen.

»Oh, sehr gut. Alles hat sich auf ganz einfache und unerwartete Art gelöst.«

Das Ehepaar, in dessen Wohnung der Bruder der Porritos gewohnt habe, hätte das Verschwinden einer bescheidenen Summe zu bemerken geglaubt und ihren Gast der Entwendung bezichtigt. Der habe es vehement bestritten, der Streit sei eskaliert, und schließlich habe der Hausherr, der sich als pensionierter Polizist erwiesen habe, eine Pistole aus der Nachttischschublade genommen, auf den Verdächtigen angelegt, einen Regenmantel über den Pyjama angezogen und den anderen aufs Revier des Viertels gebracht. Da das Malagaer Gericht einen Fahndungsbefehl gegen ihn erlassen habe, reise der Bruder der Porritos in diesem Augenblick in Handschellen gefängniswärts.

Mauricio sei durch diesen Zwischenfall ein Stein vom Herzen gefallen, aber ein ruhiges Gewissen habe er nicht. Tatsächlich sei die Schuld des Bruders der Porritos am Diebstahl unbewiesen, und er habe feierlich seine Unschuld beteuert. Er habe geschworen, nichts von diesem Geld zu wissen, und angeführt, doch nicht so blöd zu sein, daß er für eine unbedeutende Summe seine Freiheit aufs Spiel setze. Hingegen gebe es eine eindeutige Feindseligkeit von seiten des Anklägers, der anscheinend eine Dielenwand mit einem Franco-Porträt geschmückt habe und oft das *Cara al sol* trällere, was zwar keinen direkten

Zusammenhang mit dem Diebstahl habe, aber doch eine Voreingenommenheit gegen die Person des Angeklagten zu vermuten erlaube.

»Das sagen alle«, unterbrach ihn Clotilde, noch immer verärgert über die eigene Naivität im Fall Breto.

Mauricio beharrte nicht weiter darauf. Er hatte soeben eine Konfrontation mit Pfarrer Serapio gehabt, der Zeter und Mordio geschrien und von Mauricio verlangte hatte, zugunsten des Bruders der Porritos zu vermitteln, den er für ein Opfer gesellschaftlicher Vorurteile und einen Märtyrer des Klassenkampfes hielt.

»Selig, die unter der Verfolgung der Justiz leiden!«

Mauricio antwortete kategorisch. Dieb oder nicht, der Bruder der Porritos hatte die Bedingungen der Bewilligung und folglich die Regeln der bedingten Freilassung mißachtet. Wenn Pfarrer Serapio sich für den Festgenommenen verwenden wolle, stehe ihm das selbstverständlich frei. Für Mauricio sei das Problem erledigt.

»Und das Mädchen, wie wird sie es aufnehmen?«

»Wir brauchen ihr überhaupt nicht die Wahrheit zu erzählen. Wir sagen ihr, ihr Bruder habe nach Málaga zurückfahren müssen, was ja auch stimmt, und werde sie später wieder besuchen. Er habe sich nur deshalb nicht von ihr verabschiedet, um ihr den Trennungsschmerz zu ersparen. Wenn wir ihr beide dieselbe Version der Ereignisse erzählen und Señora Marcela sich nicht verplappert, wird die Porritos es ohne weiteres glauben.«

So geschah es. Die Porritos zog die Wahrhaftigkeit ihrer Darstellung nicht in Zweifel, aber nach dem Weggang ihres Bruders war sie sehr niedergeschlagen. Sie verlor völlig den Appetit, zur großen Verzweiflung von Señora Marcela, für die Leben und Essen Synonyme waren.

Die Porritos lag den ganzen Tag im Bett und weinte ununterbrochen. Nicht einmal das Fernsehen brachte sie auf andere Gedanken. Nach kurzem mußte man sie wieder ins Krankenhaus einweisen. Um ihre Mutlosigkeit zu lindern, versprach Mauricio, keine Ruhe zu geben, bis er die Rückkehr ihres Bruders durchgesetzt habe. Natürlich hatte er kein Interesse, dieses Versprechen einzulösen. Die Porritos, die ihm blind glaubte und das Versprechen nicht vergaß, fragte ihn jeden Tag, wie die Verhandlungen liefen und wann sie Ruby wiedersähe. Mauricio antwortete mit Ausflüchten und verfluchte bei sich die eigene Verlogenheit und verfluchte die Porritos, weil sie ihn zwang, ihr so viele Schwindeleien aufzutischen.

Auch Clotilde fühlte sich vom Ausgang der Angelegenheit gedemütigt. Der Entschluß einzugreifen war sie hart angekommen, und am Ende hatte er sich als unnütz erwiesen. Sie hatte sich lächerlich gemacht und empfand sich als hintergangen.

Da sie es satt hatte, bei einem Problem, das einen wichtigen Aspekt ihres eigenen Lebens betraf, ausgegrenzt zu sein, beschloß sie am Ende, der Porritos direkt gegenüberzutreten, ohne jemandem etwas davon zu sagen. Sie kannte den Namen und Vornamen und den Wohnort ihrer vermeintlichen Rivalin nicht, war aber nicht bereit, wegen einer solchen Kleinigkeit auf ihr Vorhaben zu verzichten, und so rief sie in Cervellos Büro an und fragte nach dem Buckel. Die Sekretärin sagte, Señor Cervello befinde sich in einer Sitzung.

»Und wann, glauben Sie, ist die Sitzung fertig?«

»Ach, wenn ich das wüßte. Aber passen Sie auf, geben Sie mir Ihren Namen und eine Telefonnummer, wo man Sie erreichen kann, und sobald er herauskommt, werde ich ihm Bescheid sagen.«

»Gut. Sagen Sie ihm, ich sei Clotilde, von der Kanzlei Macabrós.«

»Oh, es geht um eine Angelegenheit der Kanzlei ...«

»Nein. Es ist eine persönliche Angelegenheit.«

»In diesem Fall seien Sie so freundlich und bleiben Sie

am Apparat. Ich schaue, daß ich Señor Cervello eine Notiz zustecken kann.«

»Danke.«

Nach einigen Sekunden meldete sich die Sekretärin wieder.

»Señor Cervello sagt, sein Tag sei voll, aber wenn Sie gegen ein Uhr ins Büro kommen, wird er versuchen, eine Lücke in seiner Agenda zu finden.«

Cervellos Büro befand sich in einer alten Wohnung in der Ronda San Antonio. Der Aufzug war neu und defekt. Clotilde stieg eine enge Treppe in den dritten Stock hinauf. An einer Tür stand auf einem Messingschild knapp:

CERVELLO
Gutachten

Die Sekretärin war eine üppige Frau mit blond gefärbtem Haar.

»Ich habe vor einer Weile angerufen. Ich bin Clotilde.«

Die Sekretärin schaute sie vorsichtig an.

»Die von der Kanzlei?«

»Ja.«

»Das würde man nicht denken.«

»Ist ja egal. Ist Señor Cervello zu sprechen?«

»Das war doch ein Kompliment! Wir sind aber schlecht drauf heute! Señor Cervello ist mit einer Klientin zusammen. Aber sie reden schon eine Ewigkeit. Ich glaube nicht, daß es noch lange dauert. Ich begleite dich ins Wartezimmer.«

Das Wartezimmer war nur spärlich erleuchtet, und die Aschenbecher quollen von stinkenden Stummeln über. Auf dem Tisch lagen einige abgegriffene, schmierige Zeitschriften. Die Atmosphäre war wie dafür geschaffen, jeglichen Dünkel zu dämpfen.

Nach einer halben Stunde erschien der Buckel.

»Meine innig geliebte Señorita!«

»Ich danke Ihnen, daß Sie mich haben empfangen können.«

»Im Gegenteil, ich muß Ihnen danken für einen so unerwarteten, zauberhaften Besuch. Es tut mir leid, daß ich Sie in dieser Höhle habe warten lassen. Und entschuldigen Sie die Dunkelheit. Ich habe schon tausendmal gesagt, man soll die Glühbirnen auswechseln, aber meine Sekretärin will unbedingt Energie sparen. Natürlich – sie hat ja mehr als genug davon. Sie werden gesehen haben, was für ein Exemplar ...«

Unter solchen von einem matten, stockenden Lachen begleiteten Bemerkungen führte der Buckel Clotilde in ein unordentliches Büro. Nachdem sie sich gesetzt hatten, sagte er:

»Sagen Sie mir, womit ich Ihnen dienen kann.«

»Es geht um ...«

Als er ihr Zögern sah, brummelte er:

»Nehmen Sie sich Zeit, wir haben es nicht eilig. Am Anfang fällt es allen schwer, sich auszuziehen. Danach, wenn sie einmal loslegen, sind sie nicht mehr zu bremsen. Daran bin ich längst gewöhnt, wie Sie sich vorstellen können. Hier kommt niemand her ohne ..., wie soll ich sagen?, ohne pikanten?, ohne pikanten Grund.«

»Ich habe einen Freund ...«

»Ein netter Bursche. Er hat Sie nicht verdient, meiner bescheidenen Meinung nach. Aber er ist ein guter Kerl. Also, was Sie suchen, liegt im Barceloneta-Krankenhaus, Zimmer 62. Sie ist vorgestern eingeliefert worden. Wenn das die Information ist, die Sie einholen wollten, da haben Sie sie auch schon. Wenn Sie zudem den Rat eines Freundes möchten – gehen Sie nicht. Die Tage dieser Frau sind gezählt, und was sie umbringt, ist ansteckend. Legen Sie sich nicht mit ihr an. Sie können bloß verlieren, und Sie haben es nicht nötig. Ihr Freund liebt nur Sie.«

»Steht es so in meiner Akte?«

»Nein. In meiner Kartei gibt es nur nackte Tatsachen. Wo, wann, mit wem. Das Warum füge ich für mich hinzu, aus reinem Vergnügen. Wenn es um die Wurst geht, hat es keine Bedeutung und nützt einen feuchten Staub.«

Er zog eine Schublade auf und ein Holzkistchen hervor. Clotilde dachte, er wolle ihr einige kompromittierende Fotos zeigen, aber er entnahm ihm einen Stumpen und steckte ihn sich zwischen die Lippen.

»Stört es Sie, wenn ich rauche? Man hat es mir zwar verboten, aber Sie sehen …«

Während er das Stinkstück anzündete, warf er Clotilde schräge Blicke zu. Da sie nichts sagte, fügte er hinzu:

»Sie dürfen nicht denken, ich verfolge Ihre Schritte oder die Ihres Freundes. Ihnen zu folgen wäre zwar ein Vergnügen, aber ich stecke meine Nase nicht in Dinge, die mich nichts angehen. Wenn ich Sie beide in meinem Archiv habe, von dem nichts nach außen dringt, da können Sie unbesorgt sein, dann nur aus einem einzigen Grund. Sie arbeiten in einer bedeutenden Kanzlei – wichtige Fälle, großspurige Menschen, Persönlichkeiten aus der Welt der Politik, Wirtschaft, Kunst … Und wer sitzt nicht im Glashaus! Man darf keinen Faden aus der Hand geben. Wenn es sich später als unnötig erweist, um so besser. Denken Sie nur daran, was mit Monsieur Pasquine geschehen ist. Hätte ich ihn auf Schußweite gehabt, hätten wir uns viel Ärger erspart. Auf Schußweite heißt selbstverständlich unter meinen Augen. Warum heiraten Sie nicht? Nicht den Franzmann natürlich. Den Zahnarzt. Der streicht ordentlich Knete ein, und heiraten löst fast jedes Problem.«

»Señor Cervello, ich bin nicht gekommen, um mit Ihnen über mein Privatleben zu diskutieren.«

»Sind Sie sicher?«

»Vollkommen sicher. Ich bin gekommen, weil ich Sie um eine Information und einen Gefallen bitten wollte. Das ändert nichts an der Natur unserer Beziehung. Die Information habe ich bereits. Für den Gefallen stehe ich in Ihrer Schuld. Ich hoffe Sie eines Tages mit einem ähnlichen Gefallen begleichen zu können, aber auf keine andere Art. Bis dahin bleibt jeder von uns auf seinem Platz.«

Der Buckel nahm eine beleidigt-spöttische Pose an.

»Ich verstehe nicht, warum wir nicht Freunde sein können.«

»Mir kommen viele Gründe in den Sinn, aber wie Sie eben gesagt haben, das Warum ist nicht von Bedeutung. Also beschränken wir unsere Kontakte strikt auf das Berufliche. Auf diesem Gebiet respektiere ich Sie. Auf anderen nicht. Wenn Sie meine Freundschaft wollen, werden Sie sie verdienen müssen, und Sie werden sie nicht mit Aufschneidereien und Unverschämtheiten verdienen. Ich möchte nicht unhöflich sein, Señor Cervello, aber ich weiß, wann ich einen Mann in die Schranken weisen muß.«

Mit einem Sprung kam der Buckel von seinem Drehstuhl herunter, auf den er nach dem Eintreten geklettert war.

»Ist es meine Schuld, daß ich bin, wie ich bin?« fragte er mit leichtem Keuchen.

Clotilde war ebenfalls aufgestanden und ging auf die Tür zu. Vor dem Hinausgehen wandte sie sich um und sagte:

»Wenn Sie meine Meinung hören wollen: ja.«

Wieder auf der Straße, fragte sie sich, ob sie in ihrer Strenge mit dem Krüppel nicht zu weit gegangen war, aber bald beruhigte sie sich. Sie empfand kein Mitleid mit ihm, und obwohl Cervello ein gefährlicher Feind sein konnte, sagte ihr der Instinkt, daß noch viel fehlte, bis die Situation ausartetete, und daß dem Buckligen das Spiel einstweilen Spaß machte.

Später jedoch, vor dem Eingang des Krankenhauses, verflog ihre Selbstsicherheit.

Aber da sie nun einmal hier war, faßte sie sich ein Herz, ging geradewegs zu dem Zimmer, das ihr der Detektiv genannt hatte, klopfte sacht an und trat ein, ohne eine Antwort abzuwarten.

Im Zimmer standen zwei Metallbetten, durch einen leichten blaßblauen Vorhang voneinander getrennt. Das offene Fenster mit der halb heruntergelassenen Jalousie ließ eine leichte Brise herein. Ein Winkel des Raums war von den schrägen Sonnenstrahlen hell erleuchtet, der Rest dagegen lag im Halbdunkel. Trotz des Windes, der durchs Fenster hereinkam, war die Luft kränklich, gesättigt vom Geruch nach Medikamenten und organischer Zersetzung.

Das Bett am Fenster war leer, die Matratze mit einem weißen Wachstuch bezogen. Unter dem Bett sah man einen Plastiknachttopf. Im anderen Bett schlummerte eine leichenhafte Frau. Clotilde lief es kalt durch die Adern. Angesichts der Aussicht, vor dieser Frau zu erscheinen, die sie insgeheim gehaßt hatte, verspürte sie jetzt eine gewaltige Schüchternheit, als wären der Eindruck, den sie bei ihr hervorrufen, und damit die Meinung, die sich die Porritos von ihr bilden könnte, bestimmend für ihre Selbstachtung.

Sie blieb reglos und schweigend stehen und studierte die Kranke. Nach einer Weile erschien eine Schwester mittleren Alters.

»Wer hat Sie reingelassen?«

»Niemand. Es hat mich aber auch niemand daran gehindert.«

»Sind Sie eine Angehörige der Kranken?«

»Eine Freundin. Wie geht es ihr?«

»So, wie es aussieht, so ist es.«

»Wird sie mich verstehen, wenn ich zu ihr spreche?«

»Ja. Wir haben sie ein wenig sediert, aber im Kopf ist sie wie Sie und ich. Ermüden Sie sie nicht. Und wenn sie Sie nicht beachtet, kommen Sie an einem anderen Tag wieder. Sie wird nicht von hier weggehen. Ach ja – und berühren Sie nichts.«

»Seien Sie unbesorgt. Ich werde versuchen, sie nicht zu stören.«

»Von stören kann keine Rede sein, im Gegenteil. Sie mögen Gesellschaft, wie alle Menschen. Und solche besucht keiner. Die da noch der verrückte Pfarrer und ihr Freund, und das wär's auch schon. Aber die anderen werden behandelt, als wären sie schon tot.«

»Und wäre es nicht besser ...?«

»Ich weiß es nicht. Tun Sie, was Sie wollen. Wiedersehen.«

Die Krankenschwester ging so abrupt, wie sie gekommen war. Ihre Haltung gab zu verstehen, daß ihr, da sie es immer mit Kranken im Endzustand zu tun hatte, die Probleme der Gesunden nur albern vorkamen.

Clotilde befielen Zweifel, ob diese Frau tatsächlich die Porritos war. Sie hatte keine Angaben, um es zu verifizieren. Sie trat ans Bett. Auf dem Nachttisch standen nur ein leerer Plastikbecher, eine Flasche Wasser und ein Bild des Erzengels Gabriel mit Helm, Brustharnisch und Schwert. Sie zog die Nachttischschublade auf. Darin fand sie ein sauberes, gebügeltes Taschentuch und eine Brieftasche aus rotem Plastik mit Goldverschluß. Sie enthielt einen Personalausweis und ein Foto, auf dem sie Mauricio, aber nicht die Frau neben ihm erkannte, obwohl es zweifellos dieselbe war, die sie jetzt vor ihren Augen hatte. Das Foto war im Sommer aufgenommen worden, an einem Strand, unter einem Rohrgeflecht. Sie legte alles wieder zurück und schloß die Schublade.

Als sie das Geräusch hörte, blinzelte die Kranke. Das deutete Clotilde als Einladung, und sie sagte ihr ins Ohr:

»Ich bin Clotilde. Du weißt ja: Mauricios Freundin. Wir hätten uns schon lange kennenlernen sollen. Oder auch nicht. Ist ja egal. Jetzt ist es geschehen.«

Nichts im Aussehen der Kranken ließ darauf schließen, daß sie die Mitteilung vernommen hatte. Clotilde fügte hinzu:

»Kann ich etwas für dich tun?«

Da sie keine Antwort bekam, hielt sie es für sinnlos weiterzusprechen. Die Porritos und sie gehörten zwei unversöhnlichen Welten an. Mauricios Bild vereinte sie an der Oberfläche und die Einsamkeit etwas tiefer. Außerhalb dessen gab es keine Kommunikation. Der Fluch hätte sie alle treffen können, aber es war nicht so gewesen. Nur die Porritos war ihm erlegen. In ihrem Unglück lag aber nichts Romantisches. Clotilde empfand weder Rivalität noch Mitleid, nur die Sinnlosigkeit, die jetzt sie einholte, und zwar mit so willkürlicher, ungerechter Absicht, wie sie gegen die Porritos wütete.

Nun starb die Porritos und hinterließ ihnen beiden eine Erbschaft von Nichtigkeit, die sie für den Rest ihres Lebens begleiten würde. Verglichen mit dieser unheilvollen Liebe empfand sie die eigenen Gefühle als unbedeutend.

Sie ging auf Zehenspitzen hinaus. Vor dem Krankenhaus nahm sie ein Taxi und nannte die Adresse des Büros.

Auf halbem Weg begann sie unversehens zu weinen. Der Taxifahrer wußte nicht, was er tun sollte.

»Geht es Ihnen nicht gut?«

»Doch. Es ist nichts. Sie hätten nicht zufällig ein Kleenex?«

»Nein. Ich benutze ein Taschentuch, und es ist nicht gerade sauber, um ehrlich zu sein. Soll ich Sie irgendwohin bringen?«

Die Frage war nicht so fehl am Platz, wie es aussah.

»Fahren Sie mich bitte nach Hause.«

»Das ist in solchen Fällen das beste. Wenn es irgendein Problem gibt, ist man nirgends so gut aufgehoben wie zu Hause. Aber Sie werden mir die Adresse sagen müssen.«

Zum Glück war niemand zu Hause. Clotilde legte sich aufs Bett und weinte eine ganze Weile, ohne genau zu wissen, warum. Nachdem sie sich beruhigt hatte, stand sie auf, trank mehrere Glas Wasser und rief im Büro an, um sich für ihr Ausbleiben zu entschuldigen. Dann duschte sie, wusch sich die Haare, zog frische Kleider an und trat auf die Straße hinaus.

Als sie an der Pförtnerloge vorbeikam, übergab ihr der Pförtner einen Brief.

»Für Sie. Er kommt von weit her und ist soeben eingetroffen.«

Er war von Verónica.

Clotilde hatte seit ihrer Flucht mit Rubén nichts mehr von ihrer Kusine gehört, und obwohl sie ihr gegenwärtig war und sie sich oft fragte, was aus ihr geworden sein mochte, wagte sie es nicht, ihren Onkel oder die Tante um Nachrichten zu bitten, da sie nach wie vor mit ihnen verfeindet war. Jetzt stillte der Brief ihre Neugier.

Seit ihrer Flucht aus Barcelona lebten Rubén und Verónica in Tel Aviv. Sie waren glücklich und noch immer verliebt, und das Zusammenleben verschaffte ihnen viel Freude und Befriedigung, obwohl es zwischen ihnen Differenzen aller Art gab. Verónica hatte erfolglos Arbeit zu finden versucht. Das Land durchlief gerade eine schwierige Phase, aber trotzdem kamen die Emigranten weiterhin in Scharen, viele davon mit einer guten Berufsausbildung, so daß die Konkurrenz auf sämtlichen Gebieten groß war. Das und der Umstand, daß sie nicht Jüdin war und auch nicht Hebräisch sprach, erschwerten ihre Versuche. Jetzt trug sie sich mit dem Projekt, einen Kleider- oder vielleicht Accessoireladen im Dizengoff zu eröffnen, einem Einkaufszentrum mitten in Tel Aviv.

Sie wirkte sehr munter.

Der Brief schloß mit den Sätzen: »Warum kommt Ihr uns nicht besuchen, Mauricio und Du? Falls Du noch mit ihm zusammen bist natürlich. Das hoffe ich, er war mir außerordentlich sympathisch. Bei uns gibt es mehr als genug Platz, und da wir Kusinen und Cousins sind, haben wir ein vertrautes Verhältnis zueinander. Los, rafft Euch auf. Wir werden nach Jerusalem fahren und Ablaß erhalten und fantastische Ausflüge machen.«

Clotilde erschien die Einladung wie ein Geschenk des Himmels.

Am selben Abend schlug sie es Mauricio vor.

»Das wird ja mordslustig werden«, sagte er.

»Witzig wie immer.«

Mauricio hielt es für undurchführbar, jetzt die Arbeit niederzulegen, aber Clotilde ließ nicht locker, da sie wußte, daß sie Rabus zum Komplizen hatte. Sie rief ihn an, und sie verständigten sich. Tags darauf sprach Rabus mit Mauricio, ohne das Gespräch vom Vorabend zu erwähnen.

»Warum nimmst du nicht ein wenig Urlaub?«

»Das hat mir gestern schon Clotilde gesagt. Als hättet ihr euch verschworen.«

»Vielleicht haben wir das.«

»Und die Arbeit?«

»Wird aufgeschoben. Die Sekretärin macht einige Anrufe, verlegt die Visiten, und alles ist in bester Ordnung. Als hättest du eine starke Grippe bekommen.«

»So schlecht seh ich aus?«

»Du bist erschöpft. Wenn du nicht eine Pause machst und dich entspannst, kippst du plötzlich um, und das wäre dann wirklich ein ernsthaftes Problem.«

Verónica und Rubén wohnten in einem schönen, geräumigen Appartement in der Nähe der alten Stadtmauer von Jaffa. Von der Terrasse aus sah man Teile der Mauer und etwas weiter entfernt die Strandpromenade und die modernen Häuser und Lichter von Tel Aviv.

Gegen Abend versank die Sonne im Meer, und es kam eine laue Brise auf, die die Schwüle ein wenig linderte. Dann setzten sich die vier auf die Terrasse und kommentierten die Ereignisse des Tages.

Nie fehlte es ihnen an Themen.

»Tel Aviv ist eine angenehme Stadt«, sagte Clotilde. »Jerusalem dagegen hat mir überhaupt nicht gefallen. Es ist häßlich und bedrückend. Im Lauf der Geschichte haben Juden, Moslems und Christen aus ihm die Welthauptstadt der Frauenfeindlichkeit gemacht.«

»Bravo«, sagte Verónica.

Ermuntert von der Reaktion ihrer Kusine, fuhr Clotilde fort:

»Die Klagemauer kam mir so kläglich vor, wie der Name besagt. Die Kulisse ist beeindruckend, aber das Schauspiel dieser gestandenen Männer, die sich den Kopf blutig schlagen und Bibelverse herunterleiern, das ist lächerlich und bedrückend.«

Mauricio dachte ähnlich, aber aus Respekt vor seinem Gastgeber schwieg er. Verónica gab ihrer Kusine recht, und Rubén, zur unverdienten Zielscheibe der Kritik geworden, lachte und ließ sie reden. Insgeheim war er mit seinen Gästen einverstanden, aber manchmal glaubte er sich verpflichtet, auf die Kritiken zu antworten, einerseits aus dem Wunsch, die Dinge zurechtzurücken, und anderseits aus Sinn für Gastfreundschaft. Mit Stillschweigen zu antworten hätte er für unhöflich gehalten.

»Glaubt nicht, daß ich positiv sehe, was ihr als Mischung aus Überheblichkeit und Aberglauben empfindet. Mich regen die religiösen Extremisten noch mehr auf als euch, weil sie den alten Traum eines weltlichen, modernen, kosmopolitischen Landes zerstören – drei Eigenschaften, die die intellektuelle Einstellung der Juden während der letzten Jahrhunderte charakterisiert haben. Und es tut mir weh, wenn ich sehe, wie die in Israel geborenen Kinder, Erben dieser Utopie, gezwungen werden, ihr Leben dem Studium wirrer, archaischer und zu einem guten Teil unsinniger Texte zu widmen, anstatt in aller Freiheit heranzuwachsen. Aber ihr dürft eine Religion oder eine bestimmte Art, die

Religion zu verstehen, nicht so streng beurteilen, nur weil sie sich nicht mit der euren deckt. Und sagt mir nicht, ihr seid keine Christen, ihr seid es nämlich, auch wenn ihr euch als Atheisten deklariert und die Religion als Opium fürs Volk bezeichnet. Ihr Christen habt eine so bequeme Religion, daß ihr darin leben könnt, ohne es zu merken. Oft höre oder lese ich von einem Christen: Ich bin gläubig, aber ich praktiziere nicht. Was für ein Unsinn! Nur das Christentum ist in der Lage, seiner Kundschaft so entgegenzukommen. Das Christentum ist eine Religion römischen Ursprungs, das heißt, die Religion einer Wohlstandsgesellschaft, die so stabil ist, daß sie auf Symbole verzichten kann, und so sicher und gegen äußere Angriffe geschützt, daß sie Windbeutel als Götter haben und diese zu Hause verehren kann.

Auf so etwas konnten die Juden – und auch die Araber – nie hoffen. Jahrtausendelang hatten sie, weil sie Nomaden waren oder getrennt wurden, nie eine feste, beständige Heimat, wo Gott oder die Götter Hausbesuche machen konnten. Um der Gottheit zu begegnen, mußten sie durch die halbe Welt reisen, Wüsten durchqueren, Hunger, Durst und Not leiden, bis sie schließlich, wenn der Tod sie nicht auf halbem Weg überraschte, vor eine Mauer oder einen Schwarzen Stein gelangten, wo vielleicht Gott war oder auch nicht, aber wo sie am Ende das Gefühl hatten, irgendwo angekommen zu sein, nach einer langen, schmerzlichen Reise ihre Identität zu finden.

Im Vergleich dazu sind das Heilige Grab oder der Vatikan touristische Phänomene. Und die kommen uns zustatten. Wir Abendländer oder Westler, zu denen auch ich mich zähle, verstehen die Welt in ästhetischen Begriffen. Religion, Kultur, Politik, alles entspricht ästhetischen Kriterien. Harmonie, Vielfalt und Rhythmus, das ist das einzige, was zählt, der Inhalt ist das wenigste. In der abendländischen religiösen Kunst verändert sich das Gottesbild alle zwanzig Jahre. Wenn Europa die Romanik satt hat, erfindet es die

Gotik, dann die Renaissance und so weiter bis heute. Die europäischen Monarchien sind ein von Nero erfundenes Schauspiel, das von Ludwig XIV. zum Paroxysmus geführt wurde. Die Französische Revolution – ein weiteres wundervolles Spektakel. Vom Faschismus nicht zu reden.

Aus diesem Grund verstehen wir diejenigen nicht, die die Welt in philosophischen Konzepten begreifen. Wir können nicht verstehen, daß jemand einen Stein verehrt oder vor einer Wand in Verzückung gerät, und zwar nicht wegen ihrer künstlerischen Anlage oder weil sich da etwas Wunderbares ereignet hätte, sondern weil hier die Gottheit wohnt.«

Rubén ließ sich leicht von seiner eigenen Beredtheit und seinem flüssigen, etwas archaischen, deklamierenden Spanisch mitreißen.

Verónica machte sich über ihn lustig und nannte ihn eine Mischung aus Prophet und Bolerosänger. Rubén wurde nicht ärgerlich. Er antwortete, sie würden sich nie verstehen, denn er sei ein Mystiker. Mauricio dagegen sei Hegelianer und Clotilde Kalvinistin.

»Und ich?« fragte Verónica.

»Du bist römisch-katholisch: intelligent, amüsant, schön und ein klein wenig lasterhaft.«

»Ist es nicht süß, mein beschnittenes Goldstück?« rief Verónica und setzte sich Rubén auf die Knie.

Aber er schob sie sanft beiseite und setzte seine Rede fort.

»Und alles, was ich eben gesagt habe, wird hier deutlich, nicht in der Theorie, sondern in der täglichen Wirklichkeit. Israel ist ein einmaliger Fall in der Welt. Alle Länder haben immer unter ständigen Kriegen gelitten, es gibt kein Gebiet, das nicht ein dauerndes Schlachtfeld gewesen wäre. Aber alle waren es aus praktischen Gründen. Nur hier sind die Metzeleien immer im Namen Gottes begangen worden. Um Jehova gegen Astarte oder Jupiter Capitolinus zu verteidigen – oder Christus gegen den Koran.«

»Und jetzt Herzl gegen den Koran?« fragte Mauricio.

»Herzl? Pah, wer erinnert sich noch an den? Die meisten Israelis wissen nicht, wer Herzl ist, sie haben nicht einmal seinen Namen gehört. Aber alle erinnern sich daran, daß es einen detaillierten Plan gab, um die jüdische Rasse vom Antlitz der Erde zu tilgen. Und nicht nur einen Plan.«

»Der Würgengel«, sagte Mauricio.

Es sah aus, als wollte er noch etwas hinzufügen, aber er verstummte plötzlich verzückt, als hätte ihn ein echter, finsterer Engel mit seinem Flügel gestreift.

Nach einem Augenblick, als er aller Blicke erwartungsvoll auf sich gerichtet sah, sagte er hastig:

»Die Schuld an allem Übel trägt der Monotheismus.«

Er machte eine Pause, um seine Gedanken zu ordnen, und fügte hinzu:

»Wenn es Gott nicht gibt, aber der Mensch an irgendein höheres Wesen glauben muß, dessen Absichten das Universum leiten, das Rätselhafte rechtfertigen und das Schreckliche entschuldigen, dann ist das beste ein zivilisierter Polytheismus. Die Götter des Olymps können schrecklich sein, aber sie sind auch sympathisch. Ein einziger Gott, zu ewiger Einsamkeit verdammt, muß zwangsläufig streng und grausam sein.«

»Von diesen Dingen verstehe ich nichts«, sagte Verónica. »Der Gottheit am nächsten ist für mich Manolo Blahnik, aber daß der Monotheismus am schlimmsten sei, wie du sagst, stimmt nicht. In Mexiko habe ich ein wenig die aztekische Religion studiert, und ich schenk sie dir. Hunderte von Göttern, und einer blutrünstiger als der andere. Und alle häßlich wie die Nacht.«

»Ist doch egal«, sagte Clotilde. »Alle Religionen sind unheilvoll. Aber unter gleichen Bedingungen ist die jüdische die verstaubteste.«

Als sie später mit Mauricio allein im Zimmer war, sagte sie:

»Ich wollte nicht alles sagen, was ich dachte, um nicht beleidigend zu sein.«

»Zum Glück.«

»Ich mag Rubén, weißt du. Es ist ein Jammer, daß er hier verkümmert.«

»Verkümmert? Das verstehe ich nicht.«

Mauricio dachte, im Vergleich zu ihm führe sein Vetter ein interessantes, aufregendes, höchst sinnvolles Leben.

»Dieses Land ist eine Illusion«, sagte Clotilde.

Am nächsten Tag fuhren sie in die Wüste und badeten im Toten Meer. Mauricio und Clotilde hatten von seinen Eigentümlichkeiten gehört, aber trotzdem fanden sie die Erfahrung überraschend.

Es war sehr heiß, und die Sonne fiel senkrecht auf die verbrannte Erde und das stille, metallische Wasser herab.

Clotilde und Verónica hatten sich das Gesicht mit einem dicken grauen Schlamm eingeschmiert, den man ihnen in einem Thermalbad verkauft hatte, und lachten einander aus.

Das Meerwasser war so dicht, daß sie gleichsam darauf schwebten. Mauricio erinnerte sich an die Föten in Formalinflaschen, die er in seiner Studienzeit gesehen hatte.

Nach dem Mittagessen in einem typischen Restaurant aus Bohlen und Blech mitten in einer Oase legten sie sich unter dichtbelaubten Bäumen in den Schatten und ruhten sich aus.

»Hier ist alles merkwürdig«, sagte Mauricio.

»Und das gefällt dir?« fragte Clotilde.

»Ja, ich habe das Gefühl, ich sei weit weg von allem. Es ist wie neu geboren werden. Geboren werden ist nicht sehr lustig, aber es begleicht alle Rechnungen, und sei es nur, um neue entstehen zu lassen.«

»Hast du etwas von Barcelona gehört?«

»Nein, warum fragst du?«

»Manchmal wirkst du wie betäubt, als wärst du plötzlich

ganz weit weg. Vergiß es, macht nichts. Das ist ganz normal.«

Clotilde hatte ihm nichts von ihrem Besuch im Krankenhaus erzählt, aber innerlich hatte sich ihre Einstellung zu der ganzen Geschichte radikal verändert. Jetzt fühlte sie sich Mauricio sehr viel stärker verbunden, als teilte sie mit ihm die Verantwortung für das Schicksal dieser ungerecht verurteilten Frau.

Schließlich war der Augenblick der Rückreise gekommen.

Am Vorabend plauderten sie auf der Terrasse wie üblich.

Mauricio war das Land wie ein Brennpunkt unlösbarer, unnötiger Konflikte erschienen. Das stieß ihn ab, stimulierte ihn aber gleichzeitig. Einerseits freute er sich darauf, von hier wegzukommen und in eine normale Situation zurückzukehren, anderseits wäre er gern auch eine Zeitlang hiergeblieben.

Rubén zog Bilanz, damit seine Gäste mit einer umfassenden Vorstellung der Situation heimkehrten.

»Ich bin weder optimistisch noch pessimistisch. Optimismus und Pessimismus sind zwei Arten, die Zukunft vorherzusagen, wie die Astrologie und das Tarot, und ich glaube an beide nicht. Hingegen glaube ich an dieses Land oder wenigstens an dieses Projekt. Was die Gefahr betrifft, ich weiß nicht, ich habe den Eindruck, das Gefühl, ständig seine Haut zu riskieren, bringt einen nicht zum Verzagen, sondern macht Mut. Es ist, wie wenn man einen Abenteuerfilm sieht. Manchmal gehe ich ins Kino, um mir einen Actionfilm anzuschauen, und denke: Ach, das sehe ich doch täglich auf der Straße. Und beim Hinausgehen halte ich mich für Sylvester Stallone.«

»Das sagst du, weil du unverantwortlich bist«, sagte Verónica. »Hätten wir ein Kind, dann würden wir ja sehen, ob du immer noch so denkst.«

Das sagte sie so ernsthaft, daß alle sie anblickten. Sie lachte.

»Macht doch nicht so ein Gesicht, zum Donnerwetter. Ich bin nicht schwanger.«

Mauricio, der Clotilde und Verónica zweimal bei angeregtem Tuscheln ertappt hatte, dachte, Rubéns Tage in Israel seien gezählt, wenn er Verónica nicht verlieren wolle. Er zögerte, ob er ihn darauf aufmerksam machen sollte oder nicht, aber er beherrschte sich. Schließlich, dachte er, wenn sich Frauen auf etwas versteiften, nützte alles nichts.

Sowie sie in Barcelona eintrafen, ging Mauricio ins Krankenhaus. Die Porritos lag im Koma. Dr. Sánchez bezeichnete ihren Zustand als irreversibel.

»Man kann nur noch warten.«

Mauricio verspürte tiefe Betrübnis.

»Niemand hat dich so geliebt und wird dich je wieder so lieben«, sagte Clotilde.

Das hörte er nicht gern.

»Man darf Unglück nicht mit Größe verwechseln. Jung zu sterben ist kein Verdienst.«

Er ging jeden Tag nach Feierabend ins Krankenhaus. Die Tage wurden zusehends kürzer, aber die Luft war noch warm. Die Septembergewitter waren vorbei, und die Zeit der bedeckten Himmel und Novemberregen war noch nicht gekommen.

Mauricio wünschte sich, dieser makabre Rhythmus von Arbeit und Krankenhausbesuchen möchte bald zu Ende gehen, aber es war ihm bewußt, daß der Tod der Porritos in seinem Leben ein Vakuum hinterlassen würde, und er kämpfte, um die mächtigen Bande zu zerreißen, die man zu Schwerkranken unweigerlich knüpft. Alles schien sich nur um die Sterbende zu drehen.

Die Porritos lag zwei Wochen im Koma.

Nach ihrem Tod brachte man sie in die Leichenhalle. Sie hatte einmal gesagt, sie wolle eingeäschert werden, aber Pfarrer Serapio widersetzte sich kategorisch mit dem Argument, die Kirche lasse die Reduktion der Leichen auf Asche nicht so ohne weiteres zu.

Mauricio fragte ihn nach dem Grund für dieses Verbot, und der Arbeiterpfarrer wußte keine Antwort. Schließlich sagte er:

»Um die Dinge am Tag des Jüngsten Gerichts nicht noch komplizierter zu machen.«

Da er sich um sämtliche Formalitäten kümmerte, mochte ihm Mauricio nicht widersprechen. Im Grunde ließ ihn die Sache kalt, und die Argumente der Verleumder der Feuerbestattung schienen ihm so unhaltbar wie die der Verfechter.

»Mir ist es lieber, wenn Erde zu Erde und Staub zu Staub wird«, sagte er nur.

Die beiden waren allein im Aufbahrungsraum. Señora Marcela war, in einem Sessel versunken, den ganzen Nachmittag hier gewesen und hatte schniefend den Rosenkranz gebetet. Dann ging sie, weil sie, wie sie sagte, eine Maschine waschen müsse.

»Ich werde morgen zur Beerdigung kommen.«

»Gehen Sie ruhig, Señora Marcela. Sie haben mehr für sie getan als sonst jemand auf der Welt.«

Bei diesem Satz brach sie in lautes Weinen aus. Mauricio wäre ebenfalls gern gegangen, aber er genierte sich, die Verstorbene allein zu lassen.

Als es dunkel wurde, erschienen die Freunde der Porritos, die sie am Weihnachtstag besucht hatten. Tags zuvor hatte Señora Marcela ihre Telefonnummer gefunden und sie benachrichtigt. In einem Kinderwagen brachten sie ein Baby mit, da sie es bei niemandem hatten lassen können. Die Frau schien eher besorgt als bekümmert.

»Die Ärmste, sie hat doch gar nichts getan, um das zu verdienen, oder?«

Da niemand antwortete, wiederholte sie die Frage. Ihr Mann sagte knapp:

»Halt doch endlich den Mund, verdammt, die Wege des Herrn sind unerschwinglich.«

Als es die Stimme seines Vaters vernahm, begann das Baby zu plärren, und sie gingen.

Nach einer Weile erschien Brihuegas. Mauricio freute sich über das Wiedersehen. Der alte Kämpe hatte sich mit einer gewissen Eleganz gekleidet. Da es ein regnerischer Tag war, trug er einen kurzen, dunkelgrünen Trenchcoat.

»Ich bin gekommen, um einer ehemaligen Kampfgenossin die letzte Ehre zu erweisen, zum Teufel.«

»Das werde ich nutzen, um etwas zu mir zu nehmen«, sagte Mauricio. »Heute mittag habe ich fast nichts gegessen, und jetzt bin ich ganz schwach. Ich komm in einer halben Stunde wieder, und dann erzählst du mir, was du so treibst.«

Gegenüber der Leichenhalle gab es zwei Cafeterias, beide geschlossen. Es hatte wieder zu regnen begonnen. Er bog um die Ecke und ging einige Meter weiter, bis er auf ein leeres, nüchternes Gasthaus traf. Er setzte sich an einen Tisch und bestellte ein Stück Tortilla und ein Bier. Er hatte keinen Appetit, und der wurde auch durch den Ort und die kalte, klumpige Tortilla nicht angeregt.

Als er fertig war, sah er Brihuegas hereinstürzen. Das ärgerte ihn, denn er hatte mit einem längeren Besuch gerechnet, so daß er sich mit seinem ehemaligen Arbeitsgenossen hätte unterhalten können. Er winkte ihm zu, doch der andere ging direkt zur Theke, schlüpfte aus dem Regenmantel, schüttelte ihn aus und bestellte ein Glas Wein. Als er sich umdrehte, erblickte er Mauricio. Er ließ sich das Glas erneut füllen und setzte sich an den Tisch.

»Gehst du schon?«

»Diesen Kerl sollte man hinter Gitter bringen.«

»Wen?«

»Den Scheißpfaffen.«

»Was ist denn geschehen?«

Nachdem Mauricio den Aufbahrungsraum verlassen hatte, hatte Pfarrer Serapio angefangen, Beschimpfungen gegen den eben Eingetroffenen auszustoßen, und ihn der Feigheit, Illoyalität und Korruption bezichtigt.

»Aus heiterem Himmel, Himmel, Arsch und Zwirn. Und mit lautem Gebrüll. Seine Pöbeleien waren im ganzen Laden zu hören. Krethi und Plethi hat sie gehört, sogar die Toten, hast du noch Töne? Ich habe natürlich keine Antwort gegeben, aus Respekt vor dem Ort und vor allem aus Respekt vor der Verstorbenen. Hat man so was schon gesehen! Und die Arme daneben aufgebahrt!«

»Das darfst du nicht allzu ernst nehmen. Es geht ihm näher, als er selber glaubt.«

Brihuegas trank den Wein aus und schaute erstaunt durch den Boden des Glases auf den Tisch.

»Die Jahre vergehen, alles verändert sich, aber einige müssen ums Verrecken weiter im Untergrund leben. Es ist, als würde ihnen die Diktatur fehlen. Sie können nichts anderes als sich beklagen und protestieren. Einfach dagegen sein, gegen alles vom Leder ziehen und darauf warten, daß sie verhaftet werden, als würden sie damit etwas zur guten Sache beitragen. Aber das ist ihr Bier. Das Volk wird sie wegschieben, und die Geschichte wird vergessen, daß es sie gegeben hat. Man muß sich der Wirklichkeit anpassen, mein Junge. Wenn du dich nicht anpaßt, sitzt du in der Scheiße. Und die Arme daneben aufgebahrt!« Er stützte sich mit den Händen auf den Tisch und stand auf. »Also dann, ich gehe. Solche Sachen machen mich traurig, und vor allem in so beschissenen Zeiten.«

»Du brauchst nicht zu zahlen. Ich habe gegessen und lade dich ein.«

»Ich versuche, morgen zur Beerdigung zu kommen. Ich habe zwar jede Menge zu tun, aber ich werde versuchen, dem Begräbnis nicht fernzubleiben. In diesen Tagen bin ich total gestreßt, aber ich möchte nicht versäumen zu kommen. Mit der Porritos geht eine Epoche dahin. Obwohl es einige gibt, die das nicht einsehen wollen, aber es ist so. Eine ganze Epoche beerdigen wir morgen. Wirklich beschissen.«

Mauricio fragte sich, was die Porritos getan haben mochte, um die Symbolfigur zu werden, als die sie der alte Kämpe nun darstellte. Wahrscheinlich war sie seinerzeit das Maskottchen dieser einfältig-verwegenen Gruppe gewesen, ein frivoler Augenblick in einem Leben voller Gefahren, Vorsichtsmaßnahmen und Verdächtigungen. Vielleicht hatte sie unbewußt versucht, sich aus dieser traurigen dekorativen Rolle zu befreien, indem sie sich Mauricio in die Arme geworfen hatte. Bei ihm hatte sie die Möglichkeit gesucht, ein ganz normales, ein wirklicheres Leben zu führen. Aber das Glück war ihr feindlich gesinnt gewesen, und jetzt lag sie da, wiederum ein Symbol einer verlorenen Illusion, vertrieben durch etwas Neues, Schreckliches und Dunkles, gegen das weder Pakte noch Verschwörungen halfen.

Beim Verlassen des Lokals nahm der Regen zu. Als Mauricio in den Aufbahrungsraum zurückkehrte, war Pfarrer Serapio gegangen. An seiner Stelle traf er Manolo Villares.

»Ich bin gekommen für den Fall, daß du mich brauchst, aber als ich sah, daß keiner da war, wollte ich schon gehen. Du, ich bin schon etwas nervös geworden. Es ist eines, an der Uni Autopsien zu machen, und ein anderes, mit einem Bataillon Leichen allein zu sein – mit dem größten Respekt gesagt.«

»Du weißt ja nicht, wie dankbar ich dir für dein Kommen bin, Rabus. Ich will auch gehen. Hier wird bestimmt gleich geschlossen, und hier haben wir nichts mehr verloren. Hast du schon gegessen?«

»Geschlungen, und du?«

»Mehr oder weniger. Gehen wir was trinken. Ich mag jetzt nicht allein sein, aber ich habe auch keine Lust, Clotilde anzurufen.«

»Ist doch klar. Hast du Lust auf eine Nutte?«

»Nein. Ich bin schon mit einem Glas zufrieden.«

Zur Beerdigung der Porritos kamen mehr Leute, als Mauricio vorhergesehen hatte. Unter den Anwesenden erkannte er auch das Ehepaar von der Eisenwarenhandlung in Santa Coloma und vermutete, sie seien mit anderen Mitgliedern der Bürgervereinigung gekommen. Die Porritos war im Viertel bekannt gewesen. Die meisten waren normal gekleidet, als hätten sie nur eben für einen Augenblick ihre Verrichtungen unterbrochen, um hierherzukommen. Auf einem der hintersten Bänke saß Brihuegas. Mauricio setzte sich in die erste Reihe. Neben ihm hatte Señora Marcela in Begleitung ihrer Tochter Platz genommen, die unentwegt allen zulächelte, als befände sie sich auf einer Tanzparty.

Der feierliche Akt wurde von Pfarrer Serapio zelebriert. Mauricio hatte ihn noch nie Priesterfunktionen ausüben sehen, und als der Arbeiterpfarrer nun in einem Meßgewand aus Kunstfaser gestikulierte und die rituellen Formeln aussprach, wirkte er auf ihn wie eine Parodie. Die Predigt war lang und wirr. Wahrscheinlich hatte er getrunken, und nun lallte er. Nach vielen Verschwommenheiten und Wiederholungen verlor er den Faden. Dann nahm er die Predigt in einem kräftigeren Ton wieder auf.

»Der Mensch, den wir heute verabschieden gekommen sind, war wie ein Engel. In unseren Zeiten klingt dieser Begriff unangemessen, ich weiß. Heutzutage erklärt die Wissenschaft alles, und was sie nicht erklären kann oder nicht zuläßt, betrachtet man als Fantasterei oder Albernheit.

Von Engeln sprechen höchstens Kinder oder Schwule. Ihr mögt von mir denken, was ihr wollt. Aber es gab eine Zeit der Probleme und der Angst, in der Ideale und die Würde teuer bezahlt und Anstrengungen nicht unternommen wurden, um eine Belohnung zu erhalten, und in dieser Zeit, von der ich spreche, war sie wie ein Engel, geschickt, um in den Momenten der Schwäche Mut zu machen und Trost zu spenden. Einige werden wissen, was ich meine, auch wenn sie sich nicht mehr erinnern oder erinnern wollen. Andere, die sich sehr wohl erinnern, mögen vielleicht sagen, die Porritos habe sich nicht wie ein Engel benommen, ihr Verhalten sei nicht vorbildlich gewesen. Aber schon der heilige Augustin hat gesagt, Engel seien nicht Engel, um makellose Geister zu sein, sondern um geschickt zu werden. Und in diesem Sinn … Nun, verdammt noch mal, mit ihr geht eine ganze Epoche dahin.«

Von Rührung gepackt, schwieg er wieder, speichelte kräftig, murmelte einen Fluch, den das Mikrophon durch die ganze Kapelle trug, und wandte dem Publikum den Rücken zu.

Mauricio war beeindruckt, daß sowohl Pfarrer Serapio wie Brihuegas, ohne sich zuvor abgesprochen zu haben, in diesem Punkt gleicher Meinung waren. Rein zufällig, ohne es beschlossen oder etwas damit zu tun zu haben und ohne über eine entsprechende Eigenschaft verfügt zu haben, hatte die Porritos am Schluß den Schmerz und die Wut einer Generation verkörpert. Mauricio hatte eine andere Facette ihrer Persönlichkeit gekannt, vielleicht die intimere, aber vielleicht auch die unwichtigere.

Er dachte, man hätte irgendeine Musik spielen sollen, vielleicht eine der Rancheras, die die Porritos so hingebungsvoll und so wenig anmutig auf den Versammlungen des Arbeiterpfarrers gesungen hatte.

Auf der Straße draußen traten mehrere Leute zu Mauricio und sprachen ihm ihr Beileid aus. Er wußte nicht, welche Haltung von ihm erwartet wurde, aber da er diese guten Leute nicht enttäuschen mochte, dankte er ihnen ernst.

Der Himmel war noch immer bedeckt, aber es regnete nicht.

Nachdem er sich von der Trauergemeinde verabschiedet hatte, stand er allein vor dem Kapelleneingang. Vom Sarg war nichts mehr zu sehen, und im Empfang teilte man ihm mit, der Leichenwagen sei schon unterwegs zum Friedhof, gefolgt von Pfarrer Serapios klapprigem Motorrad. Señora Marcela und ihre Tochter waren gleichfalls gegangen, ebenso Brihuegas, und Rabus hatte nicht teilgenommen, um die Praxis nicht verwaist zu lassen.

Mauricio war verwirrt. Er wußte nur, daß Pfarrer Serapio auf dem Südostfriedhof ein Nischengrab bekommen hatte.

Auf einmal sah er Clotilde kommen.

»Hallo.«

»Ich habe dich nicht gesehen in der Kapelle.«

»Ich war nicht in der Kapelle. Ich bin deinetwegen gekommen. Ich begleite dich zum Friedhof. Bist du mit dem Auto da?«

»Es steht im Parkhaus.«

»Zum Glück – ich bin mit dem Taxi gekommen.«

»Ich weiß nicht, wo das Grab ist.«

»Wir fragen einfach.«

Später, als der Totengräber das Nischengrab zumörtelte, reichte Pfarrer Serapio Clotilde die Hand.

»Jetzt könnt ihr endlich heiraten«, sagte er taktlos.

»Und dich aus den Augen verlieren«, antwortete Mauricio.

»Also, damit wäre die Sache erledigt.«

Mauricio sah ihn ohne Kummer über den Kiesweg davongehen. Der Totengräber trat zu ihnen.

»Das wäre jetzt fertig, mein Herr.«

Clotilde gab ihm ein Trinkgeld.

Auf der Rückfahrt blieben sie in der Calle Balmes stekken. Es waren viele Leute unterwegs, und allenthalben wurde gehupt.

»Ich weiß nicht, was da los ist«, sagte Clotilde.

Mauricio hatte auf der ganzen Fahrt geschwiegen.

»Wohl eine Demo«, sagte er.

»Nein. Eher was Fröhliches.«

Sie kurbelte das Fenster herunter und fragte einen Passanten nach dem Grund für den Lärm.

»Wir haben gewonnen!«

»Was denn?«

»Was wohl? Die Olympiade. Samaranch hat es gesagt: *La ville de Barcelone.*«

»Ach du liebe Güte. Und wann soll das sein?«

Clotilde kurbelte das Fenster wieder hoch.

»1992«, sagte er. »Laß uns vorher heiraten – willst du?«

»Wenn du mich in aller Form darum bittest«, sagte Clotilde.

Epilog

Die Mythologien so ferner, voneinander abgeschnittener Zivilisationen wie Mesopotamien und Zentralamerika halten es für ausgemacht, daß es auf der Erde für kurze Zeit eine Rasse von Riesen oder Titanen gegeben hat, die in Sünde gezeugt worden waren, so daß die Perversität ihrer Natur innewohnte und sie zum Bösen und zur Gewalt neigten. Ebenfalls stimmen die Mythologien darin überein, daß diese Wesen geheimnisvollen Ursprungs und tragischen Schicksals es waren, welche den Menschen die Dinge beibrachten, dank denen sie die Welt beherrschen sollten: das Feuer, den Ackerbau, die Schrift, die Medizin, die Wahrsagerei und die Horoskope, die Technik der Metallverarbeitung und des Statuengießens, woraus später die Götzenbilder hervorgingen, sowie die Herstellung und Handhabung der Waffen. Man ist sich nicht einig darüber, ob diese Gaben gut oder schlecht waren oder ob die Menschen auch ohne sie hätten überleben können. Hingegen ist man sich über das Ende jener Rasse einig: Mit den Waffen, mit denen sie sich selbst ausgestattet hatten, bekämpften sie einander, bis sie sich gegenseitig ohne Ausnahme umgebracht hatten. In einigen Versionen sind ihre aufgetürmten Knochen der Ursprung der Berge. Eine andere Version erwähnt wie beiläufig eine kleine Gruppe von Geschöpfen, die manchmal Engel und manchmal Menschen sind und damit beschäftigt, ihre Erinnerung unnützerweise bis in alle Ewigkeit zu beweinen.

60 *PSOE:* Partido Socialista Obrero Español, Sozialistische Arbeiterpartei Spaniens.

61 *Jordi Pujol:* spanischer Politiker (*1930, CiU [Convergència i Unió, eine Vereinigung nationalistischer Parteien Kataloniens]), war von 1980 bis 2003 Präsident der Generalitat de Catalunya (Regierung Kataloniens).

67 *PSC:* Partit dels Socialistes de Catalunya, gegründet 1978, Sozialistische Partei Kataloniens, der PSOE angeschlossen, mit der sie eine parlamentarische Gruppe im Madrider Parlament bildet.

70 *Ranchera:* Mexikanisches Volkslied, dessen Ursprünge ins 19. Jahrhundert zurückreichen, eine Art mexikanische Countrymusik.

72 *Raimon:* Raimon Pelegero Sanchis, geb. 1940, spanischer Liedermacher. Durfte nach einer Ehrung für Che Guevara in der Madrider Universidad Complutense, an der er sich beteiligt und die einen Polizeieinsatz zur Folge hatte, bis Mitte der siebziger Jahre in Spanien nicht mehr auftreten. 1995 erhielt er die Medaille der Schönen Künste.

72 *Die Nationalen:* »Los grises« (die Grauen, wegen der Uniformfarbe), Angehörige der Nationalpolizei während des Franco-Regimes.

80 *Die Präsidentin:* »La Regenta«, Roman (1884/85) von Leopoldo Alas (»Clarín«, 1852-1901). – *Vetusta:* Name von Oviedo, der Hauptstadt des Fürstentums Asturien, im Roman »Die Präsidentin«.

82 *Schneeflöckchen:* Copito de Nieve, war der einzige in Gefangenschaft lebende Gorillaalbino und das Maskottchen des zoologischen Gartens von Barcelona (ca. 1963/64-2003).

85 *Sanfermines:* Volksfest zu Ehren des heiligen Fermin, das seit 1591 alljährlich in Pamplona stattfindet und dessen Höhepunkt der weltbekannte Stierlauf ist. – Die *Fallas* sind ein Frühlingsfest in Valencia. Mittelpunkt und große Attraktion sind die *»fallas«* im engeren Sinn, riesige Puppen, die am Ende des Festes in Brand gesteckt werden.

89 *Felipe González:* Spanischer Politiker (*1942, PSOE), Regierungschef von 1982 bis 1996. – *Manuel Fraga:* Spanischer Politiker (*1922), in der Franco-Zeit Minister, später Gründer der Alianza Popular, die 1989 in Partido Popular (Volkspartei) umbenannt wurde. War bis 2005 Präsident von Galicien, heute noch Abgeordneter in Madrid. – *Santiago Carrillo:* Spanischer Politiker (*1915), von 1960 bis 1982 Generalsekretär der Kommunistischen Partei Spaniens. Weiterhin als Buchautor und Zeitungskolumnist aktiv.

99 *Patxaran:* Auch Patcharán, ursprünglich aus Navarra stammender Likör, der aus Schlehe und Anis hergestellt wird.

101 *Alfonso Guerra:* Spanischer Politiker (*1940, PSOE), zwischen 1982 und 1991 Vizepräsident im Kabinett von Felipe González.

109 *Convergència i Unió:* s. Jordi Pujol.

110 *Antonio Machín:* Kubanischer Bolerosänger und Volksmusiker (1903-1977).

125 *3 Mio. Peseten:* Entsprachen damals rund € 27500.

147 *Wenn Adelita mit einem anderen ginge:* »Si Adelita se fuera con otro«, mexikanischer Spielfilm von Chano Ureta (1948) mit einer Fülle von Liedern, unter anderem dem Titellied.

164 *Tamariu:* Ferienort an der Costa Brava.

208 *Pasqual Maragall:* Spanischer Politiker (*1941, PSC), war 1982-1997 Bürgermeister von Barcelona (und brachte als solcher 1992 die Olympischen Spiele in die katalanische Hauptstadt) und 2003-2006 Präsident der Generalitat de Catalunya (s. Jordi Pujol).

260 *Turron:* Spanische Süßspeise aus Honig, Mandeln und Zucker in den verschiedensten Formen und Farben. Traditionelle Weihnachtssüßigkeit in Spanien.

279 *Palau de la Música (Catalana):* Konzertsaal im Herzen Bar-

celonas, 1905 bis 1908 von Lluís Domènech i Montaner im Stil des *modernisme*, der katalanischen Spielart des Jugendstils, erbaut.

280 *Trauben:* Es ist ein alter spanischer Brauch, an Silvester um Mitternacht zwölf Traubenbeeren zu essen (eine für jeden Glockenschlag).

301 *Sardana:* Traditioneller katalanischer Tanz mit teilweise eigenen Musikinstrumenten, der in kreisförmig angeordneten Gruppen getanzt wird.

351 *Cara al sol:* Parteihymne der spanischen Falangisten.

366 *Manolo Blahnik:* spanischer Modedesigner, der vor allem durch seine Schuhmodelle berühmt wurde.